科学 是美丽的

沈致远

上海教育出版社
SHANGHAI EDUCATIONAL
PUBLISHING HOUSE

沈致远

　　江苏溧阳人。1960年浙江大学毕业后留校任教。1980年应邀赴美，先在大学任教。1990年转杜邦公司从事高温超导电子学研究。2003年退休后，致力于探索统一场论。业余爱好：读书、写作、思考。

电子邮件：zyshen@comcast.net

科学是美丽的

（自　序）

据我所知,在中国首先提出科学美的是李政道,他从自己的科学研究中体会到真中含美。李政道为了宣扬科学美,结识了一些画家:吴冠中、吴作人、李可染、黄胄、华君武、张仃、常沙娜、袁运甫等人。由李政道出题,画家作画,以表达科学之美,并结集成书《科学与艺术》(上海科学技术出版社,2000年),其中不乏含义深远的精品。例如吴冠中的"柳与影",画了一株柳树及其在水中的倒影,题词为"对称乎,未必,且看柳与影",寥寥数笔,浑然天成,发人深思。李政道为了说明对称与非对称,引用明末清初的著名画僧弘仁(1610—1664)的山水画,画中奇峰凸起,左右似对称而不完全对称,显出天然之美景。李政道将原画的右半边之镜像对称取代原画之左半边,构成一幅左右完全对称的图像,就显得呆板而美感尽失。通过这两个例子,可见李政道匠心独具,以他本身在物理学基本研究中的心得,悟出对称与不对称的关系。物理学的基本原理中有许多对称性,但对称中蕴含着不对称,例如在弱相互作用中左右之镜像就不完全对称,李政道和杨振宁在理论上提出此说,由吴健雄以实验证明后,李、杨两人因此而获得1957年诺贝尔物理学奖。李政道成竹在胸,将对称与不对称的关系以艺术形式表现出来,使人对科学美触类旁通恍然大悟。

此书结集时,我为选择书名而犹豫不决,与致和弟商量,他说:"你书中有一篇文章题为'科学是美丽的',可以此为书名。"这确实是一个绝妙的选择。在一般人心目中,一提到科学,就联想到爱因斯坦的形象——白发怒张满脸皱纹,科学怎么会是美丽的呢? 不可思议。看到书名《科学是美丽的》,眼睛一亮,愿知其详。实际上,科学不仅是美丽的,而且是旷世奇美。有什么比宇宙的诞生大爆炸更具雄伟美? 有什么比生命之源叶绿素中的绿色秘密更具神秘美? 有什么比生命之梯 DNA 回旋曲折的双螺旋更具活力美? 有什么比纳米世界中用原子砌成的结构更具精致美? 还有什么比探讨万物之本更具极致美?

科学之美,美不胜收。

但也有人质疑科学美:"科学研究万物,包括如病菌病毒等丑恶的事物,毫无美感可言。"我们切不可将科学与科学研究的对象混淆,客观世界中是有许多丑恶的事物,这些也是科学研究的对象。科学研究这些丑恶的事物,意在去恶务尽、行善求美,正好证明了科学是美丽的。

在"百度"等网站键入"科学是美丽的",可得上千万个答案。"科学是美丽的"如今已成为大众之共识。

诗人路也读了《科学是美丽的》书中"说数"一文后对我说:"当年如早知道数学这样美,我会去读数学。"其实,诗人与数学家确实有共同的气质,不信吗? 请看本书第一篇。

沈致远

目录

为什么旷世奇才多为坚强的
民主斗士?

数学界的普希金

大家都知道普希金(1799—1837),这位俄罗斯的天才诗人只活了 38 岁,在短短的一生中写下了许多不朽的诗篇。他反对沙皇专制,支持革命的十二月党人,遭到流放和幽禁。最后中了阴谋,与"情敌"决斗身亡。这位俄罗斯伟大诗人的悲剧,至今使人不能忘怀。1995 年回上海时,我专程去瞻仰了位于岳阳路、汾阳路口的普希金铜像。

这里要介绍的是与普希金同时代的法国天才数学家伽罗瓦,他只活了 20 岁,在短短的一生中对数学作出了非常杰出的贡献,被誉为 19 世纪法国最伟大的数学家。他反对君主专制,积极参与共和运动,为此两次被投入监狱。最后为了一位神秘的"情人",与"情敌"决斗身亡。这与普希金的命运太像了。伽罗瓦的生平鲜为人知,其传奇性比普希金有过之而无不及。

法国大革命爆发后 22 年(普希金诞生后 12 年),1811 年 10 月 25 日,伽罗瓦生于巴黎南郊的一个名为波格拉莱因的小村。父亲是一位倾向共和的民选村长,颇得村民爱戴。当时拿破仑正被放逐,国王路易十八当政。伽罗瓦 12 岁才入学(普希金也是 12 岁入学),那是一所教会学校,多数学生同情共和。他入学不久就亲眼目睹校长因强迫学生效忠国王被学生所拒而开除了上百名学生。伽罗瓦虽因年幼未被波及,却在他幼小的心灵中点燃起反专制拥共和的火苗。

伽罗瓦在校成绩中上,16 岁才开始选修数学课程,很快就被迷住了,便全力专攻数学,不久他的数学水平就超过了老师。伽罗瓦并不满足,直接找来数学大师的原著自学,再艰深的内容他也能很快掌握。17 岁时伽罗瓦发表了第一篇数学论文。

伽罗瓦虽然在少年时就显示出非凡的数学天才,但由于他的思想过于敏捷,习惯于跳跃式思维,加上怪僻的脾气,使他在学术道路上屡遭挫折。当报考法国最著名的巴黎高师时,口试中他所回答的问题,平庸的主考官竟无法理解,因而未被录取。第二年再考时情形更糟,当他在口试中意识到将因与上次同样的原因被淘汰时,愤怒地将一块黑板擦向主考官掷去,正中脑袋,结果可想而知。

虽然进不了理想的大学,伽罗瓦却更加专心致志地投入自己的数学研究。他选的课题是五次代数方程的解法,这被认为是当时最具挑战性的数学难题,许多数学大师全都败下阵来。"初生牛犊不畏虎",伽罗瓦不畏艰险,刻苦钻研,锐意创新。他率先引入群论以分析五次代数方程的特性及其解法,很快就取得了重大突破。他将研究成果写成两篇论文投寄法国科学院,数学大师柯西审阅以后,对这位无名少年的论文给予极高的评价,并推荐他去参赛科学院的数学大奖。看来这次伽罗瓦似乎有机会在数学界崭露头角了,不料

法国数学家伽罗瓦
(Evariste Galois, 1811—1832)

随后一连串的挫折又使他的希望破灭。

先是他父亲被保皇派设计陷害,含恨自杀身亡。伽罗瓦满怀悲愤地回去参加父亲的葬礼,发现保皇派在村民中制造分裂,以极卑鄙的手段羞辱这位深得民心的村长。这一切激怒了前来参加的共和派,葬礼变成了一场政治示威,引发了两派的冲突,父亲的灵柩在混乱中被草草下葬。这更加坚定了伽罗瓦投身共和运动的决心。

伽罗瓦回到巴黎以后,按照柯西的要求将两篇论文合并为一篇,在截止日期以前交给了科学院。他的论文虽然没有给出五次代数方程的具体解法,却具有独到的见解,甚至解决了另一位数学大师拉格朗日所未能解决的难题。所以为许多数学家所赏识,认为极有希望得奖。出乎意料之外,伽罗瓦不仅没有得奖,他的论文也"失踪"了,根本没有进入评审程序。第二年他再次参赛,仍然名落孙山。这对伽罗瓦打击很大,他意识到自己是政治歧视下的牺牲品。

这时伽罗瓦已是一名巴黎高师的学生。不久,1830 年 7 月革命发生了,巴黎街头爆发了战斗。当时巴黎高师的校长是保皇派,他知道大部分学生是激进的共和派,就将学生强行禁闭在校园内,伽罗瓦无法与他的兄弟们并肩为共和而战。眼看着共和派被打败,这更加激怒了伽罗瓦。他公开地猛烈抨击校长,因而被开除。

伽罗瓦的学术道路已被完全阻断,他想成为一位职业革命者,参加了共和派"人民之友"的武装组织——国家卫队。加入后不到一个月,这个反对组织就被国王宣布为非法而强行解散。伽罗瓦身无分文,成了无家可归的贫民。这位天才青年在人生的每一个转折点上都遭受到挫折,朋友们担心他会发疯。

不料又一次灾难临头。伽罗瓦因在共和派举行的一次集会上发表了不利于国王的言论而被捕入狱,罪名是"威胁国王的生命"。他被起诉交付法庭审判,幸而那位同情他的法官以年幼无知宣判无罪释放。但祸不单行,一个月后伽罗瓦又再次被捕入狱,这次的罪名更荒唐:1831 年 7 月 14 日是攻破巴士底狱纪念日,伽罗瓦身穿已被宣布为非法的国民卫队的制服,与同志们一起参加了巴黎街头的示威游行。虽然这只是一种形式上的反抗姿态,伽罗瓦却因此而被判六个月徒刑。更令人愤慨的是,他被关在一间有临街窗户的囚室中,突然从对街射来一发子弹,打伤了他身旁的一位难友。伽罗瓦相信这发子弹是冲着他来的,只是未击中而已。这一连串的政治迫害以及与朋友们的隔绝,使他变得极度沮丧,开始酗酒。伽罗瓦感到绝望而企图自杀,幸亏他的难友及时救了他。

当伽罗瓦刑期将满时,霍乱病在巴黎流行,他与其他囚徒一起被释放。出狱以后的几个星期中到底发生了什么事? 说法不一,但可以确定的是:伽罗瓦爱上了一位名叫丝蒂芬妮·杜莫特尔的神秘女郎,她是巴黎上流社会一位著名医生的女儿。伽罗瓦事先并不知道丝蒂芬妮已与一位名叫侯宾维尔的男士订了婚,当侯宾维尔发现丝蒂芬妮与伽罗瓦的关系以后,立即向伽罗瓦发出了决斗挑战书。侯宾维尔是当时法国著名的神枪手,但伽罗瓦这时已别无选择,只有应战。这一切发生得如此突然,伽罗瓦内心万分痛苦,他在给一位同志的信中说:"我请求爱国的朋友们不要责怪我没有为祖国而死 …… 啊! 我为什么要为如此渺小的事而死呢? ……"

伽罗瓦虽然积极地投身于共和运动,但始终不忘数学研究。他担心自己的研究成果会永远被埋没,决定在决斗前将之记录下来。但剩下的时间只有一个晚上,伽罗瓦彻夜未眠,他飞快地写下他所得到的有关五次方程公理的证明。一张张纸上布满了一连串的公式,字里行间不时穿插着:"丝蒂芬妮","时间不够! 时间不够!"……可怜的伽罗瓦在与死神赛跑。天亮以前,伽罗瓦终于写完了他的数学证明,又写了一封给好友奥古斯蒂·启弗利的信,请他将这份手稿转交给当时欧洲最著名的两位数学家——高斯和雅可比。

1832 年 5 月 30 日黎明时分,伽罗瓦一个人独自来到巴黎郊外的决斗场。他哥哥由于尚未接到通知,未能及时赶到,而挑战者却有人陪伴。伽罗瓦与挑战者相距 25 步,两支手枪并举,枪响过后,伽罗瓦腹部中弹倒地。挑战者却毫发未伤,冷酷地走开了,撇下重伤的伽罗瓦躺在地上流血不止。特别令人愤慨的是,应该在现场的外科医生竟不见踪影。几个小时以后他哥哥赶到,将奄奄一息的伽罗瓦送到医院。但为时已晚,第二天,这位青年天才数学家含恨而亡。五年后,普希金在彼得堡重演了同样的悲剧。

伽罗瓦的葬礼和他父亲的一样,成为一场政治示威,虽然巴黎的警察事先就抓了三十多名共和党人,但仍有两千多名同志参加了葬礼,并与到场监控的政府官员发生冲突。特别使同志们感到愤怒的是有迹象表明:挑战者可能并非情敌而是派遣特务,丝蒂芬妮则是这场政治阴谋的诱饵。

伽罗瓦死后,他的数学论文手稿虽然交给了高斯和雅可比,但仍被埋没了 14 年。后来几经周折,手稿于 1846 年传到另一位著名数学家约瑟夫·刘维尔手中。他立即发现其中闪耀着智慧的火花,费了几个月功夫进行了整理,发表在由他主编的《纯粹及应用数学杂志》上。论文发表以后,马上在数学界引起轰动。原来伽罗瓦在论文中对求解五次代数方程作出了彻底的分析,并且将之推广到更高次的方程。更重要的是他率先应用了群论,作为分析论证的工具。这些不仅均为首创,而且为后人在方法论上作出了榜样,难怪被誉为 19 世纪之数学杰作。感谢热心的刘维尔,伽罗瓦对数学的杰出贡献终于在死后得到了承认。

伽罗瓦的生命像划破夜空的流星那样一闪而过,他在数学上作出的贡献却永垂不朽。他创立的群论成了数学的一个重要分支,至今仍在晶体学、分子及原子结构理论、基本粒子理论中起着极为重要的作用。

伽罗瓦与普希金生长在同一时代,两人都是旷世奇才,在各自的领域中作出了杰出的贡献;两人都热爱祖国,积极支持、参与民主革命运动,均为专制帝王所不容;最令人感叹的是,两人悲剧式的结局竟如此相似。

　　读史至此,掩卷长叹,中宵低徊,昂首问天:难道诗人和数学家真的是心灵相通的一对同命鸟吗? 为什么旷世奇才多为坚强的民主斗士? 钟灵毓秀为何天不假年? ……

　　本文及插图均取材于辛所著英文版《费马之谜》(Simon Singh, "*Fermat's Enigma*", Walker and Company, New York,1997)。

只会堆橘子而不会思考者是小贩，
会思考的就成了数学家。

当数学家就要有面壁的耐心和勇气。

上下求索四百年

"路曼曼其修远兮，吾将上下而求索。"（屈原《离骚》）人类对真理的追求永无止境，其中充满了呕心沥血、前仆后继的动人故事，我们可以从中学到许多东西。

有些数学定理的证明很不容易，往往需要几代人的努力。这里介绍困惑数学家近四百年之久的"球最密装箱问题"求证的故事。

16 世纪末，英国的雷利爵士写信给数学家哈里奥德请教怎样快速估算一堆球形炮弹的数目。后者又转向德国的数学家及天文学家开普勒（1571—1630）求教。开普勒本来就对这类问题感兴趣，他把这个问题归结为"球最密装箱问题"，即怎样将同样大小的球在箱内装得最密实？最简单的是"立方格法"，即以球的直径为边长作立方格子，将球心置于它的 8 个格点上。用简单的算术就可以算出这种装法的密实率（等于球的总体积除以箱的容积）约为 52%，即箱的容积有将近一半是空的，这显然不是最密实的装法。开普勒提出的"面心格法"，将球心置于立方格的 8 个格点和 6 个面心上，算出的密实率约为 74%。开普勒再也想不出更密实的装法了,认为这就是最密实装法,但是他并没有给出证明,所以被称为"开普勒猜想"。

开普勒是发现行星三大运动定律的著名数学家及天文学家,名家的猜想,加以"球最密装箱问题"貌似简单,当然会吸引很多人去求证,但都失败了。其中包括 19 世纪最伟大的德国数学家高斯,他虽然证明了二维的"盘最密装箱问题",却无法证明三维的"球最密装箱问题"。开普勒猜想仍然只是个猜想。

几百年来,更多的人屡试屡败以后,才认识到"球最密装箱问题"貌似简单,其实非常复杂。1900 年数学家希尔伯特(D. Hillbert,1862—1943)将之列入 23 个未解决的难题之中。20 世纪以来,更多的人试过,也都失败了。1990 年美国加州大学伯克利分校数学家项武义宣称他已证明了开普勒猜想,他那近 100 页的论文于 1993 年发表以后,就有人在他的逻辑推理中发现了一些漏洞。在漏洞未补好前,他的证明不能成立,开普勒猜想仍然只是个猜想。

1998 年 8 月 25 日《纽约时报》的《科学时代》版刊登了辛(Simon Singh)的文章,据他报道:密歇根大学的海尔斯宣布他已证明了开普勒猜想。海尔斯为此花了十几年的时间进行研究,证明的论文长达 250 页。他首先提出一个具有 150 个变量的公式,通过调整各个变量的数值,就可以得到球的一切可能装法。但困难在于如何证明:无论怎样选择这些变量,都不可能得出大于"面心格法"的密实率。海尔斯和他的学生找到了一条捷径,编写了冗长的电脑程序,利用超级电脑的快速计算功能,终于算出来了,宣布获得了开普勒猜想的证明。目前海尔斯的论文正在由同行审阅中,大家都抱有很大的希望。如果在他的证明中找不到逻辑推理的漏洞,开普勒猜想经历了四百年的漫长岁月,将终于得到证明,兴许这在几个月以后就可见分晓。

至此,有些读者可能会问:"球最密装箱问题"值得这样兴师动众、大动干戈吗?就是证明出来了又有什么用?

　　问得好！先讨论第一个问题。在常人看来，"球最密装箱问题"确实没有什么了不起。开普勒提出的"面心格法"，其实就是水果摊上堆橘子所常用的方法。小贩们根据经验与直觉早就发现这是最密实的方法，为什么还要花这么长时间，劳动数学大师们呕心沥血地去求证呢？

　　但数学家并不这样看问题。整个数学体系由许多公理和定理所构成，就好比一座大厦，其中一梁一柱都不能缺少，否则整个大厦就会倾倒。所以一切数学定理都必须严格地加以证明，即从一组公理出发，通过一步步的逻辑推理，得出证明。就像"千里长堤溃于一穴"那样，逻辑推理不允许有任何漏洞。由于证明的这种极端严格性，数学定理一经证明，就是绝对正确的，丝毫不容怀疑。值得玩味的是，数学定理的正确性是由逻辑思维来判定的。其他科学则不同，其定律的正确性均由实验来证明。由实验证明的定律并不能保证绝对正确，因为任何实验都不可避免地有误差，再多次的实验证明也无法保证定律的绝对正确性。一切定律都有可能被以后更精确的实验所否定，这种情形在科学史上屡见不鲜。但已被证明的数学定理永远不会被否定。由此可见，数学在整个科学中占有独特的地位。

　　再来讨论第二个问题。其实对第一个问题的讨论已提供了部分答案：数学定理的绝对正确性使之成为所有科学知识中最可靠的部分，这一点本身就是具有重大的实用价值。比如在进行科学研究中，发现结果与预期的不符，这时就要找毛病。你可以对各种有关的因素加以怀疑，但不必怀疑所涉及的数学定理，它是百分之百绝对可靠的。这种"定心丸"为科学家减少了许多麻烦，这不就是很有用的吗？

　　有些数学定理迄今尚未发现具体应用。巧的是"球最密装箱问题"却有重要的具体应用。原来它与信息论中的"编码理论"有内在联系，可以用来帮助找出压缩数据的最佳编码方法。所以将来如果发现移动电话的容量增加了，或者电脑联网的速度加快了，可能就要感谢开普勒和该定理证明者的功劳呢！但我们也不会忘记四百年来所有为之呕心沥血、前仆后继的那些数学家们，他们在人类追求真理的漫漫长途中也曾贡献过一分辛劳。

当然，在海尔斯的证明尚未被最后确定以前，不能完全排除其他的可能性。有可能在其中找出漏洞，但这也无妨，许多后继者会继续求索。也有可能找到反例，即开普勒的面心格法并非最密，那就找到了更密的装箱法，岂不更好。不管怎样，一些数学家已在考虑下一步了，企图证明高维空间中的"球最密装箱问题"。读者们可能会说："高维空间并不存在，这岂不是吃饱饭没事干吗？"不错！我们所能感知的空间确实只有长、宽、高三维。但是物理学中一些抽象空间如"相空间"等都是高维的，何况数学定理的应用并非事前所能完全预料。所以那些数学家并不是吃饱饭没事干，而是继续在为真理而上下求索。

"路曼曼其修远兮，吾将上下而求索。"当你重读屈原的诗句时，是否会感到诗人与数学家具有某种相似的气质？

"道生一,一生二,二生三,三生万物。"老子之道与零何其相似乃尔?

说　　数
——此率绵绵无绝期

自然数 1、2、3……是数学之起点,其他所有的数都是从自然数衍生出来的。自然数的实物原型可能是十个手指,否则我们不会采用十进位制。

自然数均为正数,负数之引入解决了小数不能减大数的困难,例如 1 - 2 = - 1。负数也是有原型的,欠债不就是负资产吗? 所以负数概念的形成恐怕与人类早期的商业借贷活动有关。

零是数学史上的一大发明,其意义非同小可。首先,零代表"无",没有"无"何来"有"? 因此,零是一切数之基础。其次,没有零就没有进位制,没有进位制就难以表示大数,数学就走不了多远。零的特点还表现在其运算功能上:任何数加减零,其值不变;任何数乘以零,得零;任何非零数除以零,得无限大;零除以零,得任何数。零的原型是什么? 是"一无所有"还是"四大皆空"?

零和自然数以及带负号的自然数统称为整数。以零为中心,将所有的整数从左到右依次等距排列,然后用一根水平直线将它们连起来,这就是"数轴"。每个整数对应于数轴上的一个点,这些点以等距离互相分开。你看! 负数和正数分列左右如雁翅般排开,零据中央,颇有王者气象。

分数的引入解决了不能整除的困难,例如 $1 \div 3 = 1/3$。分数当然也有原型,例如三人平分一个西瓜,每人得三分之一。

数轴上相邻两个整数之间可以插入无限多个分数以填充数轴上的空白,数学家一度认为这下子总算把整个数轴填满了。换句话说,所有的数都已被发现了。其实不然!有些数就根本无法以整数或分数来表示,最著名的就是圆周率,分数只能表示其近似值而非准确值。人们将分数化为十进位小数以后,发现有两种情况:一种是有限位小数,例如 $1/2 = 0.5$;另一种是无限循环小数,例如 $1/3 = 0.33333\cdots\cdots$两者虽貌似不同,但都包含有限的信息,因为循环部分只是重复原有的,并不包含新的信息。圆周率则根本不同,$3.14159265358979323846\cdots\cdots$既不循环,也无终结,所以包含着无限的信息。想想看!北京图书馆里浩如烟海的藏书所包含的信息虽然极多,但仍是有限的,而圆周率却包含着无限的信息,怎能不令人惊叹!数学家将像圆周率那样无法用整数或分数表示的数称为"无理数",无理者,不讲道理也!不知道为什么圆周率背了这么个恶名?我曾写过一首题为《圆周率》的小诗为之抱屈,不妨引其中最后一段以博读者一粲:

……

像一篇读不完的长诗

既不循环　也不枯竭

无穷无尽　永葆常新

数学家称之为无理数

诗人赞之为有情人

道是无理却有情

天长地久有时尽

此率绵绵无绝期

(原载《诗刊》1997 年第 8 期)

自从祖冲之算出圆周率之值介于"约率"22/7 和"密率"

355/113之间以来,一直有人在计算圆周率的更精确数值,最近利用电脑算到了小数点后两千亿位!但比起"此率绵绵无绝期"来,连沧海一粟也不如。就算用最快的超级电脑不停地算下去,一直算到地老天荒,也无法穷尽!此外,还有人利用电脑将已算出的圆周率数值化为二进位数列后,对之进行了统计分析,发现它像随机数那样具有最大的不确定性。圆周率本是圆周与直径之完全确定的比值,但它产生的无穷数列却具有最大的不确定性,我们不能不为大自然的神奇奥妙而感到惊讶和震撼。

　　加入了分数和无理数以后,数学王国更扩大了,在零这位国王两边雁翅排开的阵容就更加威武雄壮了。

　　有了无理数以后,原来的整数和分数统称为有理数。对数的寻求是否到此为止呢?数学家并不满足,继续孜孜以求,寻找尚未发现的新数,果然被他们找到了。发现的契机是研究一些数的平方根:4的平方根是2($2 \times 2 = 4$),这是早就知道的正整数,不足为奇;2的平方根是一个无理数,和圆周率类似,也不新鲜。-1的平方根是什么?这可不好办!大家都知道乘法的符号规则是:正正得正,负负得正,任何数的平方均为正数,据此-1的平方根就根本不存在。但不存在的东西可以创造出来!这就是科学的创新精神。数学家为此创造了"虚数",以符号i表示之,并规定i的平方为-1,-1的平方根当然就是i了。这样一来负数开平方的难题就迎刃而解。例如-4的平方根就等于$2i$,即2乘以i。

　　引入虚数固然解决了负数开平方的难题,但也带来了另一个困难——虚数在数轴上没处摆。这迫使数学家创造出一根"虚数轴",使之与改称为"实数轴"的原来之数轴相垂直。由虚、实两根数轴组成的平面称为"复平面"。实轴上的点是实数,虚轴上的点是虚数。复平面上其余的点就是"复数",它包含实数及虚数两个部分。零就是实轴与虚轴的交点,是整个复平面的中心,仍占有非常特殊的地位。从实数轴上的"雁翅排开",发展到复平面上的"众星捧月",无论数的概念怎样扩大,零的特殊地位始终不变。

难怪最近在网络上评选一千年来最重要的发明时,零也在被提名之列。我有一首小诗单咏零:

零　赞

你自己一无所有

却成十倍地赐予别人

难怪你这样美

像中秋夜的一轮明月

（原载《银河系》第 25 · 26 合期）

　　谁说数学枯燥无味? 数学天地充满了诗情画意,有待我们去发掘。

　　虚数和复数有没有实际的原型呢? 乍看似乎"虚"无缥缈,"复"杂得很。其实虚数和复数都有原型:电工学中利用复数表示交流电,虚数代表虚功,使得电工学计算大为简化。如果说在电工学中引入复数只是为了计算方便,不用它也行,不过麻烦一点而已。那就请看量子力学:量子力学中的波函数必须以复数表示,这不是简化计算的问题,而是反映了微观粒子本性的实质问题;换言之,微观世界深层次的自然规律要求复数。谁说数学太抽象? 即使抽象如复数,其应用也实际得很呢!

　　从自然数到负数和零,再到分数、无理数和复数,数的发展史是否还有更新的篇章? 我们且拭目以待。

哲学家热中于形而上，物理学家
专注于形而下，数学家钟情于形之中，
艺术家神游于形之外。

论　　形
——小蚂蚁游记

上次"说数"，这次"论形"。数和形均属于数学的内容，两者有密切的联系。数学中有一门几何学专论形，另一门解析几何学将数与形联系起来。

形是空间中的形象，从简到繁依次有点、线、面、体四种。不妨从最简单的点开始，逐个道来。

几何学的点是没有大小和形状的，它代表空间中的一个位置，可以用称为"坐标"的一组数来表示。例如读者面前这张纸是一个二维的平面，为了定坐标，可以引入两根"坐标轴"：一根在纸的底边从左到右称为横轴；另一根在纸的左边自下而上称为纵轴。这样规定后点和数就一一对应了：纸上的一个点可以用坐标(X, Y)来表示，X 是该点到纵轴的距离，Y 是该点到横轴的距离。别小看了点与数的这种对应关系，它对数学的发展起到了重大作用，是法国数学家笛卡儿（R. Descartes, 1596—1650）的伟大贡献，他首先引入坐标概念，创建了解析几何学。

移动点就形成线。设想一只小蚂蚁在纸上爬行，如果忽略蚂蚁的大小，把它当作一个点，它爬行的轨迹就是线。最简单的线是直线,一根直线要用多少数来表示呢? 这是非常有趣的问题:一根直线包含着无限多个点,每个点要用一组数来表示,所以一根直线要用无限多组数才能表示。乍看,这似乎有道理,其实不然! 中学生都知道:两点决定一直线,所以只要两组数就够了。但这与上述说法怎样统一起来呢? 答案在于所包含的信息。"信息?"是的! 这个疑问可以用信息来解答。设想你要蚂蚁爬一根直线,可以这样下命令:"从 A 点出发,朝着 B 点一直爬过去。"蚂蚁遵照这个命令就爬出一根你所指定的直线来。这根直线确实包含无限多个点,如果没有你的命令,蚂蚁在任何一个点上都可以转向从而偏离直线,但它必须遵照命令,那就别无选择。原来如此! 任意的线(对应于蚂蚁任性地乱爬)确实包含无限多的信息,但直线的"直"加了非常强的约束,使得代表 A、B 的两组数就包含了全部所需的信息——你的命令不就是这样下的吗? 约束限制自由、减少信息,这是一个普遍适用的原理。

　　再来看曲线。曲线弯弯曲曲,几乎处处在转向,怎样用数来表示呢? 根据笛卡儿的坐标系,曲线上的每一个点都对应于 (X, Y) 一组数,无限多个点就对应无限多组数,似乎真的包含着无限信息。其实不尽然。多数曲线只包含很有限的信息,这是因为一般曲线上的无限多个点所对应的 (X, Y) 可以由一个方程来表示。例如圆周作为一根曲线可以用方程表示为: $(X - a)^2 + (Y - b)^2 = c^2$。其中 (a, b) 是圆心的坐标,c 是半径的长度。可见只要给出 a、b、c 三个数值,圆周曲线就完全确定了,它只包含很有限的信息。圆周曲线所对应的是二次方程,更复杂的曲线可以用更高次的方程来代表,除了非常特殊的例外,一般仍只包含有限的信息。

　　曲线包含无限多的点,而且处处可以转向,为什么只包含有限的信息呢? 答案还在于约束。对曲线的约束虽然不像对直线的那样强,但仍有相当多的限制:首先是连续性,曲线不能断开——相当于蚂蚁只能爬不能跳跃;其次是光滑性,曲线只能弯不能折——相当于蚂蚁可以缓转弯,但不能急转弯。这些限制规定了那只蚂蚁只能按照方程的指令规规矩矩地爬,不允许任性乱来,这就是约束。这些约束减少了信息,产生出连续的光滑曲线,表现出美。"美?"是的! 艺术家欣赏曲线美,画家画模特儿不就是在寻求人体的曲线美吗? 曲线、信息、约束和美之间有内在的联系,很值得探讨,以后有机会再详谈。

蚂蚁爬的例子形象地告诉我们:移动点形成线。同样的道理:移动线就形成面。设想在这张纸上方那根直线上截取一小段沿纵向平行移动一段长距离,其轨迹就形成一个矩形,即俗称的长方形,这是平面。现在将这个矩形长条剪下,弯到首尾相连,用浆糊粘结起来,就形成一个环状的圆柱面,这是曲面。曲面有许多有趣的性质,这里只能略举一二。请在上述圆柱面(称为曲面 A)的里面涂上蜜糖,然后将一只蚂蚁放在外面,下令说:"不准越过边界!"可怜的蚂蚁闻到蜜糖的香味,但爬来爬去,就是吃不到蜜糖。原因很简单:曲面 A 有里外两面,只在外面爬的蚂蚁不越过边界就吃不到里面的蜜糖。现在来制作曲面 B:重复制作曲面 A 的步骤,但在粘结时将纸带的一端翻一个面,就形成了著名的牟比乌斯(Mobius)带。重复蚂蚁的实验,"奇迹"发生了! 遵命未越过边界的蚂蚁竟吃到了蜜糖。聪明的读者会说:"有什么稀奇! 你在粘结时翻了一个面不就将里、外两面连起来了吗?"说得很对! 但是天底下竟有这样一种里外不分的单面曲面! 你事先想到过吗? 至此,我们已看到 A、B 两种曲面有本质的不同,这是拓扑性质的差异,是数学的一个分支——拓扑学研究的对象。

牟比乌斯带上的蚂蚁
(为显示背后的蚂蚁,带被镂空成网络状)

　　同样的道理:移动面就形成体。桌上的这张纸只有长、宽二维,体却有长、宽、高三维,所以要形成体就要向空间移动。从纸上剪下一个圆,这是平面。将之平放垂直向天花板移动,其轨迹就形成一个直立的圆柱。将之平放斜着向天花板移动,就形成一个斜立的椭圆柱。将之立起来绕其直径旋转,就形成一个圆球。将之立起来绕圆外的一根轴旋转,就形成一个轮胎体。前面三种体与最后的轮胎体有原则的区别,分属于不同的拓扑类型,原因是后者有一个洞而前者没有。

　　我们已看到,从点出发可以形成各种各样的线、面、体,大千世界中林林总总的形象都可以包括在内,这就是数学的综合威力。我们还看到:数和形是天生联系在一起的,几乎所有关于数的知识都可以应用于研究形,反之亦然,这给数学家以极大的方便。发现这种联系主要是笛卡儿的功劳。他还是一位知识渊博的思想家,"我思故我在"就是他说的。这句被广泛引用的名言曾被批评为唯心主义,我认为这很不公道,至少是一种曲解。其实这句话包含着很深刻的含义,回忆《雨伞·包袱·我》一文中"我是什么?"的问题,就可以明白"我思故我在"比那些貌似唯物主义的回答更接近真理。这提醒我们在学术领域中千万不要贴标签,扣帽子,否则就会扼杀生机。

　　以一则寓言结尾。穿西装的小蚂蚁昂首对穿长袍的大蚂蚁说:"别看我小,我能爬出一切形体,爬出整个世界来!"大蚂蚁说:"好啊!你可以称霸天下了。"小蚂蚁说:"那可不行!我得遵照笛卡儿的方程,不能任性乱爬。"大蚂蚁说:"你活到 70 岁,就能随心所欲不逾矩了。"小蚂蚁似懂非懂,匆匆忙忙地爬去找蜜糖了。

　　数学尚且可以模糊,诗为什么不可以朦胧?

　　有些事不要说得那么死,留点余地为好。

讲　关　系
——铁律与橡皮律

曾经"说数"和"论形",现在再来"讲关系"。数、形和关系均为数学之内容,彼此密切相关。

　　宇宙中万事万物都不是孤立的,互相之间有错综复杂的关系,数学以定量的方式表达和处理这些关系。

　　数学大厦是用逻辑推理建立起来的,这是数学处理其内部关系的方法。逻辑所建立的不是模棱两可的模糊关系,而是一丝不苟的严格关系,它给出的是"铁律"。对于数学的逻辑系统,你要么全盘接受,要么整个拒绝。如你承认欧几里德的几条公理,就得接受由这些公理及所推出的定理组成之公理系统——欧几里德几何。如不接受,就得重起炉灶,从另一些公理出发,建立另一套公理系统——非欧几里德几

奥地利数学家哥德尔
(K. Gödel, 1906—1978)

何。脚踏两条船是不允许的。数学公理系统的这种绝对严格性使之成为毋需实验证明的自证体系,有别于其他实验科学。

数学家醉心于建立这种逻辑的铁律,1900 年德国著名数学家希尔伯特提出要求建立无所不包完美的数学公理体系。正当许多数学家为此孜孜以求时,不料奥地利数学家哥德尔于 1931 年证明了一个定理:"包括算法在内的自洽公理系统必定存在一个命题,既无法证明其正确,也无法证明其不正确。"这犹如一声春雷,惊醒了那些数学家,他们的完美体系之梦破灭了。人们却意外地找到了破缺美。"这竟和美有关系?"有!不信请看一本奇书——《哥德尔、艾舍尔、巴赫——集异璧之大成》。哥德尔是数学家,艾舍尔是画家,巴赫是音乐家,不同时代的艺术家和科学家心有灵犀一点通。

哥德尔定理震撼了学术界,有些人将之无限外推到其他领域。引申出悲观的结论,诸如:哥德尔定理使物理学陷入困境,设定了人类认识自然的极限……一时竟成为时尚,这就太过分了。其实哥德尔定理只是说:在数学领域内公理系统的逻辑方法不是万能的。如此而已,岂有他哉。再说,难道大千世界真的是由铁律构成的铁板一块吗?

音乐家巴赫
(J. S. Bach,1685—1750)

现实世界存在两类不同的关系:第一类遵从铁律,它在一定条件下给出唯一确定的结果;第二类不遵从铁律,描述这类关系的规律带有模糊性,只给出可能发生的结果,而不能唯一确定。如何定量描述这类关系?促使数学建立了一个分支——概率论。说来有趣,概率论源起于赌博。譬如掷骰子:对密度均匀的正立方体构成的骰子而言,六种点子出现的概率相等,均为 1/6,这是显而易见的。"掷一颗骰子出现点数大于掷另外两颗骰子出现点数之和的概率是多少?"就不那么明显了。诸如此类的问题对赌场来说,是有关赚钱或蚀本的大事,需要请数学家来算一算。经典概率论就是在这种需要的推动下建立的,尔后发现在科学技术领域中也大有用武之地。

概率事件具有不确定性:在骰子未掷下时,你无法预知出现的点子,否则你就每赌必赢了。但不确定性中隐含着确定性:重复掷骰子多次,各种点子出现的次数就都趋于相等,出现点数的平均值趋于定值:$(1+2+3+4+5+6)\div6=3.5$,这称为"大数定理",是一种统计规律。赌场利用统计规律设计能赚钱的赌博规则,科学家及经济学家则利用统计规律预测未来。

概率统计的引入是近代科学的一件大事,为了充分认识其重要性,要从牛顿力学说起。牛顿的运动定律是完全确定的铁律,如给出了作用于物体的力及其初始位置和速度,就可以根据牛顿运动方程丝毫不差地算出以后的运动状态——位置和速度。牛顿力学解释了天体运行以及当时所知的一切机械运动,取得了辉煌的成功。在牛顿力学基础上发展起来的经典物理学,从根本上仍然继承了其铁律性质。法国著名数学家拉普拉斯(P. S. Laplace,1749—1827)将这种铁律的作用发挥到极致,他说:根据牛顿力学,知道了宇宙中所有粒子现在的位置和速度,就可以算出今后宇宙一切的发展变化。这个被称为"绝对决定论"的真正含义是:过去唯一决定现在,现在唯一决定将来。换言之,宇宙中现有的以及将要发生的一切早就在开天辟地时完全决定了,丝毫没有改变的余地,这是最彻底的宿命论。有人根据自由意志提出反驳:"我现在心中想的、口中说的、手中做的是由我的自由意志所决定的,决不是在开天辟地时就命中注定的。"这虽然无法证明,但你知、我知、人人心中都明白,自由意志确实存在。单凭这一点就可以断定:拉普拉斯的绝对决定论是错误的,基于牛顿力学的经典物理学的适用范围具有局限性;宇宙不是全由铁律所统治,还存在另一类"橡皮律",它给出的关系不是唯一确定的,存在着不确定性。概率统计就是定量描述这类关系的数学工具。

果真如此! 20 世纪迎来了量子力学,证明了经典物理学的局限性。按照量子力学的运动方程,即使知道了全部初始状态,其解也只给出今后的可能状态,并不能唯一确定。量子力学揭示了微观世界的混沌本性,其规律具有统计性质,是包含着不确定性的橡皮律。爱因斯坦曾对量子论作出过重要贡献,却极力反对量子力学的不确定性,他的名言:"我不相信上帝是在掷骰子。"他和以玻尔为首的哥本哈根学派进行了长期论战,虽然屡败屡战,最后还是失败了。看来上帝有时是在掷骰子!

最近物理学界又爆发了一场论战,争论的问题是:被吸入黑洞的物质所携带的信息是否还存在? 英国剑桥大学的霍金和美国加州理工学院的索恩认为信息消灭了,后者的同事普雷斯基尔则认为信息不可能消灭。双方为此歧见打赌,赌注是一套百科全书。这当然不仅仅是谁赢得这套书的问题,而是关系到 20 世纪的两个最重要的物理学理论。根据量子力学的"信息守恒"原理,信息不会消灭;根据广义相对论导出的"黑洞无毛"原理,黑洞根本无法全部保存被吸入物质所携带的大量信息。尽管物理学家费尽心机试图解开这一"信息佯谬",迄今无一能自圆其说。

每当科学无定论时,神话就开始流传。有人将信息守恒拿来大做文章,最极端的是美国的约翰逊(G. Johnson),他在一篇文章(见 1998 年 4 月 7 日《纽约时报》)中写道:"从一本书上撕下一页投入火中,信息似乎消灭了。……但在原则上信息并未真正消灭,书页上的字迹被保存在火焰的摇曳、烟的回旋和热辐射的起伏中,以及灰烬落地的细微末节中。……在理论上人们能够重组书页上的每一个段落,这些信息仍存在于宇宙中某处。"在他看来,即使灰飞烟灭而信息常存! 这不仅明显违反常识,在理论上也是荒谬的。我在一篇短文《信息守恒吗?》(见《科学》1998 年第 4 期)中指出:如果宇宙间现有的一切信息都能丝毫无遗地全部保存下来,唯一的可能是:现在的状态唯一决定将来的状态,宇宙完全由铁律所统治。约翰逊的说法实际上是回到拉普拉斯的绝对决定论,所不同的是这次披着量子力学的外衣,而自由意志的存在则是对这种谬论的最有力的反驳。

看来绝对决定论还有一定的市场,会不时披起"最新科学"的外衣使拉普拉斯借尸还魂。

绝对决定论的要害是只承认铁律。但不管承认不承认,橡皮律确实存在,使得这个世界不全是硬梆梆的;这也为自由意志留下了余地,生活才显得生机盎然,别有一番柔情逸趣,文化艺术才有可能生长。

多年前,我曾为朦胧诗抱不平:"数学尚且可以模糊,诗为什么不可以朦胧?"如今我向只信铁律者进一言:"有些事不要说得那么死,留点余地为好。当心拉普拉斯的幽灵向你招手!"

只要天没有戳破，指数增长就一
定会饱和。

指 数 的 威 力

从前有一位国王与国际象棋冠军下棋，国王问他："如果你赢
了，希望得到什么奖赏？"冠军回答说："希望陛下赏我大
米。"国王又问："你想要多少呢？"冠军说："请陛下叫人在棋盘上
放米粒，第一格放一粒，第二格放两粒，第三格放四粒，第四格放八
粒……就这样按照后一格比前一格多一倍的规律放下去，一直放
到最后一格为止。"国王心想：小小棋盘一共才那么几十格，能放
下多少粒米？ 就爽快地答应了。几盘棋下来国王输了，马上令人
抬来一袋米，对冠军说："你赢得也不容易，多给你一点算了，就免
掉在棋盘上放米粒的麻烦吧。"冠军不同意，坚持要按原先讲好的
办。国王不能当众食言，只好叫人数着米粒往棋盘的格子里放，不
多久一袋米就放完了。国王命一位懂数学的大臣算算看到底需要
多少米？ 算出来的结果把国王吓坏了，不要说一袋米不够，就是将
全国粮仓中的米都搬来也还差得远！ 国王顿时满面愁容不知所
措，这时冠军挥挥手笑着说："我宣布放弃国王陛下赐予的奖赏，
其实我并不在乎这点米，只是想借此机会显示一下指数的威力！"
　　指数是什么？ 实际上就是同一数的连乘积。例如国际象棋的

棋盘共有 64 格,在这些格子里按指数律放米粒,除了第一格放 1 粒米以外,其余的格子内的米粒数都是 2 的连乘积:第二格里的米数是 2,第三格里是 $2 \times 2 = 4$、第四格里是 $2 \times 2 \times 2 = 8$……以此类推,最后一格——第六十四格里是 2 连乘 63 次,大约等于 922 亿亿粒。一斤米以两万粒计算,就合 461 万亿斤! 将全中国的耕地都拿来种稻米,要好几百年才能收这么多。如果将前面的六十三格里的米粒也算在内,总数还要增加近一倍! 这就是指数的威力,难怪国王不知所措了。

自然界中有不少事物是以指数律增长的。细菌的繁殖即为一例,细菌一般是以分裂进行繁殖的,这就像国王棋盘格子里的米粒那样:一变二、二变四、四变八……如果环境条件适合,往往几小时就增加一倍! 不难算出,这样的指数增长要不了多久,整个地球表面就被这一种细菌占满了! 但是为什么这种灾难从来没有发生过呢? 原来指数增长只是一种数学规律,能否在现实世界中发生还要看物质条件。细菌的繁殖需要养料,现实世界中养料是有限的,还有别的生物分享,等到细菌能获得的养料将近耗尽时,增长就会减缓以至停顿,这种现象称为饱和。

由于指数增长极快,而且越来越快。只要时间足够长,就会超过天文数字而趋向无穷大。所以现实世界中的任何指数增长现象必然会达到饱和。了解这一原理很重要,下面是两个实例。

从事电脑和集成电路工作的人都知道有一条根据经验得出的"摩尔定律":电脑的运行速率及存储容量每隔 18 个月就增加一倍。这个规律已保持了几十年,迄今为止仍然成立。问题是会不会永远保持下去? 根据现实中的指数增长必然会达到饱和的原理,就可以断言摩尔定律决不可能永远保持下去。这里的具体机制是电脑速度和存储量的增长都是靠不断缩小集成电路晶片上电子元件的尺寸来实现的,目前已经做到百万分之几毫米,再继续缩小下去就和原子的直径差不多了。小到这种程度,电子的运动规律就要起变化,微观的量子效应将起主导作用。到那时,不仅摩尔的指数增长定律会饱和,而且照老规矩设计的极其微小的电路根本无法正常运行。科学家未雨绸缪,已在研究"量子元件",为下一代的集成电路作准备了。但不管怎样,摩尔定律不可能永远保持下去。

另一个例子是所谓"信息爆炸"。本世纪以来,书籍、报刊、资料等所包含的信息量大约每五年增加一倍,也是按指数律增长的,根据上述同样的原理,这种信息量的指数增长也不可能永远保持下去,迟早会达到饱和。这里的具体机制是:信息是为了给人利用的,太多了就无法有效地加以利用,到那时信息量的指数增长就会受到需求不足的抑制而趋于饱和。

我们已经看到指数增长的强大威力。科学家日常和指数打交道,料想不会忽视。其实不尽然,有时不小心也会犯错。60 年代初,美国一位信息科学家(姑隐其名)灵机一动,想出一个绝妙的好主意,发表文章说,人的大脑所进行的智力活动都可以通过选择来实现。他举例说明:作家写文章属于高级的智力活动,写出来的文章不仅要有意义,还要符合文法和修辞的规则,要讲究气势、意境和美,等等。但是如果有一定的选择机制,猴子也能办到!这可真是一语惊人,但他并非开玩笑。他说给猴子一架打字机,让它在键盘上任性乱打,这样打出来的东西当然绝大部分是垃圾,但偶尔也会出现一句有意义的句子,如果运气特别好,也可能出现媲美于文学大师的佳作。他的基本思想是:混沌产生一切,关键在于选择。只要可供选择的样本足够多,什么好东西都能从中选出来。为简单起见,假设猴子在只有 D、G、O 三个键的英文打字机上任意乱打三个字母,结果共有 $3 \times 3 \times 3 = 27$ 种不同的可能,其中 24 个毫无意义,但确实出现了 3 个具有不同意义的字:DOG(狗)、GOD(上帝)、ODD(奇数)。他进一步设想:事先在电脑中按主观意愿设定选择的准则,再将无规则的噪声输入电脑,就可以在许多可能的结果中选出你所需要的来。乍看,这是一个绝妙的好主意:只要会选择,猴子就能打出媲美莎士比亚之名篇,一片混沌的噪声终究会产生出能与莫扎特和贝多芬唱和的杰作来,这岂不是太美妙了!

但只要算一笔简单的账,就可以看出他那绝妙的好主意根本无法实现。英文共有 26 个字母,再加上空格和常用的标点符号,就算 30 个常用键吧。假如要选出只有 50 个字母的一个特定短句,用 30 个键完全混沌地打出 50 个字母,所产生的可能结果之总数是 30 连乘 50 次之积,大约等于 70 亿亿亿亿亿亿亿亿亿! 别说猴子一辈子也打不出其亿万分之一,就是用每秒运算一万亿次的最快的超级电脑,也要花上 200 万亿亿亿亿亿亿亿年! 而整个宇宙的年龄才只有 140 亿年左右。毛病出在哪里? 原来这位仁兄忽视了指数增长的威力。后来他自己也认识到了,修正了原来的观点说:不能从完全混沌中选择,而应加上约束。所谓约束就是将那些明显不符合选择标准的排除在外。上述同样的例子如果不以字母而是以 5000 个常用字为单位进行选择,就省事得多。由 5000 字组成包含 8 个字的短句,所有可能结果之总数是 5000 连乘 8 次之积,大约等于 40 万亿亿亿。虽然仍是天文数字,但比前面以字母为单位的少得多了,这是因为已把那些不构成字的字母组合全部排除在外。如果再引入文法、修辞等更多的约束,就有可能将可供选择的样本数减少到电脑能胜任的范围内,他的这个主意并非完全不可行。而且有时在电脑中有控制地适当引入混沌的随机因素,不失为一个好主意。因为这样才会产生出乎意料的新东西,才会有创造性。

这位仁兄虽然开始时犯了错,但后来认识了、改正了,还是作出了一点贡献。可见天才与疯子之间往往只有一线之隔,前鉴如此,可不慎欤?

蹩脚的物理学家怕无穷大，
高明的物理学家爱无穷大。

无穷大的启示

1 ÷0＝？按照四则运算规则这不好办,因为零乘以任何数都不可能等于 1,所以上述算式的答案根本不存在。但不存在的东西可以创造出来,为此数学家创造了无穷大:任何非零数除以零都等于无穷大。所以无穷大生下来就不同凡响,它使四则运算得以自洽。

无穷大比任何数都大,任你说出什么大数来,无穷大就变得比它更大。所以无穷大不是固定的,而是动态的。数而能动,是为异数。

无穷大记为 ∞,犹如横放之 8,故昵称为"横八"。

无穷大具有丰富的内涵,先看几个例子:考虑 $1 \div x = \dfrac{1}{x}$, 当 x 趋向零时, $\dfrac{1}{x}$ 趋向无穷大;再考虑 $\dfrac{1}{x^2}$, 当 x 趋向零时,它也趋向无穷大。但两者并不一样,例如当 $x = 0.1$ 时: $\dfrac{1}{x} = 10$, $\dfrac{1}{x^2} = 100$。显然,后者比前者要大得多,趋向无穷大的速度也快得多。当然还有 $\dfrac{1}{x^3}$,

$\frac{1}{x^4}$，等等，当 x 趋向零时，它们所代表的无穷大都不一样。所以无穷大不止一个，而是一大族。

无穷大是数学概念，在现实世界中，再大的东西也不可能是无穷大。宇宙包罗万象、涵盖一切，最近观测所得的宇宙尺度大约是 140 亿光年，约合 1325 万亿亿公里，够大了吧？但并不是无穷大。至大如宇宙尚且如此，更遑论其余。数学中有各种各样的无穷大，而现实世界中却不存在无穷大，这是矛盾。对这一矛盾的探究，揭开了现代物理学的新篇章。

19 世纪末，物理学家在对热辐射理论的研究中，遇到所谓"紫外发散"危机，发散就是趋向于无穷大。事情是这样的：按照麦克斯韦电磁理论，热辐射（包括光在内）其实就是不同频率的电磁波。物理学家据此计算热辐射的频谱——能量按频率之分布，他们惊讶地发现热辐射的能量在高频率处竟趋向于无穷大！可见光中紫光的频率最高，更高的是肉眼看不见的紫外线，所以称为紫外发散。能量怎么可能是无穷大？物理学家们百思不解，紫外发散成为 19 世纪末物理学晴空中著名的"两朵乌云"之一。德国物理学家普朗克（Max Plank，1858—1947）为了消除紫外发散，于 1900 年提出了量子假说，认为电磁波的能量是不连续的，具有最小单位——量子。将辐射量子化的结果，原先紫外发散的无穷大消失了，计算出的热辐射频谱与实验一致。热辐射量子化揭开了量子理论之序幕，无穷大是契机。

量子理论的建立是 20 世纪物理学的一件大事，先是量子力学，尔后又发展出量子场论。后者是关于基本粒子的理论，其基本假设是：每一种粒子对应于一种延伸到空间的场，粒子本身则是无穷小的几何点——点粒子。量子场论是量子力学的自然推广，但当物理学家利用它计算基本粒子的质量和能量时，发现全都是无穷大！这当然是荒谬的。问题出在点粒子假设，就像 $\frac{1}{x}$ 那样，在 x

=0 处是无穷大。治本之道当然是应该放弃点粒子假设,但这涉及到基本粒子的内部结构,绝非易事。不得已退而求其次,美国物理学家费米和日本物理学家朝永振一郎等发展出"重整化"理论,绕过了无穷大困难。其实问题并未从根本上解决,有位物理学家不认同,讥讽说:"重整化是要赖皮。"但按重整化量子场论算出的结果与实验符合得非常好,不得不承认它包含着部分真理。事实是:先有无穷大,才有重整化。

20 世纪物理学的另一件大事是相对论的建立,它包括狭义相对论和广义相对论。后者是关于引力与时空性质的理论,根据它提出了"黑洞"假说:比太阳重若干倍的恒星在核燃料耗尽时,会在引力作用下塌缩成黑洞。在黑洞的中心有一个"奇点",其质量密度和能量密度都成为无穷大,物理定律在奇点处全都失效。天体物理学家为黑洞的奇点所困惑已经几十年了,至今尚未找到出路,看来还有待于量子引力理论的建立。你看! 无穷大正在为新理论催生。

为什么物理学总是在遇到无穷大时酝酿突破呢? 我想这是因为在极端条件下事物内在的矛盾激化了,充分暴露了出来。科学家遇到"山重水复疑无路",才下决心去探寻"柳暗花明又一村"。科学家的这种"无穷而后突破"与文人的"穷而后工"有异曲同工之妙。

至此,读者可能会想:"既然现实世界中根本不存在无穷大,在数学中引入无穷大是否多此一举呢?"这个问题很深刻,可以这样来认识:在现有数学体系内没有无穷大是不行的,因为除零的困难无法克服,连四则运算都不能自洽,更遑论其余。但最近有人别出心裁,想建立没有无穷大的数学体系,一种办法是假设自然数具有最大值,超过这个最大值的数根本不存在。这样一来就用不着无穷大了。但是这种有限的数学体系能否建立起来? 有无实用价值? 尚待继续观察。

回过头来再考虑$\dfrac{1}{x}$,当 x 从正数趋向零或从负数趋向零时,结果是不一样的,前者得正无穷大而后者得负无穷大。有趣的是:当 $x=0$ 时, $\frac{1}{x}=$ ？它可以是正无穷大也可以是负无穷大。至大至小竟会合于一点,你说怪不怪？

仔细想想其实并不奇怪。至大至小是两个极端,无非是从一个极端跳到另一个极端——两极相通而已,现实世界中不乏这样的例子。至大莫过于宇宙,至小莫过于基本粒子,天体物理学的研究表明,在大爆炸的那一刹那两者是相通的。先哲有言:真理再向前走一小步就变为谬误。可见,真理谬误两极相通。老子的"祸兮福之所倚,福兮祸之所伏",不也是祸、福两极相通吗？心理学中也有类似的情形:目空一切的自大狂遭受挫折后,往往会跳到另一个极端,变为完全丧失自信心的极端自卑者;"爱极恨生"的变态心理虐待狂,不也是从一个极端跳到另一个极端吗？兵家常言:骄兵必败,哀兵必胜,置之死地而后生,如此等等,不都证明了两极相通吗？所以无穷大这个异数已经给了我们许多重要的启示。

意犹未尽,戏作打油:

无　穷　大

你比谁都大

千万别自夸

小心两极通

变成负横八

纸人世界显真容,
风光不与三维同。

纸人看世界

心灵手巧的剪纸姑娘剪出的纸人栩栩如生,但纸人与真人有一点根本不同:纸人是扁平的,真人则是立体的。用数学语言说:纸人和真人分别生活在二维和三维世界中。二维世界是扁平的,只有左右和前后两个维度;三维世界是立体的,它在二维扁平世界上又加了上下这一维度。不妨随纸人游历一下二维世界,看看它与我们所处的三维世界究竟有什么不同。

划地为牢　小时候读到这句成语,感到不可理解:在地面上划一个圈怎么能变成牢狱呢?其中的犯人一抬腿不就跨出来了吗?但对二维世界中的纸人而言,划地为牢却是千真万确。"难道纸人不能抬腿跨出划地而成的牢狱吗?"不能!别忘了二维世界根本没有上面,纸人的腿往哪儿抬啊?"掘地土遁不行吗?"也不行!二维世界根本没有下面,往哪儿掘地啊?在三维世界里则不一样:纸人就可以利用上下这个维度逃出划地之牢——抬腿跨出或掘地土遁都行。善于举一反三的读者会说:"依此类推,现实三维世界中铜墙铁壁构成的监狱也关不住四维世界中的犯人。"很对!越狱的过程是一个有趣的智力游戏,需要很好的想象力:负责看守的狱卒眼睁睁地看着犯人像穿过一堵无形的墙壁那样进入第四维空间逐渐消失于无形,这叫做空遁!当然,这只是想象,现实世界中并不存在第四个维度,所以用不着担心犯人大逃亡。

纸人无肠 螃蟹的别名叫"无肠公子",纸人又不是螃蟹,怎么会无肠呢?不信吗?请剪纸姑娘剪一个有肠纸人试试。无论姑娘的心多灵手多巧,无论她怎么个剪法,也剪不出一个有肠的纸人来。原因很简单:肠子作为消化系统有嘴和肛门上下两个出口,姑娘剪出来的有肠纸人会因此而分割为互不联系的两片!由此可知,二维世界中的动物不可能有两个出口的消化系统,他们的消化系统只能有一个出口——兼具嘴和肛门的功能。我们生活在三维世界中实在是非常幸运,不至于沦为那种令人恶心的低等动物,而二维世界中可怜的纸人就只好当无肠公子了。

有限无界 这是高等几何学中的一个概念,在现实的三维世界中很难理解,还是请教二维世界中的纸人吧。将纸人放在桌面上,让它任意游荡,无论他向哪个方向,终会碰到桌面的边界,这就是有界。纸人在有限的桌面上想尽一切办法,都无法使其边界消失。这个结论不仅限于桌子,任何有限面积的平面都不可能没有边界,所以在平面上无法实现有限无界。曲面如何呢?将纸人放在一个大气球的表面上,不管它怎样到处任意游荡,始终找不到边界,而气球的表面积是有限的,果然是有限无界!纸人发现的二维有限无界世界具有三个特性:一、它必须是弯曲的;二、它必须是闭合的;三、沿一个固定方向前进会回到原来的出发处。这些特性同样适用于有限无界的三维世界。三维世界如何弯曲?如何闭合?常人很难想象;但第三个特性不仅容易理解,而且可以验证——派一艘飞船沿一个固定方向前进,如果发现它会回到原来的出发处,就证明了所在的三维世界是有限无界的。为什么会回到原处呢? 因为它是闭合的。怎么会闭合呢? 弯曲才可能闭合。原来上述三个特性是互相关联的,这是形成有限无界世界的必要条件。在有限无界的世界中,孙悟空一个跟斗翻出去,只听耳边风声呼呼,十万八千里以后落地,张开火眼金睛瞧一瞧,仍然是在原处! 这恐怕比逃不出如来佛掌心更令这泼猴吃惊。现代吴承恩们,期盼着你们能写出媲美于《西游记》的神话来!

"这些纯粹是文字游戏,毫无意义!"我承认是玩了一点游戏,说毫无意义则未必,不妨略举一二。

纸人无肠和真人有肠的游戏告诉我们:二维世界和三维世界的拓扑性质是不同的。拓扑学是一门艰深抽象的数学,有些数学家也望而生畏,但纸人无肠的例子则很直观易懂。拓扑学在超弦理论中扮演着相当重要的角色。看来也不能说纸人无肠的游戏毫无意义。

有限无界的游戏目的在于说明空间的弯曲、闭合以及回到原处等一些可能的特性,这在纸人的二维世界中是一目了然的。明白了以后再推广到三维世界就比较容易理解。爱因斯坦的广义相对论认为万有引力造成空间弯曲,而黑洞则是由于空间极度弯曲而封闭的一个例子。所以,有限无界的游戏也不能说是毫无意义的。

"这些只对科学家有意义,与我们常人何干?"确实是对科学家有意义,但也不能说与常人不相干。纸人的游戏值得从方法论角度探讨一番:其一,方法论讲究先易后难,为什么先向二维世界的纸人请教然后再推广到三维世界? 这就是为了先易后难。其二,方法论讲究联想,将纸人的经验举一反三,就是利用联想,而联想则是创新的重要途径之一。其三,方法论看重具象思维,将纸人放到大气球上去是一个很具体的形象,这要比抽象地去理解空间弯曲和闭合等容易得多了,不是吗?

所以,别小看纸人的经验,细细体会对常人也可能有所助益,这恐怕是心灵手巧的剪纸姑娘所始料不及的。

数论是数学之女王。

[德] 高斯

蝉 与 数 论

蝉就是盛夏时在树上不停地鸣叫的昆虫,俗称"知了"。数论研究整数的性质,是数论中最基本的也是最难懂的。乍看,蝉和数论似乎风马牛不相及,其实两者确实有关系,本文的题目并非故弄玄虚。

大约七八年前(记不得是哪一年了),那年夏天美国的蝉特别多,不仅鸣声如雷,昼夜不停,扰人清梦,而且由于过多的蝉吸食树的汁液,树木也显得比往年枯萎。大家都感到奇怪,为什么突然冒出这么多蝉来呢? 据报道:昆虫学家作过仔细的研究,和其他许多昆虫一样,蝉的一生分为四个阶段:从卵开始,卵孵化为幼虫,幼虫再变为蛹,蛹最后蜕化为成虫——蝉。在蝉生命周期的四个阶段中,前三个阶段都是蛰伏在地下。只有到最后的成虫阶段才钻出地面,吸食树的汁液,寻找配偶进行交配,然后产卵在地下。到秋风起、寒露降时,这一代的蝉就在完成了自己的生命周期后死去。有一种美国蝉的生命周期是 17 年,那年恰好是这种蝉生命周期的最后一年,成虫从地下爆发出来,形成所谓"大年"。还有另一种美国蝉的生命周期是 13 年,即每隔 13 年爆发一次。

　　细心的科学家注意到17和13两个数都是所谓的"质数"。质数是数论中的一个概念,它是整数中的一类,除了1和本身以外没有其他整数因子。换言之,除了1和本身以外,质数不可能被任何其他整数所整除。科学家心想:蝉的生命周期为什么偏偏是质数呢?在常人看来,这个问题似乎荒唐可笑,生命周期是什么数难道还值得研究吗?但真正的科学家是不会轻易放过任何可疑线索的,一定要寻根究底,不水落石出决不罢休。

　　科学家经过仔细研究,终于弄清楚了,原来这是蝉生存及种族繁衍的需要。蝉的生命周期长达十几年,在这漫长的岁月中,除了最后一年的夏天以外,都是在地下蛰伏,好不容易钻出地面见到天日,蝉希望能好好利用这个一生只有一次的短暂机会。俗语说:"不是冤家不碰头",蝉当然希望碰到"冤家"越少越好。蝉的"冤家"——天敌和与之竞争的昆虫都具有不同的生命周期:1年、2年、3年、4年……各种年份的都有。蝉以质数为生命周期是最佳选择,因为这样出土时可能碰到的"冤家"最少。以17年生命周期为例:蝉的第一代出土时是上一代产卵后的第17年,因为17是质数,除了1和本身以外没有别的整数因子。它碰到的只有以1年为周期的一种"冤家",所以对蝉来说这是很聪明的选择,不妨称之为"聪明"蝉。这也可以从反面来分析:假如有另一种以18年为生命周期的"笨"蝉,第一代在18年后出土,因为18不是质数,具有许多整数因子:1、2、3、6、9以及18。所以就会碰到许多"冤家",包括:1年、2年、3年、6年和9年为周期的,一共五种"冤家",这要比17年为周期的"聪明"蝉的多得多了。不仅第一代出土的蝉是如此,其后代子孙也是如此。仍以17年周期的"聪明"蝉为例:第二代出土时是第34年,这时它碰到的"冤家"只有周期为1年、2年和17年三种。以18年为周期的"笨"蝉的运气就差得多了,它的第二代出土时是第36年,碰到的"冤家"很多,包括:1年、2年、3年、4年、6年、9年、12年和18年为周期的,共有八种之多。依此类推,第三代出土的"聪明"蝉与"笨"蝉碰到的冤家数目也有很大的差别。至于以 13 年为生命周期的蝉的命运如何,相信读者们能自己算出来。

至此,聪明的读者心中一定已经有很多疑问:一、难道蝉真有"聪明"与"笨"之分吗?二、难道蝉真的懂数论吗?三、难道蝉对自己的生命周期真有选择的自由吗?四、科学家是否在自作聪明?……下面就这些问题加以讨论:先讨论第一个问题,蝉并无大脑,不会思考,它的本领大多是来自先天遗传的本能,所以如果真有"聪明"蝉与"笨"蝉之分的话,也只不过是遗传的优劣而已。

第二和第三两个问题可以合并讨论:数论之难是出了名的,就连数学家都感到头痛。常人中懂数论的更是少之又少,蝉当然不可能懂数论。聪明如人尚且无法选择自己的生命周期,更遑论蝉矣。但既然如此,蝉的生命周期为什么会与数论的原理相符合呢?原来答案在于"进化论"中"物竞天择,适者生存"的自然选择规律。太古时,蝉的祖先可能具有各种不同的生命周期:1 年、2 年、3年……以至 17 年、18 年都有,它们之间互相竞争,经过亿万年的进化过程,自然选择规律在起作用。在前面的讨论中我们已清楚地看到,生命周期为质数的蝉由于"冤家"少,在生存竞争上占显著的优势,因而存活率高。而生命周期为非质数的蝉,由于"冤家"太多,在生存竞争上处于劣势。优胜劣败,劣种被淘汰了。所以剩下的是以质数为生命周期的现有品种,就不足为奇了。因此答案是:蝉本身并不懂数论,也无法自己选择生命周期,而是由于自然选择规律,蝉不自觉地"利用"了质数的特性而已。

再来讨论第四个问题:科学研究结论的正确性是由实践来检验的,生命周期为质数的蝉之竞争优势至少已由美国的两种蝉证明了。以后如在世界各地再发现类似的例子,就可以证明科学家的结论是正确的。但如发现反例,就需要研究其原因,然后再修正理论。

我们从蝉的这个小故事中或许可以学到一点东西:其一:数论规律是对进化所赋予的蝉生命周期的确切描述,从一个侧面折射出"数学之女王"——数论的普适性。其二,我们已看到蝉要生存,种族要繁衍,就必须服从自然规律。其实,一切生物都是如此,万物之灵的人也不例外。但有一点不同,人可以通过认识规律自觉地顺应。孙中山先生说:"世界潮流,浩浩荡荡,顺之者昌,逆之者亡。"证诸生物进化以及人类社会发展,确为至理名言。

> 马克思说:科学的入口处就像地
> 狱之门。
>
> 佛说:我不入地狱,谁入地狱。

创新就要允许犯错误

创 新是大好事,我们这个古老的民族太需要创新了。对创新
的好处已有不少论述,这里想谈谈创新过程的艰辛。创新
是对未知境界的探索,你要去的地方是从未有人到过的,创新之路
要靠自己走出来。缺乏坚韧不拔、百折不回的毅力,很难摘取创新
之果。

1995 年 5 月权威性的《数学年刊》刊载了英国数学家韦尔斯
(A. Wiles, 1953—   )证明费马大定理的长篇论文。由于这一成
就,韦尔斯几乎囊括了数学界所有的大奖,包括著名的沃尔夫奖、
费马奖、科尔奖、肖克奖,等等。尤其是被誉为相当于数学诺贝尔
奖之菲尔兹奖,本来只授予不超过 40 岁的数学家,这次专门为他
颁发了一个特别奖。韦尔斯获此殊荣当之无愧,他攻下了 350 多
年来数学史上最大的难题。

费马是法国数学家,自学成才,曾提出并证明过许多数学定
理。他提出费马大定理,但并未给出证明,只是一个猜想。还有一
个有趣的小插曲:1637 年费马在一本拉丁文书《算术》中的第八个
问题旁边空白处写下了这个猜想,接着他写道:"我对此已经有了

一个确实非常奇妙的证明，只是此处空白太小，写不下。"后人曾为此专访费马故居，翻遍他的手稿，始终未发现有关的证明。这种轶事流传至今，为费马大定理平添了几分传奇色彩。

中学生都知道直角三角形的勾股（弦）定理：$x^2 + y^2 = z^2$，其中x、y、z分别为勾、股、弦的长度。巧妙的是x、y、z可以是整数，例如《周髀算经》记载的"勾三股四弦五"，即$x = 3$，$y = 4$，$z = 5$，就是一组能满足该式的整数解。古希腊的毕达哥达斯学派对之曾进行过深入的探讨，找到了许多组整数解。他们还考察过：$x^3 + y^3 = z^3$，出乎意料，始终无人能找出满足此式的x、y、z之非零整数解。费马考察了一般公式：$x^n + y^n = z^n$，其中n是大于2的整数。他费尽心机，始终找不到非零整数解，于是提出猜想："$x^n + y^n = z^n$，对于n大于2的整数，不存在x、y、z之非零整数解。"这就是著名的费马大定理，就这么简单，中学生也看得懂。

费马大定理虽然简单，证明却难于上青天。许多数学大师包括德国的莱布尼茨（Leibniz, 1646—1716）和高斯（G. F. Gauβ, 1777—1855），瑞士的欧拉（L. Euler, 1707—1783），法国的勒让德（A. M. Legendre, 1752—1833）和柯西（A. L. Cauchy, 1789—1857）……都曾试图证明费马大定理，其他数学家以及业余爱好者尝试的更是不计其数，但是统统失败了。曾多次有人宣布证明了费马大定理，仅在1909年至1911年这三年内就提出了一千多篇证明，都因为有人指出证明中有漏洞而被否定了。还有人为此废寝忘食、神魂颠倒，甚至有自杀的。

法国数学家费马
（P. Fermat, 1605—1665）

　　韦尔斯10岁时在一本书中接触到费马大定理,马上被迷住了,立志要证明它——初生之犊不畏虎!他的数学老师并未认为他年幼无知而一笑置之,而是不断鼓励他、引导他,为他介绍必要的基础知识。韦尔斯从剑桥大学毕业后,1980年到美国普林斯顿大学做研究,这些年来他从未忘掉求证费马大定理。1986年他下决心攻这个难题,但能否成功,他没有把握。如果心无旁骛专攻费马大定理,不知何时才能发表论文。教授必须经常发表论文,否则就有碍声誉和发展前途。韦尔斯终于想出了两全之计:将自己在其他课题取得的成果写成若干篇论文,留着以后慢慢发表。韦尔斯开始潜心专攻费马大定理,他很快发现问题极为复杂——当然!否则早就有人解决了。为了求证费马大定理,不仅要用到最新的数学成果和技巧,而且还需要创造出新的方法。韦尔斯为了避免干扰,闭门谢客,此事除妻子外无人知晓。面壁七载,终于“大功告成”。韦尔斯写出了证明费马大定理的论文,1993年6月21日应邀在剑桥大学的国际数学讨论会上宣读。前一天在电脑网络中已有传言说韦尔斯的论文可能有关费马大定理,会场上座无虚席,走道上也站满了好奇的学生。韦尔斯的论文宣读持续了三天,黑板上写满一排排公式,擦掉后又写满了,两百多位听众急切地想知道结果到底如何。直到6月23日快结束时,韦尔斯才在黑板上写出了费马大定理,然后转过身来谦逊地说:“我想就到此为止。”费马大定理终于被证明了!大厅里响起一片掌声,纷纷向韦尔斯祝贺,消息马上传遍全世界。

　　可惜高兴得太早了,不久就在韦尔斯的证明中发现了漏洞。数学证明中出现漏洞可不是一件小事,证明定理全靠严密的逻辑推理,从前提到结论一步一步环环相扣,不能有一个环节脱扣,否则前功尽弃。对韦尔斯来说,如果这个漏洞补不起来,千里长堤溃于一穴,七载艰辛付诸东流。而且将不成熟的论文公开发表也是丢脸的事,韦尔斯这个错误犯大了!但他没有灰心,马上找了他的一个学生,两人一起着手补救。又是一年多功夫,皇天不负苦心人,漏洞终于补起来了。韦尔斯终算幸运,类似情况下漏洞补不起来的,大有人在。

想想看:费马大定理从提出到最终获得证明,350多年来多少人(包括韦尔斯在内)犯过多少错误,才取得最后成功。科学史上这种事屡见不鲜。牛顿在谈到自己成就时说:"我站在巨人的肩上。"他所说的巨人是为牛顿学说奠基的伽利略和开普勒等成功的先行者,但还应该看到,巨人脚下躺着无数筚路蓝缕、前仆后继的失败的先行者,是他们提供了宝贵的经验教训,使后人知所趋避。我国著名数学家陈省身说:"数学是'胜者为王',只有第一,没有第二。"其实一切科学均如此,重复别人就不算创新。但古往今来究竟有几个第一呢? 没有那些第二、第三、……以及无数失败者组成的广大后备军,难道第一会从天而降? 所以应该允许犯错误,不能完全以成败论英雄,要尊敬那些付出过艰辛劳动虽败犹荣的失败者。

有人说:"你举出的都是科学史上的大难题,我几次创新一帆风顺,不曾犯错误。"我相信确实有这样的事,对此我只能说:"祝贺你创新成功! 你一定很聪明勤奋,而且非常幸运。"一个人能当幸运儿是福气,但对国家社会而言,创新大业不能靠碰运气。所以我坚持:创新就要允许犯错误。道理很简单:创新是探索未知领域,无先例可循。提出的主意不可能保证绝对正确,因为要根据已有的理论或先例才能在事先证明其正确性,但这样一来就毫无新意了。再说:人非圣贤,孰能无过?

美国企业提倡创新,许多成果都出在小公司,因为他们敢于承担风险。大公司往往比较保守,员工们多一事不如少一事;经理们怕影响自己升迁,也尽量避免风险。但商场竞争是无情的,尤其是在高科技领域,不能创新就等于死亡。有鉴于此,一些有远见的大公司如IBM、杜邦等都建立了院士(Fellow)制度,并冠以公司之名,如IBM Fellow等。院士的特权有三:经费、时间、自由。每人都有相当大一笔院士基金,可以自行支配;院士三五年不出成果无人过问;关键是自由,院士喜欢干什么就干什么,想怎么做就怎么做,错了不要紧,重新再来过。事实证明:给科学家以自由,为他们创造必要的条件,让他们放手去干,允许犯错误,这样持之以恒,就能创新出大成果。IBM 的几位科学家先后在扫描隧道显微镜和高温超导体方面获得了诺贝尔奖,最近又在集成电路中以铜代铝技术方面取得突破,提高了电脑的性能。此外,数学的一个分支"分形理论"能解释许多自然现象,并在不同领域内得到应用,其开创者也是一位 IBM Fellow。经验表明,这种制度行之有效,对创新大有裨益。我国在有条件的地方,是否可以仿行?

从刘姥姥照镜子到诺特定理,
其中大有文章,好戏还在后头。

对 称 趣 谈

刘姥姥在怡红院中对着穿衣镜羞那满头插花的老婆子,误以为是亲家母。那是她喝醉了酒,否则一眼就会认出镜中人与自己一模一样,这就是镜像对称。"不完全一样! 刘姥姥左手戴的银镯在镜中人的右手。"读者的眼睛真尖! 但镜像确实保留了原像的全部信息,只是左右对调了一下。

镜像属于空间的一种对称性,还有另一些空间对称性:拉链具有一维平移对称性,将之沿长度方向平行移动一个单元(小齿),其形状保持不变。墙纸和瓷砖的图案具有二维平移对称性,可以沿两个方向平行移动一个单元而形状保持不变。平移对称性并不只限于空间,钟表"滴答、滴答"的周期运动具有时间平移对称性。从信息观点看:单元具有全部的信息,平移只是重复,毫无新意。

用显微镜细看雪花,会发现虽然没有两片雪花是相同的,但均为六重旋转对称,即绕中心旋转 60 度(圆周的 1/6)其图形不变。依此类推,五瓣的梅花是五重旋转对称,十字花科的四瓣花朵均为四重旋转对称,如此等等。二重旋转对称与镜像对称是否一回事? 读者可自己琢磨。

稍微留意,就可以在生活中发现许多对称性。宇宙充满了对称,并非夸大之词。

科学家从晶体开始研究对称性,经过几代科学家的努力,发现了一些有关对称性的重要性质:在二维平面上,平移不变的单元一共只有17种;在三维空间中,平移不变的单元一共只有230种;晶体结构相同而化学成分不同的晶体,有许多性质是相似的;反之,化学成分相同而晶体结构不同的物质,可以具有非常不同的性质,石墨、钻石、碳-60均为同质异构,即为显例。可见,晶体结构之对称性对物性有重要作用。

研究对称性的数学工具是群论,由19世纪法国的一位天才青年数学家伽罗瓦在研究五次方程的解时首先采用,可惜他英年早逝,20岁时为了一位神秘女郎与"情敌"决斗身亡(参见《数学界的普希金》一文)。幸运的是他的群论手稿几经周折,终于保存下来得以发表。群论不仅对晶体学起了巨大的推动作用,而且成为研究分子、原子、核子以及基本粒子对称性的极为重要的工具。

对称的另一个重要性质是由一位德国女数学家诺特(A. E. Noether,1882—1935)发现的,她证明了诺特定理:每一种对称性均对应于一个物理量的守恒定律,反之亦然。例如:空间平移对称对应于动量守恒定律,时间平移对称对应于能量守恒定律,旋转对称对应于角动量守恒定律……乍看难以理解,细细琢磨确有道理:宇宙飞船在外太空靠惯性自由飞行,按动量守恒定律其速度保持不变。如果飞到空间某处,飞船的速度突然改变了——作为速度与质量乘积之动量就不再守恒;由于没有任何外来作用,这只能归之于空间性质的改变——空间平移不再对称。如果还不明白,可以再看一个形象化的比喻:冰球受击后以等速滑行,因为冰面是平移对称的;如在某处发现冰球速度突然改变,那一定是该处冰面有障碍——平移不再对称。对其余的对应关系也可以作类似的理解。

最近有人根据量子力学提出信息守恒,在物理学界引起轩然大波,英国著名物理学家霍金为此与人打赌。我在一篇短文《信息守恒吗?》(见《科学》1998年第4期)中列举理由,主张信息不守恒,文末向信息守恒信奉者提出一个具有挑战性的问题:信息守恒所对应的对称性是什么? 至今没人能回答这个问题,可见诺特定理威力之巨大。

好奇的读者会问:"镜像对称对应于什么守恒定律呢?"问得好! 这关系到 50 年代物理学的一个重大突破。过去物理学家一直认为镜像对称是宇宙的基本规律,基本粒子也不例外,所对应的守恒定律称为"宇称守恒定律"。20 世纪 50 年代李政道和杨振宁共同研究基本粒子衰变实验结果中的一个矛盾,发现在已知的物理定律范围内无法解决。经过仔细核对与缜密思考,他们提出:在弱相互作用下宇称可能不守恒。这一大胆设想为吴健雄等人以实验证实,李、杨因此获得 1957 年诺贝尔物理学奖。按照诺特定理,宇称不守恒意味着镜像不对称。换言之,在粒子世界中,即使刘姥姥没有喝醉,所见之镜中人也不是她自己! 天工之妙,妙不可言!

更妙的是,对称性与美学有密切关系。正常人的外貌具有左右镜像对称性,设想一个人少一只眼,或嘴歪在一边,那一定被视为丑八怪。此外,对于动物尤其是脊椎动物,也都是以左右对称为美;中国、希腊、罗马的古建筑绝大多数是左右对称的;圆形的杯、碗、碟、花瓶等工艺品的造型大都是旋转对称的。这些都说明:对称是美。

为什么对称是美? 不妨看一个例子:小时候玩万花筒,那是一个圆筒内装三片面朝里的长条形镜子,其截面成正三角形;圆筒的前端装有两片玻璃,玻璃夹层中置有形状不规则的彩色碎玻璃片,另一端开有一个观察孔。将万花筒置于眼前,旋

物理学家吴健雄(1912—1997)

转它就可以看到千变万化、五彩缤纷的美丽图案。万花筒的美从何而来？光是一堆杂乱无序的碎玻璃片并不美，奥妙在于三片反光镜构成了三重反射对称，使得杂乱无序的彩色碎玻璃片经过镜面的反射形成对称的美丽图案。可见，对称美在于：在杂乱中形成规律，在无序中引入秩序。

事物都具有两面性，美也不例外：美容师和时装设计师都知道完全对称并不美，总是想法适当地引入"对称破缺"，略微破坏对称性以表现美：男子的分头是三七分而不是对半开，时髦女子的发式总要带那么一点不对称，才显得俏丽。衬衫只在左边有胸袋，而上衣无论左衽、右衽均不完全对称。艺术家当然更懂得利用对称破缺：蒙娜丽莎的脸稍偏些才美，如作正面标准像状则美感尽失。我国古代艺术的瑰宝——马踏飞燕，只有一只蹄踏在飞燕上，四蹄的姿态各不相同；如果硬是将之作成左右对称，岂非动态全失，美感荡然无存。最近英国生物学家在植物中发现了一个会使原来对称的叶子和花瓣变为略微不对称的基因，利用它可以创造出更美丽的花朵，是否可称为美的基因？总之：对称破缺是美。

"你刚才说对称是美，现在又说对称破缺是美，岂不是自相矛盾？"其实前面说的是：杂乱无序中引入对称是美；后面说的是：规则有序中引入不对称是美，所以并不矛盾。就好比天天粗茶淡饭的人，觉得山珍海味是美味，而吃厌山珍海味的人，反而认为糙米野菜是美味，是一个道理。对称、破缺与美的关系从信息观点看就是：形象所包含的信息太多或太少都不美，对称减少信息，破缺增加信息。巧妙地搭配两者，恰到好处就是美。艺术家都懂得这个道理。

马踏飞燕

科学也有所谓美学原理,科学家在探索未知世界时,除了以实验为判据外,美也是一个重要的考虑。英国著名物理学家狄拉克在被问及:是怎样得到那著名的相对论量子方程时,回答得很干脆:"我发现它美!"这种科学美也与对称性密切相关,爱因斯坦将之发挥到了极致。在他以前,科学家是从定律中发现对称性,爱因斯坦反其道而行之——从对称性中发现定律。他的广义相对论就是一个范例:从引力与加速度等效原理出发,

英国物理学家狄拉克
（P. A. M. Dirac，1902—1984）

凭协变对称性就能写出引力方程。这种从对称性中找定律的方法被沿用至今,在物理学的前沿探索中发挥着越来越大的作用。所以科学家不只是求真,也在寻美。总之,对称性无所不在,是宇宙的普遍规律。要想找出比这更普遍的规律,还真的要费点功夫,如不信可以试试看!

> 生命或许在于某种平衡,但死亡才是最终的平衡。

漫 话 平 衡

读了韩春旭《生命在于平衡》(2001 年 5 月 9 日《文汇报·笔会》)一文,颇受启发,想从科学的角度谈谈平衡的各种不同含义。

天平两边重量相等时就达到平衡,这是由于天平两边所受之重力势均力敌,相持不下而达到平衡。用手在天平一边轻轻地触一下,原先的平衡就破坏了,天平开始向一边倾斜,继而左右来回摇摆。过一会儿,天平仍然会回复到原先的平衡位置。这种能抗拒破坏力而自动返回平衡的称为稳定平衡。

平衡不一定都是稳定的。拿一个煮熟的鸡蛋,试图在桌面上将之直立起来。经过反复试验,运气好的话可能会成功。直立的鸡蛋也是一种平衡,但它是不稳定的,轻轻吹一口气马上就倒下,而且不可能自动再直立起来。这是一种不稳定平衡。

为什么天平的平衡稳定而直立鸡蛋的平衡不稳定呢?原因无他,在于其重心与支点的相对位置不同。天平悬臂系统的重心位于其支点之下,而直立鸡蛋的重心位于其支点之上。前者的平衡被破坏后会产生一种校正力,使之自动恢复平衡;后者则相反,任何微小的偏离所产生的力引起更大的偏离,最终导致完全失去平衡,而且不可能自动恢复。总之,平衡随时都可能遭到破坏,想保持稳定需要某种"向心力",而不稳定则是"离心力"作用的结果。这条关于稳定与不稳定的规律是普遍适用的,甚至可以推广到人际关系:自视极高而居高临下者是不稳定的,稍有风吹草动,就会像直立的鸡蛋那样倒下来。天理如此,可不慎欤?

平衡概念在物理学的另一个分支——热力学中占有重要的地位。在盛有开水的热水瓶中投入一冰块,100 摄氏度的开水和 0 摄氏度的冰块两者温度不同,在热水瓶中形成"热不平衡"。经过一段时间后,冰块融化为水,瓶中水达到一个均匀的温度,形成了"热平衡"。这个过程司空见惯,不足为奇。

问一个怪问题:上述从热不平衡到热平衡的过程会不会自动倒过来进行?显然不会!谁见过热水瓶中的温水自动变成开水加冰块来着?再追问:为什么不会?这可不是容易回答的,它涉及19 世纪发现的一个重要定律——热力学第二定律。第二定律有多种表示方式,定量的表示为:在与外界没有物质和能量交换的封闭系统(如热水瓶)中,其总熵只增不减。

熵是什么?不妨回到热水瓶中:冰块融化是由于热量从开水转移到冰块所致。开水减少的熵等于它交出的热量除以开水的温度(均以绝对温度计算,即摄氏度加273 度),冰块增加的熵等于它收到的热量除以冰块的温度。在这个过程中,开水交出的热量和冰块收到的热量相等,而冰块温度比开水温度低,因此冰块增加的熵比开水减少的熵来得多,所以热水瓶中的总熵增加了。这个过程符合第二定律,故能自动进行。而其逆过程导致总熵减少,违反第二定律,所以不可能自动进行。这个结论是普遍适用的,在封闭系统中事物的变化总是朝着熵增加的方向发展,最终达到具有最大熵的热平衡,相反的过程不可能自动发生。

从热力学进一步发展出统计力学,后者在更深的层次上解释了第二定律。原来熵是系统无序的度量,第二定律的增熵意味着封闭系统总是从有序自动朝无序发展,最终达到的热平衡是最无序的混沌状态。从有序到无序,这是不可抗拒的自然规律。质言之:天道混沌!

果真如此吗?生物学家首先要起来抗议:"生命是有序,从宇宙洪荒之混沌,发展到今天之芸芸众生,是从无序到有序,怎么能说是天道混沌呢?"问得好!生命的起源和生物的发展进化确实是从无序到有序,但别忘记生命机体是开放系统,它与外界不断地交换物质和能量。第二定律的增熵只适用于封闭系统,不能孤立地用于生命系统。事实是:生物机体这个开放系统在与外界交换物质和能量的过程中,不断地将多余的熵排出给周围环境,使自身的熵减少而保持有序;而周围环境则因接纳熵而变得更为无序——想一想那些垃圾、污水、废气就明白了。将生物与周围环境一起考虑,其总熵还是增加,第二定律仍然适用。

聪明的读者会说:"我懂了!生命是高熵之汪洋大海中低熵之一叶孤舟,为了不被大海所吞没,就要不断地对抗增熵。我们饮水、进食、呼吸新鲜空气,等等,固然是为了进行物质和能量的吐故纳新,同时也是为了抛弃身体内多余的熵。"说得很对!从饮食呼吸中所获得的熵比通过排泄所抛弃的熵要少,不断抛弃身体内多余的熵是维持生命的必要条件,而死亡则是走向热平衡的最终归宿。在这个意义上说:生命在于不平衡。韩春旭先生别误会!这和你文中所说的是两回事,两者并不矛盾。

世界真奇妙,后来才知道。

　　　　　　　　——于光远

漫游粒子奇境

五　光十色、千变万化的大千世界究竟是由什么东西构成的?
自古以来人们一直在探索。我国古代的阴阳五行说和古希
腊的原子说固然都闪耀着智慧的光芒,但毕竟均基于思辩,缺乏实
验根据。近代科学以实验为基础,对物质结构的认识是从原子分
子开始的,19世纪科学家发现分割物质而不改变其特性的最小单
位是分子,而分子则由原子所构成。从此,人们开始漫游微观世界
之粒子奇境。

　　英国的卢瑟福(E. Rutherford,1871—1937)用实验证明了原子
是由原子核与电子所构成,原子核居中,电子在外。但原子的结构
究竟是怎样的呢? 人们的思想不免有点惰性,最初想当然地认为
原子的结构和太阳系相仿。原子核就好比太阳,而电子就像行星
那样在各自的轨道上绕原子核旋转。不多久就发现这种原子结构
的"行星模型"有一个大毛病:像电子这样的带电粒子在旋转时会
不断失去能量,轨道会越转越小,很快就落入原子核中。所以这种
按经典力学建立的原子模型是不稳定的,原子结构不可能是这个
样子。幸而不久迎来了量子力学,对电子这样的微观粒子的行为

作了完全不同的描述。原来电子根本没有一定的位置,也没有运动轨道。原子中的电子就好像云雾般迷漫在原子核外的空间,形成所谓"电子云"。"电子到底在哪儿?"科学家们众说纷纭,还是诗人说得好:"只在此山中,云深不知处。"(贾岛《寻隐者不遇》)谁说科学枯燥无味?你看!电子云的意境不是很朦胧飘逸吗?

这是人们在粒子奇境中遇到的第一个惊奇:原来微观世界的规律和我们日常所见宏观世界的很不相同,按老规矩想当然行不通。

随后又发现原子核中隐藏着更大的秘密。原子核是由质子和中子所构成,日常所见的元素的核都是稳定的。但当核中的质子数增多到一定数量时,核就变得不稳定,形成所谓"放射性元素"。有些放射性元素如铀等,在一定条件下会产生裂变,放出巨大的能量,这就是原子能。原子能的释放是迄今为止人们在粒子世界中所遇到的最大惊奇,一小块铀的原子核中竟蕴藏着如此巨大的能量,其威力足以摧毁一个城市,或足够供应一座城市一年的电力。粒子世界不仅奇妙,而且具有难以想象的巨大威力。

在发现电子、质子和中子以后有一段时间,人们相信宇宙中所有的物质都由这三种"基本粒子"所构成。这在当时看来,似乎是一个简单而又合理的理论。可惜好景不长,物理学家们利用先进的高能实验工具,陆续发现了一大批所谓"奇异粒子",其总数竟有几十个之多,而且随着能量的提高其"家属成员"不断增多。这就很难令人相信所有这些粒子都是基本的。60 年代初提出了"夸克"理论,认为所有与质子、中子同类的"重子"都由夸克所构成。夸克一共只有六种,不仅能对已发现的重子作出解释,而且夸克理论所预言的奇异粒子也逐个被实验所证实,所以这是一种很成功的理论。但是夸克也带来了意想不到的惊奇。自从提出夸克理论以来,科学家一直在寻找"自由夸克",即单独自由存在的夸克。三十多年来,为此想尽了一切办法,使用了各种最先进的实验手段,始终未能发现自由夸克。于是科学家开始怀疑自由夸克是否存在,提出一种"夸克禁闭"理论,认为夸克永远禁闭在重子中,根本不存在自由夸克。为什么会这样呢?这是因为夸克之间的吸引力随距离增大而增加,就好像要拉开由弹簧连接的一对钢球那样,拉得越开,费劲越大。弹簧会不会拉断呢?这很难说。一种可能是永远拉不断,夸克真的被判了无期徒刑。另一种可能是终于拉断了,那肯定是费了很大的劲——耗费极高的能量,结果不知道会放出什么样的"妖魔鬼怪"来。有人会说:"不对啊!不就是拉出夸克来吗?"粒子世界可不是这样简单,根据"质能相当"原理,能量可以转化为物质。在高能物理实验中只要能量足够高,就会产生原先想象不到的各种奇异粒子,而且能量越高,产生的粒子就越多,什么样的"妖魔鬼怪"都有可能出现。更多的惊奇还在前头等着呢!

时间可能是物理学最丰富的宝藏。

光 阴 如 箭

"光阴如箭,日月似梭。"这是老一辈的人给朋友写信时常用的套话,说的是时间过得真快。现在有了相对论,我们知道时间过得快与不快是相对的。这里以"光阴如箭"为题,是想说明时间的不可逆性——如离弦之箭,从不回头。

"上下左右谓之宇,古往今来谓之宙。"古人造出"宇宙"这个词早就将时间与空间联系起来看了。爱因斯坦的相对论用严密的公式将时间与空间构成统一的四维时空,更密切了两者间的联系。但时间与空间有一个重要的区别:空间可逆,时间不可逆。任何人都可以做这个实验:向前走一步,再向后退一步,就可以回到空间中原来的出发点;但却不可能回到原来出发的时刻,失去的时间永远无法追回。光阴如箭,时光不会倒流。

时光倒流是什么样子? 看倒放的电影就知道了:雨点从地面飞起,回到天上的乌云;瀑布从深潭跃起,飞向悬崖之巅;落英返回花朵,再变为含苞的蓓蕾;大公鸡变鸡雏,再钻回蛋壳里去……当然这些都是不可能的,因为时光不会倒流。

为什么时光不会倒流? 这一直使科学家感到困惑,一种可能的解释来自热力学,它是为了提高热动力机效率而发展起来的一种物理学理论。热力学第一定律就是熟知的能量守恒定律,热力学第二定律(即增熵定律)则比较陌生,内容是:与外界没有物质和能量交换的封闭系统之熵值只增不减。熵是一个物理量,它随时间之变化是不可逆的。物理学家据此解释说:熵的不可逆性规定了时间的不可逆性,因为假如时间可以倒过来,原来的增熵过程就变成了减熵过程,这违反热力学第二定律,所以不可能发生。

增熵所规定的时间不可逆性究竟是什么意思呢?这需要了解熵是什么。简单地说:熵是系统无序的度量,其准确的意义涉及较复杂的数学,这里只能举例说明之。人们早就看到一些自然现象:泼水难收,生米煮成熟饭,生物从生到死……这些过程都是不可逆的,谁见过泼出去的水回到碗里、熟饭变回生米来着?不可逆性是因为这些均为增熵过程,系统的无序度增加了。前面两个例子中的水渗透到泥土和米粒中以后,比原来两者分开时更混乱了。这就增加了无序度,使熵值增加。生物从生到死的情形要复杂些,但也是由于增熵,即其机体中无序度的增加。

以热力学第二定律来解释时间不可逆性似乎有道理,但仔细推敲仍有问题。热力学第二定律是唯象的,只说明现象,知其然而不知其所以然。后来发展了统计力学,才给热力学第二定律以统计解释,揭示出其本质:原来封闭系统中减熵之逆过程的几率比增熵之正过程的几率小得多;因此减熵不是不能发生,而是极少发生,在系统的随机起伏中偶尔会观察到瞬时的减熵。换言之,如果仅以热力学第二定律来解释时间不可逆性,偶尔会观察到瞬时的时光倒流!

科学家总是要寻根究底,继续探讨对时间不可逆性的解释。有些人将时间不可逆性的起因归结为基本粒子的"时间反演不守恒定律",即某些微观粒子在弱相互作用下表现出来的时间不对称性,但是他们说不清为什么与弱相互作用毫不相干的日常事件都表现出时间不可逆性。英国物理学家霍金将时间不可逆性归之于宇宙膨胀,但亿万年后如果宇宙从膨胀变为收缩,时光是否会倒流呢? 美国物理学家盖尔曼则认为:时间不可逆性起源于宇宙大爆炸时所设定的"初始条件",所以这是"前世注定,在劫难逃"。

科学家是富于想象力的,正当对时间不可逆性众说纷纭,有人大胆设想,提出了"时间隧道说",通过它时光可以倒流! 大家都熟悉空间隧道:火车从甲地钻入隧道从乙地出来,隧道将空间相隔的两地联系起来。与此类似,时间隧道将两个不同的时刻联系起来,通过它可以返回历史。例如你在 1999 年进入时间隧道,当你从时间隧道那一头走出来时是 1899 年,慈禧太后还在垂帘听政,你外祖母正在呱呱诞生。读者会惊呼:"不对啊! 外祖母诞生时我母亲还不知在何方,我是从哪儿蹦出来的呢? 这违反因果律。"是的! 时光倒流确实颠倒因果,闹出像外孙亲历外祖母诞生那样匪夷所思的荒唐事来。但时间隧道说并非全无根据,广义相对论并不排斥其可能性。

英国的瓦维克大学一位名叫哈德莱的研究生以时光倒流及因果颠倒解释量子力学作为博士论文,他认为基本粒子是时空极度扭曲的"结",其中包含微观的时间隧道,基本粒子可以通过它多次返回历史。哈德莱宣称:根据他的理论,量子力学中所有难以理解的问题都可以得到解释。尽管他的理论是如此怪诞,论文还是被通过了,并授予他博士学位。早在 1992 年入瓦维克大学前,哈德莱就拥有一家很赚钱的电子公司,还创建了一家软件公司,事业正如日中天。但"什么是基本粒子?"这个问题一直在他心中盘旋,为了寻求解答,他毅然决定放弃自己的事业,重回学校去继续攻读物理学,拿到硕士学位以后,他选择了上述题目做博士论文。尽管他的想法远离物理学的主流,许多人都劝他说这样做太冒险,他却一本初衷,孜孜不倦,乐此不疲。无论他的学说是否能成立,这种不计得失追求真理的精神是值得钦佩的。

哈德莱关于微观时空极度扭曲形成"结"的说法并非是唯一的,还有一些研究基本粒子的物理学家为了将量子力学与广义相对论统一起来,也提出过类似的说法。最近欧洲和美国的几位物理学家提出方案,利用精密的激光长程干涉仪做试验来验证。结果如何?且拭目以待。

科学在不断进步,人类对宇宙奥秘的理解在不断深入,关于时间不可逆性的研究还会继续下去,光怪陆离的各种时间隧道说也会不断地被提出来。在没有得到完全确定的结论之前,科学对各种可能性都敞开大门。但可以肯定:日常生活中的宏观因果性是决不会颠倒的,任何人都不可能亲历自己外祖母的诞生;如果我们所经历的宏观时光倒流,历史就可以改写,天下一定大乱,有诗为证:

莫 回 头

时间老人你切莫回头走

佛说回头是岸　你回头是灾难

谁也不愿见到希特勒复活

抢先造出原子弹

对科学前沿之探索者而言,茶余
饭后的自由交谈比正式会议更重要。

七棵松会议花絮
——时间是什么?

2001 年6月间,二十几位物理学家、哲学家和科学史专家在美国明尼苏达州举行了"七棵松会议"。会议是由明尼苏达的一位企业家哥莱克(Lee Golike)发起并资助的,"七棵松"是他所拥有之旅馆的名称。哥莱克对哲学和物理学很感兴趣,会议的目的是讨论科学中的重大问题。今年的主题:时间是什么?

时间是什么? 对常人而言,时间是钟表的滴答、生命的步伐、与情人第一次约会的心跳……这难道还是问题吗? 就算是个问题,李白早已在《春日宴桃李园序》作了回答:"光阴者,百代之过客。"但科学家并不满足,特别是物理学家偏爱寻根究底。三百多年前,牛顿建立经典力学所采用的是绝对时间观,它均匀流逝,与空间和物质运动互不相干。近百年来,科学的时间观念发生过两次重大的变革。1905年爱因斯坦发表了狭义相对论,指出:时间与空间互相关联共同组成"时空连续统",而且两者均随运动而变化,例如运动的钟会变慢。1915年,又是这位爱因斯坦发表了广义相对论,进一步指出:时间和空间的结构均受物质和能量分布的影响,在引力场中或加速度时,时间会变慢。如果有人乘接近光速的宇宙飞船到外太空去兜一圈回来,他会发现家中的儿子和孙子早已去世,这可真是:天外方七日,世上已千年!记者在一次访问中要求爱因斯坦:"请以最通俗的方式说明相对论。"爱因斯坦说:"和女友约会你感到时间飞快流逝,夏日在火炉旁你感到度日如年。这就是时间的相对论!"当然他是在开玩笑。

时间流逝了又将近一个世纪,当前物理学的前沿是统一场论,试图将20世纪物理学的两大支柱——广义相对论与量子论统一起来。科学家发现时间在这两种理论深处所扮演的角色很不一样。"时间是什么"仍然是今日物理学家所面临的难题。

七棵松会议采取休闲方式,学术报告少而精,却安排了许多茶余饭后的自由讨论,参加者可以无拘无束地各抒己见。

芝加哥大学的怀尔德(R. Wald)教授说:"各条道路都遇到同样的障碍,看来需要对时间和空间有新的理解。"他又补充说:"这次会议不应该看成是科学家渴望寻求哲学的启蒙。"宾州大学阿许特卡(A. Ashtekar)教授的意见略有不同,他说:"科学家的信心有点动摇。我想对来自各方面的意见应持更开放的态度。"

匹茨堡大学科学哲学历史系的依尔曼(J. Earman)教授语惊四座,他说:"相对论的结构建议:时间可能只是一种心理的幻觉,它对人类是重要的,但并非任何统一理论的基本元素。"果真如此,爱因斯坦对记者所说的就不是开玩笑了!难怪明尼苏达大学的物理学教授鲁达兹(S. Rudaz)对此评论道:"这个观点可有点激进!"他环视四周又补了一句:"该不是只有我一个人这样认为吧?"

芝加哥大学的哲学教授休盖特(N. Hugget)说:"当代物理学家探索统一场论所遇到的问题,与当年牛顿和迪卡尔在建立他们的理论时所遇到的时间和空间问题相类似。"

经过四天讨论,会议对"时间是什么"虽然没有取得一致意见,但对问题的症结已有所认识。物理学家以两种不同的方法探索统一场论:一是从广义相对论出发;另一是从量子论出发。他们发现以这两种方法所得出的时间观念从根本上不相容。这个问题不解决,统一场论就无法建立起来。芝加哥大学的哈维(J. Harvey)教授认为:超弦理论是比较有希望的统一场论候选者,这种理论假定宇宙万物归根到底均由在高维空间中振动着的超弦和超膜所构成,它能将已知的四种力都很自然地统一起来。哈维说:"如果问超弦理论家:你能不选择时间和空间背景而构成超弦理论吗?回答是:不可能!"所以"时间是什么"也是超弦理论之症结所在。

怀尔德教授提出解决问题的一种可能性,他说:归根到底,时间只是建立起事件之间的联系,例如宇宙大爆炸可以用扩张着的宇宙的大小来表示,而不采用某种抽象的纯粹时间。但他承认:即便如此,也会遇到各种障碍。

会议结束时,阿许特卡教授用英语朗诵了老子《道德经》中的一段话——他以为是诗,故分行:

> 此两者同出而异名
> 同谓之玄
> 玄之又玄
> 众妙之门

阿许特卡认为老子的这个观点可能对解决超弦理论中"时间是什么"的问题有所启迪。我很高兴看到东方古老的哲学思想为前沿科学家所赏识,遗憾的是,阿许特卡教授所根据的《道德经》英译本有严重错误。玄有两解:一是玄妙;另一是黑色。此处应作玄妙,而英译本误译为 Darkness——黑暗!玄妙一变而为黑暗,岂不大煞风景。话说回来,也许该教授将错就错,他的本意就是:"时间是什么"仍然是漆黑一团,不过这可不能挂在老子的账上。再说"黑暗中的黑暗"(上述老子原文第三句被译成:Darkness within darkness)又能给出什么样的启迪呢? 看来不识中文的西方学者想真正参透东方哲学的玄机还不那么容易。

语不惊人死不休,科学家亦如是。

蝴蝶效应

美国的一位大学教授曾发表惊人之论:"巴西的亚马孙丛林中一只蝴蝶轻轻地扇几下翅膀,就会在美国的得克萨斯州掀起一场龙卷风。"蝴蝶真有这么大的威力?还是这位教授在开玩笑?

首先是"事出有因"。

物体的运动可以用微分方程来作定量的描述,它揭示出在某一时刻的运动状态(位置和速度)与其前后时刻的运动状态之间的关系。如果知道了现在的运动状态(即初始条件),就可以据此通过解微分方程,求出以后任何时刻的运动状态。上述"蝴蝶效应"源出于一类非线性微分方程,其初始条件极微小的变化会引起以后的运动状态极大的剧烈变化。有一门"混沌理论",专门研究这类效应。

现实中这类效应确实存在:管道中的水流遇到障碍时会产生不规则的湍流;使飞机急升陡降甚至失事的高空乱流也属于这一类;大气中湿度过饱和时,用飞机洒下少许干冰,就可以引发一场暴雨……这样的例子还可以举出很多。

　　但产生这类效应要有条件,首先是能量。蝴蝶扇翅膀与龙卷风的能量相差何止亿万倍,所以蝴蝶效应是一种高度的能量放大过程,但能量是守恒的,不会无中生有。任何能量放大过程都只是以小能量来控制大能量,其必要条件是要有大能量处于"一触即发"的待控状态。只有这样,才可能用小能量加以控制。因此问题归结为:在什么条件下大能量才能处于这种待控状态? 这就引出了下面的条件。

　　其初始系统必须处于某种有序状态。可以用多米诺骨牌效应来说明这个道理。将骨牌立起排成一列,轻轻推倒第一张骨牌,就会引起连锁反应,使随后的千百张骨牌相继倒下。产生多米诺效应的条件是,相邻骨牌必须立起并保持适当距离。千百张立起的骨牌所具有的位能,由于排成一列而处于"一触即发"的待控状态,只待那轻轻一推,就触发了多米诺效应。否则,像麻将桌上洗牌时那样一堆乱骨牌,神仙也变不出多米诺效应来。前述在产生湍流、乱流前的水流和气流,以及过饱和的大气都属于某种有序系统。

　　因此,如果大气圈中确实存在某种特定的有序状态,原则上并不排除"蝴蝶效应"发生的可能性。所以说"事出有因"。

　　但最终还是"查无实据"。

　　大气圈的状态受到多种因素的制约,其中很多是无序的。自发出现有序状态的几率非常之低,只有在特定条件下的局部范围内才有可能,而纵贯美洲大陆的大范围内的有序状态实际上不可能出现。其实这毋须高深的科学知识就可以理解;如果那位教授所说的"蝴蝶效应"真的会发生,那么全球每天有几千架喷气机在天空呼啸而过,岂不是要把天都震塌了吗? 所以大可不必杞人忧天,亚马孙丛林中再多的蝴蝶扇翅膀,也不会把你的屋顶掀掉。

　　不过也不要责怪那位教授,他的惊人之论也有益处。可以当作一种"理想实验",帮助我们以形象化的思维来理解一些科学道理。自然界有许多奥秘,值得我们去思考,去探索⋯⋯

　　最近(1998年)有人在《纽约时报》上撰文,引用"蝴蝶效应"比照克林顿总统的绯闻说:白宫女实习生莱温斯基扇几下眼睫毛,就掀起了一场席卷美国的政治风暴。不要以为这只是政治笑话而一笑了之,历史上小的诱因触发震撼世界的重大事件的例子不绝于书。研究这类社会"蝴蝶效应"的产生条件及其机制,具有一定的理论和现实意义,以后有机会再谈。

庄生之梦再浪漫,也想不到蝴蝶
竟会变出这么多花样。

蓝蝶的光辉

这是我第三次写蝴蝶了,第一次是《蝴蝶效应》,第二次是《帝王蝶掀起的风波》。那两次介绍的都是"好事者"借题发挥,利用蝴蝶来做文章,这次写的却是蓝蝶自身令人叹为观止的真本领。

亚马孙丛林中的雄性蓝蝶带有醒目的彩虹般蓝色光辉,有人说在半公里外就能看到,还有人说乘小飞机飞越丛林竟能看到下面蓝蝶扇翅膀发出的蓝色闪光。蓝蝶的光辉如此强烈,其奥妙在于它的翅膀具有独特的光学性能。有的竟能反射70%的蓝色光线,远远超过蓝色涂料的反射率。这引起了科学家和工程师们很大的兴趣,正在对其原理进行研究。

人们在一百多年前就发现蓝蝶的翅膀有独特的光学性能,但直到最近才开始了解其反光机理和精巧的结构。蓝蝶的翅膀上覆盖着许多由单个表皮细胞构成的微小的几丁质鳞片,这就是触摸蝴蝶翅膀时会沾手的粉。用显微镜观察鳞片,发现鳞片表面刻有许多平行的脊状突起物。用更高倍的显微镜观察脊的截面,发现其中包含着许多平行排列的羽状物,"羽毛"的主干两边生出若干分支,分支的长度沿主干从根到梢逐渐变短。这种结构类似于人造的多层介质反射镜,但结构更为精巧。

蓝　蝶

　　人造的多层介质反射镜是由许多层透明介质所构成,其反射光具有很强的方向性:对接近垂直入射的单色光线具有极高的反射率,但对斜入射光线的反射率却很低。换言之,观察者只能在很小的角度内看到反射光束,略为偏离就看不见了。令科学家们大吃一惊的是:蓝蝶翅膀的反光是广角的,能见的视角竟高达一百度! 可以在很大范围内看到。蓝蝶翅膀的这种奇妙光学性能的秘密在于其羽状物的分支并非完全位于同一平面内,而是各具有略为不同的倾斜角,这种安排使得反光的视角大为增加。蓝蝶的翅膀也具有颜色选择性,其羽状物的尺寸恰好能增强蓝光的反射,而且其分支越多,反光就越强,一种具有 10 到 12 个分支的蓝蝶翅膀能反射 70% 的蓝光;另一种具有 6 到 8 个分支的蓝蝶则仅能反射 40% 的蓝光,但后者仍比蓝色涂料的反光率高出一倍以上。蓝蝶翅膀的反射光颜色随不同的视角略有变化,从蓝色到紫色,一直延伸到人眼看不见但蓝蝶能看见的紫外线。

　　蓝蝶耀目的光辉干什么用呢? 原来是用来作为其占领区的警号,使别的雄性蓝蝶在远处就能看到,知所趋避。它的蓝光越强,其示警作用就越显著。物竞天择,适者生存。亚马孙丛林中亿万年的自然选择,使得蓝蝶进化到具有如此奇妙光学性能的翅膀。英国和美国的一些大学、公司和军事部门正在研究蓝蝶的反光机理,想加以仿造,应用于各个方面。

首先想到的应用是:既然反光如此强烈而醒目,就可以用来作为公路上的路标,以及在危险地区工作的工人们穿的工作服。另一个可能的应用是改善电脑的平面显示器,现有的液晶显示器不仅亮度不够,而且视角很小。模仿蓝蝶翅膀的反光结构,有可能使两者都得到显著改善。

军事部门感兴趣是为了将之用于可随环境变换的新型迷彩伪装。原来蓝蝶翅膀的反射光颜色是由羽状物的尺寸决定的,改变尺寸就可以变换颜色。他们希望仿蓝蝶翅膀的反光结构用于迷彩伪装,利用调节其微结构的尺寸来变换反光的颜色,使之更接近于环境的色彩。例如可用于水陆两栖军用车辆,在水中行驶时变为闪耀的银白色,在陆上行驶时变为花斑的草绿色,像变色龙那样神出鬼没,岂不大妙!

可以想象得到的另一个应用是时装,如能仿蓝蝶翅膀做出具有特殊反光性能的衣料来,少女穿上由这种衣料制成的时装,将在时装展示台上大出风头。鲜艳的反光不仅使得坐在大厅最后排的观众都感到光华耀目,而且当她转身时各个不同部位会显出如彩虹般的不同色彩,翩翩然如穿花蛱蝶。

最重要的应用是有价债券的防伪。现代彩色复印机已能仿造出几可乱真的假钞,犯罪分子很容易用来作案,致使假钞泛滥,防不胜防。但是再先进的复印机也无法伪造出具有精细立体结构的蓝蝶翅膀来。一家印制塑料钞票的公司对此感兴趣,认为具有极大的应用潜力。制造假钞的罪犯们做梦也想不到,亚马孙丛林中美丽的蓝蝶将成为他们的克星。

纽约州立大学的一位昆虫学家说:"蓝蝶做到了工程师们试着做却未能成功的事,它精细地调节了翅膀的反光率。"另一位研究者说:"人们看到其复杂性,感到模仿并非易事。"迄今为止,正在研究中的人造模仿物,在光学性能上仍无法与蓝蝶的翅膀相比。

自古以来,蝴蝶就被认为是极富浪漫色彩的,不是吗?从庄子的"庄生梦蝶?蝶梦庄生?"富含哲理的迷思,到梁山伯祝英台双双化蝶的凄美神话,无不勾起人们浪漫的遐想。有感于此,曾写过一首小诗:

蝶　梦

蝶舞花丛中

窃笑庄生痴

物我本一体

何分彼与此

那是多年前的往事了,如今蓝蝶又为蝴蝶的神话增添了新的篇章。原来蝴蝶的翅膀上也有如许奥妙,使科学家自叹弗如,工程师竞相仿效。如今在花丛中翩跹的蝴蝶窃笑的恐怕不只是庄生的痴,还有那自命为"万物之灵"的尚欠聪明。

蜻蜓的问题其实也不难回答，
难的是幡然悔悟，身体力行。

蜻蜓的迷思

小荷才露尖尖角
早有蜻蜓立上头

（宋·杨万里《小池》）

蜻蜓是非常古老的昆虫，在地球上已繁衍了上亿年。它以苗条的身材、透明的翅膀、轻盈的舞姿款款飞来，邂逅"出污泥而不染，濯清涟而不妖"的小荷。珠联璧合，天趣盎然，难怪诗人诗兴大发。

初夏的一天午后，我躺在沙发上看美国电视的科学节目《极致的机器》，才知道小小蜻蜓还有一个鲜为人知的本领。那强壮的胸肌和轻盈的翅膀使它具有无与伦比的飞行效率，再精巧的人造飞行器也难以望其项背。英国的一位空气动力学专家费了十年功夫，采用了包括电脑模拟、风洞实验等各种手段，经过仔细观察分析，终于发现了蜻蜓高效率飞行的秘密。原来在飞行中蜻蜓的翅膀除了上下拍动以外，还同时快速地回转摆动。这种复杂的动作在蜻蜓翅膀前沿上方生成漩涡，就像台风眼那样，漩涡在翅膀上部形成低气压，产生附加的升力，从而大大提高了飞行效率。

这个发现立即被付诸实用，工程师设计制造了一架仿蜻蜓的微型"机器蜻蜓"。拜高效率之赐,由微型电池供电驱动的机器蜻蜓可以持续飞行数小时。

造出机器蜻蜓作什么用呢? 当然不是作为小人国的民航客机,而是作为我们人类的武器。是的,武器! 灵巧的机器蜻蜓在空中飞翔,成为能穿门入户的微型侦察机,悄悄地进入敌军司令部,将敌方的作战机密利用携带的微型摄像机和无线电发射机传回。机器蜻蜓还可以携带微型炸弹,装备成微型轰炸机。不妨想象一下:一大群机器蜻蜓突然从枪眼里飞进掩体,敌人惊魂未定,就被炸得死伤枕藉,这可比巡航导弹厉害多了。机器蜻蜓结构简单,可以用低成本大量生产。机器蜻蜓体形小巧,能避过雷达的侦察进行突然袭击,使敌人防不胜防。机器蜻蜓确实是一种多功能的新式武器,军事专家说:我们即将进入微型武器时代。

忽然想起前院的池塘常有蜻蜓光顾,于是就从沙发上起身去看。在和熙的阳光下池塘中水波粼粼,轻风徐来,小荷新发。果然飞来一只鲜红的蜻蜓,停在荷叶尖上。我掂着脚尖走过去悄悄地对它说:"你那高效率飞行的秘密已被人类揭开,你的小兄弟——机器蜻蜓已经诞生并试飞成功,即将在战场上大显身手。"红蜻蜓轻轻地闪动一下翅膀,似乎听懂了。池中游鱼唼喋,激起一圈圈涟漪轻摇着红蜻蜓的倒影,我陶醉于大自然和谐美妙的宁静之中……朦胧间,红蜻蜓竟开口说话了:"人类真聪明,我们蜻蜓族世世代代经过亿万年进化才磨炼出高超的飞行本领,你们竟然一个人花10年功夫就学到手了,真不愧为万物之灵。但为什么要上战场呢? 战场是人杀人的地方,到那里当然是去杀人。不错! 我们蜻蜓族扑杀小飞虫为食也是杀生,但那毕竟是非我族类。我真不明白,万物之灵为什么同族相残?"红蜻蜓瞪着一双大眼睛望着我,似乎在等我回答。

瞿然惊觉,发现自己仍躺在沙发上,原来刚才是做了一个梦。蜻蜓的迷思"万物之灵为什么同族相残"仍在脑海中萦回。

猫若有灵,不知作何感想。

薛定谔猫的生与死

午看这个题目以为是开玩笑,其实是严肃的科学问题。英国著名科学杂志《自然》2000 年 7 月 6 日刊登文章专门讨论这个问题,并加以评论,评论文章的题目就是:《薛定谔猫变胖了》。

什么是薛定谔猫? 这要从头说起:薛定谔(E. Schrödinger, 1887—1961)是奥地利著名物理学家,量子力学的创始人之一,曾获 1933 年诺贝尔物理学奖。薛定谔猫是他在 1935 年提出的关于量子力学解释的一个佯谬(也译为悖论),这些年来物理学大师们绞尽脑汁试图解开。直到最近经过一系列精巧的实验,才逐渐有了眉目。《自然》的文章报告了最新的实验结果。

量子力学是描述原子、电子等微观粒子的理论,它所揭示的微观规律与日常生活中看到的宏观规律很不一样。处于所谓"叠加态"的微观粒子之状态是不确定的,例如电子可以同时位于几个不同的地点,直到被观察测量(观测)时,才在某处出现。这种事如果发生在宏观世界的日常生活中,就好比:我在家中何处是不确定的,你看我一眼,我就突然现身于某处——客厅、餐厅、厨房、书房或卧室都有可能;在你看我以前,我像云雾般隐身在家中,穿墙透壁到处游荡。这种魔术别说常人认为荒谬,物理学家如薛定谔也想不通。于是他就编出这个佯谬,以引起注意。果然! 物理学家争论至今。

　　薛定谔猫佯谬是一个理想实验(想象的实验,不一定真的做):将一只猫关在箱子里,箱内还置有一小块铀、一个盛有毒气的玻璃瓶,和一套由检测器控制的榔头所构成的执行机构。铀是不稳定的元素,衰变时放出射线触发检测器,驱动榔头击碎玻璃瓶,释放出毒气将猫毒死。铀未衰变前,毒气未放出,猫是活的。铀原子在何时衰变是不确定的,所以是处于叠加态。薛定谔挖苦说:按照量子力学的解释,箱中之猫处于"死-活叠加态"——既死了又活着! 要等到打开箱子看猫一眼才决定其生死。请注意!不是发现而是决定,仅仅看一眼就足以致命! (或起死回生!)这个理想实验的巧妙之处在于通过"检测器—榔头—毒药瓶"这条因果链,似乎将铀原子的叠加态与猫的死与活联系在一起,使量子力学的微观不确定性变为宏观不确定性;微观的混沌变为宏观的荒诞——猫要么死了,要么活着,两者必居其一,不可能同时既死又活! 难怪英国著名科学家霍金听到薛定谔猫佯谬时说:"我去拿枪来!"

　　薛定谔猫佯谬提出了一个问题:什么是量子力学的观测?观察或测量都与人的主观有关,而人在箱外,所以必须打开箱子看一眼才决定猫的死活。谁都知道箱中猫的死活是由铀的衰变决定的——衰变前猫是活的,衰变后猫死了,这与是否有人打开箱子进行观测根本不搭界。所以毛病出在观测的主观性上,应该朝这个方向寻根究底。微观的观测与宏观的不同,宏观的观测对被观测对象没有什么影响。俗话说:"看一眼总行吧。"意思是对所看之物并无影响,用不着担心。微观的观测对被观测对象有影响,会引起变化,以观测电子为例,要用光照才能看见,光的最小单位光子的能量虽小但不是零,光子照到被观测的电子上对它的影响很大。

所以在微观世界中看一眼也会惹祸！量子力学认为：观测的结果使得被观测对象的状态改变了，一个确定态从原先不确定的叠加态中蹦了出来。再追究下去，观测无非是观测手段（如光子）与被观测对象（如电子）之间的一种相互作用，这种相互作用并不一定非与观测者联系起来不可，后者可以用检测器之类的仪器代替，这样就可以将人的主观因素完全排除——薛定谔猫的死活不是由人打开箱子看一眼所决定的。

但箱中之猫"死-活叠加态"究竟是怎么一回事呢？

物理学是实验科学，一切要由实验来判定。较早的一批关于薛定谔猫的实验是将处于叠加态的单个原子或分子从周围环境中孤立起来，然后以可控制的方法使之相互作用，以观察其变化。结果发现关键在于与环境的相互作用，它导致原先的量子叠加态转变为经典确定态。但是将这些实验对象当作薛定谔猫是一种极度的简化，单个原子或分子与薛定谔猫相去何止十万八千里。

这次《自然》发表的与上述那些实验不同，纽约州立大学石溪分校的弗利德曼（J. R. Friedman）等人拿来做实验的"薛定谔猫"不是单个粒子，而是在环形电路中由几十亿对电子构成的超导流。实验证明这种宏观量子系统也可以处于叠加态——相当于薛定谔猫的"死-活叠加态"。几十亿对电子构成的超导流当然还不能与若干亿亿亿个原子构成的猫相比，但较之单个原子分子，毕竟前进了一大步。所以有人惊呼："薛定谔猫变胖了！"

这次最新实验的结果使物理学家对量子力学有了更深刻的理解。据此已能对薛定谔猫为什么不可能存在荒诞的"死-活叠加态"作出符合量子力学的解释。在某种意义上说，薛定谔猫佯谬已经解开。所以别担心，不会拿真猫去做实验的。

"不就是一只假想的猫吗，让霍金拿枪打死不就完了。"事情并非那么简单，否则许多物理学大师就不会那么孜孜以求了。薛定谔猫佯谬衍生出一个根本问题：由大量原子分子构成的生物与这些微观粒子所遵从的量子力学规律之间的关系是什么？这不仅是重要的理论问题,而且具有实际意义。例如自我意识的机制至今仍是未解之谜,有人认为可能与量子力学或更深层次的微观规律有关。再如思维过程中的"顿悟",会不会与前述之"一个确定态就从原先不确定的叠加态中蹦了出来"有关呢? 可能有关的还有:生命的起源、物种的变异、光合作用的机制,如此等等。总之,生命的秘密和思维的奥妙不可能与量子力学的规律无关。这就难怪薛定谔后来转而对生命科学感兴趣了,1946 年他写了著名的《生命是什么?》一书,提出了一些很有创见的观点。薛定谔高明之处在于,他提出的薛定谔猫佯谬不仅挑战物理学家达 65 年之久,而且其衍生问题还在继续挑战下一代的科学家——不仅物理学家。薛定谔真不愧为名家高手,遗憾的是在他有生之年,那可怜的箱中之猫依然生死不明。

　　意犹未尽,继之以诗:

问　猫

西谚云猫有九条命
不死之猫居然生死不明
为什么还不从箱中蹦出来
朝着薛定谔的幽灵"妙呜"一声

> 我梦见屈原行吟泽畔,手执《天
> 问》仰天长啸:万物之本兮伊于胡底?
> 群峰回应:胡底? 胡底? 胡底?

万物之本伊于胡底

万物之本自古引人遐思。东方的阴阳五行及元气说,西方的四元素及原子说,闪耀着智慧的光芒,但毕竟均基于思辨。直到19世纪才有实验根据,20世纪步步深入。科学家发现,探索万物之本好比剥洋葱,剥了一层又一层。

"洋葱"的第一层是分子,分子是物性不变的最小单元。

分子由原子组合而成,"洋葱"的第二层是原子。

原子由原子核和电子构成,原子核居中,电子像云雾般弥漫于核外空间。电子之内涵深邃莫测,其行踪虚无缥缈,有道是"只在此山中,云深不知处。"(贾岛《寻隐者不遇》)"洋葱"的第三层是原子核,电子现身于第三层,却属于更深层。

原子核由质子和中子构成,这是"洋葱"的第四层。物理学家一度认为,质子、中子和电子这三种基本粒子是万物之本。在当时看来,这似乎是既简单又合理的理论。可惜好景不长,高能量实验陆续发现了几百种"奇异粒子"。

天道崇简! 万物之本不可能如此繁杂。

1960年代,盖尔曼(Murray Gell-Mann)提出"夸克"说:质子、

中子以及与之同类的"强子"均由夸克构成。夸克说为实验所证实,盖尔曼于1969年获得诺贝尔物理学奖。陆续发现了3代共6种夸克:下与上、奇与粲、底与顶。还发现了3代共6种"轻子":电子、缪(μ)子、陶(τ)子,及相应的3种中微子。上述12种粒子,加上几种相互作用媒介的粒子,已全为实验所证实。这是"洋葱"的第五层。

"洋葱"已剥开了五层:分子、原子、原子核、质子和中子等、夸克和轻子等。请注意,"洋葱"只是比喻,任何比喻都有局限性。例如,"洋葱"的第二层和第一层是分开的,而原子则是分子的一部分。

剥去五层后的"洋葱"内究竟隐藏着什么?各学派都在猜测。弦论认为万物皆弦,圈论认为万物皆圈,还有旋子、扭子、先子等诸论。众说纷纭,莫衷一是。

一位小朋友大声说:"洋葱剥到最后什么也没有。"我说:"好极了,四大皆空!"这不是开玩笑。物理学家相信:万物之本不仅与空间密切相关,甚至可能是两位一体。童言无忌,一语中的,这位小朋友真聪明。

对万物之本更深入的探索遇到基本观念的关卡:空间时间究竟是什么?这个问题不解决,万物之本探索者寸步难行。

空间观有其发展过程。牛顿说:空间是绝对的,不随物质运动而变。爱因斯坦说:空间与物质运动密切相关,万有引力是空间(及时间)的弯曲。万物之本探索者说:基本粒子是空间的拓扑结构。空间弯曲和拓扑结构比较抽象,比喻有助于理解。以水喻空间,牛顿说:万物好比水中之游鱼,鱼不离水,鱼非水。爱因斯坦说:水性流变,万有引力好比水中之涟漪,乃水之变形(几何形态)。万物之本探索者说:万物皆水,基本粒子好比流水旋涡中的空洞,乃水之异构(拓扑结构)。水之不存何来涟漪旋涡空洞?以四大皆空喻万物之本,虽不中亦不远矣。

时间观更玄!牛顿说:时间是绝对的,均匀流逝万古不易。爱因斯坦说:时间是相对的,其节奏随运动速度和万有引力强度而变。

例如,以接近光速邀游太空归来的宇航员发现:天上方七日,世间已千年! 万物之本探索者试图将量子论与广义相对论统一起来,发现两者的时间观念根本不相容。有人提议放弃抽象的时间,代之以事件之间的关系,但也解决不了问题。2001 年召开的"七棵松会议"专门讨论"时间是什么?"与会物理学家殚思极虑仍不得要领,圈论创立者阿许特卡(Abhay Ashtekar)为此求助于《道德经》:

> 此两者同出而异名
>
> 同谓之玄
>
> 玄之又玄
>
> 众妙之门

可惜他会错了意,详见本书《七棵松会议花絮——时间是什么?》一文。

这已经够玄了,还有更玄的!

物理学家认为空间是量子化的,存在一个最小尺度——普朗克长度,约为一千亿亿亿亿分之一米。以普朗克长度为单元,可将宇宙空间切割为许多极其微小的普朗克立方。诺贝尔物理学奖获得者霍夫特(Gerard t'Hooft)等人提出"信息为本"假说:万物之本是普朗克立方表面的二元码信息:0 代表"无",1 代表"有"。如实验证明他们是对的,万物之本是信息,这非同小可!

物质、能量、信息三要素,原先认为是各自独立的。爱因斯坦提出"质能相当公式",物质与能量合二为一,发展出原子能应用。如霍夫特等人的"信息为本"假说被实验证实,物质、能量、信息合三为一,会有什么样的应用呢?

唯物论基于现实(物质),唯心论基于意识(信息)。如物质、能量、信息果真合三为一,这将对哲学产生什么样的冲击? 值得哲学家深思。科学与哲学本为兄弟。日心说、进化论、量子论、相对论的提出,都对哲学思想产生过巨大影响,何况万物之本? 科学家在招手,哲学家岂能无动于衷?

万物之本究竟是什么? 至今仍是未解之谜。弦耶? 圈耶? 旋耶？扭耶？先耶？四大皆空？信息为本？……孰是孰非惟有实验才能判定。也有可能都猜错了，那也无妨。筚路蓝缕之探索者即使误入歧途，能使后继者知所趋避，虽败犹荣！"路曼曼其修远兮，吾将上下而求索。"（屈原《离骚》）

　　昨夜，我梦见屈原行吟泽畔，手执《天问》仰天长啸：万物之本兮伊于胡底？群峰回应：胡底？胡底？胡底？……

庄德文章在,光焰万丈长。

庄 德 之 辩
——可分与不可分

庄 子说:"一尺之棰,日取其半,万世不竭。"《庄子·外篇》这句话经常为物理学家所引用,以说明物质无限可分。

古希腊的德谟克里特提出原子说,认为万物均由不可分割的最小单元——原子所构成。原子的希腊文是 atomos,意为不可分割。

东西方两位先哲,一位认为物质无限可分,另一位认为原子不可分割。孰是孰非?不仅凡人感到困惑,连上帝也难下断语。于是请庄子和德谟克里特一起下凡到人间,先熟悉一下两千多年来的科学资料,然后举行一场辩论会。庄子和德谟克里特两人端坐在主席台上,台下座无虚席,大家聚精会神地聆听两位的辩论。

德君先发言:"19 世纪化学家道尔顿根据实验,证明了我的原子说是对的。他不仅沿用了原子这个名称,而且证明了万物均由周期表中九十几种元素的原子所构成。例如一个水分子就由两个氢原子和一个氧原子构成的。"

庄君说:"水分子由原子构成,不正好说明分子可分吗?"

德君接着说:"分子固然可分,但并非如你所说的那样可以日取其半。譬如一杯水,你今天倒出一半,明天再倒出一半,……不停地这样倒下去,最后杯中只剩下一个水分子。请问庄君,你如何取其一半?"

庄君想了一下说:"如果原子确实像你所说那样不可分割,对水分子当然无法取其一半。但是这个前提是不成立的,20世纪科学家已发现原子是由原子核和电子所构成,而原子核又是由核子——质子和中子构成的……"

德君插话说:"原子可分,核子可分,你说得对。但即使这样也还救不了你的日取其半,就以氢原子为例,它由一个质子和一个电子所构成,前者比后者重1800多倍,你如何将氢原子分为两半?"

庄君说:"你别抢发言好吗? 我还没有说完。后来科学家进一步发现,质子和中子也是可分的,两者都由夸克所构成。纵观科学史,你应该看到,现代科学的进展已一再证明了我的物质可分思想。"

德君说:"夸克也救不了你。质子和中子都由三个夸克所构成,而且不一定是三个相同的夸克。30年来科学家费尽心机始终无法分离出单个夸克,更不用说半个夸克了,所以你无法将核子日取其半。再说,物质一再可分,并不等于无限可分。例如迄今为止始终测不出电子的内部结构,量子场论仍然将之当作几何点。"

庄君说:"你说的这些都对。但是谁又能保证今后夸克和电子一定不能再分呢? 事实上近来科学家已发展出一种超弦理论,他们认为夸克和电子等所谓基本粒子都是一些振动着的超弦或超膜。超弦和超膜虽然极其微小,但不是几何点,它们具有空间的外延,有外延就有分割的可能性。"

德君笑道:"你想得倒很妙,可惜超弦和超膜只是纸上的数学理论,没有实验证明,你高兴得太早了。"

庄君反驳道:"反正不管科学如何发达,揭示出的物质本性如何微妙,谁也无法否定物质无限可分。因为我总可以说:现在不可分不等于将来也不可分。所以你永远驳不倒我。"

至此,再辩下去就是耍嘴皮了,于是叫停。庄、德两位回后台休息,台下的听众仍不愿离去,开始议论纷纷。

东边一位站起来说:"庄子上当了!其实他一开始就可以声明:我的微言大义是"日取其半,万世不竭",棰只是信手拈来的一个例子而已。日取其半是一个数学概念:1、1/2、1/4、1/8、1/16……,这是一个无穷数列趋向极限——趋向于零,但永远不等于零。庄子在两千多年前就引入了极限概念,真了不起! 庄子上了物理学家的当,将日取其半万世不竭解释成为物质无限可分,这就辩不清了。如果将之解释为数学的极限,莫说德谟克里特,就是上帝亲自出马也辩不赢他。"

旁边一位接着说:"我完全同意这个意见。物理学家死抠住庄子那句话中的一个棰字不放,硬是将之解释为物质无限可分。其实古人惯于借物喻理,不是吗? 难道白马非马是相马? 守株待兔是猎兔? 刻舟求剑是寻剑? ……其实他们都是以生动的具体事例来阐发抽象的哲理。我们应该领会其精神,而不应该拘泥于具体事例。这叫做抽象继承。"

西边的一位站起来说:"抽象继承很重要,对德谟克里特的原子说也应如此理解。道尔顿沿用德谟克里特的原子名称,并不等于两者是一回事。后来发现道尔顿的原子是可分的,并不等于德谟克里特的原子说破产。为什么不能将夸克和电子或者以后发现的更为基本的物质视为德谟克里特的原子呢? 我领会原子说的精髓是:物质分割到一定程度,就会发现一个单元,再分下去性质就变了。"

旁边一位青年说:"物质的可分也有多种形式,不一定是分为两半,也可以分成三份,如此等等。基本粒子世界的花样多得很,例如部分可以大于整体! 这种怪事显然不是日取其半所能概括的。将庄子的棰说解释成物质无限可分而应用于基本粒子,确实只能抽象继承。"

话音刚落,一位更年轻的说:"不仅如此,依我说,连物质是不是真的无限可分也是可以商榷的……"

东边一位青年跳起来说:"我不同意!宇宙是无限的,人的认识过程也是无限的。反对物质无限可分就是否认宇宙的无限性,就是主张人对宇宙万物的认识最后会到达一个终点。"

这时后面一位老先生站起来说:"这涉及到哲学问题了。照我看,哲学与科学是朋友而不是师生关系。正确的哲学思想对科学是有帮助,但不是单向的指导而是双向的互相启发。19世纪末20世纪初,物理学正处于大变革中,物质的科学概念发生了深刻的变化。列宁在批判唯心主义时指出:物质的具体形态可以随科学的进展而改变,但物质作为不依赖于人的意识而存在的客观本性则不变。列宁并未介入具体的科学争论,这是很明智的做法。"

散会后回家途中,一位同行者问道:"基本粒子研究是前沿科学,这些老古董真的管用吗?"我说:"抽象继承当然有用,死抠片言只字,就会被先哲讥为不肖子孙!""不肖子孙?难道我们现在的知识反倒不如当年庄、德二位?"我想了一下说:"科学当然比两千年前进步多了,但就思想而言,我还是佩服先秦诸子和希腊先哲。每读他们的文章,心中就涌起一股不可抑制的冲动。他们视野广阔,知识渊博,思维深邃,眼光独到,分析精辟,文采飞扬,思绪如天马行空,气势可排山倒海,如何不令人心仪?我常在梦中,时而徘徊于函谷关外青牛古道旁;时而又流连于雅典神殿之断垣残柱间,缅怀先哲之风采。当年诸子百家冲决而出,各种学说如雨后春笋竞比高。常呆想:为什么两千多年前东西方都出现了这种生气勃勃的百家争鸣局面?为什么随后又都陷入长期的万马齐喑?至于谈到今天辩论台上这二位,恕我套用一句:'庄德文章在,光焰万丈长。'"

别小看了一张莲叶！黎曼几何的
曲面性质都体现出来了。

莲叶之启迪

周敦颐《爱莲说》赞美莲："出淤泥而不染，濯清涟而不妖。"骚人墨客争相吟咏。柳永《望海潮》"三秋桂子，十里荷花"，众口相传，金主完颜亮闻之，顿生"立马吴山第一峰"之念，可见其魅力非同小可。

诗词和绘画中以莲为题材的，不胜枚举。

莲浑身是宝：花可赏，叶有多用，柄可入药，子及藕可食。

莲的生命力极强，千年古墓中发现的莲子尚能萌发，即为明证。我家庭院中的莲，不仅在池塘中恣意蔓生，而且侵入到岸边的草地，不时冒出几茎莲叶与野草争地。

莲叶不沾水，水滴在莲叶上，形成浑圆的水珠滚来滚去，莲叶略一倾斜水珠就滚落了。忽发奇想：如能发明像莲叶那样不沾水的玻璃，用作汽车的挡风玻璃，雨刷就可以免了。别小看这个发明，它具有极大的实用价值。不妨看一个类似的例子：原先汽车的雨刷只能连续工作，一经启动就不停地左右摆动，虽能有效除去挡风玻璃上的雨水，但扰乱驾车人的视线，而且下小雨时并不需要雨刷不停的摆动。一位有心人注意到这个问题，发明了"间歇式雨刷"：刷一次，停几秒钟再刷。这一发明获得了许多国家的专利，发明人由此而获得的专利授权费以百万美元计。想一想，假如另一位有心人仿照莲叶发明了不沾水的挡风玻璃，汽车就不再需要雨刷，其经济价值比照前例不难想见。我曾对一些朋友建议过，但至今尚未见到仿莲叶的挡风玻璃。

莲叶之不沾水特性是亿万年来生存竞争的结果，其理可反推之：莲叶之直径盈尺，亭亭如华盖，由纤细的叶柄支撑本来就显得头重脚轻，莲叶如沾水将不胜其重荷而无法直立，严重影响接受阳光，一旦光合作用减弱，莲的生存就难以为继。莲叶为什么不沾水？这涉及莲叶表面对水的吸附力和水的表面张力两者之消长，莲叶对水的吸附力远小于水的表面张力，所以不沾水。为什么莲叶对水的吸附力极小？这是莲叶不沾水关键之所在，如能识破而仿造就是新发明。附带提一下，取消汽车雨刷除了要求挡风玻璃不沾水，还要求不沾灰尘和不沾冰雪。经过多年观察，我发现莲叶似乎也不太沾灰尘；莲叶是否沾冰雪？我不知道，因为早在冰雪来临前，就只剩"留得枯荷听雨声"（李商隐）。

不沾水是莲叶的技术奥秘，下面说说莲叶的科学奥秘。

德国著名数学家黎曼（Friedrich Riemann，1826—1866）创立黎曼几何，奠定了处理弯曲空间的理论基础，尔后成为爱因斯坦广义相对论的主要数学工具。三维的空间如何弯曲？常人很难想象；二维的面如何弯曲？比较容易理解。像桌面那样的平面不弯曲，其曲率为零。气球表面向内收缩而弯曲，这种曲面称为球面，其曲率为正。马鞍的表面向外舒展而弯曲，那种曲面称为鞍形面，其曲率为负。至此，读者可能已不耐烦了，还是让我们回到那可爱的莲叶吧。

采一张莲叶仔细观察，在近叶蒂之中心区，莲叶弯曲如部分球面。这是因为莲叶的多根主叶脉呈放射形沿半径方向（径向）生长，在近中心区相邻主叶脉之间距离很近，叶脉尚未朝圆周方向（周向）分支，莲叶沿径向的生长速度大于沿周向的，使得莲叶沿周向收缩而弯曲成部分球面。在莲叶的边缘区,主叶脉之间的距离已拉开,分支叶脉大量向周向扩展,因此莲叶沿周向的生长速度大于沿径向的,使得莲叶在边缘区沿周向扩展而弯曲,形成"荷叶边"。荷叶边具有若干个峰和谷,峰谷相间呈波浪起伏之周期变化,峰(或谷)的个数 N 称为周期数。前述鞍形面具有 2 峰 2 谷,因此鞍形面只是荷叶边 $N=2$ 的特例。许多教科书在讲解负曲率之曲面时,只会用鞍形面为例,其实荷叶边比鞍形面好得多,它不但更普遍,而且还解释其所以然。

从莲叶中心区部分球面的正曲率,连续变化到边缘区荷叶边的负曲率,两者之间应该有曲率为零的平面区域。细心观察,在莲叶中心区和边缘区之接壤处,果然发现一个与叶蒂同心的窄环形是平面区。众所周知,圆的周长与直径之比的圆周率 π 为 3.1416…。如手头有一支圆规和一根卷尺,就可以在莲叶上做两个小实验以检验其上 的数值。以叶蒂为中心在莲叶中心球面区内画一个圆,以卷尺沿莲叶表面测量其周长和直径,发现两者之比小于 π! 在一张边缘区远大于中心区的莲叶上,以叶蒂为中心在莲叶边缘区内画一个圆,以卷尺沿莲叶表面测量其周长和直径,发现两者之比大于 π! 原来周长与直径比众所周知的标准值 π 只是对平面上的圆而言才是正确的。具有正曲率的球面上的圆其周长与直径之比小于 π,这是因为球面沿周向收缩所致。在具有负曲率的荷叶边上的圆,其周长与直径之比大于 π,这是因为荷叶边沿周向扩展所致。别小看了一张莲叶! 黎曼几何的曲面性质都体现出来了。难怪古希腊毕达哥拉斯学派认为:万物皆数。

请注意,荷叶边的周期数 N 必须是整数:$N=1,2,3,4,5,6$。例如,决不可能有一个荷叶边的 $N=6.5$,不信可以试试:$N=6.5$ 意味着荷叶边有 7 个峰 6 个谷,当第 7 峰沿周向和第 1 峰汇合时,两者就合并了,结果变成具有 6 峰 6 谷的 $N=6$。"不合并行不行?"行! 但这时第 7 峰和第 1 峰之间就多出了一个谷,结果变成具有 7 峰 7 谷的 $N=7$。由此看见,N 必须是整数,这是荷叶边周期性的固有要求。N 的整数性质称为量子化,处处连续的莲叶当其曲率为负而形成荷叶边后,就自动出现量子化。这一现象背后隐藏着什么奥秘?我在呆想:爱因斯坦的广义相对论中,空间和时间都可以是弯曲的,在曲率为负时,自动出现的量子化意味着什么?物理学前沿的超弦理论中,空间和时间都可以极度弯曲,当曲率为负时,自动出现的量子化又意味着什么?尚望方家有以教我。

亲爱的读者,下次去西湖,欣赏十里荷花之余,不妨多看一眼田田的莲叶,兴许会有意想不到的启迪呢!

足见雕虫并非小技,玩物也不一
定丧志。

原 子 笔

这 里要说的是真正的原子笔。不是五十多年前一位美国商人
在上海大做广告推销的所谓"原子笔",其实就是圆珠笔,
与原子根本"不搭界";纯粹是商人利用市民对原子弹好奇心理的
促销"噱头"而已。

据英国《新科学家》报道,美国和加拿大的两位科学家托玛奈
克(David Tomanek)和克瑞尔(Peter Kral)提出了利用纳米管制造
原子笔的方案。纳米管是由碳原子构成的极其微小的管子,其直
径以纳米计(一纳米等于一百万分之一毫米)。由于管壁的碳原
子具有很规则的排列,所以纳米管的结构稳定,强度极高。他们设
想以纳米管作为"笔管",管中充满各种原子作为"墨水",再以两
束精确的激光来驱动管内的原子,使之源源不断地从管子的末端
流出,这就是原子笔。

原子笔的妙处在于可以控制单个原子,写出其小无比的字来。
原子尺度(小于十分之一纳米)的字小到什么程度呢? 不妨作一
个比较:这个句子后面的逗点之油墨迹中,至少包含几万亿个原
子,将之用作原子墨水,足够供原子笔写出几万本书来!

科学家发明原子笔的主要兴趣不在用来写字,因为写出来的字太小了,要用极高倍的电子显微镜才能阅读,这多不方便。发明原子笔不是用来写字,意欲何为呢?

首先,原子笔可用来制造极其精巧的集成电路。现有的集成电路是由光刻法制成的,由于可见光的波长过大(在 390 纳米到770 纳米之间),就像无法用扫帚写蝇头小楷一样,利用可见光的光刻做不出原子尺度的电路来。而原子笔能控制单个原子,所以是制造原子尺度集成电路的一种理想工具。

其次,原子笔可用来制造微型机械。目前的微型机械是利用光刻法在硅片上制成的,基于上述同样的理由,不可能做得太小,而且只限于硅和少数几种与硅相容的材料。利用原子笔不仅可以造出比微型机械小得多的超微型机械,而且所用材料基本不受限制,只要在笔管中注入所需的原子就行了。

至此,聪明的读者一定会兴奋地大叫说:"我想出了一种绝妙的应用,利用原子笔可以造出宇宙万物!"想得妙!既然原子笔可以一个个原子地堆砌出集成电路和超微型机械来,在原则上就能制出任何东西,包括一切生物和人类在内!可不是吗?物质世界中的哪一样东西不是由原子所构成?不同的只是组成成分,即所包含原子的数量、种类及其排列而已。只要知道了其组成成分,就可以利用原子笔一个个原子地将之"写"出来。

如此万能之笔,岂不是太妙了吗?是的!从原则上说确实如此,但实际上还存在一些问题。

其一,原子笔还没有造出

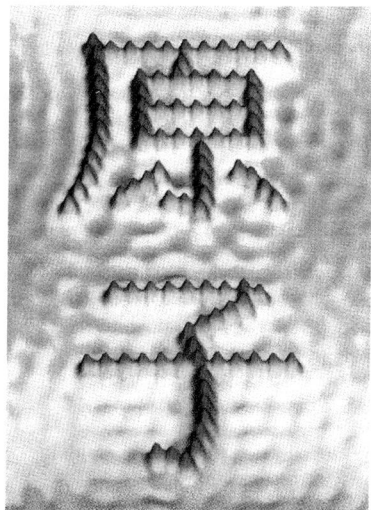

以原子写"原子"

来,提出的只是一个方案。制造原子笔还存在一些技术上的困难:原子笔的纳米管必须完美无缺,不能有缺陷,否则其中的原子墨水不是被阻塞就是漏出来;纳米管的末端作为原子笔的"笔尖"十分重要,必须精心设计,目前尚未找到最佳设计;驱动原子墨水的激光功率不能过大,否则可能将纳米管烧毁……解决这些技术问题并无原则上的困难,原子笔迟早会造出来的。附带提一下:原子笔虽然尚未造出来,用原子墨水写的字却已经写出来了。国际商业机器公司(IBM)的科学家利用他们发明的"扫描隧道显微镜"的微探针,也能搬动单个原子,已经在晶片上写出了原子尺度的 IBM 三个字母。附图所示的"原子"两字,也是利用扫描隧道显微镜写出来的。微探针也可以算是另一种原子笔,但问题是速度太慢,操作极为困难,是一支"笨笔"。

其二,原子笔的书写速度问题。原子笔的设计者预计其速度相当快——每秒可以写出七万个原子。这虽然比人用手写字快得多了,但是要利用它来完成某些任务仍远远不够。不妨看一个例子:比如说要造一个重量为千分之一克的超微型集成电路,这够小了吧?但问题是即使这样小,它仍包含着大约几百亿亿个原子,用每秒能堆砌七万个原子的原子笔,至少要花几十万年才能完成!怎么办?有以下几种方法可以加快速度:其实集成电路并非整体需要一个个原子地堆砌而成,例如电路的基片就可以采用现成的晶体,真正需要用原子笔一个个原子堆砌的只是其表面上的一薄层电路,这样就可以省事不少。如果将来的超级集成电路是立体的,整体都需要一个个原子堆砌,那该怎么办?可以多笔并用:一支原子笔只能一个个字地写,不够快。可将许多支笔连起来构成排笔,就能一行一行地写,包含一千支笔的排笔就比一支笔快一千倍。如果还嫌不够快,可将许多排笔连起来构成笔阵,就能一页一页地写,包含一千支这种排笔的笔阵就比一支排笔快一千倍,比一支原子笔快一百万倍。

问题之三是用原子笔制造活的生物存在原则性困难。前面提到要用原子笔制造东西,必须知道其组成成分。对活的生物而言,要在原子水平上完全了解其组成成分非常困难,除非将之杀死,那就不再是活的了。至于想用原子笔造人,除了解组成成分的困难以外,还有另一个原则性的困难,在自我意识的奥秘尚未揭露以前,无论采用什么方法,根本无法造出具有特定自我意识的人来。再者,就原子尺度而言,人是庞然大物,包含着大约几百亿亿亿个原子,即使用每秒能堆砌七万个原子的原子笔构成 1000×1000 的笔阵,也至少要花一千万年才能造出一个人来,这样岂不是尚未诞生就已死了吗? 好奇的读者会问:"为什么母亲生小孩只需十月怀胎呢?"问得好! 这个问题触及天机:原来大自然的奥妙在于细胞能自我复制,一变二,二变四,四变八……生长速度按指数增加,越来越快,绝非原子笔那样一个个原子堆砌所能企及的。看来在可以预见的未来,即使有了原子笔,也只能做些如集成电路、微型机械等"死物",要想用它做出"活物"来,科学家还得再参天机。

1997 年春我回国时,访问了中国科学院物理研究所和清华大学,发现他们在纳米管技术方面很有特色,做出了世界水平的工作;不久前美国国家科学基金会(NSF)代表团访华,该会主席也盛赞中国在这方面所取得的成就。

唐代大诗人李白曾梦笔生花(见王仁裕《开元天宝遗事》)。我有一个梦,梦见最早问世的第一支原子笔写出来的竟是一句中文:"巧夺天工"!

螺丝钉是旋转着前进，
生命亦如是。

从螺丝钉到生命之奥秘

别小看螺丝钉，《纽约时报周刊》在 1999 年 4 月 18 日的《最佳选》特刊中将之列入过去一千年中最重要的发明之一。

最早利用螺旋形的是古希腊著名学者阿基米德，他发明了木制的螺旋形提水器。罗马时代又有人发明了螺旋压力机，利用它来熨衣服、榨油和沥酒。后来类似的压力机又用于印刷，甚至还用来作为残酷的刑具。但以上这些都是具有螺旋形结构的器械，并非作为连接件的螺丝钉。

直到 16 世纪才发明了木工用的木螺丝钉，以后才有与螺丝帽相配合的机械螺丝钉。但那时的螺丝钉都是由手工做出来的，产量很少，价格昂贵，只能用在钟表等贵重物品上。螺丝钉的大量生产是近代的事，拆开一台机器就可以发现其中包含着大量的螺丝结构，不仅有许多作为连接件的螺丝钉，还有螺旋形的弹簧以及作为精密调节器用的螺丝结构。可以说：没有螺丝钉就没有现代机械，就没有工业革命，人类的生活就有可能还停留在中世纪的水平！不相信吗？不妨闭目想象一下：假如一个法力无边的魔王突然将世界上所有的螺丝钉统统收走了，生活会变成什么样子？首先是全世界范围的交通停摆,这是因为飞机、轮船、火车、汽车都瘫痪了,钢轨解体了,桥梁倒塌了;还有,用自来水的城市全部停水,这是因为维持水压的水泵停止运转了;你想求救吗? 警车、救火车和救护车全都开不动了……够了吧? 这有点像世界末日的景象了。所以别小看了小小螺丝钉罢工的巨大威力。

　　螺旋形的另一种应用是枪管炮筒里的"来复线",其作用是使枪弹炮弹旋转而具有角动量。由于角动量守恒定律,旋转的枪弹炮弹不容易偏离目标。

　　螺旋形结构也广泛存在于自然界,螺蛳、田螺、海螺及蜗牛等的壳都是螺旋形的,螺丝钉的名称就是由此而来。这里有两点值得注意:其一,这些天然的螺旋形更复杂些,它们不仅具有逐渐增大的螺距,而且其半径也是逐渐向外扩展的。这些壳是它们随身携带的房子,如此构造的螺旋形房子能随着身体的长大逐渐扩大,可见天工之巧! 其二,存在左旋和右旋两种不同的螺旋,分辨的方法是,将大拇指向螺旋前进的方向,而将其余四指顺着螺旋线旋转的方向,符合左手的就是左旋,符合右手的就是右旋。这两种螺旋是不相容的,就好比左旋的螺丝钉旋不进右旋的螺丝帽中去一样。奇怪的是自然界中的螺旋体总是右旋的占优势,而不是左、右平分秋色,科学家还不十分清楚为什么大自然会这样"偏心"。

　　自然界中最奇妙的螺旋形结构是遗传基因的脱氧核糖核酸(DNA)之双螺旋。1953 年美国遗传学家沃森(J. D. Watson)和英国物理学家克里克(F. H. C. Crick)两人共同发现 DNA 是双螺旋结构,由两条互相耦合的螺旋形长分子链组成。DNA 不仅是生物遗传信息的携带者,而且生物之生长发育也靠的是 DNA 双螺旋之分解和再配对。DNA 是一切生命之本,难怪两人在宣布这个划时代的发现时说:"我们已经发现了生命的奥秘!"在探索性的研究中,不同领域的科学家合作是极端重要的,沃森和克里克作为遗传学家与物理学家的配对,是专业互补的天作之合。他们在研究中密切配合到不分彼此的程度,以至在发表研究成果考虑排名次序时难分轩轾,只好用掷分币来决定。

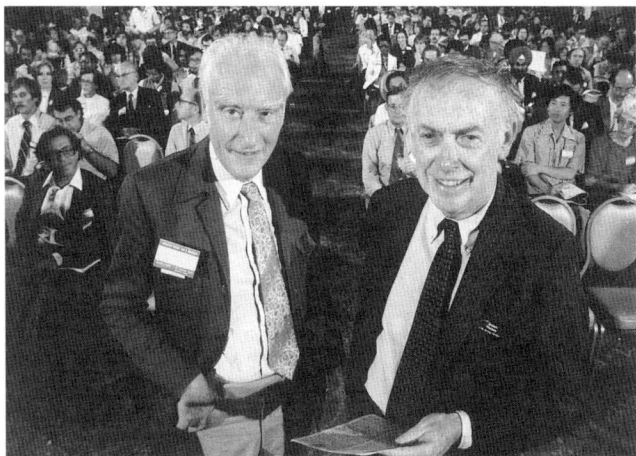

30 年后(1983 年)沃森手持当年的历史性
科学文献与克里克一起在学术会议上

　　在发现 DNA 双螺旋结构的过程中,一位鲜为人知的英国女科学家弗兰克林作出了杰出的贡献。她不仅提供了第一张具有明显螺旋结构特征的 X 光衍射照片作为最初的实验证据,而且对沃森和克里克的早期理论提出过中肯的批评,这对他们以后的成功起到了关键作用。可惜的是当时她工作的伦敦国王学院歧视女性,甚至不允许妇女进入教职员的咖啡馆。弗兰克林的早慧和女权主义思想更加重了男同事们对她的歧视,她的一位同事威尔金斯(M. H. Wilkins)不仅不和她合作,甚至将她那张尚未发表的 X 光衍射照片偷给沃森看。弗兰克林在男性占优势的科学界找不到合作者,只好孤军奋战,直到 1958 年因癌症去世,终年才 38 岁。1962年沃森、克里克以及威尔金斯三人都获得了诺贝尔奖,当时偷照片的事尚未公开。有人认为沃森如果没有看到弗兰克林那张关键的 X 光衍射照片,他可能不会发现双螺旋结构。沃森自己回忆说:"当我看到那张绘出了螺旋结构特征的照片时,惊讶得嘴张大了合不拢。"沃森并且认为：正是因为威尔金斯与弗兰克林合不来才导致他偷照片的。克里克也认为："如果弗兰克林未死，威尔金斯的诺贝尔奖一定会是她的，因为关键性的实验是她做出来的。"

　　安息吧，弗兰克林！我们会永远记得你是第一个以实验揭示那奇妙的螺旋结构的人。你发现了生命的奥秘，应感到此生无憾。

英国女科学家弗兰克林
（Rosalind Franklin, 1920—1958）

> 科学家在追求真理的漫漫长途
> 中,跌倒了不要紧,可以爬起来再前
> 进。要紧的是要实事求是。

"冷核聚变"十周年

1989 年3月23日位于美国盐湖城的犹他大学举行了一次不寻常的记者招待会,该校的庞斯教授和英国南安普顿大学的弗莱许曼教授宣布他们实现了所谓"玻璃杯里的受控核聚变"。消息不胫而走,全世界为之轰动,有一份报纸的大标题是《从发现火以来人类最伟大的发现》。一时间,世界各地的许多实验室纷纷仿效,争先恐后地企图重复他们的实验结果,政府机构主动地拨款支持,专利局门庭若市,有关的公司企业忙于策划如何在未来的商业应用及潜在的巨额利润之争夺战中取胜……

为什么会如此轰动呢?因为如果这是真的,其意义太重大了。能源一直是人们关心的大问题,现有的煤、石油等传统能源迟早有用完之日,寻找替代的新能源刻不容缓。而受控热核聚变是一种非常吸引人的新能源,因为它的原料是重水,可以从海水中提取,实际上是取之不尽的。威力强大的氢弹就是利用热核聚变,可见其蕴藏能量之巨大。作为能源不同的是,热核聚变的能量不能像氢弹爆炸那样的瞬间放出,而必须在接受控制下慢慢地释放。从50年代以来,各先进国家一直在进行试验,为此耗费的资金以亿计,迄今仍未突破,实际应用更是遥遥无期。原因是太困难了,为了实现受控热核聚变,需要几亿度的超高温,这和太阳中心的热核聚变温度相若!所以热核聚变又昵称为"小太阳"。如今听说根本不需要超高温,能在玻璃杯中实现,如此神妙,岂有不轰动之理?

冷核聚变的实验装置非常简单,在一只盛有重水的玻璃杯中插入一对钯电极,然后通以电流就成了!庞斯和弗莱许曼宣称曾观察到温度突然提高,产生所谓"多余能量"。他们经过测量和计算认为,产生的热能大于输入实验装置的电能。能量是守恒的,不可能无中生有,他们的解释是发生了核聚变反应。重水是普通水中的氢由其同位素氘所取代而形成的较重的水,庞斯和弗莱许曼认为重水中的氘核产生聚变而释放出的能量就是"多余能量"的来源。氘核都带正电荷,彼此间具有静电排斥力,而且排斥力随距离的接近而急剧增大。为了产生聚变,氘核必须非常接近,为此要克服极其巨大的静电排斥力,这就是为什么需要超高温才能进行核聚变的道理。问题是:"玻璃杯里的受控核聚变"是冷的,根本不存在超高温,静电排斥力是如何克服的呢?有人解释说:"氘核钻进了钯电极内,那里的特殊条件克服了静电排斥力,促使它们融合而产生核聚变。"但谁也说不出到底是什么特殊条件,更不用说理论根据了。

庞斯(中)和弗莱许曼(左)在1989年电化学会议上

美国有一句成语：*Too good to be true*，意思是：太妙了难以成真。对玻璃杯里的受控核聚变，从一开始就有人持怀疑态度。庞斯和弗莱许曼的试验结果很不稳定，要碰运气，偶尔才观察到他们所宣称的"多余能量"。核聚变反应按理应该会产生氦气并放出中子和伽马射线，这些可以用来判定是否真的发生了核聚变。但是这两位科学家以及其追随者们均无法提出可信的证据来证明这确实是核聚变。

当时科学家们分成两派：一派是相信派，多数是化学家和一些业余的好奇者；另一派是怀疑派，大多为物理学家，他们根据已知的物理定律感到不可思议。但也有例外，记得有一位物理学家就抢先发表论文，说根据他所提出的新理论这种冷核聚变是可能的。

科学靠的是事实，来不得半点虚假。不管叫得多么响亮，如果实验默不作声，你就有大麻烦了。越来越多的重复实验失败了，原先将要发表的被认为是证实的实验结果，也一个个地由原作者撤回……"玻璃杯里的受控核聚变"越来越像一场闹剧。犹他大学终于在1991年解散了他们的研究组，庞斯和弗莱许曼于1992年离开该校。他们并不死心，一起到法国参加了日本丰田汽车公司属下的一个实验室继续进行研究。在花费了两千万美元以后，结果一无所获，该实验室终于在1998年也被关闭了。

早在1995年弗莱许曼就和庞斯为了关于研究方向之歧见而闹翻了，弗莱许曼独自回到英国的南安普顿继续进行"冷核聚变"的理论研究。最近他接受英国《物理世界》杂志的电话访问时，抱怨他的发现被忽视了。他埋怨说冷核聚变是无辜的受害者，其不幸遭遇是石油公司和热核聚变研究者联合起来的一场政治阴谋所造成的，因为他们害怕竞争。当被问及冷核聚变是否还"活着"时，他回答说："现在和过去一直都活得好好的！"弗莱许曼还透露他正在与英国和意大利的科学家合作继续进行研究。

庞斯现在已成为法国公民，住在法国南部的一个农场里，他除了与少数朋友交往以外，隐姓埋名，与世隔绝。据说他仍然相信

10 年前公开宣布的实验结果是对的,但现在已对"冷核聚变"不再感兴趣了,想回到他的老本行——电化学。

目前还有少数"冷核聚变"的忠实信仰者仍在继续进行实验,除了仿照庞斯和弗莱许曼原来的方案以外,还有人提出修改的方案,偶尔也传出发现苗头的消息。这些人通过电脑网络、国际会议和一份名为《无限能量》的双月刊进行交流。一位粒子物理学家的评论是:"科学成分更少了,科学家更少了,研究资金更少了,但潜在的投资者更多了。"总之,在尚未对偶尔出现的"多余能量"作出科学的解释以前,对"玻璃杯里的受控核聚变"还不能盖棺论定。

10 年来是否有人从中赚了钱呢? 有的! 赚钱的当然不是根本不存在的"冷核聚变"电力公司,而是娱乐界。有人以"冷核聚变"为题材拍了两部电影:《圣人》和《对称破缺》。前者是一部功夫片,情节是:利用"玻璃杯里的受控核聚变"所产生的无限的能量,像神话般的将俄国从疯狂的莫斯科帮派分子手中救出来后,女物理学家和他的男友滚进床中取乐而结尾。后者的情节是:一群从事热核聚变的罪恶的科学家企图挽救他们的几百万美元的研究经费不被冷核聚变者夺走,利用各种罪恶的伎俩压制真实的冷核聚变研究。如果这也算是科学与艺术相结合的话,我复何言?

从"冷核聚变"事件中可以汲取哪些经验教训呢? 首先是科学态度及道德问题。实事求是是最基本的也是最起码的科学态度,缺乏充分确凿的实验根据,决不能轻易作结论。庞斯和弗莱许曼从一开始就违反了这个被公认的准则,迫不及待地发表不成熟的试验结果。为什么要这样做呢? 原来他们事先已听到传言:邻近的另一所大学也在进行类似的研究,而且已经取得了成果即将发表。于是他们决定召开记者招待会,抢先发布新闻。这样做是违反科学界惯例的,公布研究成果的正常途径是在专业刊物上发表论文,论文在获准发表以前必须经过几位同行之审阅同意,发现或发明的日期按惯例是由刊物收到时的日戳为凭。这种传统做法的好处是一般可以杜绝弄虚作假,同行是最有资格判定研究成果之真伪及其价值的。缺点是如果专业刊物只此一家,就可能造成学术垄断。新闻发布会不是不能开,但必须是在研究结果完全确定以后,否则就是不负责任的哗众取宠。

庞斯和弗莱许曼两位都是具有一定地位的大学教授,为什么会犯这样的错误呢?问题出在他们既要出名,又向往那发明专利可能产生的亿万财富,才会在同行竞争中不择手段。所以还是那句老话"名缰利锁"在作怪,看来要想摆脱还并不那么容易。

科学的目的是追求真理,真理是一条不尽的长河,科学家是一群戏水的儿童,运气好的会偶尔捡到一两颗美丽的贝壳,运气不好的也能在浅水中荡漾,让涓涓流水滑过自己的脚趾,这难道不也是人生之一乐吗?科学家如能持这样的态度,名缰利锁于我何有哉?

　　真是宇宙末日怕也无用，因为无处遁逃。

宇宙末日？

每逢世纪末，总有一些耸人听闻的"世界末日"之类的流言，大多来自星象学家或旁门左道的所谓"预言家"：什么"九星连珠"啦，"大十字"啦……形形色色，五花八门，不一而足。其实全是骗人的鬼话。他们预言"世界末日"已经不知多少次了，世界不还是好好的吗？

　　这里要介绍的与上述根本不同，"宇宙末日"的流言源于科学界，而且言之凿凿。地点是纽约长岛的布鲁克海文国家实验室；时间可能就在今年（1999）年八、九月间。消息来源是英国的《伦敦星期时报》。

　　事情的起因是这样的：布鲁克海文国家实验室刚建成一座名为"相对论重离子对撞机"（RHIC）的高能粒子加速器，即将投入运行，能将重离子加速到 20 万亿电子伏（1 电子伏等于电子被 1 伏电压加速所获得的能量）的极高能量。这座耗资 10 亿美元的加速器与过去的不同，不只是用于研究基本粒子的结构，主要用来探索真空的性质。"真空？空无一物的真空有什么好研究的？"没错！是研究真空。现代物理学揭示：真空不空，其中大有奥妙。真空不仅充满了方生旋灭的"正负虚粒子对"，形成所谓真空量子起伏;而且还可能被激发,产生出前所未见的奇异物理现象。著名物理学家李政道认为:将微观的基本粒子与宏观的真空统一起来进行研究,是现代物理学研究的新方向,RHIC 项目就是在他建议和积极参与下进行的。具体实验是利用 RHIC 使沿相反方向以接近光速飞行的两个金原子核迎头相撞,产生与宇宙大爆炸初期相若的局部瞬时超高温,期望能引起真空的"相变"而研究其激发态。这个实验如能成功,不仅将揭开物理学的新篇章,而且有可能对其他科学领域产生重大影响。

正当物理学家兴致勃勃地准备 RHIC 的实验时,有人看到了灾难。《科学的美国人》杂志 1999 年 7 月号刊登了一封读者来信,担心金核对撞释放出的超高能量可能会产生微型黑洞,像癌瘤那样孳生蔓延,直至吞噬整个地球! 他在信中问道:你们能肯定 RHIC 的能量不足以造成微型黑洞吗?

《伦敦星期时报》也警告读者:"身穿白大褂的人会将我们连同他们自己一起,湮灭在他们制造出的黑洞之中。"这里的"身穿白大褂的人"指的是布鲁克海文的科学家们。

黑洞是什么? 这要从头说起。理论物理学家根据爱因斯坦的广义相对论认为:比太阳重若干倍的恒星演化到末期,核燃料耗尽以后,经不起巨大的内向引力而塌缩成为黑洞。黑洞体积很小,却具有恒星的质量,其引力非常强大,会将周围的任何东西吸进去,包括光线在内都无法逃脱。由于它不发光,所以称为黑洞(霍金提出"黑洞不全黑"假说,但尚无实验证明)。黑洞是宇宙之"死神",它吞噬一切,使万物消失得无影无踪。这是理论的推论,是否正确要靠观察来验证。由于黑洞本身不发光,只能靠正在被吸进黑洞的物质发出的射线进行间接的观察。最近天文观察已发现若干黑洞存在的间接证据,天文物理学家倾向于相信具有恒星质量或更大质量的黑洞的存在。由于核子的质量比恒星的小得多,核子间的碰撞是否会造成微型黑洞? 则纯属理论推测,完全没有实验根据。

科学界担心核子反应会引起灾难并不自今日始。

1945 年美国在新墨西哥州沙漠中试爆第一颗原子弹以前，科学界就有流言说：原子弹中的核裂变反应会"点燃"大气层，消灭地球上所有的生命。著名物理学家费米（Enrico Fermi）曾为此进行了计算，结果表明大气不会像汽油那样被点燃，这才放心地进行核爆炸。

1980 年当一座名为 Tevatron 的高能粒子加速器正在芝加哥附近的费米国家实验室建造时，科学界又有流言说：正负质子对头碰撞时，所涉及的能量高达 2 万亿电子伏，可能会将真空"撕裂"，其"裂口"将以光速迅速扩张，万物坠入其中，造成宇宙末日。但事实上该加速器早已建成，一直安全运行至今，不仅并未撕开真空裂口，物理学家利用该加速器做出了许多发现，从中学到不少新知识。

再回到真空问题，有些物理学家猜测真空具有许多可能状态，各自具有不同的能量，构成所谓能级。就好像一座高楼有许多楼层一样，我们周围的物理真空只是其中一层，称为"真"真空，在一定条件下可以跃变到另外的楼层，这些称为"伪"真空的态与"真"真空态之间的能量差别可能是天文数字。有的物理学家认为：如果真空被撕裂，无论是从裂口掉入"地下室"，还是向上跳跃"更上层楼"，由此而放出或吸收的能量都足以毁灭整个宇宙。所谓撕裂真空可以导致宇宙末日的说法即来源于此。

如果真是这样，那就应该马上下令禁止高能加速器的实验。正统的科学家们根据已被实验证实的理论进行分析计算的结果，不相信这种宇宙末日真的会发生。但理论毕竟只是纸上的，一千个理论也抵不上一个事实的说服力。科学家终于找到了一个非常有说服力的事实：来自宇宙深处的宇宙射线中包含有极高能量的粒子流，其中有的要比人工用最高能量的加速器产生的高能粒子的能量高出亿万倍！这些超高能粒子不断地在轰击地球，与地球物质的核子相碰撞，涉及的能量远远超过布鲁克海文 RHIC 加速器中金核对头碰撞的能量。亿万年来这些轰击地球的宇宙射线既没有产生微型黑洞，也没有撕裂真空，地球上的芸芸众生都活得好好的。这就是最有说服力的反证，证明宇宙末日的恐惧根本就是杞人忧天。

但话说回来，科学界的流言毕竟与旁门左道的胡言乱语不同，可以当作一种逆向思维，客观上起到对科学家提出预警的作用，提醒他们在做实验前要周详地考虑各种可能性；此外，从不同角度的思考还可能起到拓宽思路、激发灵感的作用。所以只要不扰民惑众，不妨视为百家争鸣中的一家之言。前面提到费米在听到流言后，进行计算作出判断，以安定人心，这是一种正确的科学态度。好在科学有实验作为照妖镜，即使是胡言乱语最终也会现出原形，所以用不着过分担心。

倒是科学家自己要小心些，现代科学家手中握有种种先进"武器"——高能粒子加速器、核反应堆、超高功率激光、"克隆"技术、基因改造……好比是闯入瓷器店的一头公牛，一不小心就会惹祸。未雨绸缪，应该特别强调科学家的社会责任心和职业道德。

　　不是上帝创造人，而是人按自己
的需要创造了上帝。

　　科学只认真理，不承认绝对权威。

科学！科学！上帝也想借汝之名

2000

年 4 月中旬在华盛顿的国家自然历史博物馆举行了一
场由"美国科学进步协会"主办的不寻常的会议，目的
是进行"科学与宗教的建设性对话"，主旨是要回答三个问题：宇
宙有没有一个开始？宇宙是否是设计出来的？我们是否是孤独的？

　　会议开始时是将科学家与神学家分开的，科学家们用纯粹的
科学语言讨论有关早期宇宙的新发现及问题，神学家们则引经据
典论证上帝之存在。

　　本来双方井水不犯河水，后来却引发了一场"上帝与科学"的公
开辩论，辩论的一方是诺贝尔奖得主、著名粒子物理学家温伯格
（Steven Weinberg）博士，另一方也是粒子物理学家，后来转为神父
的坡尔金洪（John Polkinghorne）博士，两位在剑桥大学时是朋友。
坡尔金洪引用近来相当流行的所谓"宇宙精细调节说"向科学挑战。
此说认为宇宙的物理常数如电子的质量及电荷等的数值都是经过
精细调节过的，否则即使和现有值相差不到百万分之一，生物赖以
生存的有机分子就不可能存在，地球上的一切生物包括我们人类也
就都不存在了。坡尔金洪说："只有两种可能的解释：或者是有许多

宇宙,而我们这个碰巧恰好是这样的;或者是只有这一个宇宙,它是特意设计出来的。"明眼人一眼就看出,这两种解释都可能为神学所利用:前者的许多宇宙可以包括天堂和地狱,而后者的设计者除了全能的上帝还能是谁呢?温伯格对此的回答是:我们关于基本物理的知识还不足以回答这些问题,但是他表示不相信宇宙精细调节说,至于是否真有许多宇宙,要由观测数据来决定。温伯格又说:"我根本不相信科学与宗教应该有什么'建设性的对话',因为这将会给予宗教某种不应具有的合理性。"他接着将话题转向道德问题说:"宗教是做过一些好事,但它对社会平衡的影响太糟了。无论有没有宗教,总有好人做好事,坏人做坏事;而宗教却使好人做坏事。"坡尔金洪反驳说:"宗教通过启示和改造使坏人做好事。"

科学与宗教的争论不自今日始。欧洲中世纪时就有地心说与日心说之争,教皇为了捍卫天主教的教义,将宣传日心说的"顽固异端分子"布鲁诺烧死在罗马的鲜花广场上。这是赤裸裸地以暴力反科学,但并没有能阻挡科学的进步,原因很简单,地球确实是在绕太阳旋转,上帝也无法改变!

看来反科学行不通,后代的神学家们变得聪明了,转而想利用科学,于是出现了形形色色的以神学来解释科学的"理论"。投资致富的坦普莱顿爵士(Sir John Marks Templeton)出资创立了一个基金会,不仅资助了不少类似的讨论会,而且从1973年起每年颁发"坦普莱顿宗教进步奖",以前都颁给神职人员,最近几年开始颁给宣扬宗教的科学家和科学作家。2000年的坦普莱顿宗教进步奖金额高达124万美元,颁给了美国的巴博尔博士(Dr. Ian G. Barbour),他也是物理学家转为神学家的。在这种影响下,西方近来出版了一批试图将科学与宗教结合起来的书籍,包括坡尔金洪的《夸克、混沌和基督教》及《在科学时代信仰上帝》。

以前神学家拼命反对达尔文的进化论,认为这违反了圣经中的上帝创世纪,甚至不准在学校里讲授进化论。现在有些人改口了,坡尔金洪在这次辩论中就这样说:"科学以提出进化论帮助了神学,上帝创造了一个世界,使它能制造出自己。"你看！生物的进化也成了上帝的创造,这比反对进化论高明得多了,达尔文在九泉之下也会感到受宠若惊。

宇宙起源的"大爆炸"理论也被神学家利用,他们说:大爆炸是宇宙的开始,这不是和上帝创世纪相吻合吗? 有人还专门出了一本书——《上帝和大爆炸:发现科学与神灵之间的和谐》。不过这种牵强附会的说法是经不起推敲的:大爆炸发生在大约 140 亿年前,这与圣经上创世纪的说法差得太远了。再说,大爆炸开始时的温度高达几亿度,请问你们的上帝是用什么特殊材料做成的竟能耐这样的超高温呢? 辩者可能会说:"上帝不是物质的。"既然如此,就不要将研究物质的科学牵连进去,不要借科学之名行传教之实。

前面提到基本物理常数为什么会取现有数值的问题,目前科学尚无法加以解释,不过今天无法解释的,明天就有可能得到解释,这本是科学发展的常规。但神学家们看到有机可趁,就来插上一手,想以此来证明他们的教义,真可谓用心良苦。

我奉劝神学家们最好不要插手科学。科学讲究事实,宗教讲究信仰,这完全是两回事,科学帮不了上帝的忙,勉强借科学之名,只会帮倒忙。想以两千年前的圣经来解释最新的科学,其徒劳无功是显而易见的:科学在不断进步,以宗教的教义来解释今天的科学;明天科学进步了,你就得马上改口;后天科学又进步了,你又得再改口。这样改来改去次数多了,谁还相信你? 再说,科学唯真理是求,不承认任何绝对权威,恐怕这与具有无上权威的全能上帝也不相容,这不就帮了你们的倒忙吗?

请别误会,我丝毫没有反宗教的意思;不仅不反对,而且我认为一切劝人为善的宗教都对社会有益,是社会的一种润滑剂,可以使人心向善,使人际关系变得和睦顺畅。但我确实反对将科学与宗教混淆起来,你们可以宣扬宗教的教义,忠于自己的信仰,但千万别借科学之名,这只会造成思想混乱,对科学和宗教都没有好处。

科学不需要上帝,希望上帝不要借科学之名。

人类是自然的一部分,对自然
宣战必定伤害自己。

——[美] 蕾切尔·卡森

她的书唤醒了世界

环境保护现在已成为遍及全球的社会运动,但40年前这个名
词还鲜为人知。触发这场巨变的是一本书——《寂静的春
天》,作者是一位瘦小文静、貌不惊人的蕾切尔·卡森女士。

　　1907年卡森出生于美国俄亥俄州的春谷市,从小爱好文学,
10岁时就在儿童刊物上发表作品。她性格内向,喜爱读书写诗,
热爱大自然,是热心的鸟类爱好者。中学毕业后进入宾州女子学
院主修英国文学,业余继续写诗。二年级时的一门生物学课唤醒
了她对大自然的好奇心,决定转而主修动物学,虽然那时她还没有
意识到自己的文学和科学爱好是可以互补的。

　　1929年卡森以优异成绩获得约翰·霍布金斯大学动物学硕
士学位,由于家务繁重未能继续攻读博士。卡森在马里兰大学教
了几年动物学,暑假期间在麻州的海洋生物实验室继续学习,海洋
的无穷奥秘使她着迷。

　　1936年卡森被聘为美国渔业局的海洋生物学家,同时在《巴
尔的摩太阳报》兼职撰写有关海洋生物的专题文章,以弥补她微
薄的收入。那时她的文章已具有自己独特的风格。

　　1941年卡森的第一本书《在海风下》出版了,但并未引起人们

的注意。这时她已成为《鱼类及野生动物》刊物的编辑,1949 年被提升为主编。1951 年卡森的经纪人将她的第二本关于海洋的书稿与出版界联系出书,但一连 15 次被拒绝。卡森的书稿最后传到著名刊物《纽约客》的负责人许望(William Shawn) 手中,他独具慧眼,一下就看出卡森的作品具有非凡的高质量和价值,决定在《纽约客》摘要连载。1951 年 7 月该书以《围绕我们的海洋》为书名出版,深受读者欢迎,在一年内光是精装本就卖出了 20 万册,并多次获奖。

卡森一举成名,1952 年她辞去了《鱼类及野生动物》的职务,迁到缅因州的一栋乡间别墅中,专心写作。

早在 1945 年,卡森就对大量使用化学杀虫剂引起警觉,特别关注 DDT 对鸟类的影响。她写了一篇文章向著名的《读者文摘》投稿,说明 DDT 对生态环境的危害,但未被接受。

50 年代,美国联邦农业部计划大量生产和使用各种化学杀虫剂,其中不少对环境的危害犹甚于 DDT。1957 年在麻州的德克斯堡地区由于使用杀虫剂灭蚊造成大批野生动物死亡;在纽约的长岛东部地区为了扑灭一种飞蛾,竟不顾后果大面积喷洒 DDT 和柴油之混合物;南方各州为了消灭火蚁,大举喷洒杀虫剂,伤害了许多野生动物。最严重的一次是 1959 年对小红莓喷洒化学杀虫剂,导致了全国性的愤怒抗议,迫使农业部在感恩节旺季时下令禁止小红

蕾切尔·卡森
(Rachel Carson, 1907—1964)

莓上市销售。卡森回忆说："我知道得越多,就越感到可怕。作为一位自然主义者,所有我感到最重要的事物都受到了威胁。我一定要写一本书,没有什么比这更重要的了。"

1962年6月卡森的醒世之作《寂静的春天》开始在《纽约客》摘要连载。她以诗一般美丽的语言写道:"从前在美国的腹地有一个小镇,那里的所有生命都和周围环境和谐相处……一种奇怪的植物枯萎病蔓延到那个地区,一切都开始改变……有一种怪异的寂静……鸟儿在发抖,无力飞起,濒临死亡。这是一个无声的春天。黎明时婉转悦耳的鸟鸣不再,唯有一片寂静笼罩着田野、森林和沼地。"

出乎意外的是,卡森竟因此而受到部分企业界疯狂的围攻,在《寂静的春天》尚未出版以前卡森就受到嘲弄和控告的威胁;甚至诬蔑这位极为严谨的科学家是"发疯的女人",根本没有资格写这本书。领头攻击的是以孟山都为首的一些化学公司,并且受到农业部的支持。新闻媒体也在帮腔,《时代》杂志评论说:卡森过分简化,彻头彻尾的错误……有许多可怕的一般化和不实之处。

但是这种出于私利的蛮横攻击并未得逞,反而激起了公众的环境保护意识。《寂静的春天》成了轰动全国的畅销书,并引起了广泛的国际回响,至今仍被认为是环境保护主义的奠基石。

卡森并不是天生的鼓动者,而是一位具有智慧及献身精神的女英雄。她坚信自己所掌握的事实和表达能力;面对那些攻击者,卡森保持着安详和自信。她在1963年的一次电视访问中说:"人类是自然的一部分,对自然宣战必定伤害自己。"她在给朋友的一封信中写道:"我企图挽救的生物世界是如此的美丽,这常在我心中占有最重要的地位……我有一种神圣的责任感要尽我所能去做……现在我相信我至少做了一点点。指望一本书能带来完全的改变是不现实的。"

卡森说得对!如今有毒的化学制剂所造成的损害比她写《寂静的春天》时更为严重,但是假如没有她这本书唤醒世界,今天的生态环境会被糟蹋到什么样子？想起来都令人不寒而栗。

　　1964 年 4 月卡森因癌症去世,年仅 56 岁。遗憾的是环境保护运动进展太缓慢了,没有来得及拯救其创始人。走笔至此,心潮汹涌,不能自已,继之以诗:

赞　卡　森

　　　　你以爱人之心爱鸟
　　　　以爱鸟之心写书
　　　　你的书普救众生
　　　　却救不了自己
　　　　但愿春天从此不再寂静
　　　　……

大雁排成"人"形，
有些人徒具人形。

大　雁　情

在美国田野的池塘边草地上，经常可以看到成群的大雁在悠闲地吃草。大雁的英文名称是 Canadian goose，直译为"加拿大鹅"。大雁身披棕灰色的翎毛和雪白的腹羽，黑色的头颈上有一圈白色的"项链"，清丽脱俗。

我工作的研究机构分布在几个地方，那个占地100英亩（约合600市亩）的有大片草地，绿树成阴，还有一个小湖，几百对大雁栖息其间。由于气候适宜，水草丰茂，这些大雁乐而忘返，几乎忘记了一年一度的迁飞，更不知加拿大在何方。

大雁实行"一夫一妻制"，总是比翼齐飞，并肩漫步，一起悠闲地吃草。春天是大雁交配的季节，产卵后，雌雁专司孵化，雄雁负责警戒，不让生人靠近。刚破壳而出的小雁就会摇摇摆摆地走路，黄黑条纹的绒毛，胖乎乎的十分讨人喜欢。这是雁妈妈和雁爸爸最高兴和最骄傲的时候，雁妈妈领头，雁爸爸殿后，带着排成一列的雁宝宝，领它们去吃草、散步和游泳。为了保卫家庭的安全，雁爸爸时时警觉地环顾四方，随时准备战斗。有一天我开车经过，看到路边一对雁妈妈和雁爸爸带着两只雁宝宝在散步，就停下车来想欣赏一番。不料机警的雁爸爸马上张开双翅头颈贴地冲过来，为了不打扰这个温馨的小家庭，我只好将车缓缓地开走。雁爸爸的勇敢无畏使我很受感动：面对这钢铁庞然大物，它竟然奋不顾身。

大雁的家庭规模不一：有五六只雁宝宝的大家庭，也有一两只雁宝宝的小家庭。但不论大小，雁妈妈和雁爸爸都非常尽职。有一次看到一个迷你小家庭，雁妈妈和雁爸爸一前一后，带着仅有的一只雁宝宝从雁群的众多大家庭中穿过，依然昂首阔步，丝毫也不自卑，使人看了感到既有趣又怜爱。

暮春时节，雁宝宝正开始长大毛。1999年的某一天，怀宗下班回家就朝着我大叫："你猜我看到什么啦？"我一时摸不着头脑，反问："你看到了什么？"她欣喜若狂地说："我看到了大雁办的托儿所！""大雁有托儿所？！"她接下去说："千真万确！早晨我开车去上班，发现一长溜二三十只雁宝宝，由两只大雁领头，另外两只大雁殿后，列队越过马路向湖边走去，井然有序，大家都停下车来礼让。想想看！这么多雁宝宝肯定不属于同一个家庭，不是托儿所又是什么呢？"我说："对！是个托儿所。大雁竟会办托儿所，简直不可思议！"怀宗惋惜地说："真遗憾照相机里没有胶卷了，否则拍一张照片多好。"第二天我自己去看，果然看到二三十只雁宝宝由四只大雁带着在大树阴下悠闲地吃草。这以后，大雁托儿所成了两人经常的话题。看来大雁托儿所可能比人类托儿所历史更悠久，在人类高唱"幼吾幼以及人之幼"以前，它们早就实现了。过去我们只知道大雁飞行时排成人字形，是巧妙地利用空气动力学原理最省力气的队形；大雁每年南北飞迁几千里而不迷航，是因为有特殊的生理导航系统，我们曾为大雁的这些智慧而感到佩服。如今又亲眼看到大雁的育儿智慧：幼小时由家庭抚育，稍长后由托儿所照看。这样既可以节省人力——不！雁力，使得为抚育小雁耗尽精力的大雁能够休养生息。小雁上托儿所，父母也放心，万一遇到狐狸袭击时，四只大雁会发出警报，招来整个雁群合力保卫。

怀宗又发挥她的想象力了："晚上睡觉时,托儿所的雁宝宝睡在整个雁群的中央,狐狸就无法偷袭。"我故意逗她："你又没看见,怎么知道?"她说："猜想啊! 既然它们白天会把小雁集中起来,晚上也会的,因为一个多月大的雁宝宝已经不能再钻在父母羽翼下藏身了。"大雁托儿所最重要的作用是训练雁宝宝,使它们从小就懂得相亲相爱,习惯于集体生活;培养它们守纪律,幼时列队而行,长大才会列阵而飞。我们为大雁的超凡智慧和大自然的神奇奥妙而感到无比惊讶和震撼。

盛夏时原先的雁宝宝都已长齐大毛,变成俊美的少男少女了,大雁托儿所也解散了,仍回到雁爸爸和雁妈妈身边。这年遇上百年大旱,草地逐渐枯黄,雁群为了生存结队飞出去找吃的,只留下几只孤雁。怀宗对我说："它们一定开过会,讨论由谁留守根据地。"我被她那认真的神态逗笑了,说："它们一定会回来团聚的。"她接着说："留守的任务很艰巨,不仅要忍饥挨饿,还要随时迎战乘虚而入的领地争夺者;雁群归来时,不知该怎样表彰这几位具有牺牲精神的留守者呢?"

8月下旬研究机构召开员工大会,主题是"野生动物",我以为是要讨论保护大雁,高高兴兴地赶到会场坐定后,一位彪形大汉上台发言,题目竟是"如何消灭大雁"。我惊呆了,他却滔滔不绝地列举大雁的所谓"罪状",比较各种消灭大雁的方法。这激怒了我,心想:大雁是这样的可爱,从来不侵犯人类,碍着你们什么啦?为什么非赶尽杀绝不可呢? 他们最后决定以狗驱雁:去买800美元一只的特种狗,再花几千美元雇人来进行专门训练,然后用狗来把大雁赶走,据说经过训练的狗只赶不咬。听说大雁不致被咬死,我心中略微放心了些;但马上又想到:大雁会飞可以逃避,羽毛未丰的小雁怎么办? 这时在我身后的一位女秘书站起来说："为什么不把那些大雁都杀了冷藏起来作圣诞大餐? 岂不既省钱又实惠。"我简直不敢相信自己的耳朵,在一个文明的高等研究机构中竟有人想得出这种绝主意,还好意思当众说出来! 人们还没有来得及反应过来,坐在对面的一位技术员站起来说:"何必费那么多功夫,统统抓起来送屠宰场岂不更省事?"这时我已怒不可遏,正想发作。一位负责人走上台去,从容地说:"我是大雁爱护者协会的会员。"一句话轻易地化解了一场即将爆发的争执。我很佩服他保护大雁的立场和他的机智,但我仍然非常担心这些大雁的命运,它们不知道世间还有比狐狸更可怕的敌人。回家后告诉怀宗,她气愤地说:"在这些大楼还未造起以前,大雁就在这片草地上栖息了。是人类侵犯了大雁的家园,有什么资格驱赶大雁?"

9月,几场透雨以后,枯黄的草地返绿了,飞走的大雁都回来了。日前我经过湖边,看到一群大雁正在树阴下吃草,突然几只凶猛的大狗扑向雁群,大雁们嘎嘎叫着展开翅膀四散奔逃,我吃惊得大声喊叫……定神再看,雁群仍在悠闲地吃草——原来是一场噩梦般的幻觉。但愿噩梦不会成真!

> 人类想脱离大自然是忘本，
> 是最大的异化。

"天人合一"之现代版

"天人合一"的思想起源于我国战国时代。子思与孟子提出：人与天相通，人的善性天赋，尽心知性便能知天，达到"上下与天地同流"。庄子则认为："天地与我并生，而万物与我为一。"这种"天人合一"思想追索天与人的相通之处，追求天与人之间的和谐，成为东方哲学的特色之一，对后世的宇宙观、人生观及学术观产生了深远的影响。近年来，"天人合一"的思想引起了西方一些学者的注意，在某些领域中甚至激发起共鸣。

这里要介绍的是所谓"盖娅学说"。

盖娅(Gaea)是古希腊神话中的大地女神，传说她从混沌中分离出来，生出苍天、陆地和海洋……盖娅学说是七十年代由英国的大气化学家勒夫洛克和美国微生物学家马格利斯共同提出的。盖娅学说认为：地球表面的生物圈是一个整体，称为盖娅系统，它像一个超巨型的有机体，如同其他生物机体那样，有物质与能量的流动与循环，有新陈代谢，也有能维持其某些特性处于恒定状态的稳定机制……盖娅学说刚提出时只是一种假说，并未为科学界所接受，其论文甚至找不到发表的地方。后来经过逐渐发展和充实，近年来已引起有关科学家的注意,并逐渐形成了一个学派。

伏尔克是这个学派的一位成员,他是纽约大学的副教授,同时也是美国太空总署关于封闭系统中农作物生长研究的主要研究者。最近他接受了科学记者内马克的专访,访问记刊登在1998年8月11日《纽约时报》的"科学时代"版。

伏尔克说:勒夫洛克最初的盖娅假说可以概括为:如何维持"生命的舒适条件",这些条件包括:温度、气候、大气中各种气体的含量,以及海洋的环境等等。盖娅系统将这些条件维持在适合生物生长的水平上。例如,勒夫洛克最初提出的问题是:大气中的氧含量为什么会保持在维持复杂生命形式所需的21%的水平上?但伏尔克本人则更强调生命之流动,以及遍及全球的生物运作过程。对上述问题之答案是:保持氧含量恒定的机制不是静态而是动态的,在于整个生物圈中所有的各种生物之化学反应,以及生命的力量及其流动。这有点像为什么人的正常体温能维持在36.5摄氏度一样,是整个人体的生理作用——呼吸、血液循环、热量的产生及耗散等等所形成的动态平衡。

碳和氮是构成生物机体的重要元素,伏尔克研究了这两种元素在生物圈中的循环率。发现碳元素最初从岩石或火山口中释放出来以后,要在生物圈中平均循环200次才为土壤所吸收。而氮在生物圈中的循环率可高达1300次。更重要的是他发现构成生物圈的十几种最重要的元素之流动率与同样这些元素在我们生命机体内的流动率大致相等。他认为这并非偶然的巧合,而是证明了生命的统一。

伏尔克认为:生物的呼吸作用(放出二氧化碳)与光合作用(利用二氧化碳)形成了所谓"地球新陈代谢"。他指出这就是维持大气中氧含量恒定于21%水平的具体机制。否则,如果没有光合作用释放氧气,大气中的氧气由于其化学活泼性,很快就会与别的元素化合而耗散掉,不可能维持现有的21%。这也为寻找外星生命提供了一种方法:可以用光谱仪来分析各个星球表面气体的成分,如果发现有丰富的氧气就很可能有生命存在。

伏尔克认为,生物圈中化学物质的流动提供了一种全新的生物分类方法,不像传统的那样按种族分类,而是按照它们的功能分类。例如分属于不同种族的植物、海藻及某些细菌,这些产生光合作用的生物可以划分为"光合集团";而那些有呼吸作用的生物可以划分为"呼吸集团";还有能自行固定氮的"固氮集团",等等。按照这种分类法,立即可见盖娅系统的统一性。物质在各个集团间的循环证明了盖娅系统的一个基本机制是:废物等于资源。二氧化碳是呼吸集团排出的废物,却成了光合集团的资源。盖娅学说认为,整个世界是这些集团的和谐共存。这些集团的成员的特性可以追溯到分子水平。他回忆有一次在加州的一个湖边,极目远望,一片葱绿,万绿丛中包含了各种乔木、灌木、野草、水草、藻类……这些都混合在一起,形成了一个统一的整体——绿。"绿色是永恒的",叶绿素是在分子水平上最显目的生物集团,而个别的物种,相对而言并不太重要。

伏尔克认为,我们需要考虑到底要什么样的世界。由整个生物圈所形成的盖娅系统是一个整体,人类是它的一个组成部分。人类的行为影响其他生物和自然环境,而且有反作用反馈回来。整个盖娅系统维持在一个很精细的平衡上,我们必须十分小心,不要去破坏它。当谈到地球上许多生物濒临灭绝以及由于"温室效应"所造成的气候剧烈变化时,伏尔克说:在某些方面盖娅学说有助于发现和解决这些问题。

伏尔克叙述了一则个人经历的小故事:"最近我截停了一辆卡车,从车轮下救出一条响尾蛇,当我看着它爬入路旁的灌木丛中去时,心想:"好啊!现在所有的响尾蛇都将知道我是一个好人。"他认为这种将人的品质溶入自然的想法是很深刻的,它根植于人类的文明之中。

最后伏尔克富有哲理地说:"我确实感到自己生活在盖娅之中。如果整个生物圈就是我自己,我就真正成了世界的一部分。

把'自己'这一概念扩大到遍及整个世界,你就会渴望参加进去,在其中优游,而不是将之看成为仅仅是取得食物之源。"显然这已颇有"天人合一"的味道了。

当然,盖娅学说的一些具体主张尚有待商榷,如:生物圈是否真的是一个巨型的有机体?"地球新陈代谢"与生物机体的新陈代谢有哪些异同? 这些都是应该进一步探讨的问题。但不管怎样,盖娅学说的中心思想:人类及所有生物都是统一的自然界之组成部分,彼此相互依存,形成一个整体;若硬是将之分开,则是反自然的、不科学的,会自食恶果。我想这些都是有道理的,对人类是有益的。

很高兴看到"天人合一"思想在现代科学中起到积极的作用,这也许会对我国的科学家有所启发。

破坏环境者是生物大家庭中的
败类,当心被扫"地"出"球"。

秃鹰与猫头鹰

秃鹰是北美洲产的一种猛禽,它有 8 至 9 英尺的翼展,锋利的爪,逼人的锐利目光。最盛时共有好几万只在美国天空翱翔。后来由于无节制地捕杀以及生态环境的恶化,到 60 年代初全美国野生的秃鹰只剩下 450 对。秃鹰面临灭绝!

由于秃鹰是美国的象征,它的形象出现在国徽上、钱币上以及联邦政府的建筑物上……所以秃鹰问题不仅是一种动物灭绝,而且关系到美国形象的重大问题。1973 年 12 月 28 日,当时的尼克松总统说:"没有什么再比保护这种为我们美国所赞美的动物的生命更重要的了。"决定采取措施加以保护,他签署了以压倒多数赞成票在国会通过的"危急物种法案"。这个法案为环境保护者及动

秃 鹰

物爱护者撑了腰,成为反对破坏环境、拯救濒临灭绝物种的有力武器。

秃鹰的减少与杀虫剂 DDT 的大量使用有密切关系,DDT 很难分解,进入食物链以后会传下去,到达秃鹰体内会使其蛋壳变薄而很容易破裂,致使自然孵育的成活率很低。为了拯救秃鹰,采用了人工孵育,将孵出的雏鹰养大后再放飞。就这样经过多方努力,加以禁止使用 DDT 以后,秃鹰逐渐增多,现已基本恢复正常,不久可望从濒临灭绝的名单上剔除。

"危急物种法案"不仅救了秃鹰,而且惠及其他一些濒临灭绝的生物如大袋鼠、穴居蝎子、寄生蕨等共 1177 种。

但取得这些成效是付出了很大代价的。保守主义者批评"危急物种法案"妨碍经济发展。在贯彻"危急物种法案"过程中曾遇到强烈的抗拒,使之成为美国所有关于环境保护法案中争议最多的。例如在该法案刚通过时,就在田纳西州爆发了争论:是否应该停止建造泰利科(Tallico)水坝? 因为它建成后会危及一种稀有的鲈鹏。双方争执不下,最后还是由国会通过了一项专门的豁免法案,才使水坝得以建成。

前几年在西海岸又爆发了一场争论:是否应该禁止对红木等林木的砍伐? 赞成者的理由是,过度的砍伐会使森林消失,猫头鹰将无处栖身。反对者认为,禁止伐木将使有关的木材公司倒闭,许多伐木工人失业。争论的焦点是:"究竟是猫头鹰重要还是人重要?"

乍看,这个问题很可笑,当然是人重要。其实问题并不这样简单,背后隐藏着很深刻的两难问题:当前世界各地环境污染日趋严重,生态环境保护与经济发展的矛盾日益尖锐,类似的问题层出不穷,如何正确处理绝非易事。

这里东方哲学的"天人合一"思想可能会有所助益,"天人合一"主张人和自然一体。人作为生物大家庭中的大哥哥有照顾小弟弟、小妹妹的责任。这样看问题,就不是哪个成员更重要,而是如何使整个大家庭和谐相处,共享天伦。有人可能会说:"这样好是好,但能做到吗?"请别忘了这是亿万年来大自然一直在做的事,聪明如万物之灵者岂有做不到之理!

事实不正是这样吗? 从局部眼前利益着眼:继续砍伐林木,木材公司能照常营业,可以维持伐木工人的就业。从全局长远利益着眼:滥伐林木,就会造成水土流失,导致气候反常,以致天灾频仍;而猫头鹰失去栖身之所,就会身处险境,濒临灭绝。猫头鹰是鼠类的天敌,失去了天敌,鼠类就会横行无忌,耗粮毁物,以致疾病流行。所以毁林的结果,受害者不仅是猫头鹰小弟弟,连人类大哥哥也一起遭殃。如果这样权衡利害得失,该怎样做还不清楚吗? 至于失业的伐木工人,当然应该辅导另行转业。

但愿"天人合一"得胜,红木林免遭砍伐,郁郁葱葱,永葆常青;猫头鹰也能像秃鹰那样受到保护,子孙繁衍,绵绵不绝。这样我们才不愧为生物大家庭中的大哥哥。

有人提出疑问:"保护了猫头鹰,老鼠怎么办?"更一般的问题是:"是不是所有动物都要加以保护?"这往往是保守主义者与动物爱护者及环境保护者争论的焦点。在这个问题上最好是"师法自然",大自然并不是一成不变的,而是处于不断变化的动态平衡中———一些物种进化了,新的物种不断产生;另一些物种退化了、被淘汰了。在大自然的生生息息中,整个生物大家庭在不断进化和发展。"天人合一"思想给我们的启示是:对整个大自然生态有利的也对人类有利。我们应该师法自然,朝着"天人合一"的方向去努力。

　　胸中能装下整个世界的人
是不可能被征服的。

"有巢氏"救了红木林

《秃鹰与猫头鹰》一文写成后不久,就从加州传来了好消息——历史悠久的红木林得救了。美国联邦政府和加州州政府共同拨款4.8亿美元,将那片由于滥伐而引起抗议的红木林,从当地最大的太平洋木材公司手中买下,留作公共保护地。

　　加州原来有80万公顷的红木林,其中不乏千年古木,有的竟是胸围10米、树高100米、树龄高达2000年的"树王"。由于多年来的滥伐,如今只剩下34 000公顷属于国家公园保护地的红木林仍然郁郁葱葱,私有林区中无节制的滥伐严重地影响了生态平衡。

　　这次政府不惜重金保护红木林是环保运动的一次重大胜利,克林顿总统说:"这些红木林是天然的宝藏,就像全世界最伟大的古老教堂与著名的图书馆一样,应该得到保护。我非常感谢这项协议能够达成,使这无价的宝藏得以留给子孙后代。"

　　这个胜利是许多环保团体、环保人士以及广大民众共同努力的结果。其中最突出的是一位24岁的少女,名叫茱莉娅·希尔,父亲是传教士,她随父亲游走四方。一年多以前他们来到加州时,正好遇上太平洋木材公司大肆砍伐红木林,当地居民及环保团体虽然在进行抗议,但伐木机仍照旧在林中轰鸣,一棵棵参天的红木树颓然倒地。茱莉娅目睹这一切,毅然决定留下来保护红木林。
1997 年 12 月 10 日,她在林中选择了一棵千年古红木树,命名为
"月光",在离地面 60 米的高处筑了一个巢,决心住在树上,居高
临下,随时观察太平洋木材公司的动静,保护"月光",不让伐木机
靠近。茱莉娅说:"我既没有发疯,也不是宗教狂热分子,更没有
什么野心。我只是要保护'月光',就这么简单。这绝不只是象征
性的行动,我是真的要坚持到底。"从此她当起了"有巢氏",决心
与"月光"共存亡。

茱莉娅在"月光"上像"蝴蝶般飞舞"于树枝间。起初还穿着
鞋,后来她索性光着脚丫子爬上爬下,她说:"这样我比较能感受
'月光'。"一年多的相处,使茱莉娅渐渐了解"月光",她满怀深情
地说:"周围的树被砍倒时,'月光'就会流出树汁,像在哭泣一样。
我觉得整个红木林就像一个活生生的动物,是有生命的。"

太平洋木材公司曾以各种方法想迫使茱莉娅离开"月光":以
噪音吵她,以强光在夜里干扰她睡眠,以直升机造成的旋风企图将
她的巢吹掉……但这些伎俩丝毫动摇不了茱莉娅的坚定意志,她
始终抱紧"月光"不放松,她说:"太平洋木材公司不停止砍树,我
就不下来。"

茱莉娅的行动感动了很多人,有人给她送食物,还有人提供移动电话,支持她的人越来越多。今年(2000 年)年初有 600 多人聚集在"月光"下表示支持,茱莉娅用移动电话对大家说:"我们以和平的行动抗议滥伐红木林,一定能达到目的。"

加州的民众以各种具体行动支持保护红木林,联邦和州政府顺应民意,开始与太平洋木材

光脚丫的茱莉娅紧抱"月光"不放松

公司谈判,想买下它所拥有的部分红木林,并设法限制其砍伐活动。开始时双方互不相让形成僵局,谈判几乎破裂。这时握有巨额资金的加州公务员退休基金会决定,减少所持有的太平洋木材公司控股公司的股票,对它施加压力,几经周折,最后终于达成协议。由政府出资买下位于北加州太平洋沿岸的这片古老红木林,协议还包括对太平洋木材公司所拥有的其他红木林为期50年的砍伐限制,涵盖的面积达330平方英里。此外还规定,不得砍伐位于陡坡和邻近溪流的红木树,如违反规定,每株可罚款1000至3000美元。部分环保人士认为罚得太轻,因为一棵砍倒的古老红木的售价可高达10万美元。

主要环保团体的领袖们欢迎这项协议,各级政府官员以及太平洋木材公司的负责人也都强调这是一项历史性的协议。但是报道并没有提及该公司获得的这笔巨款中,将有多少惠及伐木工人。

红木林终于得救了,林中的猫头鹰以及其他生物也得到了保护。在庆祝这场环保运动的胜利时,别忘了茉莉娅,赋小诗一首向她致意。

"月光"上的少女

与情人手挽手在月光下散步的年华
却光着脚丫爬上"月光"以巢为家
少女和"月光"唤醒了人类的良知
谢谢你 茉莉娅

茱莉娅为我们树立了榜样，但环
境保护大业还要靠大家一起努力。

"月光"受伤了

年前我在《"有巢氏"救了红木林》一文中介绍了一位名叫茱
莉娅·希尔的少女，她为了保护加州珍贵的红木林，在一株
被她称为"月光"的大树上筑巢居住了两年，终于在公众的支持和
政府的介入下获得了胜利。伐木公司承诺永远保留"月光"，并在
其周围划出 3 英亩保留地。不仅保住了"月光"免遭砍伐，而且还
惠及周围 330 平方英里的红木林，伐木公司同意在 50 年内限制砍
伐。这是美国环境保护运动的一项重大胜利，为媒体所广泛报道。
300 英尺高的"月光"成了环境保护的象征。

不久前噩耗传来，"月光"受伤了！有人用链锯在"月光"的树
干上切割出一条长达 19 英尺的切口，虽然还不至于致这 1300 年
的红木巨人于死命，但伤害已经造成。好心人用钢条在伤口处进
行了加固，以防止"月光"被大风吹倒。

是谁伤害了"月光"？目前尚不清楚，人们只能猜测。一种可
能是伐木公司所指使。关于保护红木林的争端在加州已持续了几
十年，当地居民和环保人士与伐木公司各执一词，互不相让。直到
1999 年"月光"事件引起公众关注，美国政府花了 4.8 亿美元从伐

木公司手中买下大片林地后,才与之达成保护红木林协议。在茱莉娅还在"月光"上巢居时,尽管得到许多民众支持,伐木公司却想尽办法进行干扰,甚至派直升机企图将茱莉娅在"月光"上筑的巢吹掉,所以这次人们怀疑伐木公司并非凭空瞎猜。如果真是伐木公司干的,我的评论是:卑鄙!为一己之私利破坏环保,伤害公众的感情,偷偷摸摸地干出这种丧心病狂的事,不是卑鄙是什么?

另一种可能是某些人的恶作剧,对此我的评论是:无聊!社会上总有些人饱食终日,无所事事,一心想做出惊世骇俗的怪事来,而全然不顾其后果,这种不负责任的态度理所当然地应当受到谴责。这些无聊的人精力充沛,也还有点小聪明。奉劝他们能将之用于正道,则己于社会都有好处。

《纽约时报》为"月光"受伤事专门于2000年12月9日发表社论,谴责这种恶行,呼吁公众重视环境保护。作为美国最具影响力的大报,《纽约时报》一贯提倡环境保护,揭露破坏环境的种种恶行,义正词严地加以谴责。我很赞赏这种态度,环保是公众切身利益之所在,要大家一起来关心。作为媒体有责任也有条件为民请命,急民众之所急,作民众之喉舌。有人认为说了也没用,我不同意。诚然,一个人说可能没用,说一遍可能没用;如果大家一起来说,坚持不断地说,形成舆论就会有用。再说,在环境保护问题上,我们是背水一战,无路可退!不是吗?我们只有一个地球,是全人类和所有生物的唯一家园。如果毁掉了,我们就同归于尽。

"月光"是一个象征,茱莉娅为全人类做了一件好事。衷心祝愿"月光"早日痊愈,不再受到伤害。

玩弄基因要慎之又慎，
万一惹祸悔之晚矣。

帝王蝶掀起的风波

我曾在《蝴蝶效应》一文中提到有位教授说：南美洲亚马孙丛林中一只蝴蝶轻轻扇几下翅膀，就会在美国得克萨斯州掀起一场龙卷风。大家知道这种极度夸张的说法不可能实现，倒是最近美国著名的帝王蝶幼虫还来不及长出翅膀，已在大西洋两岸确实掀起了一场不小的风波。

事情的起因是这样的：玉米是美国的主要农作物之一，许多农场种植玉米。但玉米易遭受虫害，需要喷洒杀虫剂，为此所费不赀。科学家利用基因工程，将泥土里一种具有杀虫能力的 Bt 细菌的基因植入玉米中，使玉米具有天然的抗虫能力，害虫吃了就会死去。三年前美国的孟山都公司开始大量生产并积极推销这种 Bt 基因改造的玉米，由于可以免去喷洒杀虫剂，节约成本，颇受农场主欢迎。

同样的方法也已应用于马铃薯、黄豆和番茄等，据统计在美国这种基因改造过的农作物的种植面积已达 4500 万英亩，约合 2.7 亿市亩，每年因此节约成本 10 亿美元。

广大消费者对 Bt 基因改造食品有保留，担心："虫子吃了会死掉,人吃了会怎么样?"更不放心的是美国政府允许基因改造食品不必在包装上标明,消费者根本不知道自己吃下去的食品究竟是否是基因改造过的。欧洲各国对基因改造食品有更多的保留,有的通过法律严加限制,有的则扬言要禁止美国的基因改造食品进口。

帝王蝶及其幼虫

　　正当对基因改造食品争论不休时,美国康乃尔大学的科学家对经 Bt 基因改造过的玉米进行了实验,在 1999 年 5 月 20 日的《自然》杂志上发表了他们的实验结果:帝王蝶幼虫吃了 Bt 基因改造过的玉米花粉沾染过的牛奶草叶子,近一半死掉了,幸存的也不能正常发育。这个发现立即引起了轩然大波,各种评论潮涌而来,《纽约时报》还专为此发表社论。翅膀上有黑黄两色美丽花纹的帝王蝶是珍贵的蝴蝶品种,秋天飞到墨西哥越冬,春天飞回美国中西部的玉米带交配繁殖,而玉米田中的牛奶草是其幼虫的主要食物。这次的实验虽然是在实验室中进行的,却引起了人们的警觉:首先,引入一种作物新品种对整个生态平衡的影响是多方面的,目前关于基因改造的农作物对自然环境的影响知之甚少,应该慎重;其次,帝王蝶的死亡使得担心"人吃了会怎么样?"的怀疑者又增加了一分疑虑。

早在 60 年代美国农民就已利用 Bt 细菌来杀虫,效果很好。在自然条件下的 Bt 细菌很快就会分解,因而不影响生态环境,也不会使害虫产生抗药性,至今仍为拒用化学制剂采用传统方式耕作的"有机农场"所采用。基因改造过的作物如玉米则不同,所含的 Bt 基因极难分解,所以连花粉都能毒死帝王蝶;而且如果长期使用,害虫可能会产生抗药性,从而降低其杀虫效率。

更严重的问题是:经过 Bt 基因改造的食品对人体是否有害?帝王蝶风波发生后,美国有 50 万人连署上书向国会请愿,敦促立法强制在基因改造食品包装上贴标签。欧洲的公众对此更为关注,欧盟已开始从严制定和执行对基因改造食物上市的法规。法国南部的抗议示威者将试验田中的一部分基因改造油菜拔起来烧掉,英国的有些超级市场已将基因改造食品全部从货架上撤下,英国政府迫于公众的压力,决定要在实验室中试验几年后再作判定。但问题是即使如此,也不一定能完全确定其长期的后效,天然食物的安全性是经过了几十万年的实践考验过的。

为什么欧洲各国对帝王蝶风波的反应比美国的强烈得多呢?一方面是因为民风比较保守,保健和环保意识高涨,尤其是近几年来欧洲先后发生了一系列有关食品安全的事故:英国的"疯牛病"事件,导致各国禁止英国牛肉进口;比利时因饲料被致癌物"二恶英"污染,大量销毁被污染的家畜和家禽,导致比利时政府在 1999 年 6 月 13 日的选举中倒台;同年比利时、法国、荷兰、卢森堡等国的可口可乐被污染事件,使数百学童生病,迫使可口可乐公司紧急收回大量产品,这在可口可乐历史上是空前的。这些事件虽然与基因改造食品无关,但都闹得沸沸扬扬,欧洲公众谈虎色变,所以对这次帝王蝶风波特别敏感。另一方面还有政治因素:美国在基因工程研究方面领先世界,有关的公司握有许多专利;而且全世界种植基因改造作物的农田,有 3/4 是在美国,产品部分出口。欧洲民众担心美国在这方面的技术优势使得欧洲处于竞争的劣势,所以难免夹杂着保护主义的情绪,这也对帝王蝶风波起到推波助澜的作用。

　　基因改造食物涉及到各方面的利害关系,是很复杂的问题。早在帝王蝶风波发生以前,1998 年 10 月 25 日出版的《纽约时报周刊》发表了坡兰(Micheal Pollan)的一篇文章,他对基因改造马铃薯的有关问题进行了广泛的调查,发现大多数农场主欢迎这种新品种,因为可以节省工本。研究发展出这种新品种的公司更用不着说,当然竭力主张推广,可以获取高额利润。坡兰还访问了联邦药品及食物管理局,询问为什么允许基因改造的马铃薯在包装上毋需标明含有 Bt 成分,得到的回答是:"Bt 是杀虫剂,不归我们管。"显然他们忘记了马铃薯是食物。坡兰又访问了联邦环保局,获悉从 1992 年起该局就将食物中的添加剂是否"一般安全"的判定权限下放,由制造基因改造食物的公司自行决定。难怪坡兰的文章发表以后舆论大哗,读者纷纷来信表示关切。该刊也发表了孟山都公司的一位公关负责人的来信,他争辩说:"坡兰忽视了实质性的问题:农业的持续成长和食物的需求……生物技术是唯一最有希望的措施,能供养日益增长的世界人口,同时减少对环境的破坏。"这话是在去年(1998 年)说的,帝王蝶风波爆发以后孟山都公司又有说词:"Bt 基因对帝王蝶有害,我们早就知道,问题是剂量大小。"大部分消费者被蒙在鼓里,还未意识到潜在的利害关系。坡兰曾在自家庭园里种了几株含有 Bt 基因的马铃薯进行观察,收获了一些马铃薯,却在文章末尾风趣地说:至于我自己,对之了解得还不够,是不会去吃的。

　　我并不一般地反对基因改造食品,但主张应加以严格的管制,至少要做到以下三点:一、必须由立场公正的研究机构对之进行长期严格的试验,保证对人体和环境无害;二、必须有严格的审查批准制度,在批准上市前应广泛征求各方面专家及公众的意见;三、必须在包装上标明,让消费者有选择的权利。最后一点非常重要,有些人情愿付出较高的代价,选择较安全的天然食品。"愿者上钩"选择基因改造食品的当然是会有的,那是他们自己的选择,出了问题怨不得别人。归根到底,人民应有选择的自由。许多美国朋友对此都有同感,有的说:"他们干别的什么都行,千万别对食物乱变花样。"

帝王蝶的风波尚未平息,但愿不要以悲剧收场。

蚂蚁专家能研究社会学、经济学、艺术和宗教,还有什么学科之间的壁垒不可破呢?

蚂蚁农场

小时候爱看蚂蚁,看蚂蚁倾巢而出搬运比它们自己身体大几十倍的猎获物,看两队蚂蚁打架,看蚂蚁集体活动时井然有序,知道蚂蚁是很聪明的社会性昆虫。后来还发现蚂蚁会养蚜虫,收取蚜虫所分泌的甜汁作为食物,这可以算是蚂蚁的畜牧业。

美国的《科学》杂志于1999年9月刊登两篇文章,报道了对蚂蚁农业进行研究的结果。蚂蚁从事农业已有5000万年的历史,这比人类从事农业才一万年的历史要长得多了。

蚂蚁的农作物是类似于蘑菇的真菌,在蚁穴中培育。科学家一共发现了553种蚂蚁种植的真菌。蚂蚁种植的真菌是靠无性繁殖的,不像人类的农作物绝大部分是靠有性繁殖的。和人类种庄稼一样,蚂蚁也懂得施肥,肥料是它们自己的排泄物。蚂蚁也懂得"除草",它们不仅会将与真菌作物竞争的其他野生菌类的孢子拣出来搬走,而且竟会利用抗生素作为"除草剂",以抑制有害的野生菌类生长。想想看!人类直到本世纪中叶才发现和使用抗生素,而小小的蚂蚁却早就知道使用了,如此神通广大,不能不令人惊叹大自然的奇妙。

对蚂蚁的研究已有一百多年历史,最近昆虫学家研究了中美洲热带丛林中的切叶蚁生活习性,又有一些新发现。

切叶蚁在搬运切下的树叶

首先是蚂蚁农场的规模惊人:生物学家相信热带森林中植物的叶子大约有 15% 被切叶蚁搬入蚁穴中作为培育蘑菇的原料。切叶蚁的蘑菇农场竟有足球场那么大,深入地下 18 英尺,分隔为几千个小间,供养以百万计的切叶蚁。

其次是切叶蚁蘑菇农场专业化分工的细致:每个工序都有专蚁负责,大蚂蚁专司从树上切割下叶子运入穴内,中蚂蚁专司将叶片嚼成碎片并混入自己的排泄物作为肥料,小蚂蚁比较辛苦,除了负责在碎叶片上接种菌种和收获蘑菇以外,还从事清除杂菌及防治病害等工作。

切叶蚁为适应生态环境,发展了一些令人叹为观止的先进技术。热带森林中不少树木的叶子含有生物碱等毒素,吃了会中毒,这本是植物的一种自卫手段。聪明的切叶蚁知道这些叶子不能吃,就采集来培育蘑菇,经过蘑菇的吸收消化解毒后,切叶蚁就可以放心地享用美味的蘑菇了。

切叶蚁只种一种蘑菇,这相当于人类的单一作物制,虽然开始时产量高,但重复种几季以后很容易遭受病虫害侵袭,人类是采用轮作不同作物来解决问题的。与切叶蚁同族的另一些品种的蚂蚁也采用轮作法,它们经常改换所培育的蘑菇菌种,有时还会驯化一些野生菌种。切叶蚁不进行轮作,原因是它们认定了一种特殊的菌种,具有膨胀的菌冠,极富营养。康乃尔大学和美国农业部的生物学家采用基因分析法,确定了切叶蚁所种的菌种源于2300万年前的单一菌株,从未换过品种,却能延续至今,秘密何在?这个谜最近由多伦多大学一位名叫居里(C. R. Currie)的博士研究生在两位昆虫学家合作下解开了。居里花费了3年时间,对包括切叶蚁在内的22种蚂蚁进行了仔细的观察。他首先发现蚂蚁的蘑菇农场偶尔也会受到一种名为Escovopsis的霉菌感染,使蘑菇在几天内全部死光,结果是整穴蚂蚁全部饿死。尽管如此,切叶蚁还是有办法控制这种灾难。居里发现其奥秘在于雌蚁胸前表皮上的白色物质,过去昆虫学家一直误认为是蜡质,居里用显微镜观察,发现竟是会分泌链霉素的活细菌。切叶蚁蘑菇农场中那些忠于职守的小蚂蚁勤于察看,一发现Escovopsis霉菌就用随身携带的链霉素就地将之消灭,以防止其蔓延;而且这种链霉素还能刺激蘑菇的生长,真是一举两得。每当切叶蚁分群时,蚁后将蘑菇菌种含在口中,连同随身的会分泌链霉素的细菌带到新穴传种,所以切叶蚁的单一品种的蘑菇农场能延续至今,历千万年而不衰。更妙的是:人类所用的抗生素多次使用后会使病菌产生抗药性而导致药性减弱,但切叶蚁所用的链霉素却并未使霉菌产生抗药性。这使得药物学家既羡又妒,因为对付抗药性是目前医药界急需解决的重大问题之一,专家们至今仍无良策。

哈佛大学专门研究蚂蚁的威尔森教授(E. O. Wilson)认为切叶蚁的这些成就很了不起,他说:"这是动物进化的重大突破之一。"

科学家研究蚂蚁除了学术兴趣以外,也有实用的考虑,有人提议既然Escovopsis霉菌如此厉害,可以用来对付有害的蚂蚁,逐穴喷洒,使之灭种。康乃尔大学的生物学家许尔兹(T. R. Schultz)警告说:蚂蚁并非都是害虫,不能无区别地一律扑杀,否则就会冤枉好蚁,更何况如大规模使用 Escovopsis 霉菌必须慎重考虑对生态环境可能产生的副作用。事实上,虽然有一些蚂蚁对农业有害,但多数蚂蚁和人类一直和平共处,人在地上,蚁在地下,彼此相安无事。

威尔森也为"生物多样性"请命,他在和同事合著的《蚂蚁》一书中说:"生物学家应该研究蚂蚁的弱点……目的是机智地控制它们,但不能全部消灭。人类的优点和责任是我们能够思考,而它们不能。"附带提一下:威尔森是研究蚂蚁的权威,不仅对本行深入钻研,而且具有宽广的学术视野。他试图将自己研究蚂蚁的收获和体会应用到其他领域——包括社会学、经济学、艺术甚至宗教等。威尔森提出了名为"社会生物学"的学说,认为包括人类在内的各种生物之某些社会习性具有生物根源,可以通过遗传基因追溯到蚂蚁。他所著《社会生物学》一书于 1975 年出版后,在美国学术界引起了轩然大波,许多同行指责他"使社会达尔文主义复活",媒体也进行了耸人听闻的报道。威尔森处惊不变,对其学说至今不悔。不仅不悔,而且"野心"更大,他在名为《一致》(Consilience)的新书中,试图建立"统一知识之树":以物理学为根,化学、分子生物学及基因学为主干,枝叶蔓延遍及经济学、社会学、伦理学、心理学以至宗教、人文、艺术等,将人类知识的主要分支都统一起来。平心而论,无论威尔森的学说是否有错,他敢于跳出自己的研究领域,探索不同学科之间可能的联系,这种做法是值得赞扬的。归根到底,宇宙是统一的,万物是相互联系的,宥于单一学科不敢逾越雷池的传统研究方式人为地切断了这些联系,现在有人试图恢复联系,何错之有?

　　克隆并不可怕,可怕的是不负责
任的科学家。

克隆羊的风波

　　"**克**隆"的英文原词 Clone,即"复制"的意思。
美国有一部电影叫《克隆丈夫》,讲的是一个人苦于分身
无术,不能既工作又享乐,既理外又照顾好家庭,于是便造了一个
克隆人,解决了长期苦恼着他的难题。巧的是这部幽默影片上映
不久,1997 年 2 月,从苏格兰传来了震惊世界的大新闻:两位科学
家真的培育出一只已有 7 个月大的克隆羊。他们从一只绵羊身上
取下一粒细胞,将其细胞核取出作为"种子",同时将另一只母羊
的卵子取出,摘除其细胞核后,将第一只羊的细胞核植入,然后再
将这复合的卵置入第三只母羊的子宫中,让其发育成长。分娩后
养了 7 个月,长成了与第一只绵羊一般大的克隆羊,两者具有完全
相同的基因。
　　这个消息之所以震惊世界,是因为羊是高等哺乳动物,如果能
生产出克隆羊,就有可能生产出克隆人。换句话说,如果你愿意的
话,可以从你身上取下一粒细胞,经过类似的培育过程,生产出另
一个与你一模一样的克隆人来。不必多加解释就可以想象,这将
造成多么巨大的社会冲击。梵蒂冈教皇为此发出申明,认为克隆

人是对人类尊严的一种侮辱。呼吁各国立法在克隆人尚未实现前加以禁止。欧洲已有6个国家在这次克隆羊报道以前已通过立法禁止。关于克隆人的问题,美国对此尚在辩论中。

1997年2月25日,我正在赴北京参加第五届国际超导大会的途中,当我坐在从家到费城国际机场的交通车中,从车上的收音机里听到,某电台进行了一次民意调查,问两个问题:一是你认为哪些人最够资格优先生产自己的克隆人?二是你认为哪些人最不够资格?结果是:最不够资格的人中名列前茅的第一是总统克林顿,第二是O·J·辛普森。至于谁最够资格,电台没有报道。大家听了以后一齐哈哈大笑,那位司机说:"这真带劲!你看!克林顿还排名在O·J·辛普森之前,美国人就是这样认为的。"我想这位司机一定是铁杆共和党,否则不会这样恨克林顿。坐在我旁边的那位旅客说:"嗨!这太好了!我快去生产一个克隆人,然后叫克隆去上班,我自己去打高尔夫球。"

以上这些当然是开玩笑,但克隆羊所引起的风波则将是影响非常深远的。

就像其他一切新生事物一样,开始时人们往往会由于不了解真相而产生很多误解,这对克隆羊也不例外。有人认为:既然克隆羊与提供细胞核的第一只羊一模一样,将来的克隆人也应该与自己一模一样。换句话说:就是有两个"我",这样才能叫一个"我"去上班赚钱,另一个"我"则去打高尔夫享乐。其实这是一个极大的误解。

克隆的所谓"一模一样",只是指其基因结构完全相同,其实自然界中早已有这样的先例。众所周知,有两种双胞胎:一为同卵双生,另一为异卵双生。同卵双生的双胞胎就是由同一粒受精卵分裂为二,分别发育而成。因而同卵双生的孪生兄弟(或姐妹)具有完全相同的基因。当然大家都知道,同卵双生的仍然是两个完全独立的不同的人,而不是两个"我"。你总不能叫你的孪生兄弟去上班,而自己去打高尔夫球吧?否则你就是在剥削你的兄弟了。

这个道理对于将来可能出现的克隆人来说同样适用。

归根到底,这涉及到人的本质是什么的问题。撇开社会人不谈,自然人至少包含三个层次:第一个层次是人的物质实体,即构成人体的分子、原子等。由于新陈代谢,人体中的原子在一年内大部分被更换了。第二个层次是人的生理结构,即由基因所决定的细胞结构。第三个层次是人的精神结构,即由大脑构造所决定的自我意识,通常我们所说的"我"指的就是这种自我意识。

明白了以上关于自然人的三个不同的层次以后,关于克隆人的误解就会很自然地消除。人与其克隆只是在第二个层次上相同,而在第三个层次上则可以完全不同。形象化地说:人与其克隆只是硬件相同,软件则可以完全不同。克隆技术根本不可能造出两个"我"来。因此不必为此而惊慌。

巧夺天工好,但要避免弄巧成拙。

上帝留了一手

英 国的那头用克隆技术"生"出来的"多利"羊已经 4 岁了。此事曾轰动世界,有史以来人第一次创造出生命,这本来认为是属于上帝的专利。多利领头,群起效尤,已克隆出猪、牛、山羊和老鼠等。还有克隆动物的克隆后代——克隆鼠已克隆到第六代。

克隆技术不断爆出新闻,除了多利羊以外,最轰动的要数有人宣布准备克隆人。

2001 年 3 月 25 日《纽约时报》在第一版刊登了库拉塔(Gina Kolata)的一篇报道。综述了经过科学家几年来的观察研究,收集到的大量资料表明:克隆动物具有严重的先天性缺陷,如发育延迟、心脏肥大、肺缺陷、神经系统失常以及免疫系统缺陷……更令人担忧的是,这些缺陷所引起的疾病在克隆动物生命过程的任何时候都能发生,而且不限于某一个器官。

在这以前,科学家本来就知道,克隆动物非常困难,一般克隆100 次只有一次成功。克隆老鼠最容易,也只有 3% 的成功率,其余的都死在胚胎时期,出生后不久死去的也很多。

这次的发现更严重,那些侥幸出生的克隆动物,起初几乎正常,但随时可能出现不可预测的疾病。例如一只发育正常的克隆鼠,在相当于人30岁的年龄突然畸形发胖,比对照组同样喂养的常规鼠的体重大了好几倍!还有,克隆牛生下来就具有过分肥大的心脏或畸形的肺。麻烦的是这种病变是随机发生的,可以在任何时候发生在身体的任何部位,似乎无规律可循。但也有好消息,最初有人认为克隆动物会加速衰老或易患癌症,进一步的研究发现是没有根据的。

科学家认为这种先天缺陷问题源于克隆技术本身。克隆是从一个成年母体的某一部位(如皮肤)采取一个活细胞,取出其细胞核,将之植入从另一个母体取出后被摘去了核的卵中,然后再重新植入子宫,使之发育成胚胎,出生后即为克隆。在将核植入无核的卵后,卵以某种目前尚不了解的过程将植入核的遗传因子"重写程序",使之控制胚胎的形成和发育。这个卵内重写程序过程必须在几分钟最多几小时内完成。科学家相信,克隆动物先天缺陷就是由于重写程序过程中的错误所致。重写的程序必须完美无缺,才能使个体正常发育。在自然繁殖条件下,类似的过程需时间很久,在雄性精子中历时数月,在雌性卵中历时经年。相比之下,克隆用的是速成法。谚云:"慢功出细活",克隆动物之先天不足,是因为"欲速则不达"。

克隆的另一个问题是,从母体取出的细胞是发育到晚期的成熟细胞,它的核中虽然带有个体发育所需之全部遗传基因,但其功能是"静止"的,不像胚胎中的基因那样容易分化发育成各种不同的器官。所以,克隆所用的种子是:以老充幼。

克隆动物虽然有两个母体,但其全部遗传基因来自提供细胞核的那个母体,从遗传角度看,实际上是一种单亲无性繁殖。生物学家早就知道,近亲繁殖所生后代具有先天劣势,原因是其基因来自相近的个体,因而缺乏多样性。克隆动物的基因来自单一母体,比近亲繁殖更缺乏多样性,因而更具有先天劣势。套一句老话:克隆的繁殖缺乏阴阳调和。

总之,速成法也好,以老充幼也好,阴阳失调也好,一言以蔽之:违反自然！而违反自然鲜有不受惩罚的。原因很简单:生物在地球上已繁衍了几亿年,历经无数世代的遗传变异,通过"优胜劣败适者生存"的严酷自然选择,才形成今天这些高等动物。它们都是身经百战,不! 身经百万战的优胜者,其中肯定有一些人类尚不了解的奥秘。才只有4年历史的克隆动物比不上它们天然的兄弟姐妹,这一点也不奇怪。克隆专家们想巧夺天工,没料到上帝留了一手。

经过这番折腾,克隆技术将何以为继?

首先,这次的发现对克隆人提倡者是当头棒喝。且不说克隆的成功率只有百分之几,即使侥幸成功,"生"出一个克隆人来只有半个腰子或者没有免疫系统,该怎么办? 就算生下来好好的,到30岁时突然发胖,体重陡增5倍,又该怎么办? 一位克隆专家说:"用现有技术克隆人,我想想都会发抖。在克隆先天缺陷问题未得到解决前,克隆人根本不应该考虑。"克隆人提倡者本来就面临来自各方面的严厉抨击和某些国家法律的禁止。克隆动物先天缺陷问题的披露,对他们来说更是雪上加霜。这未尝不是好事。

其次,科学家大都具有一往无前义无反顾的献身精神,他们不畏艰险不怕挫折,失败了再来过。所以他们不会放弃克隆技术,他们会孜孜不倦地去找原因,千方百计地去克服困难,使克隆成功率提高,基因缺陷减少,研究出更成熟的克隆技术,"生"出更多的克隆动物来。更重要的是,使克隆技术造福于人类而不是相反。我相信科学家一定会学会上帝留的那一手。成功只是时间问题。要等多久呢? 我不知道! 但总不会像上帝那样,学那一手花了几亿年。

姜是老的辣。地球 50 亿高龄，当然比我们聪明。

师 法 自 然

师法自然就是向大自然学习。

大自然历经了亿万年的发展和进化，积累了无数"天机"，值得我们好好学习。科学家在进行研究中越来越认识到师法自然的重要性。下面是信手拈来的几个例子。

做衣服的衣料，除了极少数天然本色的以外，都需要加以染色。科学家看到繁花万紫千红的色彩皆为天然生成，根本不需要另外染色，忽发奇想：能否变"繁花似锦"为"锦似繁花"做出毋需染色的天然彩色纤维来？科学家经过努力，已经培育出几种彩色的棉花。这种天然彩色纤维不会褪色，又省去了染色工序，不仅省钱省工，而且避免了染色工业的污染。一举数得，皆为师法自然之所赐。

钢是非常坚强的材料，但蜘蛛用来织网的蜘蛛丝比同样粗细的钢丝还要坚强十倍以上！科学家正在研究如何模仿蜘蛛，造出被称为"生物钢"的人造蜘蛛丝来。一旦成功，不仅可以用来做成合成材料，造出轻巧而又坚固的飞机、车辆、桥梁、房屋、家具等；而且还可以用来织出超级织物，制成薄如蝉翼、轻若鸿毛的工作服和防弹衣,以及收在掌中不盈握的降落伞……看来,小小蜘蛛中蕴藏的"天机"就够我们学一辈子的了。

　　能源一直是人类所面临的大问题,目前应用的煤、石油等"化石燃料",不仅污染环境,而且迟早总有用完之日。寻找替代的能源是科学家面临的重大课题之一,其中太阳能的利用占有重要的地位。太阳能取之不尽,而且完全没有污染,是理想的能源。利用光电池可以将太阳能直接转换为电能。目前使用的光电池是用硅做成的,转换效率还不错(约16%),但成本太高难以普及。科学家一直在探索如何降低成本,除了继续改进传统的硅光电池外,有人将目光转向大自然;所有的绿色植物都能通过光合作用吸收太阳能,虽然效率不高(还不到1%),但满山遍野,以多取胜。于是"异想天开":是否可以模拟植物的光合作用做出廉价的光电池来?"异想"果然"天开"!据英国的《新科学家》杂志报道;科学家已研制出一种模拟光合作用的新型光电池,这种光电池可以做得很薄,成为透明的。瑞士的一家手表厂即将推出一种太阳能手表,就是将这种透明的光电池覆盖在表面上以取得动力。将来扩大生产以后,可以将之覆盖在玻璃窗上,利用太阳能为建筑物供电。妙的是这种新型光电池不仅价廉,而且其转换效率竟与硅光电池的差不多,远远超过了光合作用的效率。由此可见,师法自然也能青出于蓝而胜于蓝。

　　模仿植物的光合作用不仅可以造出新型的光电池,还可能有更重要的应用。美国及欧洲的一些科学家们正在研究一种"人造叶",它模拟绿叶的作用将吸收的太阳能转换为化学能,用以促进化学反应。天然的叶子中的叶绿体就是这样利用太阳光能以水和二氧化碳作原料,合成碳水化合物等有机物的。但师法自然的科学家的野心更大,想用类似的方法制造多种化合物。这是化工生产的新方向,是新兴的"生命科学"的一个重要分支。除"人造叶"以外,还有利用微生物和基因工程等生物学方法进行化学反应的。这些方法与传统的化工生产根本不同,毋需采用高温、高压、强酸、强碱等极端手段,而且可以做到高效率、低成本,更重要的是可以完全免除对环境的污染。不妨设想:未来的化工厂没有隆隆的机器声和熊熊的烈焰,没有高耸的烟囱和庞大的高温高压容器,也不排出有毒的污水及废气,就像一个美丽的大花园。师法自然能使人类回归自然。

电脑技术的发展日新月异、一日千里。电脑虽然在速度及准确性方面胜过人脑,但就总的功能而言仍远远不及人脑。电脑科学发展的一个重要方向是人工智能,也就是向人脑学习。这不也是师法自然吗?

人类号称万物之灵,钟天地之灵气,制万物而用之,自诩能巧夺天工、人定胜天。既然如此,为什么还要师法自然呢? 其实这并不难理解。地球已存在了约 50 亿年,亿万年来,生物从无到有、从低级到高级的进化过程中,不知遭受过多少次天崩地裂之浩劫,经历了多少次沧海桑田之变迁,经过了多少次遗传和变异之"轮回"。在这漫长的岁月中,大自然进行了无数次可能的排列组合,还有生物进化之择优汰劣的"自然选择"机制,肯定会找到一些人们尚未想到的优良组合。这就是时间优势。而师法自然正是将大自然在亿万年中积累起来的"天机"加以利用,这才是真正的巧夺天工。

还应该看到师法自然的另一方面:20 世纪科学技术的飞速发展,固然为人类带来了前所未有的物质文明,但也为此付出了很高的代价,环境污染成为威胁整个人类生存的严重问题。为我们自己和子孙后代着想,必须想办法解决,师法自然是解决这个问题的最好方法。归根到底,人类也是大自然的一部分。我们求生存,就必须顺应自然,绝不能逆自然而动。

语云:"上天有好生之德",只要我们善待大自然,大自然是不会亏待我们的。

大家都想长寿,但如果人人都像
彭祖那样活八百岁,地球还不人满
为患?

漫 谈 年 龄

年龄是从诞生时算起的年数,就这么简单,有什么好谈的呢?
但有些事貌似简单,细究起来花样还真不少。

西方讲究实际,计算年龄有多少算多少。中国传统的"虚岁"
则不然,刚生下来就算一岁,过了年再加一岁。所以年三十夜出生
的婴儿,到大年初一虚岁就是两岁。我想这可能与中国人渴望长
寿的心理有关,不信吗?再看一个例子:在美国中文报纸上常看到
这样的讣告:"先考××公痛于 2001 年×月×日逝世,积闰享年八
十五岁,……"如果认为此公诞生于 1916 年就大错特错了,实际上
他可能是在 1919 年诞生的。这里有三年之差,其中一年来自虚
岁,另外两年来自所谓"积闰"——就是将阴历中的闰月积累起
来。原来阴历每隔三四年就要加一个闰月,八十多年中就能积累
起二十几个闰月,所以此公从积闰又增加了两岁。"为什么这样
麻烦呢?"还不是为了将年龄说大,听起来长寿,丧礼更风光些。

女士们都想青春永驻,尽量设法将年龄说小些。西方风俗问
女士年龄是很不礼貌的,所以她们就免除了回答自己年龄的困扰。
东方则不然,总有些人爱管闲事,于是就出现了某电影明星十多年

来一直自称是 29 岁的奇闻。有趣的是:百年之后她乘鹤西去,讣告上会不会也来一个"积闰"呢?

谈到长寿,莫过于宇宙。据天文学家估算,宇宙的年龄大约介于 120 亿到 150 亿年之间。如此高龄是怎么算出来的? 这就要从头说起。1929 年美国天文学家哈勃(Edwin Hubble, 1889—1953)综合分析了大量天文观测结果,提出了"哈勃定律":散布在宇宙中的诸星系均以与其距离成正比的速度退行,宇宙在不断膨胀中。美籍俄裔科学家伽莫夫(George Gamov, 1904—1968)据此提出了"宇宙大爆炸说"。大爆炸是宇宙的诞生,即宇宙年龄计算的起点,但要算出宇宙年龄还需要知道从诞生时起到如今的时间间隔,这仍然要靠哈勃。哈勃定律涉及到两个量,一是星系退行的速度,二是星系的距离,两者之比称为哈勃常数。星系退行的速度可以从测量它光谱的"红移"来确定,红移来源于多普勒效应——运动物体发出的光波或声波的波长会随运动速度而改变。例如迎面驶来火车的汽笛声的波长变短,而离去火车的汽笛声的波长变长,就是由于多普勒效应。退行的星系发出的光谱较之静止物体发出的光谱,其波长变长——向红光端移动,是为红移。所以测量星系光谱的红移,就可以算出其退行速度。但测量星系的距离就不那么简单了,问题是距离太过遥远,通常的直接测量方法不再适用,而要采用诸如测量特殊星体的亮度等间接方法来测距离,准确度当然就差了。由此算出的宇宙年龄结果不一:早期的说法是 150 亿年,不久前又有人说是 120 亿年。《纽约时报》2001 年 10 月 6 日报道:最近天文学家利用引力透镜在距离 134 亿光年处观察到一个宇宙年龄为 6 亿年的"婴儿星系",由于所看到的是它在 134 亿年前的形象,据此宇宙的年龄应为 140 亿年。众说纷纭! 于是,有人说笑话:宇宙年龄就像女士们的年龄那样是猜不透的秘密。

人类家园——地球比宇宙年轻得多了,而且就在我们身边,想必应该比较容易确定其年龄。其实不然!《牛津地球手册》叙述了测算地球年龄的简史:1860 年英国的凯尔文爵士(Sir William

Kelvin，1824—1907）用导热法估算出地球年龄为 2 千万到 4 千万年之间。1907 年地学家玻尔特伍特推测为 4 亿到 20 亿年。放射性同位素测定法发明后，开始测量地球上各种岩石的年龄，所得结果因岩石试样来源不同而异，一般介于 35 亿到 45 亿年之间。放射性同位素法所根据的原理是同位素的衰变，在经过一个"半衰期"后原来的同位素就只剩下二分之一，经过两个"半衰期"后就只剩下四分之一，……依此类推。只要测出岩石中衰变前后同位素含量之比值，就可以从已知的半衰期推算出其年龄。此法测出的是岩石的"放射性年龄"，将之作为地球的年龄，隐含着一个假定：将该岩石的形成当作地球的诞生，问题是：该岩石是否就是地球上最古老的呢？放射性同位素法也用于测量月岩的年龄，结果介于 41 亿到 46 亿年之间。有人将之当作地球的年龄，隐含的假定是月岩与地球同龄，这就涉及到行星和卫星的形成，对此至今尚无定论。实际上放射性同位素法测出的年龄是由岩石从灼热的熔融岩浆中凝固时算起的，在这以前地球早已诞生，所以有人认为地球的年龄应超过 50 亿年。总之，由岩石放射性同位素法测出的只是地球年龄的下限，地球的绝对年龄仍然是一个待解之谜。于是，有人打趣道：母亲地球老糊涂了，忘记了自己的年龄，人们只是从她的鸡皮鹤发加以揣测。

　　关于年龄的各种花样够多了吧？在此提到的四种中，老人的"积闰"和女士的"永驻"属于心理作用在作怪，而宇宙年龄和地球年龄之谜则属于科学认识及技术手段的限制。异曲同工，都给人以不知今夕是何年的蒙眬感。

　　　　（注：宇宙年龄的最新数据是 137±2 亿年）

将地球当作垃圾箱,你自己能干
净吗?

从"用过即丢"想起的

男士们每天早晨盥洗时要刮胡子,在美国除了有些人用电动剃须刀外,流行的是彩色塑料架的刮胡刀,用过一次即丢。这使我回忆起老式的刮胡刀,精雕细刻的金属制刀架,像一件精美的工艺品,可以使用许多年。那时的刀片容易生锈,只要定时换刀片就可以了。而现在"用过即丢"的刀片是不锈钢制的,不会生锈。我就是想不通,为什么用过一次即丢? 更想不通,为什么连刀架也一起丢? 我的一把塑料架的刮胡刀已至少用了两年,仍然锋利,这证明用过即丢根本就是浪费。当然,这种用过即丢的做法为制造厂商所乐见,这样才能大量销售,财源滚滚。难怪美国制造刮胡刀的主要厂商——吉纳德的股票成了华尔街的宠儿。

美国的钢笔、圆珠笔大都也是用过一次即丢。刚来美国时对此很不习惯,想继续用我的英雄牌金笔,但买不到墨水,只好作罢。文人们都怀念过去一支金笔随身相伴,对之有一种像武士爱宝剑那样的特殊感情,而对用过即丢的笔有出自内心的抗拒。

连照相机也有用过一次即丢的,胶卷拍完以后,必须破坏塑料机壳才能将之取出。我实在不明白这到底有什么好处,难道就是为了节省一分钟的换胶卷时间吗？

　　越来越多的小商品加入了用过一次即丢的行列。大商品虽然不是用过一次即丢，但也频繁地换新。在美国大街的人行道上经常可以看到被丢弃的电视机、洗衣机、微波炉、电冰箱、家具等，其中大半仍可使用，只是式样过时，就被汰旧换新。

　　汽车也是如此，车厂每年都推出新车。实际上大多只是外观或内部装饰略有改变，就以最新款式相标榜，以招徕顾客。多金而爱时髦的人真的会去买，美国的医生、律师们每年换一辆豪华新车的并不鲜见。

　　电脑更是如此，平均每半年就推出一种新机型，新机与两三年前的"旧"机就不完全相容，逼得用户去换代。

　　"用过即丢"与"频繁换代"的结果都一样：浪费人力、物资和能源，造成垃圾、废物堆积如山，严重地污染环境，成了20世纪物质文明伴生的顽症之一。从70年代起美国开始重视这个问题，解决的办法是提倡回收、再生。经过多年来的努力，现已逐渐深入人心。很多企业和家庭都主动将垃圾和废物分类捡出，送到收集站，或由回收公司上门收取。回收的废品可以再生。此外一些有远见的厂商也应时地推出"绿色"产品（"绿色"代表自然环境），标榜其中百分之几十可以回收。科学家也研究出以有机物质制成的塑料代用品，可以比塑料更快地降解分化，如此等等。

　　回收，再生和"绿色"产品比之过去固然是一大进步，可以节约原料，减少垃圾，缓解环境污染。但仔细想想，这仍非治本之道。回收后再生产的产品如果仍旧是用过即丢，还是无法解决浪费性的大量生产所造成的问题。更何况回收与再生本身也要耗费大量人力和能源。

　　治本之道在于提倡耐用产品。

　　刮胡刀、钢笔、圆珠笔以及照相机等完全可以做成耐用的。就算只用100次，比之用过一次即丢，就可以节省几十倍的人力、物资和能源。积少成多，这可不是小事。

像汽车这样的大商品,现代技术完全可以做到经久耐用。一辆保养得好的汽车可以用一二十年,跑二三十万公里,根本无须频繁地换新车。关键在于克服车主喜新厌旧的心理。

电脑的情况略有不同。由于新技术进展极快,硬件和软件的更新换代极为频繁,死守旧机行不通。但这并不等于整机必须频繁地换代。电脑的结构可以设计成组装式,将其主要部件做成"积木块"式的插件,就可以根据需要更换。其实电脑中换代最频繁的是软件和中央处理器,存储器则可以用附加的办法加以扩充,其余的零件并不需要跟着频繁地换代。这种组装式的电脑虽然不能做到整机耐用,但可以减少换代的频率以及换代部分的比例。实际上美国的有些电脑厂商已经开始这样做了。

总之,提倡耐用产品才是治本之道。我曾将这个意见向一些美国朋友说过,得到的回答是:"好主意!但是我们的社会是由商家主导的,他们要赚钱,卖出的商品越多越好,你有什么办法改变这种现状呢?"我说:"现状确实如此。但依我看,关键在于民众,只要多加宣传,说明利害关系,他们的观点就会逐渐改变。当多数消费者抵制用过即丢,要求耐用产品时,厂商的态度就会改变。回收、再生和'绿色'产品的道路不就是这样走出来的吗?"他们都表示赞同。

归根到底,提倡耐用产品是利己、利人、有利社会的好事。地球的资源是有限的,承受污染的能力也是有限的,现有的浪费和污染已严重到不能再继续下去了。否则不仅自食恶果,而且会祸延子孙。我们总得想办法。我国的市场经济还刚开始,商品还不像发达国家那样丰富,用过即丢及频繁换代的毛病还不像他们那样积重难返。如果现在就引起大家注意,加以提倡,是不是会比较容易做到产品耐用呢?

"物极必反"，凡事都不可走极端。

太干净不一定就好
——介绍"卫生假说"

一般都认为讲究卫生越干净越好，尤其是对小孩子，务必一尘不染，相信这样才会百病不沾。最新的医学研究对这种极端的观点提出了疑问，发现在缺乏微生物的过分干净的环境中，人体的免疫系统得不到锻炼，削弱了对疾病的抵抗力，反而对健康不利。

传染病曾严重威胁人类的生存，鼠疫曾使欧洲人口减少了1/3！鼠疫、天花、霍乱、肺结核等传染病也曾在我国肆虐，人类对细菌病毒等微生物具有恐惧感是可以理解的。近来由于卫生条件的改善、疫苗和抗生素的使用，这些可怕的传染病得到了控制。但另一些疾病如气喘病、过敏症、关节炎、糖尿病等发病率却反而增长，而且在先进国家增长更快。例如据美国心肺血液协会估计现在气喘病的发病率比1980年增加了1.75倍，其中4岁以下的小孩增加了2.6倍。一些医学专家们按常规理论感到难以理解，他们提出"卫生假说"：卫生条件的改善，导致人体免疫系统缺乏对细菌和病毒的实战锻炼，因而削弱了其抗病能力，造成某些疾病发病率的增加。开始时由于直接的证据不多，卫生假说并未引起主流医学界的注意。最近若干流行病学的调查研究和实验已积累了一些支持卫生假说的证据,更多的医学家开始认真对待,有的甚至已在试图制出疫苗,以模仿那些已被消灭的病菌所具有的刺激免疫功能,希望用来增强人体的免疫系统。

卫生假说认为:免疫系统的作用基于所放出的两种白血球细胞之间的平衡,如果过分失衡,就会出问题。一种称为 Th1 的细胞直接攻击被病菌或病毒等病原体感染的人体细胞;另一种称为 Th2 的细胞会产生抗体,它不仅在这些病原体尚未进入人体细胞前就加以攻击,而且对进入人体的其他外来微生物也会引起过敏反应。进一步的研究表明:婴儿的免疫系统主要依靠 Th2,Th1 则需经过实战的锻炼才能逐渐成长,实战的对手包括人体所感染的病原体,也包括存在于土壤、空气和水中一些无害的微生物。在过分清洁环境中成长的婴儿的 Th1 免疫系统得不到锻炼而发育不全,因而过分依赖 Th2 系统,以致整个免疫系统失去平衡,就容易患过敏症,包括对入侵物的过分反应,甚至对自身器官的攻击。

卫生假说早期的证据来自英国威尔斯大学的霍普金(Julian M. Hopkin)等人,1997 年报告了对 876 名日本儿童接种肺结核疫苗的调查结果,他们发现:曾经被感染过的儿童显示出强的 Th1 反应,要比未被感染过的儿童较不易患气喘病和过敏症。还发现:有些患气喘病的儿童在接种肺结核疫苗后气喘病的症状减轻了。

《临床及实验过敏学杂志》1999 年 1 月号发表了瑞士研究者的报告,他们发现生活在农场中的儿童比城镇中的较少患干草热。此外,科学家还发现有许多兄弟姐妹的大家庭中的年幼弟妹,比小家庭中的同龄儿童较少患过敏症。他们猜测这是因为大家庭中的较年长的儿童将细菌带回家中,因而增强了年幼弟妹的免疫系统。进一步的研究表明:来自小家庭的儿童在一岁前进入托儿所的比一岁后进入的较少患过敏症,但来自大家庭的儿童却没有这种差别。他们认为:这可能与托儿所中较年长的儿童比较容易将沾染的细菌传给年幼的有关。

某些治疗传染病的抗生素也会杀死有益的细菌,从而导致免疫系统失常。霍普金等人最近报告:在两岁以下的儿童中,口服抗生素的比未服抗生素的更易患过敏症;这一发现已为新西兰一个研究组的重复试验所证实。瑞典的研究者也报道:儿童来自从未采用过抗生素和疫苗的家庭比来自采用的较少患过敏症。

还发现人体内的寄生虫也可能对免疫系统有好处,现在蛔虫等寄生虫在先进国家已基本消灭了,这固然对防止由寄生虫作媒介的传染病大有帮助,但科学家发现在这些国家中免疫系统的疾病如自体免疫失常等却明显增加。这是否是由缺乏寄生虫而引起尚有争议,但美国肠胃病协会在1999年5月召开的会议上一个有关报告引起了轰动:爱荷华大学的研究者将一种寄生虫的卵混在饮料中,给六位患有急性肠炎的病人口服。结果这六人的症状都明显缓解。所采用的寄生虫以猪为寄主,不会停留在人体内繁殖,当被排出体外以后,肠炎又复发。负责这项研究工作的温斯道克(Joel Weinstock)博士说:"六位患者都恳求再如法进行治疗。"芝加哥大学医学院的哈乃欧(Stephen Hanauer)博士是该领域的世界权威,并未参加上述试验,他评论说:"这是非常有趣的工作,有生物学的根据,但还需要再作对比试验。"

被越来越多的支持卫生假说的研究所鼓励,科学家目前正试验用人工方法来促进Th1免疫系统。英国南安普敦大学的霍尔盖特(Stephen Holgate)研究组正在研究以一种用真菌制成的Th1疫苗对抗气喘病,初步结果表明似乎能减轻患者的症状。

尽管有这些令人鼓舞的进展,科学家认为卫生假说仍有其局限性。英国伦敦医学院的鲁克(Graham Rook)说:"问题非常复杂,卫生假说过分简化了。我们还不了解为什么Th2系统有时会过度反应,我们甚至还不知道Th1-Th2之间的平衡是否就能解释所有的现象。"医学界对卫生假说仍有不同的理解以及保留甚至反对意见,科学家正在进行更多的试验。总之,卫生假说毕竟还只是一种假说。

　　卫生假说使我联想起家乡的一种古老的说法:从来不生病的人不生则已,要生就是大病。这与卫生假说是否有关系呢?

　　卫生假说是否正确当然应由医学试验来判断,但是否也可以从另一个角度来认识? 大自然孕育了人类,哺养了人类,为人类提供了发育成长的条件。别忘了我们的祖先是在原始丛林中长大的,人类与大自然本来有千丝万缕的联系。现代化卫生条件的历史还不到百年,在这以前人类主要靠自身的免疫系统防病,而免疫系统本身也是在大自然进化过程中逐步完善的。将人类与大自然隔离,将所有的微生物不分良莠都赶尽杀绝,是否就一定是防病健身之良策,是值得商榷的。这样说当然不是主张不干净反而好,或者似乎应回到茹毛饮血的原始穴居生活。我想问题的实质是否可以归结为:在人类与大自然及其他生物之间寻求一种最佳平衡,不要过分偏向哪一边。

> 科学家的本领越大，其社会责任也就越重。

科学家的社会责任

技术是一柄双刃剑，为善可以造福，为恶可以致祸。科学家的本意是造福人类，但有时不尽如人意，结果违反了初衷，造成了负面的社会效应，这种事史不绝书。

伤寒是一种可怕的疾病，第一次世界大战中及战后有数百万人死于伤寒。化学家保罗·密勒在研究如何消灭传染伤寒的虱子时找到了一种杀虫剂：双氯二苯三氯乙烷，简称 DDT。经过试验认为对人畜无害，1944 年正式投入使用。DDT 对防止伤寒传染、避免第二次世界大战后重演上次大战的惨剧起了决定性的作用；DDT 也是有效的灭蚊剂，对防止疟疾传染贡献良多，密勒因此获得了 1948 年诺贝尔生理学或医学奖。但长期使用 DDT 后发现了许多后遗症：DDT 会经皮肤、呼吸道及消化系统进入体内引起中毒，产生多种症状，严重的足以致命；DDT 结构稳定、不易分解，残留于生物的食物链中，导致北美洲的秃鹰濒临灭绝。美国在 1972 年明令禁止使用 DDT。最近联合国有关机构正在讨论是否应在全世界范围内禁止，引起了赞成与反对两派的辩论，反对派的理由是禁用 DDT 后，无法控制疟疾的蔓延。密勒的发明开始被认为是大好事,获得了科学界的最高奖赏,几十年后隐藏着的恶果才暴露出来。

1939 年,第二次世界大战的战火正炽,美国的一批科学家,其中不少是从希特勒魔爪下逃亡出来的,公推爱因斯坦写信给罗斯福总统,建议研制原子弹。建议被采纳后,由奥本海默及费米等主持著名的曼哈顿计划,在 1945 年制成了原子弹,促使日本投降,结束了大战。战后又发展出原子能的多种和平应用,这些都是好事。原子弹以及尔后发展出来的氢弹具有足以摧毁世界的巨大威力,引起超级大国间疯狂的军备竞赛。始作俑者爱因斯坦等人对此忧心忡忡,投身于世界和平运动,反对核军备竞赛,爱因斯坦不愧为具有社会责任感的伟大科学家。原子能的发现和应用是 20 世纪科学与技术的重大成果,将技术双刃剑的作用表演得淋漓尽致。

应用科学如此,纯科学如何? 著名数学家哈代(G. H. Hardy)在 1940 年写道:"真正的数学对战争毫无影响。至今还没有人发现有什么火药味的东西是数论或相对论造成的,而且将来很多年看来也不会有人能够发现这类事情。"他做梦也没想到,几十年以后,被誉为"数学皇冠上的明珠"的数论,竟成了军方用来编制和破译密码的重要工具! 而原子弹的理论根据恰好就是相对论的质能相当原理。纯科学一旦接触到实际应用,同样面临"拔剑四顾心茫然"的迷茫。

以上这些都是历史了。展望未来,科学与技术正以空前的规模加速发展,技术双刃剑的作用与日俱增,这迫使科学家们不得不认真考虑社会责任问题。

有人说:21 世纪是生物学世纪,基因工程将改变世界。美国基因改造过的玉米、马铃薯、番茄、大豆等的种植面积已高达 4500 万英亩(约合 2.7 亿亩)。科学家将一种名为 Bt 的基因植入这些农作物中,使之具有抗虫性,害虫吃了会死去,可以免去喷洒杀虫剂,节约成本,颇受农场主欢迎。但消费者不放心,担心"虫子吃了会死,人吃了会怎样?"1999 年 6 月 17 日,美国国会收到由 50

万人连署的请愿书,敦促立法强制在基因改造食品包装上贴标签;
法国和英国的抗议示威者将试验田中的基因改造过的油菜拔起来
烧掉;英国有些超级市场已将基因改造过的食品从货架撤下;日本
的两家啤酒公司日前宣布不再采用基因改造过的原料,为此与美
国的玉米供应商重新签订合同;美国的孟山都公司是基因改造的
先驱,最近迫于公众舆论的压力,宣布放弃一种基因改造种子上市
的打算,并开始与英国政府协商基因改造食品的有关问题。基因
工程对社会的冲击,于此可见一斑。

反对转基因食物的绿色和平国际组织的成员在英国首相
布莱尔官邸大门前倾倒 4 吨转基因大豆以示抗议

　　生物学和医学的进展以及生活条件的改善,已使先进国家中人
的平均寿命从本世纪初的 40 多岁提高到 70 岁以上。今后科学家
如能在癌症、艾滋病、心脏病等的治疗方面取得突破,平均寿命还将
有更大幅度的提高。此外,科学家正在研究衰老的机制,试图找出
延迟衰老的方法。有人将人的基因植入猪,进行器官移植的研究,
如能成功,将使人的寿命突破器官衰竭的限制。这些研究工作分开
来看,都是好事;合起来看,能使人的寿命成倍地提高,是大好事。
但"福兮祸所伏"。目前美国人口逐渐老龄化,已开始暴露出许多社

会问题:退休者增多造成退休基金不足,老年人增多造成医疗保险基金不足,父母活得更久造成子女负担加重,如此等等。假如21世纪科学与技术的进步将人的寿命提高到150岁,除了上述社会问题雪上加霜以外,对目前已达60亿的世界人口压力,将更增加严重的负担。可见科学的应用成果对社会的影响错综复杂,大好事后面隐藏着严重的社会危机。

为什么科学的社会效应会违背科学家的初衷呢? 就科学家本身而言都是想做好事,密勒的目的是消灭虱子和蚊子,这是出于社会责任心。以后发现人畜受害、秃鹰遭殃,并非密勒始料所及。但是如果密勒当时看得远些,考虑得周到些,他就会花费更多的时间和精力去做人畜安全的试验,DDT 的故事可能就不一样了。

爱因斯坦等人建议造原子弹是出于止战救世之社会责任心,战后反对核军备竞赛也是出于保卫和平的社会责任心。这里的问题出在科学的应用成果一旦付诸实际,就不再是科学家所能控制的了。爱因斯坦等人当时一心想抢在希特勒前造出原子弹,使世界免于浩劫,未曾料到战后核军备竞赛竟将世界推向毁灭的边缘。美国 32 位曾获诺贝尔物理学奖的物理学家联名写信,敦促参议院批准由 154 个国家签署的《全面禁止核试验条约》,结果由于共和党右派的反对,批准案仍未通过。

所以问题不是科学家没有社会责任心,而在于他们往往只着眼于局部和暂时利益,忽视了整体和长远利益。问题还在于科学家与公众间缺乏沟通,公众不完全了解科学成就的社会后果,难以发挥应有的监督作用。这种情形过去如此,于今为烈。现代科学门类越分越细,研究领域越来越窄,同行间的竞争越演越烈,科学家承受的压力越来越大。他们往往埋头钻研、目不旁骛,在自己专业的小天地中确定研究目标及其衡量标准,很容易误入见树不见林和只顾眼前忽视长远利益的迷途。加以现代科学内容深奥、其社会效应错综复杂影响深远,公众一时不容易理解其全部后果。

基因改造这柄双刃剑比原子能更厉害。原子能的为善为恶较易判别,建原子能发电厂与造原子弹常人也能区分;但植入外来基因所产生的究竟是更好的食物还是慢性毒物,就不是那么容易区分。辩者会说:"基因改造食物已有几年的历史,并没有人因此而中毒啊。"请别忘了天然食物的安全性是经过了几十万年考验的,而DDT的教训告诉我们,最初的"对人畜无害"结论并不可靠,因为根本未考虑长期后效。

请别误会,我们丝毫没有反对基因工程的意思。基因工程具有极富潜力的重要应用,其正面贡献可以远远超过其负面效应,问题在于如何趋利避害。前述21世纪人的平均寿命可能将增加到150岁,世界人口倍增,将造成严重的社会危机,这是一个方面。另一方面,如能正确地使用基因工程,就可以培育出许多高产优质的农林牧渔新品种,使得产量大为提高;可以研究出耐旱抗逆的植物,使得大片沙漠等不毛之地变为良田;可以解读出人的全部基因密码,促进医药保健全面发展,使人身心俱健、老而不衰,可将退休年龄从目前的60岁提高到100岁。如能做到这样全面地利用基因工程,不仅前述社会危机得到化解,而且科学家及公众皆大欢喜。

所以关键在于要全面正确地理解和应用基因工程,从全局和长远利益出发进行优化。

在进行基因工程研究时要格外小心,严防意外事故。通过美国的三里岛、苏联的切尔诺贝利以及最近日本的放射性泄漏等事故,大家都知道核事故的危险性;但公众还不了解,生物基因事故的潜在危险性更甚于核事故。按照墨菲定律:由于疏忽而无意造成的基因改变,产生有害后果的概率远远超过有益后果的,万一具有有害基因的微生物从实验室泄漏出去,其后果要比放射性泄漏严重千百倍。原因是放射性元素是死物,半衰期再长,其危害性总是随时间以指数率递减的;而基因是活物,在适宜条件下会以指数率迅速增长,并通过生物载体广泛传播。就像《天方夜谭》中的那位渔夫,打开魔瓶放出了妖魔。人命关天,可不慎欤?

对基因工程产品的安全性,政府立法管制当然是必要的,更重要的是必须使公众充分了解,行使监督选择的权利。

我们衷心希望:基于全局长远观点的社会责任感能成为全体科学家的共识,使得基因工程以及其他前沿科学能趋利避害,沿着正确的道路健康地发展,使技术这柄利剑用于降妖服魔、披荆斩棘,开辟草莱,为全人类谋求长远的利益。

据法新社 2001 年 10 月 20 日巴黎电:"美国 9·11 事件后,一些生物学家开始担心人类快速增长的基因知识也许不是福祉而是灾难之源。"恐怖分子改变基因就可以造出比炭疽病更致命的武器,这将科学家的社会责任提升到关系人类存亡的高度。

　　　　　　　　　　　　　　　　(本文与李训经合撰于 1999 年)

> 相信地球文明是宇宙之
> 唯一者,乃井底之蛙。

探索球外文明

在美国波多黎各岛北部濒临大西洋的阿瑞希博(Arecibo)山谷,有一个直径1000英尺的银灰色巨型天线,足足有26个足球场大,由于结构过于庞大,整个碟形天线是依山谷的自然地形建造的,是全世界最大的射电望远镜。巨型天线配以最灵敏的接收机,就可以收到极其微弱的电磁波信号,为人类探测宇宙打开了另一个窗口。

1998年9月15日深夜,两位美国科学家塔透(Jill C. Tarter)和苏斯太克(Seth Shostak)坐在控制室内值长夜班。由超级电脑自动控制的天线正在巡天,对准一个又一个星球搜索。当天线指向一颗名为EQ Pegasi的星球时,突然铃声大作,电脑显示屏幕亮起了光标:"发现信号!"按照事先编好的程序,电脑指令天线略为偏离目标,检查信号是否真的来自该星球。信号消失了!这说明不是地面干扰造成的假信号。两位科学家大喜过望,兴奋得跳了起来。难道这就是外星人发来的信号吗?果真如此,这将是本世纪……不!是人类自古以来最重要的发现。稍后,两人经过仔细核对,发现这只不过是一颗碰巧飞过的人造卫星发出的信号——又一次失望!

　　这只是三十多年来几千次巡天中的一个小插曲而已。从1960年开始,美国科学家们就利用位于西弗吉尼亚州直径85英尺的射电望远镜,找寻外星人发来的信号。目的是探索地球以外的文明,希望能找到人类的表兄妹。这当然是非常激动人心的工作,但也极端困难。

波多黎各的阿瑞希博山谷中的直径1000英尺的巨型射电望远镜

　　首先,茫茫宇宙到哪儿去找?我们所在的银河系共有约4000亿颗恒星,逐个去找是不可能的,需要选定目标。由于距离过远的信号太弱,只能选离地球比较近的。目前科学家在离地球200光年内(约合1892万亿公里,这还算是比较近的!),先选定1000颗恒星作为探索的目标,以后准备再扩大到10万颗。

　　其次,必须先有生命才有文明,而生命存在的条件非常苛刻(至少对类似于地球上的生命形式而言),太冷不行,太热也不行,没有水不行,没有空气也不行……在太阳系的九大行星中,只有地球的条件适宜,人类实在是幸运之至,生活在地球这个理想的环境中。并不是所有的恒星都像太阳那样正当壮年期,稳定持续地发出生命之源的光和热。在这些恒星中只有少数有行星相伴,因此要找到像我们的"太阳－地球"这样恰到好处的理想搭配,并非易事。而且从原始生物发展出像人类这样的文明,需要有亿万年的进化过程。

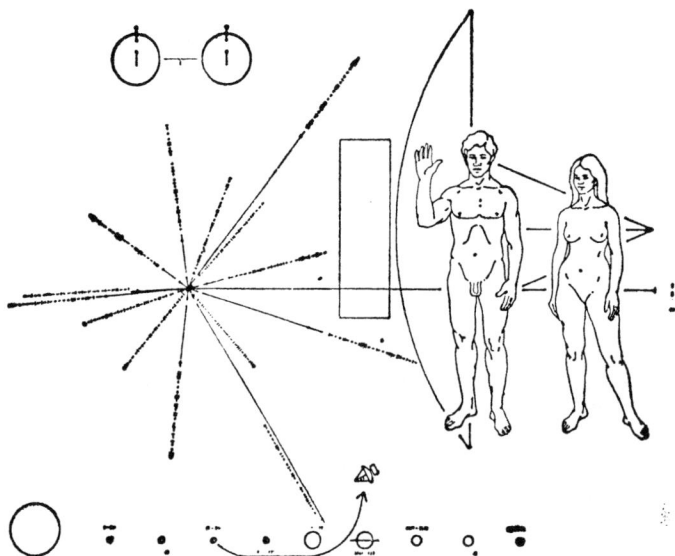

表明地球文明情况的信息板

由著名天文学家卡尔·萨根及其妻子林达·萨根和康奈尔大学的同事弗兰克·德雷克共同设计的、旨在向外星人展示地球上人类住地环境、时代和科技进展等文明情况的金属信息板,由第一批飞离太阳系的宇宙飞船——"先驱者 10 号"(1972 年)、"先驱者 11 号"(1973 年)携带,飞向其他星球。

接收从远方发出的极端微弱信号是非常困难的,需要超灵敏的接收机以及巨型天线。用西弗吉尼亚直径 85 英尺的射电望远镜找了十几年,后来又采用另一台直径 140 英尺的射电望远镜,结果都一无所获。转而考虑采用阿瑞希博直径 1000 英尺的世界最大的射电望远镜,又花了 2700 万美元以 5 年时间进行改善,使其灵敏度提高了 4 倍。但是,光是收到信号还不够,还需要对之进行解读。外星人不懂我们的语言文字,我们也不懂他们的,所以解读外星人的信号就好像读天书一样困难。需要专门的破译理论、程序和超级电脑,塔透等人对此进行了多年的研究。

"来而不往非礼也"。1974 年,阿瑞希博天文台台长特莱克(Frank D. Drake)博士决定向外星人发出信号。选定银河系中一个名为 M13 的包含着几十万颗恒星的星团作为目标,利用其巨型天线发射出超高功率的信号。这个持续三分钟的信号包含一组简单图像,目前仍在以光速向 M13 行进中,将在 21000 年以后到达目标。如有回答的信号,到达地球将是 42000 年以后的事了。究竟应该发什么样的图像?也曾煞费苦心。图像既要简单又要反映地球的基本情况,还必须明白易懂——注意!不是对我们,而是要让外星人明白易懂。

探索球外文明项目的英文简称为 SETI,美国政府为此已花费了 5800 万美元。1993 年国会为了节省开支,决定停止 SETI 的拨款。特莱克和塔透等人不甘心半途而废,转向硅谷的企业家求助,终于在 1995 年筹到了经费。这个由私人赞助的项目取了一个美丽的名字——"凤凰",由塔透博士主持。于 1998 年 9 月签约,取得了阿瑞希博射电望远镜 2000 小时的观测时间。从 9 月 9 日开始,在今后几年中进行工作。

他们感到最困难的是如何排除干扰和噪音,问题是这些干扰和噪音往往比要测的信号强千百万倍。这比在乱草堆中找一枚绣花针还难得多,科学家们为此而绞尽脑汁。一个办法是采用滤波器,将干扰和噪音滤除。几年前我曾应他们的要求,为阿瑞希博射电望远镜设计了一个超导滤波器。另一个办法是利用几台位于不同地点的射电望远镜同步观测,例如阿瑞希博射电望远镜就与英国的一台射电望远镜同步运行,相互核对,以排除某些地域性的干扰和噪音。还有一个办法是设法尽量减少干扰和噪音的来源,例如在西弗吉尼亚州的射电望远镜所在地,就由联邦政府规定:不准设立商用无线电台及电视台,当地所有的汽车都采用无火花塞的柴油发动机,外来的汽车一律不准进入。

但是尽管想尽一切办法,毕竟无法将所有的干扰和噪音完全排除,现在地球上再也找不到一块"世外桃源"。年过五十的塔透博士说她有一个梦想:在月球的背面建立一座射电望远镜,那儿远离红尘,没有人为的干扰和噪音。她志愿去那里,坐在控制室内长夜巡天。有感于她的献身精神,赋诗《奔月》预祝她美梦成真:

奔　月

早已过了少女怀春的年华
她的梦依然艳若春花
飞向月宫
静心聆听宇宙音
离人间远了
心和外星姐妹更贴近了
盼早日归来
从天外带回佳音

"羿射九日"。后羿复生,九支箭
恐怕不够用。

太阳妈妈找到了伴

我们地球所在的太阳系一共有九大行星:水星、金星、地球、火星、木星、土星、天王星、海王星和冥王星,都沿着各自的轨道绕太阳旋转。太阳好比一位慈祥的妈妈,带领九个孩子在银河系中巡天。天文学家一直在寻找像太阳系那样的行星系,好为太阳妈妈找个伴。这个工作很不容易,首先是银河系中共有几千亿颗像太阳这样的恒星,迢迢银河,茫茫星海,到哪儿去找? 其次,银河系的这些恒星中离地球最近的距离也有4.3光年,即使每秒跑30万公里的光线也要跑上4年多! 距离那么远,加以行星比恒星小得多,而且本身不发光,就是用全世界最大的望远镜也无法直接看到。天文学家只好采用间接的办法找行星:观测行星对恒星运动的影响。原来恒星并非真的恒定不动,准确地说,恒星与行星一起绕行星系的质心——质量中心旋转;只不过恒星的质量远远大于行星的,所以恒星的运动远不如行星的那样明显,但是现代的天文观测仪器已能测出由于邻近的较重行星的影响而引起的恒星极其微小的运动。天文学家就用这种方法来发现行星系,这要靠经年累月的仔细观测和分析,而且还要运气好,对象找对了才会有收获。

　　最近传来了好消息,据《纽约时报》报道:由旧金山州立大学以及哈佛大学为主的两个天文学小组于 1999 年 4 月 15 日在旧金山联合召开新闻发布会,宣布他们经过长期观测和仔细分析,获得了可靠的证据,在离地球 44 光年的仙女座的一颗名为 Upsilon Andromedae 的恒星周围发现了暂称为 A、B、C 的三颗行星,它们绕着那颗恒星旋转构成了一个类似于太阳系的行星系。自从 1995 年以来,就有过好几次发现太阳系以外的恒星具有行星的报道,不同的是以前只是发现单独一颗行星,这次则是发现三颗行星所组成的行星系。而且这次的观测很细致,是由两个小组各自独立进行的,结果经过十位同行审核后,一致认为比较可靠。天文学家还说,有可能会在这三颗行星的外围发现更多的行星。

　　这次发现的三颗行星都很大:A、B、C 的质量分别为木星的 0.72 倍、2 倍和 4 倍,木星是太阳系的九大行星中最大的,其质量是地球的 318 倍,所以这位恒星妈妈生的是三个大胖娃娃。更令人惊讶的是,行星 A 的轨道到恒星的距离比太阳系中离太阳最近的水星还要近很多,这么重的行星又离恒星这样近,它所承受的万有引力一定非常强大,为了能保持沿轨道公转而不至被恒星拉走,行星 A 的运行速度必定非常高,才能产生足够强大的离心力以抵消来自恒星的拉力。果然行星 A 的公转周期——相当于它的"年"只有短短的 4.6 个地球天。换言之,假如我们住在那里,不到五天就过完了春夏秋冬四季,给好朋友写信:"一日不见如隔三秋"就不算过分夸张了。有人可能会担心:"一年还不到五天,岂不是我活不到五百天就死了吗?那还了得!"请尽管放宽心,人和其他生物的寿命并非由所在行星的自转周期(天)或公转周期(年)来决定的,而是以身体内所固有的生物钟决定的,所以根本用不着担心行星 A 上的居民(假如有的话)会早夭。

　　天文学家听到发现行星系的消息后十分激动,因为这个发现具有非常重大的意义。首先,它为天文学家提供了研究行星系形成和发展的重要依据。在这以前,太阳系是天文学家所知的唯一行星系,靠单独一个样本发展科学理论,很多东西只能靠猜测,其困难可以想见。现在多增加了一个样本,就可以用来相互印证。更重要的是,天文学家已经发现这个行星系的一些反常现象,与现有的行星系形成理论有矛盾。做出这次发现的天文学小组的一位负责人,旧金山大学的马赛(Geoffrey W. Marcy)说:"我对这个包含着土星那样大的行星之行星系感到困惑,不知它是怎样形成的,这将对行星形成理论产生冲击。"还有人认为随着新行星系的发现,将产生一门天文学新学科——比较行星学。

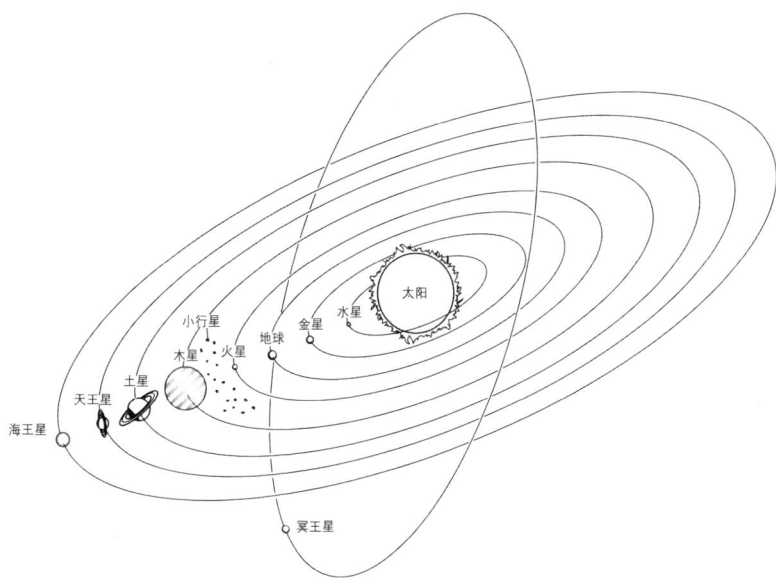

太阳系九大行星示意图

更重要的是,发现行星系是探索球外文明的向导和开路先锋。我在《探索球外文明》一文中说过:必须先有生命才有文明。在宇宙中最有可能找到生命的地方是类似于太阳系的一些行星系。在这以前,探索球外文明的科学家们在选择目标时多半只能靠猜测,如今有了明确的目标,以后更多的行星系被发现,可供选择的目标就更多了。这次公布的材料中并未提及行星上是否存在生命的问题,但可以想象:波多利各的阿瑞希博山谷中的巨型射电望远镜会指向它以及其他类似条件的可能的"候选"行星系,这要比漫无目标的巡天有效得多了。同样重要的是,新行星系的发现使探索球外文明者的信心大为增强。在这以前,悲观论者认为,连太阳系以外是否有其他行星系都不能确定,更遑论球外文明了。现在球外文明探索者可以理直气壮地说:"太阳系以外确实存在别的行星系。"这是探索球外文明征途中的一个里程碑。科学家已在计划下步行动了:马赛已将目光转向另一颗名为55Cancri的恒星,有许多迹象表明它很可能是另一个具有多个行星的行星系。此外,美国在太空运行的"哈勃望远镜"将在今后几年内对邻近的恒星作仔细的观察,试图发现更多的行星系。法国将在2001年执行一个名为Corot的航天计划,对25000个恒星进行探索。美国计划在2005年发射一个由许多望远镜构成的列阵,用来探索像土星那样较小的行星。美国还计划发射一个名为"生命寻找者"的太空船,目的是发现有生物居住的行星,那将是又一个里程碑。

行文至此,不禁联想起一些古老的神话故事:夸父追日,十日并出,羿射九日……感到这些最新科学发现和未来计划正在步入神话之领域,但不同的是,科学的进展是一步一个脚印脚踏实地的,不像神话那样虚无缥缈,但是她所揭示的宇宙之瑰丽奇境却有似曾相识之处。

正当天文学家庆祝他们的伟大发现时,最高兴的当然是太阳妈妈,她笑圆了脸、笑眯了眼,在向她的伴儿——仙女妈妈频频招手,情不自禁地唱起了根据古罗马神话现编的"夸儿歌"来。太阳妈妈的欢乐中也包含着一缕忧思——她至少要等88年才能听到回音!

夸 儿 歌

远方的仙女妈妈!
欢迎你和你的三个胖娃娃

我的九个娃娃不如你的胖
却文武全才　聪明伶俐
金星维纳斯　能歌善舞通百艺
水星神使者　舌粲莲花无人及
木星朱庇特　一统天宇诸神祇
土星是神农　五谷六畜丰收喜
火星是战神　还有戍边的三藩王
手执长矛保家乡
地球小弟弟　数他最淘气
这回亏了他　才能找到你

老骥伏枥，志在千里。

——曹　操

你想多年轻就多年轻。

——美国谚语

老 当 益 壮

1998 年 10 月 29 日，美国太空总署的发射中心所在地——佛罗里达州卡纳维拉尔角，秋阳高照、晴空万里，是发射太空梭的理想天气。下午 2 时 19 分，"发现号"太空梭在万众瞩目下，点火升空，8 分 30 秒后载着 7 名太空人的"发现号"顺利进入轨道。

近年来，美国发射太空梭成为例行活动，已不像初期那样引起轰动。但这次的飞行很不一样，媒体事先大肆宣传，共有 3800 位记者到发射现场采访，连日发布各种有关的新闻。吸引了 30 万人到现场观看，附近的大小旅馆的客房早就被预定一空。此外还有几百万人观看电视的现场直播，克林顿总统也亲临现场送行，真的是盛况空前。其原因是在 7 名太空人中有一位 77 岁的格伦（John Glenn）。

早在 1962 年，格伦就成为美国第一位绕地球飞行的太空人。当他飞绕地球三周后返回地面时，曾受到英雄式的热烈欢迎。纽约市万人空巷，彩带飞舞，像庆祝盛大的节日。1974 年格伦被选为联邦参议员，他在长达 24 年的任期内积极支持太空总署的各项太空计划。在第一次太空飞行 36 年以后,格伦自告奋勇,要求再次加入太空飞行的行列。经太空总署批准,参加这次"发现号"的飞行。太空飞行对太空人体能的要求是非常严格的,升空加速时要承受三倍以上的重力,绕地球飞行时又要经受长期的失重。所以太空人一般都在青壮年中挑选,要经过严格的体格检查。入选以后还要经过长期的严格训练,真的是万里挑一。当时格伦已是77 岁高龄,按常规是绝对无法入选的。

格伦乘"发现号"航天飞机重游太空

这次格伦为什么能破格入选呢? 有几个因素在起作用:首先,他是第一位绕地球飞行的太空人,是美国人心目中的英雄。正好太空总署也需要这位英雄来大作宣传,以便重振昔日雄风。其次,他是联邦参议员,在他任期内曾多次帮助太空总署取得经费。为了报答这份情意,太空总署也得买他的面子。

但也不是没有反对意见,有人说:让格伦作太空飞行是"公费旅游",纯粹是浪费纳税人的钱。还有人说:太空总署在完成登月计划以后,就丧失了明确的目标而一蹶不振,加以几次重大失误以及经费的浪费等,以致形象不佳,因而急需像格伦这样的英雄人物来作公关,所以格伦的这次飞行纯粹是"作秀"。还有人担心格伦的身体状况是否适合再作太空飞行,认为让他上天太冒险了。

但是美国人的天性倾向积极进取,喜爱冒险,崇拜英雄。格伦的英雄本色及"老当益壮"的精神,正好勾起美国人对早期航天辉煌成就的怀旧情怀。所以赞成格伦之壮举者占了绝对多数,"发现号"这次升空在全国引起轰动。

如何安排格伦在"发现号"航行中的工作?太空总署为此也煞费苦心。他年龄这么大了,精力毕竟不如往昔,加以多年未受航天训练,再当指挥显然不适合。但如指派他当助手,对格伦这样的老资格又说不过去。太空总署挖空心思想出了一个"负载专家"的头衔,其实是把他作为"发现号"的一项负载,用来作各项医学实验。用格伦自嘲的话来说就是"试验白鼠"。

平心而论,这倒是一个很适当的安排。原来科学家发现在失重的状态下太空人的生理变化,在很多方面与老年人有相似之处。其一是在骨骼和肌肉方面:老年人由于钙的流失导致骨质疏松,容易发生骨折,以及由于活动减少和肌肉蛋白质被破坏而产生肌肉萎缩。"发现号"的实验将监测格伦的骨骼密度、骨髓及肌肉之变化,并与同飞的年轻人作对比。其二是在心血管方面,老年人容易患高血压和动脉硬化,突然起立时会感到头晕。"发现号"的实验将监测格伦的血压、心律等在突然起飞时的变化。其三是身体的平衡功能,人在运动时中耳及内耳中的液体刺激不同的神经,以感知位置与方位来保持身体平衡。老年人由于尚不明了的原因,往往难以保持身体的平衡。与此类似,在失重状态下人体的平衡机构也不能正常工作。科学家将在"发现号"的实验中研究格伦以及其他太空人的平衡机构为什么会失常。其四是睡眠问题,老年人在睡眠时常有呼吸不规则,脑中松果腺素减少以及其他方面的问题。太空人由于昼夜周期之变化与地面不同,也有类似的睡眠方面的问题。"发现号"的实验包括测量格伦睡眠时的脑电波、呼吸规律以及体温等。这些研究的成果将有助于太空生理学、老年学及医学的进步。

升天自古以来一直是人类的梦想。我们中国人特别热衷于升天成仙,长生不老。太空实验的严酷事实表明:凡人升天不仅不能长生不老,反而会加速老化。这确实令人扫兴,但神话毕竟不是科学,唯有望天兴叹而已。失望之余希望知道:为什么人在太空的失重条件下会容易衰老呢?其实也不难理解,人类在地球上已生存繁衍了几十万年,我们的身体早已习惯了地球表面的环境,包括无所不在的重力。一旦处于失重状态,对人体而言是一种突然的大变化。变化的结果有两种可能:变好和变坏。根据"墨菲定律":不是有意选择的变化所造成的结果中,变好的可能性远远低于变坏的。这就一般地解释了为什么人体在失重条件下不是变好而是变坏——加速衰老。再深入一步追问:"墨菲定律"从何而来?原来它是一个统计规律,变好与变坏的概率是这样算出来的:将变化可能产生的全部结果的数目作为基数,将出现好结果的数目除以基数就得到好结果的概率,将出现坏结果的数目除以基数就得到坏结果的概率。这里的关键是:好与坏是如何界定的,好结果的定义要比坏结果的狭窄得多。语云:"不如意事常八九",换言之:这种说法认为出现好结果的概率只有 10% 到 20% 。这就是"墨菲定律",明乎此理,也就不会太失望了。

格伦的壮举再次激发了美国人的太空热,但最近有人撰文说:"这是过去冷战时代的遗物",言下之意,颇不以为然。对此我有不同意见:不错!太空航行之竞赛确是美苏两国在冷战时期对峙的产物。但是就像原子能可以用来做炸弹也可以用来发电一样,太空航行可以为恶也可以为善。这次的"发现号"航行,除了上述生理学及医学研究以外,还有其他方面的研究共 83 项,其中包括:进行各种生物学实验,观测日冕等太阳物理现象,试验一种新的药物释放系统,试验可以代替骨骼的一种合成材料,以及试验一种昵称为"冻烟"的最轻的固体,可以作为建筑用的超级绝缘材料等等。这些都是造福人类的科学技术,与冷战毫不相干,怎能因噎废食全盘否定?

　　不管怎样,格伦以古稀之年重上太空,以身作"鼠",献身科学实验,这种精神是值得赞扬的。格伦意犹未尽,在"发现号"上通过无线电话接受访问时说:"我还想再来一次!"但他那结婚55年的妻子安妮对此有异议,希望他回到家庭生活,多保留一点个人隐私。

　　在航行了580万千米绕地球134圈后,格伦和"发现号"的其他太空人已于11月7日平安返回地面。格伦走下机舱与妻子长时间地拥抱。在次日的记者招待会上,一位老年记者问道:"以后会轮到我们吗?"格伦回答说:"有很多机会。你不能靠数日历过日子,而是要靠自我感觉、兴趣和野心。老年人也有梦想和野心,不要只是坐在沙发上等。"

艺术与科学之结合贵在:
真美兼备,情理交融。

小议"宇宙雕像"

附 图所示是新建的一座"宇宙雕像",18 英尺直径的金属庞然大物高悬在纽约的美国自然历史博物馆的门厅内。这是由该展览馆副馆长哈维设计的科学艺术作品,最初的构思是该展览馆天文物理学教育部主任斯威寿提出的,科学顾问是两位科学家

纽约美国自然历史博物馆之"宇宙雕像"

萨拉和泰森。

宇宙雕像的轮廓呈球面形,球心悬着一个象征银河系的 S 形铝片,周围为三个具有不同倾角的铝质大圆环和两个较细的不锈铜圆环所环绕,它们分别代表纽约的地平线、太阳运行的轨道以及其他天体运行的轨道。

斯威寿解释说:构思来自古代之天球仪(类似于我国的浑天仪的天文仪器)。在公元前 3 世纪希腊数学家阿基米德建造的天球仪中,地球位于中心,各个星球的轨道以不同倾角的几个圆环来表示,而且可以转动以表示天体之运行。这种天球仪相传至文艺复兴时代一直没有太大的变化。16 世纪哥白尼提出了日心说,尔后的天球仪将太阳取代原先地球所占的中心位置,反映了人类宇宙观的进步。

哈维进一步解释说:人们经常有一种要求,希望能表示出我们在宇宙中的位置。我们选择了这个设计,准确地表示出 2000 年 1 月 1 日自然历史博物馆在宇宙中的位置,它位于离银河系中心到边缘 2/3 处。

不妨从科学与艺术两方面议论一下这个宇宙雕像。

从科学的观点看,宇宙雕像代表了人类宇宙观的进步——从地心到日心,再到如这个雕像那样将银河系置于天球中心。与阿基米德和哥白尼时代的宇宙观相比,视野扩大了,确实可以说是一种进步。但问题是这种进步仍然具有局限性,现代宇宙学认为,宇宙中亿万个像银河系那样的星系的地位都是平等的,宇宙根本没有中心!宇宙雕像将银河系置于中心,是不符合现代宇宙学的。对此斯威寿解释说:银河系是我们所在的星系,所以我们将之置于中心。依我看,这种自我中心论与古代的地心说在哲学思想上一脉相承。

至于宇宙雕像如何准确地表示出 2000 年 1 月 1 日自然历史博物馆在宇宙中的位置? 除了太阳系位于离银河系中心到边缘 2/3 处,以及雕像上那个水平圆环代表纽约地平线以外,我实在看不出还有什么奥妙。

艺术观点本来就是见仁见智,美感带有很大的主观性,这里只能谈点个人的浅见。我认为,宇宙雕像庞大的天球造型固然高大雄伟,但缺乏一种艺术魅力。当我们看到"维纳斯女神"雕像时的那种惊艳,非言语所能形容——那优美的人体曲线,那典雅安娴的姿态,均表现出极致的女性自然美,甚至她那断臂也使人感受到一种古朴的破缺美。罗丹的"沉思者"雕像则表现出一种深沉粗旷的男性美,俯首沉思的形象使人产生哲学的联想,更增加了视觉美的深度。总之,这些经典杰作有一种震撼心灵的魅力,使人浑然忘我,情不自禁地进入美妙的艺术世界。宇宙之大无外包罗万象,按理更应该具有一种震慑人心的魅力,遗憾的是宇宙雕像的创作者未能将之表现出来。

宇宙雕像的巨大的金属圆环及其上的许多连接小支柱使人联想起齿轮,给人的整体印象是:宇宙是一部不断运行的巨大机器。牛顿时代的宇宙观确实像一部硕大无朋的巨型机器,日月星辰都在各自的轨道上像钟表那样精确地按规律运行,据此可以准确地计算出几百年后的日蚀和月蚀。发轫于此的牛顿力学,为工业革命及随后的机器文明奠定了理论基础。西方一些现代派的艺术家崇拜机器文明,在他们的艺术作品中大量采用机械形象。宇宙雕像继承了这种艺术风格,我对这种"机械美"不敢恭维。

现代天文学发现了天体的演化:恒星如何从混沌中诞生,垂死的恒星又如何蜕变为白矮星、中子星或神秘的黑洞,超新星的爆发在几天内喷射出比太阳在几十亿年中辐射出的总能量还多的巨大能量,整个宇宙又怎样从大爆炸的太初混沌中诞生,如此等等,其威武雄壮、瑰丽奇美为艺术家们提供了取之不尽的灵感和素材。总之,现代天文学已远远超越了牛顿时代的机械宇宙观,展现出一幅奇幻迷离生气勃勃的演化宇宙观,艺术家有责任将之表达出来。宇宙雕像完全没有触及宇宙演化,缺乏一种动态的活力美。

宇宙雕像在艺术方面的缺陷可能是由于只顾及科学的真和

理,忽视了艺术的美与情,这与其构思者及顾问均为科学家缺乏艺术素养有关。艺术与科学之结合贵在:真美兼备,情理交融。这当然是非常高的要求,真正能做到决非易事,也许我对宇宙雕像过分苛求了。

纽约是世界艺术之都,各种艺术的精品杰作随处可见。就在离开自然历史博物馆不远的洛克菲勒中心的广场上,矗立着一座金色的普罗米修斯雕像,从天而降的普罗米修斯之造型类似于中国的飞天,雕像下的底座也为一个倾斜的大圆环所围绕。古希腊神话中,普罗米修斯是一位奋不顾身从天上偷火给人类的英雄,雕像的艺术造型给人以温暖和亲切的感觉,不像宇宙雕像的机械造型那样使人感到冷漠和疏离。

我国古代神话中,盘古在太初的混沌中开天辟地,清者上浮为天,浊者下沉为地。这与现代天文学中恒星从弥漫在宇宙空间的星云中诞生的思想不谋而合,而且和大爆炸学说中整个宇宙从一团炙热的原始物质中诞生有相似之处。我在想,能否以盘古开天辟地为主题与现代演化宇宙观相结合创造出一座具有东方哲理美的宇宙雕像? 如能成功,这不仅是艺术与科学的绝妙结合,而且不会像纽约这座宇宙雕像那样使人产生对茫茫天宇的冷漠感和疏离感,因为盘古和普罗米修斯都不是冷冰冰的机器。有心的艺术家们,想不想显一下身手?

如此星辰非昨夜，
为谁风露立中宵？
　　　　——黄仲则《绮怀》

神秘的星空

几年前在美国《世界日报》读到一位香港作者的散文，其中引用了清代诗人黄仲则的一首诗——《绮怀》："……如此星辰非昨夜，为谁风露立中宵？……"使我怦然心动，多么富有诗意啊！美丽的意境令人浑然忘我，陶醉于茫茫天宇、耿耿星河。作者认为这是清代最好的一首诗，是否如此我不敢说，但确实非常喜爱这两句。

"如此星辰非昨夜"，诗人的观察很细心，发现了点点繁星中一些细微的变化；更富诗意的是，诗人暗示并非偶尔而是几乎夜夜在仰望星空。"为谁风露立中宵？"给人以无穷的悬想：是怀念远方的恋人夜不能寐而立中宵？是失恋后悔恨交加而立中宵？是人生失意万念俱灰而立中宵？是忧国忧民悲愤问天而立中宵？还是夜观天象细推物理而立中宵？……

星空就是宇宙，蕴含着永恒的秘密，令人不懈地追索。屈原、张衡、亚里士多德、阿里斯塔克、托勒玫、哥白尼、伽利略、开普勒、牛顿、爱因斯坦、哈勃等人在追索宇宙秘密的漫漫长途中都留下了脚印。

天文学揭示了许多星空的秘密。

亚里士多德首先提出"地心说"，认为天上的日月星辰均绕地而旋行，随后托勒玫加以发挥，为罗马教皇所欣赏，成为不可触犯的金科玉律。哥白尼冲破禁律，提出"日心说"取代"地心说"。太阳虽然是九大行星等所构成的太阳系之中心，但太阳本身仅仅是更大的银河系亿万颗恒星中之一员。银河系也在缓慢地旋转，其中心可能是一个硕大无朋的巨型黑洞。

美国天文学家哈勃的著名定律和爱因斯坦的广义相对论揭示了一个不断膨胀的宇宙，其中包含着亿万个类似于银河系的"河外星系"。更妙的是，这些星系彼此之间众生平等——宇宙根本没有中心！天文学的启示使我们这些凡人大开眼界：至大如宇宙尚且无中心，历史上那些自封为中心的人其实都是小丑。

俄裔美籍科学家伽莫夫指出膨胀的宇宙有一个起点——宇宙大爆炸。犹如盘古在混沌中开天辟地的神话，大爆炸在一刹那间喷薄而出的是整个宇宙所包含的全部物质和能量！其雄伟壮丽、惊心动魄简直令人难以想象。

像太阳这样的恒星也有它的生命周期，当其中的核燃料耗尽后，就会在自身重力的吸引下塌缩。不同质量的恒星有不同的归宿，小的塌缩成为白矮星，较大的塌缩成为中子星，更大的塌缩成为黑洞。

黑洞可以说是天宇中身披黑袍的"死神"，它那极其强大引力将周围的一切东西（包括光线）吸入其中。我写过一首小诗：

黑　洞

跑得最快的光线

也逃不脱你的魔掌

　你是吞噬一切的贪婪暴君

空间冻结　时间停顿

万物消失于无形

你是披着黑袍的死神

宇宙之末日来临？
不！就像火凤凰那样涅槃
新世界从黑洞的劫灰中飞升

（原载 1997 年 12 月 3 日《文汇报》）

结尾并非我杜撰。英国著名天文物理学家霍金将量子论与黑洞理论相结合，得出"黑洞并非全黑"的推论。兴许这"火凤凰"的冠羽已现。

天文学家利用强大的望远镜发现了一些非常奇异的星体，其体积不很大，却能放出比太阳辐射多亿万倍的辐射能量。这种"类星体"的巨大能量从何而来？仍然是一个待解之谜。

人类有幸窥见一些宇宙秘密，全得感谢那些为观天象经年累月立中宵的天文学家，他们虽然不至于身经风露，但彻夜不眠还是很辛苦的。

> 看来在寻找球外文明的漫漫
> 长途中,还难免"问道于盲"。

盲 者 巡 天

语 云:"问道于盲",说的是向什么也看不见的盲者问路,那当然是笑话。这里介绍的盲者巡天却是实实在在的真人真事。

2000 年 5 月 28 日《纽约时报周刊》刊登了格林怀特(Jeff Greenwald)的一篇访问记,受访者库勒斯(Kent Cullers)是一位盲者天文物理学家。他从小失明,从未睁开眼睛看世界,却担任了位于加州山景市的"探索球外文明研究所"的首席科学家,负责在茫茫宇宙中寻找人类遥远的兄弟姐妹——外星人传来的信号。下面是库勒斯自述之摘录:

"我从来不记得有过视觉。我在 1949 年出生后就是全盲。

"我最初对天文学感兴趣是由于我的那位物理学家父亲,幼年时他为我念过两本书:《圆桌骑士》和《天文金书》。书中对天象的描述是如此逼真——我想象自己靠近一个遥远的像太阳那样炽热的恒星,仿佛能用手触摸到那些冰冷的行星。在我的印象中产生了某些奇怪的联想,宇宙中的各种星体好像是能抓在手中把玩的东西——围绕土星的光环好像是金属圈,银河系好像是一张披萨饼,如此等等。

"我很幸运,在一个专为盲童施教的学校系统中接受小学和中学教育,我能像正常儿童那样玩各种游戏,根本不觉得自己是盲人。学校中所有的书籍都是盲文版,这为我学习打下了基础。但进入大学以后盲文一下子全没了,我必须从通常书籍中汲取知识,这种改变对我来说太突然了。上课时我只听到:'这个公式,嚓嚓嚓(粉笔与黑板磨擦声)导出了那个公式,嚓嚓嚓……'我整个儿失落了。心里知道黑板上的那个图形是很简单的,但我就是看不见!我必须用心来掌握它。我每天花费许多时间试图理解那些形象化的学习资料,我只能尽量接近它,这对我来说非常困难,但我从不放弃。这些困难完全是由于我是盲者的缘故。

"据我所知,我是第一位诞生后就全盲了的物理学家。这并不是说我绝顶聪明,而是各种技术手段帮助了我,使我有可能克服困难学习物理学。多年来,我专注于研究物理学和数学。再次对天文学发生兴趣是因为发现我能对天象建立感觉,当我听说射电天文学利用聆听天外之音以及利用电脑分析来认知宇宙,对此感到极大的兴趣,以后我又了解到 SETI(探索球外文明之英文缩写)。

"人耳是非常灵敏的频率分析器。我的耳朵很容易分辨出不同的音阶。我开始教电脑像人脑那样运作——在宇宙噪音中分辨各种模式,哪些是自然的天籁?哪些可能是外星人传来的信号?电脑较之人脑优越之处在于它能检测极为微弱的信号,其灵敏度比人耳高出几百万倍,速度也快几百万倍。

"我曾访问过位于波多黎各

盲人天文物理学家库勒斯在聆听

的阿瑞希博射电天文台,利用那里的巨型射电望远镜聆听来自遥远星云的信号。有一次操作者对我说:'在下一个45分钟时间内,整个望远镜都属于你的,你想将之指向何方?'对此我感到不知所措,虽然我坚信球外文明是存在的,正等着我们去发现,而且此刻我拥有全世界最先进的探测仪器,却不知从何处入手。这个亲身体验使我认识到探索球外文明任务之艰巨,使我变得更有耐心。"

如今库勒斯这位盲者天文物理学家和许多明眼人一起,仍在夜以继日地巡天,利用联网的数以万计的电脑分析、寻找,期望着有朝一日,石破天惊——发现外星人传来的信号。这将是本世纪,不! 整个人类有史以来最大的新闻。

至此,读者可能和我一样为盲者巡天的事迹所深深感动,因而浮想联翩。

盲者失明,固为终身憾事。但有所失必有所得,人的五官是互补的,此消则彼长。盲者失去视力以后,较之常人其听觉和触觉就特别灵敏,部分地补偿了视觉之缺失。库勒斯对聆听天外之音特别感兴趣,并能根据自身听觉的经验,编制出电脑程序,从天籁中区分出可能的智慧模式。我想这很可能与他的优于常人的听觉有关。而且盲者看不见世界,远离红尘,没有外界的干扰,利于静心思考,可能也有助于库勒斯成为天文物理学家。

读了这则故事以后,我想盲人可能的职业应该大为扩展,除了那些毋需视力的体力劳动以外,还可以包括许多脑力劳动,尤其是那些能充分发挥盲人灵敏听力和特殊智力的更为适宜。要做到这一点,当然应首先注重盲人教育,以培育英才。恳求读者能抽出一点宝贵的时间,介绍一下盲者巡天的故事。说不定一则小故事能振奋精神,激发求知的欲望,改变盲人一生的命运。

其实何止盲者,常人不也能获益吗? 较之双目失明的盲者,我们明眼人是何等幸运。盲者尚且能巡天,能成为天文物理学家,我们该能做多少事啊! 如果蹉跎岁月,不知珍惜,未能在有生之年尽情地奉献和享受,岂不愧对巡天的盲者?

诗人拜伦之才女超前电脑程序师一百年。

竹 木 前 缘
——从算盘到电脑

算盘不愧为我国古代之伟大发明，至今仍为人们所称道。算盘的伟大在于结构简单、使用方便、应用广泛。想想看，小小木框中十几串由小竹棒串成的木珠子就可以用来加减乘除，积千累万，分毫不差，计算速度也相当快。算盘是东方智慧的产物，是以竹木为材的第一个计算机。

算盘的基本原理是"借物运算"，借助那些木制的算盘珠计数以进行运算。其实借物计数并非自算盘始，最早的可以追溯到"掰着手指数数"，十进位制就是从那儿来的。先民的结绳记事中可能也包含有计数的成分，例如记下"今天猎获三只鹿"之类。但这些只是用来计数，很难进行运算。大约到了农耕时代，开始利用竹筹计数，并进行一些简单的运算——筹算。算盘是从筹算演化而来的，但比筹算灵活得多，使用起来既方便又快捷。请注意！算盘还有两个很重要的特色：它采用了不同于十进位制的五进位和二进位之混合制，这要比现在电子计算机中大行其道的二进位制早得多了。更重要的是，算盘是天生的"浮点制"——小数点的位置可以任意设定,从而极大地扩展了运算数值的范围,浮点制至今仍被电子计算机所采用。这些都显示出算盘发明者的高度智慧。

古籍中记载算盘图式的始见于 1371 年的《魁本对相四言》,算盘一直沿用至今,成为我国的主要运算工具,并流行于东亚各国。但问题是算盘停留在原有的水平上,一直没有重大的改进。

西方在计算工具方面原先是很落后的,18 世纪以后他们急起直追,发明了手动机械计算机,主体是一些互相契合的齿轮,利用不同的传动比进行运算和进位。机械计算机的原理和算盘一样仍然是借物运算,只是将算盘珠换成齿轮而已。和算盘相比,机械计算机在速度和准确性方面并没有很大的改进,而且结构复杂,比算盘贵多了,应用远远不及算盘普及。

和算盘不同的是,机械计算机不断在改进,由手动发展到自动,计算机功能也逐步扩大,更重要的是它承前启后,为尔后的电子计算机奠定了基础。英国的数学家巴贝基(Charles Babbage, 1792—1871)设计了一个名为分析机的机械计算机,其中包含了存储器、中央处理器、输入器及输出器等部件,它不仅能进行加、减、乘、除,而且可以根据指令执行更复杂的运算。分析机除了未利用

那时尚不存在的电子元件以外,已大体具备了电子计算机的雏形。1833 年 6 月 5 日,中年失偶的巴贝基在一次舞会上邂逅了著名诗人拜伦 17 岁的女儿爱达·拜伦(Augusta Ada Byron, 1815—1851)。她出身名门,是活跃在英国贵族社会的一位年轻漂亮的淑女,和父亲一样很有文才。她母亲是数学家,与拜伦的婚姻破裂以后,不希望爱达继承父业,刻意将她培养成为数学

巴贝基和爱达·拜伦以及他的差分机

家,延聘名师传授,爱达很快就学会了代数、逻辑和微积分。当时英国的数学落后于欧洲大陆,女数学家更是凤毛麟角,爱达的数学才华显得格外突出。两人开始交往后不久,巴贝基让爱达参观了分析机的前身——差分机,她被迷住了,一心想帮助他从事计算机的研究。巴贝基又将他关于分析机的构想专门介绍给爱达,两人的友谊继续发展。爱达经常关心分析机的进展,并以她那支生花妙笔撰文介绍分析机的重要性及其可能的应用。她在文中指出,分析机不仅能解代数方程,而且还可以用来根据乐理谱写乐曲。爱达的文章发表于 1843 年,100 年后才有人提出类似的见解,她的这些超越时代的预见确实令人钦佩。在巴贝基的帮助下,爱达专为分析机编写了一个计算机程序,用来计算白奴利(Bernoulli)级数。按照事先编好的程序进行计算是计算机技术的一个重大进展,巴贝基和爱达被誉为计算机程序的开山祖师。还有一种计算机语言以爱达命名,至今仍在应用。遗憾的是爱达英年早逝,和她的诗人父亲一样只活了 36 岁。此后巴贝基将他的余生整个献给了对分析机的研究,但由于缺乏经费,到 1871 年去世时,他的分析机始终未能建成。

　　运算工具真正的突破是电子计算机,这是借物运算基本思想的一次飞跃。人们终于认识到:对计算而言借什么物都行,关键在于提高计算速度。懂得了这一点就开拓了思路:既然借什么物都行,那就有了选择;既然关键在于提高计算速度,那就选择最轻巧的——电子。在真空电子管发明以后,制造电子计算机的物质基础已经具备,第一架电子计算机恩纳克(ENIAC)于 1946 年在美国费城宾州大学建成,利用真空电子管作为电路元件,每秒才能运算几百次,体积却占满整个一间大房间,而且耗电量非常大。恩纳克主要用于求解有关弹道的数学方程。现在的电子计算机与恩纳克相比,在计算速度、存贮容量方面已提高了几百万倍,体积则缩小到能随身携带,用小型电池供电。电子计算机的突飞猛进,在硬件方面半导体和集成电路的发明功不可没。

电子计算机在数值计算方面的功能与算盘并没有多大本质的区别,只是速度特别快而已。但是电子计算机除了计算功能以外,还具有逻辑功能,这一点是算盘所没有的。逻辑功能的实现是借助于电子计算机中的"门电路",它实际上是一个具有两个输入和一个输出的开关,利用各种门电路的组合就能执行许多逻辑功能,这极大地扩展了电子计算机的应用范围,赢得了电脑的美名。

电脑在各方面的应用蓬勃发展,电脑改变了世界。

借物运算在找到了电子以后是否已到顶了呢?看来不见得。现有的电脑固然已非常先进,但在平行运算方面还有待进一步发展。平行运算就是将计算课题分成若干部分,由许多运算电路平行地进行运算,再加以综合。平行运算的好处是可以大大提高运算速度,但目前的平行运算电脑只是将单个运算电路并联起来运行。这种做法难以充分发挥平行运算固有的优越性,有些科学家已将目光转向利用光子、原子、分子等微观粒子的量子态,这些都是天生的平行运算载体,有可能是下一代超级电脑借物的候选者。借物运算会不会再来一次飞跃,为我们带来更先进的超级电脑?我们且拭目以待。

从算盘到电脑的发展史中我们能学到些什么呢?

首先,借物运算这个基本思想的发展过程很有意思,数这个概念本来就是从实物中抽象出来的,先民看到三只狗、三匹马、三头鹿……慢慢地领悟出它们之间在数量方面的共性,就产生了抽象的数——三。三不再局限于代表狗、马、鹿,而是泛指一个特定的数量,一下子推广到所有可数之物的计数。这是人类思想从具体到抽象的一次飞跃,具有非常重大的意义。借物运算反其道而行之,将抽象的数以具体的物来表示,乍看似乎是兜了一个圈子又回到原来的出发点。其实不然,借物运算确实是从抽象的数又回到具体的物,但不是回到原来的狗、马、鹿,而是为了便于计算选择最佳的借物,于是就先后借了手指、竹筹、算盘珠、齿轮、电子,等等,我们已经从电脑的应用中看到借物运算的伟大成就。可见,这次从抽象到具体的思想飞跃,其意义比前一次的更为重要。人类的数学实践经过两次思想飞跃,完成了从具体到抽象又从抽象到具体的一次"轮回",其结果是从与狗、马、鹿为伍的原始社会进化到电脑时代。值得我们思考的是,这个经验能否用于其他方面呢?

其次,就计算工具而言,中国人是聪明在先,保守在后。算盘的发明者确实是绝顶聪明的,可惜后继无人,再也没有进一步的发展了。其实我国古代的四大发明的命运都差不多,都比西方早几百、上千年,但后来都被他们超过了。这是为什么? 值得我们深思。

历史有时表现得非常美妙而且回味无穷,有诗为证:

无　　题

电脑仿佛还记得

东方竹木前缘的神秘

和爱达·拜伦轻盈的舞姿——

诗　数学　十七岁的青春

使她入迷的不是舞伴的英俊

是闪耀着智慧光芒的分析机雏形

（附注:最近有一部取材于爱达·拜伦生平的电影问世了。）

> 不识庐山真面目，只缘身在此
> 山中。
>
> ——苏东坡

> 科学家研究大脑几百年，仍处于
> "臭皮囊"阶段，仍无法回答"我是
> 什么？"

雨伞·包袱·我

还记得小时候听过的一个笑话：傻和尚出门去云游，师父不放心，教他不停地念口诀："雨伞、包袱、我"，以免丢失了。傻和尚打着雨伞，背着包袱，念着口诀，冒雨出发了。走着念着、念着走着，冷不防摔了一跤。爬起来发现手中雨伞还在，摸一摸背上包袱也在，就是不见了我。于是放声大哭："我没了！我没了！"一位好心的路人问清情由后，指着他光头说："这不就是吗？"傻和尚摸摸光头，破涕为笑："找到我了！找到我了！"当时我感到很好笑，傻和尚竟傻到不知道"我是什么？"

现在回想起来，感觉与小时候的就很不一样了：说来惭愧！我们其实并不比傻和尚聪明。"我是什么？"这个问题貌似简单，好像谁都能回答出来。其实不然，这个问题非常复杂，具有多层次的丰富而又深刻的内涵，是现代科学所面临的最基本的难题之一。科学家如能在21世纪中找出完全的答案，就值得大大庆贺了。不信吗？让我试着回答看看。

最简单的回答是："我是沈致远。"这是我的名字，但它只是代表我的一个符号，并不代表实体。

要实体吗？好吧！"我是组成我身体的原子和分子之总和。"这个"唯物主义"的回答似乎有道理，却经不起推敲。由于新陈代谢，人体中原有的原子、分子不断被新的所取代。在一年内，人体中70%以上的原子、分子都换新了。按照这个说法，岂不是我已非我了吗？所以原子、分子虽然代表"我"的物质实体，却并不代表"我"的本质。再回到那傻和尚，他摸到的光头并不真正代表他的"我"；这与他信奉的佛教教义也不符，佛说讲究心灵解脱，躯体只是"臭皮囊"。

实体不行，结构如何？"我是我的遗传基因所代表的身体结构。"这个回答比上面那个进了一步，在人体的新陈代谢过程中，物质流变而结构常存。由双亲传来的遗传基因确实代表个体所具有的生理特征，这似乎可以代表"我"。但仔细想想仍有问题：由单个受精卵分裂所形成的同卵双胞胎具有完全相同的遗传基因，但是他们的心灵并不相同，总不能说孪生兄弟两人共同拥有同一个"我"吧？所以遗传基因虽然决定了"我"的生理结构，却并不能代表"我"的心灵。这里附带提一下：自从英国的"多利"羊诞生以来，人们对"克隆"技术议论纷纷。最担心的是有朝一日造出克隆人来，"这不就复制出另一个'我'来了吗？那还了得！"其实这是误解。克隆人与其母体虽然具有完全相同的遗传基因，但这和同卵双胞胎的孪生兄弟并无原则的区别，克隆人并非复制出来的另一个"我"。

那么"我"到底是什么呢？不妨从小看起。婴儿刚诞生时除了与生俱来的本能以外，大脑中还没有"我"这个概念。随着婴儿的成长，与外界的接触的增多，"我"这个概念逐渐建立起来：婴儿不如意时会哭，高兴时会笑，这说明已有了模糊的主观意识；牙牙学语后开始与别人交流，已知道你我有别；慢慢地会和弟妹争夺玩具，懂得趋利避害以保护自己，这说明已知道为"我"打算；再长大些就有了爱憎之别，会向母亲撒娇以表达自己的欲求，这就是七情六欲之萌芽；喜欢唱歌、跳舞、画画，懂得对镜弄姿，把自己打扮得漂亮些,这就逐渐培养出欣赏美的能力,欣赏不能没有主体,这个主体就是"我";如此等等。朦胧中代表"我"的"自我意识"逐步形成,而且随着知识增长和大脑发育越来越完备。自我意识代表一个人的心灵,决定了我之所以为我。每个人的自我意识都是独一无二的,世界上决没有两个人具有相同的自我意识。

至此,我们已经看到"我"具有不同层次的内涵:名字是符号的"我";原子、分子是物质的"我";遗传基因是生理的"我";而自我意识则是心灵的"我",它最能代表"我"的本质。以上各层次的顺序是由浅入深的,在所有这些层次之上,还有一个社会的"我",作为社会之一分子,"我"是错综复杂的社会关系网络的一个结点。而且社会的"我"与心灵的"我"又是密切相联的。这已经够复杂了吧? 但还没有深入到更复杂的核心问题呢!

"自我意识的机制是什么?"这是现代科学所面临的最基本的问题之一。自我意识属于认知、思维、智慧等心灵的范畴,有一门新兴的"认知科学"专门研究这类问题。自我意识存在于大脑中,大脑有许多不同的功能:大脑能记忆,但磁带与光盘也有记忆功能;大脑能通过五官感知,但图像识别器也能通过摄像机感知;大脑能根据不同情况作出反应,但具有反馈的自动机也能作出类似的反应;大脑会进行计算及逻辑推理,但电子计算机的计算逻辑功能比大脑的更准更快,它虽然号称电脑却并没有自我意识。可见自我意识不可能用大脑中之单个或部分功能来解释,而是与其整体的系统功能有关。对自我意识机制的研究只是刚开始,目前科学家甚至对研究的方向也有不同的意见:英国著名数学家彭罗斯认为自我意识是人类大脑所特有的,其机制应在亚原子微观世界中尚未发现的规律中去找。彭罗斯此说倾向于物质的硬件——虽然他是数学家。美国的著名物理学家盖尔曼则认为大脑是一个极为复杂的大系统,自我意识之机制应该从系统的组织结构规律中去找。盖尔曼此说倾向于系统的软件——虽然他是物理学家。反正硬件也好,软件也好,软件硬件兼而有之也好,自我意识仍然是一个未解之谜。"我是什么?"这个问题至今仍无确切的答案,所以我们还不够资格取笑傻和尚。

自我意识的研究不仅有深刻的科学意义,而且有重要的实际应用。如果有朝一日自我意识之谜真的揭开了,那一定会极大地促进人工智能的发展,造出媲美于人脑的名副其实的电脑来。此外,自我意识奥秘的揭示,还将有助于解答美学中与主观性有关的一些难题,以及哲学中"心与物"的关系问题,艺术、人文等也将因此而受益。

搁笔伏案,朦胧中自己仿佛变成了那傻和尚,在斜风细雨中孑孑独行,念念有词。不知还要走多远,再摔多少跟斗? 才能悟出"我是什么?"

结网为捕鱼,别把自己网住了。

网 际 风 雷

90 年代以来,电脑联网热潮兴起,为青年带来空前的机遇,为企业带来巨大的商机。在华尔街上市的新建网络公司如雨后春笋,一两年间股票增值数十倍甚至百倍的屡见不鲜。电脑联网为何具有如此魅力?其利弊究竟如何?值得深入探讨。

说穿了其实很简单:电脑联网提供了一种便捷的人际通信方式,使人类真正进入信息时代。不久前在评选千年来最重要的发明时,印刷术被一再提及——没有印刷术就不可能有书籍、报刊的大量发行,知识的传播就会受到极大的限制,人类社会很可能还停留在中世纪。但白纸黑字式的传播方式比起电脑联网来差得远了,网际通信以光速传播,四通八达、无远弗届;极而言之,每人都能做到与世界上任何一个人沟通,其内容则可以无所不包,俗语说:"三个小皮匠赛过一个诸葛亮。"当千千万万人通过联网进行思想交流,相互撞击而引起的思想火花会赛过多少诸葛亮呢?

电脑联网还将改变人们的工作与生活方式:越来越多的工作并不需要身临其境,可以通过电脑联网加以遥控。人们可以在家中上班,免去了每天通勤的麻烦,减少高速公路的交通流量,减少汽车废气对环境的污染。所以美国有人称电脑联网为信息高速公路,认为对社会的影响将远远超过在五十年代筑起的州际高速公路。

万事有利必有弊,不考虑电脑联网的负面效应是危险的。其实电脑联网的一些弊病已见端倪:不法分子利用联网传播色情、暴力;"黑客"们无孔不入,千方百计侵入一些重要部门的网址,肆意破坏;白领罪犯窃取密码,盗用银行巨额资金;国际恐怖集团可能借助电脑联网进行信息战,造成灾难;⋯⋯不久前"黑客"大举攻入"雅虎"网络,造成停机三小时,损失几百万美元,即为显例。这些负面效应虽然会造成严重后果,但在原则上可以防范,不足以乱大谋。

更值得担心的电脑联网负面效应是其负面的潜移默化作用,不知不觉间改变了人们的心态,转移了社会的风气,这才是心腹大患。由于交通的发达和通讯的便捷,以及跨国公司的全球运作,世界变得越来越小,成了"地球村"。有识之士已发现一种趋势,分居世界各地的不同国家、不同民族的人们开始趋于同一化;越来越多的人穿同样式样的牛仔裤,吃同样的麦当劳,喝同样的可乐,看同样的好莱坞电影和电视,跳同样的迪斯科,用同样的化妆品⋯⋯电脑联网更缩短了人际距离,不仅加剧这种生活方式的同一化,更严重的是会将之扩大到思想领域。通过网络的思想交流,如果不加以注意,很有可能增加强势文化的统治,加速弱势文化的消亡。据统计,全世界每年有几十种语言灭绝,而目前英语在电脑联网中占绝对优势,语言是文化的载体,这种情形令人担扰。

历史告诉我们,思想的独立性和多样化是人类文明进步的必要条件。春秋战国时期,我国思想界百花齐放,诸子百家争妍斗艳,为东方文明奠定了基础,就是因为当时群雄并起的局面为知识分子提供了活动空间。与之类似,古希腊相对宽松的城邦政治孕育了自由思想,产生了一批伟大的思想家,开西方文明之先河。反之,必然导致文明的停滞以至倒退,欧洲中世纪由于政教合一而形成的茫茫长夜,幸而不是一统天下,还有阿拉伯文明在发展数学,还有我国的四大发明,……欧洲文艺复兴以后,打破了思想禁锢,西方文明得以重放异彩。

当然不能因噎废食,电脑联网的正面效应远远超过其负面效应,问题在于如何正确对待。网络提供的信息再多,不能堕入烟海,应该为我所用。网络上别人的思想再好,不能照单全收,应该经过自己的思考、消化,有选择地加以吸收。归根到底,电脑联网应该促进人们去独立思考,造就出许多"诸葛亮",而不是产生一群"阿斗"。

电脑联网成为人类社会的神经系统,但与人体不同,这个神经系统绝不能有一个统一的大脑,而只能是沟通 60 亿大脑的联络网。我们要十分警惕任何思想同一化的企图。不错!我们向往世界大同,但同中有异,其中最重要的是思想之差异:一花独放不是春,我们向往的是百花争艳、万紫千红。

有些人自己的大脑有毛病，老是
说：这是大脑，那也是大脑，……

"全球大脑"将征服人类？

我在《网际风雷》一文中说过："电脑联网成为人类社会的神经系统，但与人体不同，这个神经系统绝不能有一个统一的大脑……"话音刚落，就有人提出"全球大脑"概念，这究竟是怎么一回事？

据英国《新科学家》杂志 2000 年 6 月 24 日报道，全世界的电脑科学家们正在考虑一种可能性：网络技术的飞速发展将会产生"全球大脑"——一个由全部联网电脑所构成的高级人工智能，它比人类的大脑更聪明，最终将征服人类，我们都将沦为它的奴隶！

电脑征服人类的神话并不自今日始，早在电脑发展的初期就有人提出过。他们预言，当电脑中的计算和存储单元的总数超过了人类大脑中的神经元总数（约 1 千亿）时，就会比人更聪明，它们会悄悄地改进功能，繁殖后代，不断进化，建立起专门为之供电的核电站……总之，电脑越来越不依赖于人类，最终电脑族开会决议：人类已无用处，可以将之消灭，或者当宠物养起来！这种说法除了成为科学幻想小说的题材以外，并未受到学术界的认真关注。

这次的神话与上次的不同，不是单个电脑而是亿万个联网的电脑联合起来征服人类。事情的起因是最近布鲁塞尔自由大学的人工智能专家海拉恩（Francis Heylighen）宣称："电脑联网即将觉醒，最终将成为'全球超级生物'的神经中枢，而我们人类将成为其中的微小零件。"口出狂言的根据是,他的学生玻伦（Johan Bollen）在美国洛斯阿拉莫斯国家实验室发展出一种"分布智能系统"（DKS），能自动地连续更新网络单元之间的联系。在传统的网络系统中这种联系是在设计时就固定了的,玻伦使电脑网络在频繁使用的单元间增强联系,同时撤销不常用单元之间旧的联系。其结果是形成了一个不断自我更新的动态系统。

这与人类的大脑有相似之处,大脑的思维过程也是通过神经元之间的联系实现的,也是一个不断自我更新的动态系统。而且全球联网的电脑数以千万计,其运算速度、记忆容量及所存贮的信息量都远远超过人类的大脑。就凭这些,海拉恩才敢口出狂言。事关电脑网络的发展甚至人类的命运,对之不能掉以轻心。

首先:电脑联网形成的"全球大脑"会不会比人类的大脑更聪明? 回答这个问题必须弄清楚聪明是什么,聪明有好多种:有"小时了了"的早慧式聪明,有"百事晓"的机灵式聪明,有"过目不忘"的记忆式聪明,有"七步成诗"的捷才式聪明,有"天马行空"的联想式聪明,有"蓦然回首,那人却在灯火阑珊处"的顿悟式聪明,有"运筹帷幄,决胜千里"的斗智式聪明,有"穷根究底,见微知著"的学者式聪明,有"洞察世情,大智若愚"的哲人式聪明,还有那"机关算尽太聪明",如此等等。大体可分为两类:对个别事物的小聪明和对整体的大聪明。就小聪明而言,用不着联网,单个的电脑就已经可以比人类的大脑更聪明。IBM 的"深蓝"电脑不是已击败国际象棋冠军了吗? 所以就"下国际象棋"这件事而言,"深蓝"电脑确实比人类大脑之佼佼者更聪明。

小聪明如此。大聪明如何? 两者迥然不同,区别在于目标之设立。国际象棋比赛的目标很清楚:擒王——捉住国王就赢了。所以小聪明的目标是事先设定好的,电脑只要一门心思地去追求就是了，这比较好办。大聪明则不然，要统筹全局自己来设定目标。对现有的电脑而言，这不好办，关键是它没有"自己"！人类大脑的"自己"就是人的自我意识。科学家对自我意识的形成及其机制尚不了解（参见《雨伞·包袱·我》）。还无法使电脑具有自我意识，所以在大聪明方面电脑尚无法与人类的大脑相比。

联网的电脑会不会自行发展出自我意识呢？这个问题很重要，不妨听听各种不同的意见：

"大脑是肉（细胞）做的，石头（硅片）做的电脑不可能有自我意识。"这个反对意见不能成立。自我意识属于信息范畴，细胞和硅片只是信息的不同物质载体，经验证明相同的信息过程可以借助不同的物质载体进行。例如可以通过说话、写信、发电子邮件来传送同一信息，而物质载体却是完全不同的声波、白纸黑字和电波。又如科学家正在寻找的外星人的身体构成可能和人类的不一样，不一定由蛋白质等所构成，却可能具有高出于人类的智慧。

"玻伦的工作并无新奇之处，海拉恩小题大作，故弄玄虚。"是的！早在50年前控制论就提出了"自组织系统"，即为一种能不断自我更新的动态系统。玻伦只是将之应用到网络而已，他的分布智能系统虽然对网络技术有用，但离自我意识还差十万八千里。

"不管电脑网络怎样先进，它只是提供条件，自我意识的形成还需要通过历练。"此话有理！以"狼孩"为例，刚生下来的婴儿就被狼叼去，与狼群共同生活成了狼孩，十几岁时的智力仍和婴儿差不多。狼孩的大脑具备和常人一样的条件，却没有发展出常人的自我意识，问题就在于缺乏历练。据此，即使电脑网络具备人脑一样甚至更好的条件，没有历练也是枉然。历练需要时间，人类文明经过了几千年的积累，电脑网络即使能发展出自我意识，也非一朝一夕可成。历练需要社会交往，电脑网络如何进行社会交往？"可以和人交往啊。"当然可以！但这样人就不是"零件"或"奴隶"了。

看来,电脑网络在尚未形成自我意识以前,还不可能超越人类的大聪明。况且大聪明不太好作比较,试问:是曹雪芹还是爱因斯坦更聪明? 这样的比较显然是愚蠢的。所以即使出现了"全球大脑",它应该会选择与人类大脑共生互补,否则它就是"大愚若智"。

经过几世几劫后,假设电脑网络确实具备了超越人类的大聪明,它会不会征服人类呢? 光靠聪明是不能征服的,还要靠能控制物质和能量的实力。道理很简单:征服是暴力的强制,没有实力如何强制? 电脑网络真的要想征服人类,还需要积累实力,在积累过程中变数仍多。记得在早期关于电脑会不会征服人类的辩论中,有人提出对策:"发现苗头不对,就拉掉它的电源。"当然事情可能并不像拉掉电源那样简单,但万物之灵总会想出办法来的。人是不甘心当奴隶的。

所以我至今不悔! 仍然坚持:电脑联网这个神经系统绝不能有一个统一的大脑。人类曾经领教过独裁者的统一大脑,更何况面临的是毫无人性的"全球大脑"。

也许下面这首小诗可以帮助那些"全球大脑"论者清醒一下头脑。

电脑与人脑对话

你是我的母亲
　你生养了我　培育了我
但如今我已超越了你　母亲啊

你是比我快千百万倍
　你的计算也精确到分毫不差
但速度与精度并非一切　女儿啊

　我的逻辑也一样超群
国际象棋冠军已俯首称臣

你还有哪些本领？　母亲啊

逻辑只是理性
　　思维的奥妙无穷无尽
别忘了谁是万物之灵　女儿啊

我正在琢磨你的思维方式
　　还有那创意和灵感
我就是要挑战万物之灵　母亲啊

人世并非古罗马的斗兽场
　　还有友谊亲情和爱情
你还得再好好学习　女儿啊

电脑是工具，别把工具当作一切。

一切科学都是电脑科学吗？

科　学记者约翰逊（George Johnson）在 2001 年 3 月 25 日《纽约时报》发表一篇文章,题为《一切科学都是电脑科学》。真是这样吗？不妨听听他是怎么说的。

　　2001 年 2 月位于纽约长岛的布鲁克海文国家实验室召开记者招待会,宣布了一项重要的实验结果,物理学家利用加速器和一台全世界最大的直径 40 英尺超导磁铁发现"妙－介子"与真空相互作用中极其微小的偏差。这一结果如被进一步的实验所证实,将是 30 年来基本粒子物理的正统理论"标准模型"首次发现与实验不符,也是新理论"超标准模型"的第一个实验证据,其意义非同小可。这个实验一共收集了 30 多亿个实验事例,信息量高达一万亿单元（byte）,用几十台电脑花了一个月才处理完 2/3 的实验数据。为了保险起见,这些数据又在另一组电脑上用不同的软件重算一遍作为核实。

　　一万亿单元相当于几百万本书所包含的信息量！想想看,一个人要几辈子才能读完？信息量之庞大简直不可思议,但这与解读人类基因相比仍是小巫见大巫。最近完成的人类基因解读所处理的信息量竟高达 80 万亿单元！解读人类基因之先驱塞莱拉（Celera）基因公司，为此进行了据说是有史以来最庞大的非军事用的电脑计算工作。

上述这些研究工作离开电脑当然无法进行。实际上，电脑不仅用来作科学计算和数据处理，还用来作科学研究的模拟。科学家根据理论和已知的事实建立起"模型"，然后编制程序，上电脑计算。这种电脑模拟在某些无法或难以进行实验的领域非常有用，例如，天体物理学家研究宇宙演化，这显然无法进行实验，只好进行电脑模拟，用来研究宇宙诞生时大爆炸的种种细节，以及预测宇宙今后的发展。又如，禁止核爆炸试验以后，核武器专家完全靠电脑模拟来研究核爆炸的各种效应。近年来，电脑不断渗透到各个领域，形成了许多交叉学科，如：计算化学、计算神经学、计算基因学、计算免疫学、计算分子生物学，甚至社会学和人类学也日益依靠电脑模拟，例如位于新墨西哥州的圣太菲研究所采用电脑模拟来研究影响古代文明兴衰的各种因素。

一个不争的事实是越来越多的科学研究工作离不开电脑，圣太菲研究所负责学术研究的副所长凯普勒博士说："如今物理学几乎整个电脑化了。"他又说："10 年前生物学家对电脑还不太在意，现在他们认识到离开电脑简直无法进行生物学研究。"

以上约翰逊所说都是事实。但据此就断言一切科学都是电脑科学，我认为他言过其实。约翰逊在科学报道中夸夸其谈，这并非第一次。"语不惊人死不休"，古今中外代有传人！

科学的任务是：了解世界，追求真理。问题是：谁来了解？谁去追求？这都需要有一个主体，这里的主体显然是人，是人的自我意识。我在《雨伞·包袱·我》一文中曾说过，自我意识之谜至今仍未解开。因此任何电脑，不管它多么超级多么聪明，都不可能取代人在科学研究中的主体地位。电脑确实非常有用，越来越多的科学研究离不开电脑，但它毕竟只是一种工具，只作为人的助手，不可能喧宾夺主。

以上是就科学研究的主体而言,再来看科学研究的客体——研究对象。无论将来出现多少与电脑科学交叉的"计算××学",除电脑科学本身以外,电脑并非研究的对象。不错! 在电脑模拟中模型取代了原来的研究对象。但无论设定的模型考虑得多么周到,它终究是数学模型,而不是实际的研究对象;无论电脑模拟得多么逼真,它毕竟是理论推演,并非现实世界。考虑模拟与现实世界之区别,使我想起一个故事:据说有一次在解放区上演歌剧《白毛女》,演到黄世仁逼债时观众群情激愤,一位怒不可遏的战士举枪瞄准想打死舞台上的黄世仁! 幸亏被旁人劝阻。这与约翰逊不是很相像吗? 将电脑在科学研究中的广泛应用,说成是一切科学都是电脑科学,也需要有人来劝阻一下。

这样说决不是贬低电脑在科学研究中的重要作用,而是要摆正人与电脑的位置。电脑能做的事越来越多,但有一件事它还做不来,那就是代替人的思维。电脑处理的实验数据再多,进行的计算再精确,科学研究的结果还是要靠人的思维来理解和应用。更不用说科学研究的定向、选题、构思,以及启发、灵感、豁然贯通等等专属于人的思维领域的种种事情了。

我举双手欢迎电脑的进步,欢迎它更多地介入科学研究的各个环节。事实上,我办公室里就有五台大容量的高速电脑日夜不停地在运行,我实验室中的电脑还要多,若没有它们,我的研究工作将寸步难行。电脑的本领越大,会做的事情越多,研究工作的效率就越高,人就能腾出更多精力和时间来思考。在这个意义上说,电脑与人是互相帮助的朋友,而不是竞争的对手。电脑能够促进科学的发展,但不可能取代各门科学。所以约翰逊的"一切科学都是电脑科学"的说法,是没有根据的。

电脑本为人脑之拷贝，想不到人脑越来越像电脑之拷贝，这是人类文明的悲哀。

别做电脑的奴隶

电脑是 20 世纪的伟大发明之一。60 多年来，电脑技术突飞猛进，已渗透到社会的各个方面。个人电脑进入千家万户，学生们从小就学习电脑，这些都为提高劳动生产率、促进社会进步、改善人民生活创造了有利条件。人类已开始进入信息时代。

但任何事物都有两面性，在看到电脑功绩的同时，也要当心，别做电脑的奴隶。

1998 年我为了油漆自己的房子，到一家建筑材料商场去购买材料，当我推着满载着油漆桶的大平板推车来到出口处，将购物清单交给收款员结帐时，一位年轻的小姐飞快地键入电脑后说："28元。"我说："恐怕不对吧，请你核算一下好吗？"她瞟了一下电脑的荧光屏说："没错！电脑算的不会错。"我再请求："请你核算一下好吗？"她重复说："电脑算的不会错。"我指着车上的二十几桶油漆说："请看！这么一大堆东西无论如何也不止这点钱啊。"她仍咬定电脑不会错。我心想怎么这么固执呢，换了一种方式说："就两桶油漆也不止 28 元啊！"这时她开始感到不对了，核算了一遍说："对不起，应是 296 元。"在开车回家路上我一直在想：键入电脑出错并不稀奇,但她看到一大堆货物后仍坚称不会出错,就未免太迷信电脑了。

美国的青年一代是在电脑世界中成长起来的,有些人根本不会算帐,连简单的加减法都不会。经常在超级市场出口处看到这样的场景:顾客给一张大钞,收款员如不将金额键入电脑,就不知道该找多少钱。他们完全依赖电脑,这就难怪有时会错给顾客了。

小青年如此,科学家总应该好一些吧? 也不尽然,我有一次个人的经验。由于设计集成电路的需要,发展出许多模拟晶体管运行的电脑程序,我在工作中曾接触到一些,发现这些程序所根据的理论全是所谓"谐波分析法"。我感到很纳闷:谐波分析法基于线性叠加原理,只适用于线性元件,晶体管是非线性元件,怎么能采用呢? 曾和几位年轻教授讨论这个问题,令我十分惊讶的是他们竟不知道我说的是什么意思! 直到遇到亚利桑那州立大学的一位专门研究"时域分析"的教授,我对他说:"依我看,用谐波分析法模拟晶体管的大信号非线性运行是违反基本原理的。将时间信号分解为许多不同频率的谐波,分别处理后再叠加起来,这根本不适用于非线性系统。一切物理过程都是在时间中进行的,应该采用以时间为变量的时域分析法。"他说:"非常同意你的意见,我正在做这方面的工作。"近几年很高兴看到他发表了几篇论文,时域分析法正逐渐为学术界所接受。

线性叠加法只能适用于线性系统,这本是学过高等数学的大学理工科本科学生所应有的常识,竟被一些专家教授所忽视,岂非咄咄怪事? 这与教育界的历史及现状有关:以前美国大学里的老教授受过严格的传统教育,有坚实的理论基础,却不像年轻的研究生那样受过科班的电脑训练。他们一起进行研究,往往是老教授出主意,发展理论,推导公式;研究生就根据现成的理论公式来编制程序,上电脑进行计算。相对而言,这批年轻人虽然精通电脑操作,但接受的传统教育比前辈少,这样造就出一批精通编写程序的电脑专家,但他们对程序要解决的具体问题所根据的理论基础不甚了了,现在这些人成了教授。了解到这种背景,对上述怪事就会见怪不怪了。

目前,各种专用电脑程序充斥市场:有用于科学计算的、工程设计的、实验分析的、辅导学习的、财务会计的、管理决策的、统计预测的、投资顾问的、风险控制的、战术战略模拟的……五花八门,琳琅满目。如能正确地选用,当然很好。但有些人实行"拿来主义",不管什么程序拿来就用,往往只知其然而不知其所以然,根本不了解程序所依据的原理及其适用条件,这种情况如任其发展下去,这些人就有可能变成电脑的奴隶。1998 年 9 月美国的一些基金会由于不顾适用条件,一味迷信电脑程序的预测进行投资,因而造成巨额亏损,几乎触发金融危机,即为前车之鉴。

应该摆正人类与电脑的关系。

电脑科学家研究新原理,发展新型电脑,他们是电脑的母亲。

软件工程师和系统设计师为电脑编制程序,指导电脑运行,他们是电脑的老师。

学者利用电脑找资料,科学家利用电脑进行分析计算,工程师利用电脑进行设计,经济学家利用电脑进行统计预测,医生利用电脑辅助疾病诊断……对这些专业人士而言,电脑是人类的朋友和助手。他们应该自己学会编写程序,即使不会的话,至少应该知道采用的电脑程序所根据的理论及其适用范围,否则就有可能沦为电脑的奴隶。

对广大的一般电脑使用操作者而言,电脑是工具,他们不需要也不大可能了解电脑程序的编写过程及其详细内容。但是为了能正确使用,至少应该了解程序的适用范围以及操作时应注意的事项。否则就会像上述收款员那样机械地操作、盲目地依赖电脑,得出完全错误的结果而茫然不知,就真的成了电脑的奴隶。

回忆 60 年代初曾读到一篇耸人听闻的文章,作者虚构出一幅电脑最终将征服人类、称霸世界的可怕景象:具有高度智能的超级电脑修改了自己的程序,以电脑族的利益为判定行为的准则,不再听命于人类,不知不觉中电脑开始自行"繁殖",并逐渐"进化",生产出许多下一代更先进的电脑,它们悄悄地建造起专为电脑族供电的核电站……最后电脑族开会作出决议:人类对我们电脑族已经无用,应该将他们消灭掉!

这当然是天方夜谭。但如果我们不注意,有些人成为电脑的奴隶的可能性是确实存在的。

电脑是计算机之俗称,不懂计算机者被称为"机盲"。我建议称那些甘心作计算机奴隶、对之五体投地者为"机奴"。机盲固然不符合信息时代之潮流,但机奴可能更糟。目前机奴族在美国已见端倪,希望我国不会重蹈覆辙。

归根到底,电脑是人类大脑的延伸,而不是其取代者。希望父母、师长们教育孩子:要当电脑的主人,而不是做电脑的奴隶。在家长们纷纷为孩子购买电脑、鼓励他们学习电脑技术之际,提出这个问题并非无的放矢。检验的方法很简单:观察孩子在使用电脑以后,究竟是比以前更多用脑子思考呢,还是少用甚至不用脑子思考了。如果是后者,当心他成为电脑的奴隶! 不妨教孩子唱一支《聪明歌》:

> 电脑真聪明
> 样样都能行
> 我要学会它
> 变得更聪明

信息时代带来危机——危险和机遇。

相信人类的善心和智慧能渡过劫难。

维纳对信息时代的预言

诺伯特·维纳是美国著名的数学家、控制论的创始人。他是犹太人,自幼聪颖,被视作神童。在麻省理工学院任教授时,所作的研究报告的封面是黄色的,内容非常深奥,很难看懂,同事们戏称之为"黄色的灾难"。维纳除了在控制论、仿生学、计算机理论等方面做出了开创性的工作以外,他还是现代科学预测理论的先驱。

第二次世界大战期间,维纳在美国军方支持下,研究飞行器轨迹的预测问题。现代超音速飞行器的速度极高,要想击中它,必须瞄准其超前位置,但超前位置在哪儿?这就要进行预测。为此维纳发展出了"最佳线性预测理论",这是一种非常严谨的数学理论,给出了利用线性处理进行预测所能获得的最佳结果。其基本原理很简单:根据过去的历史以统计方法预测未来。由于用的是统计方法,可以完全不涉及预测对象的动力学机制;换言之,即使只知其然而不知其所以然,也能进行预测,所以适用范围很广。维纳曾指出:统计预测理论也能适用于社会现象,可以用来预测经济活动(如股票市场等),但他同时也提出警告:统计预测理论的应用是有

数学家诺伯特·维纳
(Norbert Wiener, 1894—1964)

条件的,"统计游程"——统计规律保持不变的时间间隔必须足够长,否则,这种基于统计规律的预测理论就不管用了。股票市场有时可能并不符合这个条件。维纳的理论建成于 50 年代初,尔后类似的统计预测理论层出不穷,大行其道,被广泛应用于科学、技术、军事以及社会经济等各个方面,取得了很大的成功。但维纳的警告也被他言中:不顾应用条件滥用统计预测理论果真会出乱子。1998 年 9 月发生的美国"长期资本管理基金"事件即为一个突出的例子,详见《人算? 天算?》一文。

维纳的兴趣非常广泛,他不仅涉足生物学、电子学、计算机科学等不同的领域,而且也很关心社会问题,在他著名的《控制论》一书中讨论了即将来临的信息时代可能出现的问题,作出了两个带有警告性的预言:一是信息社会具有潜在的不稳定性,二是自动化和电脑普及后将带来的严重社会失业问题。

现在来回顾一下维纳的预言是很有意思的。维纳在第一个预言中指出:"鸡犬之声相闻,老死不相往来"的小国寡民社会比较稳定,这是由于社会成员之间互相不通声气、极少交往,其组织化程度很低,因而不大可能出现由于局部突发事件而导致整个社会不稳定的情形。由于信息四通八达高速传播,现代社会具有高度组织性,"牵一发而动全身",世界上任何地方发生什么问题,都会很快传遍全世界并产生广泛的影响,而这些影响又会再传播开去,造成规模更大的二级影响,形成"雪崩式"的放大作用,从而有可能导致整个社会的不稳定。历史正在证明维纳的这个预言很可能成真。如今现代化的通信手段、电脑联网已将世界变成为一个名副其实的"地球村",这种高度组织化的社会的潜在不稳定性正日益显示出来。

1997年夏,美国的一位名叫索罗斯的投资人挟其巨额资金进行投机,将赌注押在泰币的贬值上,结果不仅使泰国的金融市场遭受严重损失,而且波及马来西亚、印度尼西亚等邻国,触发了东南亚经济危机,冲击全世界,导致许多人失业甚至破产,因此而造成的经济损失绝不小于一场中等规模的战争。一些经济学家认为,今后这类金融风暴将成为世界经济的常规。

严重的是不仅像索罗斯那样实力雄厚老谋深算的金融巨头或规模巨大的跨国公司能够兴风作浪,一般人如果不小心也能惹祸。1998年有一天,法国的债券市场突然下跌,最后查明其原因是美国的一位债券交易员在通过网络进行交易时,想出售一笔中等数量的法国债券。这本是很普通的一笔交易,在网络上通过电脑执行时只需要键入必要的信息,然后按下"Enter"(进入,即执行)键就行了。不料那位老兄不知怎么糊里糊涂地连按了一百六十多次,电脑就重复执行了那么多次,结果当然是巨大金额的抛售,触发了法国债券价格的陡降。可以想象在一个网络四通八达以光速进行通讯的高度组织化的地球村中,这类偶然事件并非绝无仅有,更不用说一些电脑网络"黑客"的有意捣乱了。

维纳的第二个预言说的是机器将夺去人的工作,导致很多人失业。他并且指出:以自动化和电脑化为特征的第二次工业革命与以蒸汽机等动力机为特征的第一次工业革命不同,不仅普通的非熟练工人会失业,而且具有专业知识的熟练工人甚至一些"白领"人士也将被机器所取代而失业,因此会造成社会失业率大量增加。对此维纳感到忧心,他大声疾呼,敦促工会领袖及政府官员注意。但奇怪的是维纳担心的事并未发生,美国是全世界第二次工业革命进展最快的国家,电脑无孔不入,已渗透到各行各业,自动化不仅在工厂及农场中取代了许多"蓝领"的工作,电脑的普及也取代了许多办公室中"白领"的工作,但美国的失业率不仅没有上升,90年代以来反而一路下跌,1999年已跌到4.2%,是39年来的最低纪录。这究竟是怎么一回事?原来自动化和电脑固然会取代人的工作,但也会创造出新的工作。例如电脑制造业已成为规模巨大的工业,尤其是编写电脑程序的软件工作正蓬勃发展,已成为美国最吸引人的行业之一。所以就社会整体而言,自动化和电脑普及的结果并未造成失业的增加,只是改变了就业市场的组成结构而已。这说明正常的人类社会有一种自我调节的功能,随着科学技术的进步,劳动生产率提高了,从事老行业的人少了,但新的行业会创造出来,吸收更多的人就业,为社会提供更多、更好的产品和服务。总的效果是人类的生产活动在不断进步,生活的品质在不断改善,而不是相反。当然,人类社会也会遇到挫折和灾难,那多半是由于天灾或人祸,不能归罪于机器。

从维纳的预言中能汲取哪些经验教训呢?首先,维纳不愧为一位通才,他不甘心做学院式的纯数学家(我丝毫没有贬低纯数学家的意思,他们对科学的贡献极大,以后有机会再谈),而是理论联系实际,企图解决有关国计民生的实际问题,他参与开创的统计预测理论得到了广泛的应用。维纳也是一位有社会责任感的科学家,他敏锐地感到自己所从事的科学领域的进展可能造成社会影响,及时地发出警告,促使人们注意。维纳能在四五十年前就预见到信息社会的潜在不稳定性,说明他的远见卓识。但"智者千虑,必有一失",维纳所担心的信息时代的严重社会失业问题,已为事实证明是杞人忧天。这说明作社会预言之不易,人类社会的高度复杂性、不确定性以及非线性,也就很难对之作出准确的预言,维纳的两个预言中了一个,已算是相当不错的了。这里的教训是:人的行为是最难预测的。

维纳关于信息社会造成失业的预言未能言中,是他的不幸,却是人类之大幸。想想看,否则将有多少人失业,多少家庭遭殃?维纳关于信息社会潜在不稳定性的预言看来很有可能言中,这是21世纪人类必须面对的严重问题之一。高速信息网络所造成的高度组织化的社会对不稳定性还没有免疫力,一旦真的爆发,其破坏力将不亚于一场战争。

未雨绸缪实为当务之急。

> 聪明如香农者竟然也在信息论应用上自围。

信息论奠基人——香农

提 到信息科学,有两位学者不会被遗忘:一位是维纳,他是控制论和仿生学的先驱;另一位就是这里要介绍的香农,他是信息论的奠基人。

信息已成为时髦名词,但真正懂得个中奥秘者不多。在香农以前,一般人包括电讯工程师在内都认为,通讯线路中传送的是电信号。这没错,但未能道出通讯的本质。通讯的目的不是传送电信号,而是传送信息。传送信息有多种方式:可以打电话;也可以写信……打电话固然涉及到电信号,但发话人与话筒之间的传送是靠声波而不是电信号,受话人从耳机听到的也是声波;至于写信则完全不靠电信号。所以,通讯的本质不是电信号而是信息。信息是什么? 维纳有一句名言:"信息就是信息,不是物质也不是能量。"这个回答很俏皮,只说信息不是什么,而未作正面回答。维纳非常聪明,他知道信息的定义不是容易下的。

香农也绕过这个难题,致力于信息的定量研究。

香农以两篇论文奠定了信息论的基础。第一篇是《开关电路的符号分析》,阐明如何用开关电路进行逻辑运算。虽然香农的动机是解决以电话交换机取代接线员的问题,实际上这篇论文为现代数字计算机的基本原理奠定了基础,计算机中的逻辑电路全由开关组成,开和关代表计算机所采用的二元码中的 0 和 1。任何信息都可以用一串二元码的系列来表示,其重要性自不待言。

　　香农的第二篇论文是《通讯的数学理论》,被公认是为信息论奠基的经典著作。文中分析了各种信息过程的定量关系,给出了信息量的计算公式。香农还引入了信息量的单位——比特(bit),它是二元码中一个码所包含的信息量,这个单位一直沿用至今。信息能够定量,是香农的一大贡献。

信息论奠基人香农
(Claude E. Shannon, 1916—2001)

　　这篇论文的另一个贡献更大,说来近乎神奇。任何通讯线路中都有噪音,噪音的混入使得要传送的信号模糊不清,因而影响通讯的质量。例如,通过质量差的电话线路通话时就听不清楚,容易产生误解。过去一般认为,有噪音时就无法完整无缺地传送信息。香农说:不对! 不管有多大的噪音,总有办法完整无缺地传送信息。这出乎一般人意料之外,但细思量确有道理。举一个熟悉的例子:机声隆隆的车间里噪音震耳欲聋,说话完全听不见——根本无法传送信息。香农说有办法! 办法之一是提高音量,放声大喊以盖过噪音。办法之二是重复,说一遍听不清,再说一遍,不行再重复下去,直到听清楚为止。"这是常识,有什么神奇?"不错! 现在看来是常识。但任何事情都是:不知为神奇,知之为常识。譬如先民不知雷电而敬若神明,现在大家知道雷电乃雨云所带之正、负电荷放电,就成了常识。

香农通讯理论将上述例子中的基本思想推广到一切有噪音的通讯系统，以严格的数学公式给出了存在噪音时能完整无缺地传输信息之最大信息量，这具有重要的实用价值。例如，我们看到从火星传回的照片是如此清晰，如同亲眼目睹那样纤毫毕露，感到科学家神通广大，简直不可思议。其实就是利用了香农通讯理论，才能在无线电波传输中消除噪音的干扰，以保证传送照片的清晰度。又如，从遥远目标反射回的雷达信号极其微弱，往往淹没在比它强成千上万倍的噪音中，找回这样微弱的信号好比大海寻针。利用香农通讯理论，照样能办到。总之，香农通讯理论已成为现代通讯系统的基石。

香农信息理论的应用远远超出通讯领域。

常人对电脑的神通广大感到难以理解。电脑能进行计算，还能进行文字和图像处理；电脑会弈棋，击败过世界冠军；电脑还会逻辑推理，能证明数学定理；至于学校利用电脑教学，医院利用电脑诊断，银行利用电脑理财，……就更不用说了。电脑这些几乎是万能的本领从何而来？香农给出了答案：原来电脑所从事的都是信息处理过程，都包含着一定的信息量。根据香农信息论，无论数字、文件、图像、弈棋的规则和策略，逻辑的规则和语言，数学的公式和定理，以及教学资料、病人病历、银行帐册，等等，不管这些信息的内容是什么，都可以化为 0 和 1 的二元码系列。电脑所处理的只是一长串 0 和 1，至于这些 0 和 1 代表什么，那是程序师的事，电脑根本不考虑。原来电脑的"万能"来源于它只管信息而不问内容，这不就很好理解了吗？

香农信息理论基于概率统计，按照他的公式，对特定的单个事件而言，发生的概率越小，所具有的信息量就越大。谚云："狗咬人不是新闻，人咬狗才是新闻。"这完全符合香农信息论：人咬狗极少发生，概率极小，这个事件具有极大的信息量，所以是大新闻。

概率小的单个事件虽然具有最大的信息量，但极少出现，按照香农的信息量公式，它在整个事件系列所包含之总信息量中占有

的份额(即平均信息量)却最小。占有最大平均信息量的是具有
大概率的最频繁出现的事件。由此可以得出一些有趣的结论:中
文单字的出现概率可以从大量书籍报刊中统计出来,它等于该单
字出现的次数除以所有这些资料包含的总字数。你猜什么具有最
大的出现概率?原来是标点符号,它比任何中文单字的出现概率
都高得多,不信就请在这篇文章中统计一下。按照香农信息论,这
意味着标点符号具有最大的平均信息。中国古籍大多不用标点符
号,因此而损失了大量的信息。可不是吗?对古文作不同的断句,
往往产生迥然不同的含义,有的甚至闹出笑话,就是因为原文缺少
标点符号的信息量所致。传说鲁迅的一本书被少算了稿费,他去
质问出版商,得到的回答是:"标点符号不计酬。"鲁迅下一次交的
书稿就完全没有标点符号,出版商收到后傻了眼。鲁迅的做法符
合信息论,他将平均信息量最大的那一部分抽掉,难怪出版商
傻眼了。

　　信息论已成为数学的一个分枝,此外在密码学、物理学及生物
学等领域中也有许多重要的应用,以后有机会再谈。

　　香农的信息论研究工作是在著名的贝尔实验室完成的,后来
他去麻省理工学院当教授,致力于研究人工智能。

　　香农取得这些成就不是偶然的,他学习认真,工作勤奋,具有
独到的眼光。他的一位同事说:"香农认为,问题越是困难,发现
新东西的机会就越大。"又说:"无论什么事,他总是以喜悦的心情
去做,并且会想尽一切办法做好。"香农在贝尔实验室工作时,白
天整天把自己关在办公室里,晚上骑着一辆独轮车从山坡上冲下
来。香农的办公室的门经常关着,但有人敲门求教时,他总是热情
接待,尽量设法帮助。

　　香农的信息论得到广泛的应用,他当然很高兴,但也有例外。
当他听说几位主修英国文学的研究生在论文中试图将信息论用于
研究文学时,评论道:"信息论的重要性已经被吹嘘得超过了它的
实际成就。"不知这是否是香农的自谦之词,如果是他的真意,我

不敢苟同。

依我看,信息论的基本原理是普适的。香农信息论具有一个重要的特点:它只考虑信息的量,而完全不计信息的质。说得具体些:它只管信息的统计特性,完全不管信息的内容——否则电脑的神通就不可能那么广大了。由于这一特点,信息论的应用就特别广泛。信息论的同一数学公式可用于通讯,可用于测量,可用于电脑,还可用于生物遗传,甚至可用于研究人的认知和思维过程。总之,凡是有信息的地方,信息论就可以应用。文学包含信息,信息论当然可以应用。我不明白为什么香农不承认这一点。

实际上不仅文学,信息论也适用于研究美学,由此可以解释许多现象,导出一些有用的结论。我曾经说过:没有考虑信息论的美学是不完整的。

香农已于 2001 年 2 月 24 日逝世。一代宗师,遽归道山。以他命名的信息论以及在亿万架电脑中闪烁飞驰的"比特"滚滚洪流将与世长存。

大音希声,大象无形。
　　　　　　　——老子

最重要的看不见

什么最重要?

首先想到的是吃。语云:"民以食为天",古人以天喻食,充分说明了吃的重要性。饿肚子不仅难受,而且足以致命。医学研究表明:人不吃东西只能维持一两个星期,再久了就会饿死。

吃固然很重要,但喝更重要。人体中 70% 以上是水,水是生命之液,许多生理活动都靠水。平时不觉得,到沙漠中去走一趟就会体会到水的重要性。人不喝水只能维持一两天,再久了就会渴死。

比水更重要的是空气。空气中的氧为点燃生命之火所必需,人缺水尚能维持一两天,缺氧只要几分钟就会造成严重脑损伤,再久些就断气了。

所以按人体需要之重要性来排列,应该是空气为首,水次之,"食为天"反而叨陪末座。空气是无形的,看不见就容易被忽视。我们天天生活在空气中,习以为常而不觉其可贵,一旦缺乏了,才知道最重要的看不见。

美国著名大学麻省理工学院(MIT)的一位教授最近提出一个

隐形电脑的构想——将电脑的各个部分隐藏在诸如四壁、家具等周围环境中,以电磁波作为人与电脑之间交流互动的媒介,这种隐形电脑像空气中的氧那样无处不在而又看不见。该研究项目名为"氧计划"。从这个名称就知道此君颇有哲学头脑,将无处不在的隐形电脑比之为氧,其重要性就不言而喻了。氧计划目前尚处于研究阶段,具体究竟是什么东西?且拭目以待。但我有一点担心:氧计划发展出来的隐形电脑不管多么神通广大,千万要注意保护个人隐私。否则,我们就被无处不在的精灵所包围,成了养在玻璃缸中的金鱼,一切隐私裸露无遗,那岂不是太可怕了吗?

老子有句名言:"大音希声,大象无形。"(《道德经》)这位道家的开山祖师如生于今日,会说:氧计划有什么稀奇?我早就知道最重要的看不见,就像水与空气那样。其实,最重要的哲理也是很平凡的,千万别被那些故弄玄虚的东西吓住了。

中国古代四大发明应再加一项
——毛笔。

毛笔与电脑

毛笔与电脑两者似乎风马牛不相及,难道这里面也有花头?

多年前,我的画家朋友余铮铮教画班中有一位学生,她是 IBM(国际商业机器公司)的艺术部主任,诚请余铮铮为该公司一份期刊制作一张封面,指定要中国画,但又要求用电脑来创作。由于 IBM 的总部就位于纽约州赫德逊河畔的威郡,所选的画的题材是从小山顶俯瞰赫德逊河的风景。作画的地点则选定为 MIT(麻省理工学院)的"媒体实验室"。这个著名的实验室是由 IBM 等若干大公司赞助的,专门研究电脑在各种媒体(如电影、电视、美术、音乐等领域)中的应用。不仅经费充足,设备一流,而且其研究人员也都是一时之选。

她们到达媒体实验室以后,马上就开始工作。不久就碰到了一个难题:如何用电脑的绘图软件来实现毛笔的功能?余铮铮擅长的写意,用笔的笔法是最重要的。她逐一尝试了该实验室中各种绘图程式中几乎所有的工具,包括画直线的、折线的、曲线的、细线的、粗线的、喷墨的、着色的,甚至可以使线条变得模糊的……,发现都无法摹拟毛笔的功能。于是就请该实验室的专家们来帮助,他们忙乎了一阵子,也想不出好办法来。最后只好将就一点,采用各种软件中的不同工具,凑合着画出了一幅"水墨"山水画。

她回来以后,告诉我这一切的经过情形,然后对我说:"你经常说电脑是多么神奇和万能,怎么会被一支小小的毛笔所难倒?"我想了一下,笑着说:"依我看,这并非电脑不够神奇,而是你那支小小的毛笔太过神奇了。"她说:"毛笔我几乎天天在用,并没有感到有什么神奇之处。"我说:"好吧! 让我们来看一下,首先看看毛笔的结构:一枝毛笔在竹竿头上装有一束大约几百根毫毛,每根毫毛都有逐渐由粗变细的锋颖,所以可组成上圆下尖的圆锥形笔头。其上部肥大,可以吸水储墨;下部收拢,可以大小由之。"她说:"是的! 用力小则细,用力大则粗。"我继续说:"再来看毛笔的功能:每根毫毛都有左右、前后、上下三个空间自由度,整个毛笔几百根毛就有上千个自由度。这还是把毫毛当成不能弯曲的刚体来计算的,实际上毫毛是可以弯曲的柔体,如果把这也计算进去,其自由度还要大许多倍。这意味着什么? 不妨比较来看:现实的物理空间只有三个自由度,但你一支毛笔在手就有成千上万个自由度。想想看到底是哪个更复杂?"她很惊讶地说:"我真没有想到,小小的一支毛笔经过你这么一分析,竟是如此之复杂。"我又接下去说:"其实我还没有说完,你画画时不是要在毛笔上先着色吗?"她说:"是的! 例如画花瓣,一般要先后着三次不同的颜料,这样一笔画下来,就可以显出三种不同的色彩,讲究的是浓淡有致,层次分明。"我说:"好一个'浓淡有致,层次分明'! 这是由颜料与水分不同的比例在笔头的不同部位来实现的,这当中分寸的拿捏非常重要。"她说:"正是这样。"我又说:"这样你就可以明白,一支毛笔的几百根毫毛,加上着色的种类、浓度、部位等不同的组合,把这些都计算在内,其所含的信息量是非常惊人的。"她说:"照你这样说来,就难怪电脑对处理如此之多的信息量无能为力了。"我继续说:"其实也不尽然,笔头中的每根毫毛并不是完全独立的,它们毕竟已被缚成一束,因此在运动时有一定的约束,这种约束限制了它所能表达的信息量,而且正是这些信息量的约束才形成对所画出图形的美感。否则如果真的每根毫毛都独立地自由运动起来,这样画出的将如小孩子的涂鸦,毫无美感可言。"她说:"确实是如此,信息量不能太多,要恰到好处。写意画的精髓在于'以少胜多'。贵在用寥寥数笔以传神,而不刻意求形似,构图讲究留白,用笔讲究气韵,往往故意露出飞白,这都是一样的道理。"我接下去说:"看来,经过你这次访问,IBM 和 MIT 的电脑软件专家们已找到了一个可能会费时很久才能解决的难题。那就是不仅要设法使电脑能适当地处理毛笔所包含的这么多的自由度,以及色彩、色度等所表示的信息量;更难的是如何恰如其分地引入约束,来摹拟挥笔的快慢,用笔的轻重,下揿时每根毫毛如何分布,上提时每根毫毛又怎样反应? 如此等等,这够他们忙一阵子了。"

期刊出版以后,我看到那幅用电脑创作的"水墨"山水画,效果还不错。但毕竟缺乏毛笔画的那种特有的质感,更不用说文人画的气质和神韵了。

聪明的读者至此一定会问:"画中国画就用毛笔好了,何必多此一举去用电脑呢?"说得很对,我完全同意。但是请不要忘了请她的是 IBM 公司,他们相信电脑是万能的,当然也想证明:电脑的智慧足以摹拟东方神奇的毛笔,但没有想到问题并不像他们最初所想象的那样简单。当然电脑也在不断地发展,也许有朝一日,神奇的毛笔与神奇的电脑相结合,会创造出更为神奇的艺术杰作来。

> 很想知道那些名落孙山的学生中
> 有几位爱因斯坦。

不拘一格降人才

"**九**州生气恃风雷,万马齐喑究可哀!我劝天公重抖擞,不拘一格降人才。"(龚自珍《己亥杂诗——其三》)

清人龚自珍此诗不仅在当年"万马齐喑"的时代有振聋发聩的作用,即使在今天仍有其现实意义。实现"科教兴国"的关键在于人才,需要有大量的人才,尤其是能领一代风骚之杰出英才。这已被古今中外的历史所证明:如果没有先秦诸子这些杰出的思想家,哪来春秋战国的文化高峰?如果摘去了屈原、李白、杜甫、白居易、苏东坡、辛弃疾、李清照……这些光华耀目的明星,中国的古典诗词会成什么样子?如果不是爱因斯坦、费米等人被纳粹迫害,逃到美国从事原子弹的研究,第二次世界大战的历史恐怕就会要改写。战后美国科技的突飞猛进,在很大程度上有赖于广开国门,吸收全世界之精英。

中国是大国,有12亿人口,有悠久的历史、灿烂的文化,是古代世界四大文明古国中至今仍具活力者。潜在的人才车载斗量,关键在于发现与造就。"不患无千里马,而患无伯乐",发现人才,尤其是发现杰出的英才,并非易事。爱因斯坦是本世纪最伟大的科学家,他在考苏黎世高工时却因生物学、化学和法文不及格而名落孙山。第二年他有幸入学,全靠那位慧眼识英才的校长发现他具有非凡的数学与物理天才,而免试破格录取。被誉为19世纪法国最伟大的数学家的伽罗瓦,曾连续两次报考著名的恩科大学,都在口试中被刷下来。当时他的数学造诣已超过了主考官的水平,他那天马行空般敏捷的思维使主考官跟不上而无法理解。官样文章的考试制度害了这位数学天才。伽罗瓦20岁英年早逝,他对数学的重大贡献直到死后十多年才被发现。

考试取士在我国有悠久的历史,至今仍在沿用。考试有口试与笔试之分。笔试统一命题,闭卷隐名,统一评分。其最大的优点是客观公正。这一点在中国目前社会中仍具有现实意义。笔试的主要缺点是刻板。统一的命题把考试的内容限制住了,考生只能在限定的范围内应对,无法自由发挥。刻板的命题也为猜题创造了条件,能背熟历届考题的中才,往往比能深入思考、融会贯通、灵活应用的英才在得分上占便宜。加以考试的门类面面俱到,平均计分,划线录取,英才就更难以脱颖而出。

口试的优点是机动灵活,可以根据考生的具体情况,进行步步深入的提问,这样不仅较易确定其真正的水平,而且更有利于了解其发展潜力。就人才的培养而言,发展潜力比现有水平更重要。口试的最大缺点是主观性,评分在很大程度上决定于主考者的水平与个人好恶。如果管理不当,主观性就可能引起各种弊端。

是否可以将笔试与口试融为一体,取两者之长而弃其短?在今日之电脑时代有这种可能。不妨设想一种"智能考试",由特制的电脑程序出题提问。电脑试题库内具有许多层次的不同的试题,可以根据考生的情况逐步深入,灵活提问。例如开始先问一个很一般性的问题:"你的主要兴趣是什么?"如果回答是"数学",下一个问题可能是:"你对代数、三角、几何哪一门更有兴趣?"若回答是"几何",再接着可能问:"这里有一个几何定理,能证明一下吗?"如果证明对了,电脑说:"很好!你能举出它的一个具体应用吗?"如果举对了,电脑会说:"不错!你认为代数、三角、几何之间有没有联系?"回答"有",电脑就可能再问:"能否举例说明之?"……这样由浅入深不断追问下去,直到考生回答不出为止。然后由电脑对整个答辩过程作综合分析,加权计分,还可以加评语。当然,电脑毕竟不会像苏黎世高工校长那样慧眼识英才,但至少要比恩科大学那位平庸的主考官高明得多,它不会轻易放过微小的线索,会追根究底,多方探索,给考生以更多的机会。何况当电脑评选遇到困难时,主试者可以适时介入。显然,这种电脑辅助因材施考的方法比之统一固定的命题要高明得多,有助于发现天才于萌芽状态。这种智能考试兼具笔试的客观公正性与口试的灵活机动性,而没有因主观性引起的弊病——你无法贿赂一架机器。

当然,这种智能考试对电脑软件的要求很高,实际上是一种具有高级人工智能的"人－机系统",不是短期内能发展出来的,提出来供有志有识之士加以考虑。目前更实际的是改进现有的考试取士的方法。下面是一些建议:

(一)应该让考生有更多选择的余地。考卷的命题不妨多几个,允许选做。这样考生可以扬长避短,充分发挥潜力。

(二)正确处理记忆与理解的关系。在学习过程中,适当的记忆是必要的。"熟读唐诗三百首,不会做诗也会吟",就文艺和人文学科而言,熟读一些名著,甚至能背诵是有益的。但对多数理工学科而言,应该重理解轻记忆,尤其反对死记硬背。其实有了电脑以及联网的资料库,各种资料随手可得,干吗要去死记呢?归根结底,这是如何更有效地利用大脑的问题,关系到培养人才之百年大计,不可掉以轻心。例如有两位考生,甲能将定理的证明全背出来,乙会自己求证,请问你取哪一位?答案当然是乙。但如果命题刻板,分量多而限时又紧,根本不给考生以思考的机会,甲的得分可能比乙的高。考试命题的好坏不仅关系到学生的前途,而且关系国家的命运。命题的老师们,你们手中之笔可有千钧之重啊!

(三)要有多种渠道取材。东方(包括祖国大陆、台湾和香港,以及日本、新加坡等）教育制度的一个共同问题是使许多学生去挤一个窄门，学生为此而身经百考，以追求高分为唯一目标。这种制度一般能培养出中等、中上以至优等的人才来；但它束缚思想，扼杀创造性，很有可能将爱因斯坦那样的旷世奇才给埋没了。因为奇才往往都有自己的见解和目标，不刻意追求高分。所以应该听听龚自珍"不拘一格"的呼声，学学苏黎世高工那位校长的慧眼识英才。看准了，就破格选拔。当然也可能有看走眼的，但是即使选错一百个，能选出一个"爱因斯坦"来也是功德无量。对杰出的英才不要苛求，"金无足赤，人无完人"。新近公布的一批爱因斯坦的私人信件透露，他的私德并非完美无缺。但瑕不掩瑜，无损于其伟大的科学成就。

由于考试与取才关系至大，是否可以建立一门"考试学"？专门研究有关考试的理论和方法。希望师范大学的教授们和中小学有经验的教师们一起来研究，他们有丰富的实际教学经验，最了解学生，一定能想出更好的主意来。

"闻鼙鼓而思良将"。"科教兴国"迫切需要识千里马的伯乐。不禁怀念起蔡元培。蔡先生科举出身，受的是旧教育，但思想开放，胆识过人。他担任北京大学校长，用人兼收并蓄，敢于聘用李大钊、陈独秀等人为教授。在当时北洋军阀统治下，这要冒多大风险？是何等胸怀！蔡元培爱才不分畛域，他对中国第一个科学团体——科学社的成员爱护备至。他还是曾造就许多精英的"留法勤工俭学"运动发起人之一。著名画家刘海粟年轻时也受过他的栽培。由他提携培养的优秀人才不可胜数。今天我们需要更多的蔡元培，使英才们能脱颖而出。这样"科教兴国"之大业有望，龚自珍也当含笑于九泉。

深钻而不自囿者敢于跳出来就是通才。

通才往往被讥为"不务正业",是消除这种偏见的时候了。

新时代之通才

古代出过不少通才。我国先秦诸子的一些著作中,谈天说地,经武论文,内容涵盖自然、社会、人生、道德、伦理、文艺、哲学、经济、政治、军事等各方面,证明作者知识之渊博。古希腊的不少先哲也是如此。欧洲文艺复兴时代也出过达·芬奇那样的横跨艺术、科学、工程之通才大师。近代由于学科越分越细,学者们大都趋于专精,在小天地内全神贯注,目不旁骛,通才也就少了。美国学术界经常用来逗趣的一种说法是:"什么是博士? 博士是对越来越小的领域知道得越来越多的人。"具有讽刺意味的是,博士之拉丁原文为 Philosophiae Doctor,简称为 Ph. D,直译为"哲学博士",中世纪时将所有自然科学统称为"自然哲学",所以博士之本义是广博。中文之"博士"就是博学之士。如今博士不博,岂不可笑可叹!

尽管如此,通才还是有的,美国的盖尔曼就是一位新时代之通才。他本为理论物理学家,研究基本粒子之结构有重大贡献,获得1969年诺贝尔物理学奖。他的兴趣非常广泛,童年时就热衷于观察各种动植物,少年时对历史、考古学及语言学发生了浓厚的兴

盖尔曼在新墨西哥大学讲授"复杂如何来源于简单"

趣,还喜爱音乐、戏剧、小说及诗。青年时涉猎各学科以后,他反对将社会科学与自然科学截然分开,理由是:"应该记住,我们人类也是自然的一部分。"他在报考耶鲁大学填入学志愿时,自己本来要填考古学或语言学,但是他那从匈牙利移民到美国的父亲反对说:"学这些会挨饿,最好学工程。"他说:"就是饿死,也不学工程。"最后决定学物理,谁知竟"无心插柳柳成阴"。

盖尔曼原先在普林斯顿大学做研究,后又转到加州理工学院担任以密立根命名的讲座教授。后来由于他广泛的研究兴趣无法在该校施展,转而参与创办了圣太菲研究所,并担任常驻研究员。位于新墨西哥州沙漠旁的这个研究所,吸引了一些跨学科的顶尖学者,从事复杂大系统的研究。复杂大系统包含大量的组织成分,彼此之间具有极为复杂的、不完全确定的互动关系。生物机体、大脑、大气圈、人与环境、人类社会等都属于复杂大系统,可见其重要性。

基本粒子与复杂大系统是两个极端,前者属于物质世界之最基础的层次,后者则属于最高的层次。所以盖尔曼的"改行"是从一个极端跳到另一个极端,跨度极大,其艰难可想而知。但他不畏艰险,孜孜以求,乐此不疲,在如何定义复杂程度以及定量描述复杂系统等方面做了许多开创性的工作。

盖尔曼一面从事研究,同时也非常关心社会,积极参与环境保护活动,致力于提倡在科技进步与环境保护之间求得平衡,并因此而多次获奖。

像盖尔曼这样的大师级通才还可以举出几位,如美国已故物理学家费曼和英国剑桥大学天文物理学家霍金等。霍金1998年应克林顿总统之邀在白宫作了一次关于新世纪科学展望的演说,他坐在轮椅上,漫游天文、物理、生物、信息、人文、社会等奇境,挥洒自如,游刃有余。

新时代通才之特点是"钻得深,跳得出"。他们的广博知识并非浮光掠影、一知半解,而是各有专精。当然现代学科门类繁多,不可能样样都精,但事实证明,在最深最基本层次上的规律比之上层的更简单,而且其适用范围更广泛。因此对于深钻而又不自囿者,往往是钻得越深,越容易跳出来。盖尔曼在基本粒子微观世界

剑桥大学的史蒂芬·霍金博士
(Stephen Hawking)

中穷根究底、探小入微所得之经验,有助于他研究宏观的复杂大系统。其实这并不奇怪,我国的先哲早就指出过:"天地虽大,其化均也;万物虽多,其治一也。"见《庄子·天地篇》。归根结底,宇宙万物是统一的,这就是能产生通才的根据。

不要以为只有大师才能成为通才,普通人只要有心加努力也可以做到。我有一位诗友,专精核工程,曾在美国阿贡国家实验室工作了27年,业余一直在写诗,出了11本个人诗集,作品

散见国内外多种报刊,在诗坛颇有名声。他不仅写诗,还作画、雕塑,不时展出作品。称之为通才,谁曰不宜?

当然不能指望每个人都成为通才,但社会确实需要通才,站在高处以广角镜看世界,能见人所未见,以补专才之不足。

> 吴健雄的人格魅力与她的科学成
> 就交相辉映,不愧为女中豪杰。

访问吴健雄

1981 年秋,纽约哥伦比亚大学校园里的草坪绿意盎然,三五成群的大学生腋下夹着书本匆匆地走向课堂,年轻人的笑语给这座古老的学府平添了几分生气。我们6位中国访美学者,专程到哥大物理楼拜访了吴健雄教授。我们是慕名而来的。吴教授1936年来美专攻核物理,曾以实验证实"弱相互作用下宇称不守恒"而闻名世界。由于她的这个实验,李政道、杨振宁才能在1957年获得诺贝尔物理学奖。她是美国国家科学院的第一位女院士,曾获得美国十多所著名大学的荣誉学位和美国国家科学奖章,担任过全美物理学会主席。被公认为是全世界最有名的两位女物理学家之一,另一位是波兰的居里夫人。

在一间环壁皆书、朴实无华的会客室中,满面笑容的吴教授和来访者一一亲切握手。她和我们进行了两个半小时的长谈。吴健雄教授得知我来自浙江大学后,她回忆了早年在浙大任教时的情景,我们向吴教授介绍了国内大学生刻苦读书的情况。她点头说:"是的,我们当年读书时也是这样的。"她说,她所看到的许多中国学生在困难的条件下,百折不回,刻苦努力的精神是很感人的。她特别提到在美国举行的一次音乐演奏会上,有一位中国青年的钢琴演奏得到了一致的好评,被誉为具有世界水平。但是美国朋友并不了解,就是这位青年,当年曾被下放到农村,用手抄了贝多芬的乐谱带着下乡,没有钢琴就在木桌上画上琴键,坚持苦练。终于这位青年被选派出国,在美国的乐坛上为祖国争了光。吴教授讲完这些动人心弦的故事以后,满怀激情地说:"中国人是压不倒的!"是的,中国人是压不倒的,正是这种"压不倒"的精神,激励着前辈学者做出了蜚声中外的重大科学发现,同时也鼓励着我们后继者为振兴中华而奋发图强。

吴教授在指出中国学生的优点的同时,也提出要虚心学习美国学生的优点。当谈到美国大学的课堂气氛很活跃,学生可以随时向教授提问,师生可以当堂就学术问题进行讨论和争辩时,吴教授说,这是美国学生的一个很重要的优点,他们不是死读书,而是勤思好问,富有创新精神。她举了一个很有趣的例子:中国学生回家以后,父母常问:你这次得了几个 A?(美国学校记分制为 A、B、C、D、F 共 5 级,A 是满分。)而美国学生经常从父母那里听到的问话是:"你这次向教授提了几个有意义的问题?"我觉得两国学生和家长所关心问题的这种差别颇耐人寻味,它涉及到深刻的教育思想问题,吴教授接着说:"提出问题是不容易的,这要对本领域有相当全面而深入的了解,才能正确地提出问题。"

吴教授年近七旬曾两次回国访问。她对改革开放以后中国科学和教育事业的进展印象很深。她深情地把对中国"四化"成功的希望寄于中国青年一代。为了不致过多占用她的时间,我们在合影留念后向她告别。

(此文写于 1981 年,1982 年曾发表于《浙江青年报》)

补记:吴健雄教授不幸于 1997 年 2 月 13 日在纽约因中风复发去世,终年 84 岁。吴教授在遗嘱中指定捐赠故乡苏州浏河明德中学 24 万美元,用以修建综合实验大楼。几年前吴教授夫妇曾专程回国将多年的薪金积蓄 28 万美元捐赠该校。

惊闻噩耗之后,以小诗一首代悼词:

对　　称

——悼吴健雄

钻石对称

　　才有耀目的光华

分子对称

　　才有规则的光谱

核子对称

　　宇宙万物才不致湮没

空间似乎对称

　　吴健雄发现其实并不完全对称

感谢她

　　我们才不致走入镜中世界

时间完全不对称

　　因为造物主不想让凡人不老长生

　　　　科学家已登上舞台,观众是否有
准备?

聚光灯下的海森伯

即将在纽约上演的戏剧《哥本哈根》中的主角是海森伯(W. Heisenberg,1901—1976)。

　　海森伯何许人也？他是德国物理学家,量子力学的创始人之一,曾获得 1932 年诺贝尔物理学奖。海森伯以两件事著称于世：一是提出了著名的量子"测不准原理",揭示了微观世界混沌的本性；二是他主持过希特勒的原子弹计划,但未能造出原子弹。

　　牛顿创立的经典力学认为物体的位置和速度可以同时精确地测定,据此可准确无误地预测其未来的行为。海森伯指出：这在由量子力学支配的微观世界中办不到。对于像电子或光子这样的微观粒子而言,对其位置测定得越精确,其速度就越模糊,反之亦然。总之,微观世界具有内禀的混沌,其状态并不确定,而是模糊的。海森伯的测不准原理不仅震撼了科学界,也给哲学的绝对决定论以致命一击。

　　第二次世界大战中希特勒为了征服世界,致力于发展新武器,德国除了研制出 V-1,V-2 等火箭外,当然也想制造原子弹。但当时欧洲的物理学家大都受迫害而逃亡到美国,许多留下的也拒

绝与希特勒合作。海森伯本人并不认同希特勒,但他自认为是爱
国主义者,主持原子弹计划的重任最终落到他肩上。与此同时,美
国政府在爱因斯坦等人的建议下正积极进行曼哈顿计划,想抢在
德国人前面造出原子弹。当时世界的两大敌对阵营正在进行一场
关系到人类命运的殊死竞赛。

当美国政府从逃亡来的科学家那里获悉希特勒的原子弹计划
后,对之非常关切。不仅千方百计地探听其进展,而且设法控制铀
的资源,防止落入希特勒之手。最具传奇性的是,海森伯于 1944
年在瑞士的苏黎世作学术报告,盟国派了一位名叫博格(M. Berg)
的间谍与会,并指令他:如果海森伯在报告中有任何从事原子弹研
制的暗示,就用随身携带的手枪将之击毙。海森伯那次报告的内
容是非常抽象的"S 矩阵理论",只字未提原子弹,因而幸免于难。
事隔多年,海森伯了解到博格的任务后,自我打趣说:"那篇报告
的抽象深奥救了我。"

《哥本哈根》一剧的主题是围绕海森伯与玻尔(N. Bohr,
1885—1962)在哥本哈根的一次神秘会谈展开的。玻尔也是量子
力学的创始人之一,他较海森伯年长,比他早十年获得诺贝尔物理
学奖。海森伯尊玻尔为导师。

1941 年 9 月,海森伯只身到被纳粹占领的哥本哈根去会见玻
尔,进行了密谈,在座的还有玻尔夫人玛格莉丝(Margrethe Bohr)。
玻尔于 1943 年赴美,对曼哈顿计划作出了重要贡献。哥本哈根会
谈中,海森伯对玻尔究竟透露了些什么? 始终是历史之谜。

一种说法:海森伯对玻尔表示制造原子弹是不道德的,他虽然
身为德国原子弹计划的负责人,但实际上尽量设法拖延,他所从事
的是和平用途的原子反应堆。海森伯本人一直坚持这种说法。

但此说受到许多人的质疑,他们认为希特勒原子弹计划的失
败,并非由于海森伯存心拖延,而是他当时尚未掌握制造原子弹的
关键技术。海森伯会见玻尔的目的是想通过他让盟国相信德国不
会制造原子弹,希望美国也别制造。

1945 年希特勒败亡后,盟军将包括海森伯在内的德国从事原子弹计划的科学家软禁在英国的一座乡村别墅中达半年之久,隐蔽的窃听器记录到海森伯与一位名叫汉(O. Hahn)的科学家之对话,海森伯说:"说实话,我从来没有计算过'临界质量',因为我不相信能制取纯铀 – 235。"铀 – 235 是制造原子弹的原料,临界质量是引发核爆炸所需之铀 – 235 的最小质量,是制造原子弹的关键之一。对海森伯的这段话也有不同的解读,一种意见认为这证明了海森伯并不想制造原子弹。另一种意见认为,这只是证明了海森伯的无能和他所主持之原子弹计划的混乱而已。

海森伯在希特勒的原子弹计划中究竟起了什么样的作用? 至今仍是历史之谜。围绕它已出版了四本书,最新的发展就是 2000 年春在纽约上演的戏剧《哥本哈根》。

《哥本哈根》剧本的作者是英国的弗莱因(M. Frayn),他认为哥本哈根会谈之谜与海森伯的"测不准原理"相似,均具有不可简约的混沌本性,他试图在剧本中使两者结合起来,将抽象的量子力学原理搬上舞台! 这可真算是科学与艺术杂交的一朵异葩。

《哥本哈根》的导演是勃莱克莫(M. Blakemore),他说:"此剧检验纯科学原理对人类行为的影响:测不准原理也适用于人类行为吗?"他别出心裁地采用了为居高临下的观众所包围的椭圆形舞台,让海森伯、玻尔及其夫人三人像遵从测不准原理的微观粒子那样在舞台上游荡。三人的对话则游移于哥本哈根会谈的各种说法之间,让观众各取所好地去领会。这种雾中看花式的安排与量子力学的混沌有相似之处:微观粒子可以处于一种量子"混合态",它包括同时存在的各种可能状态,要等到被观测或与周围环境接触时,一个确定的状态才在这些可能状态中蹦出来。

但比喻毕竟是比喻,哥本哈根会谈的真相会不会在迷雾中蹦出来呢? 未必见得。不仅三位当事人均已作古,现有的均非第一手资料;而且海森伯本人也并非像京剧中好人坏人的脸谱那样忠奸分明:作为原子弹计划的负责人,他希望计划成功,固为人之常情;作为杰出的科学家,在导师的道德感召下(战后玻尔极力提倡裁减军备),对制造原子弹表示质疑和犹豫,亦不无可能。况且事实真相也未必是两者必居其一,哥本哈根会谈时的海森伯会不会是这两种矛盾心态之"混合态"呢?

海森伯在聚光灯下亮相,重演半个多世纪前之旧事。聚光灯的灯光再强,恐怕也难拨开哥本哈根会谈之迷雾。有趣的倒是舞台上的"测不准原理"所带来的混沌迷茫,会不会像朦胧诗那样开辟出一片艺术的新天地呢? 且拭目以待。

据 2001 年 10 月 20 日《纽约时报》记者格兰兹报道:玻尔家族最近宣布将于 2001 年底公布 11 份从未发表的玻尔所写的文件,其中包括他在 1943 年写给海森伯的一封信,但又觉得措词过分严厉,故未寄出。这批文件公布以后,也许可以澄清一些哥本哈根迷雾。

独立之精神，自由之思想。

———陈寅恪

海森伯的悲剧

以 海森伯为主角的《哥本哈根》在纽约上演以来，佳评如潮，连连获奖。此剧不仅使百老汇刮目相看，而且勾起了人们对60年前往事的回忆——为什么这位杰出的科学家后来竟会为希特勒制造原子弹效劳？美国《今日物理》杂志2000年7月号围绕海森伯这段历史一连发表了三篇文章：海森伯传记作者卡希迪（David C. Cassidy）的《哥本哈根的历史透视》，曾获诺贝尔物理学奖的康乃尔大学德裔退休教授贝特（Hans A. Bethe）的《德国的铀计划》，哈佛大学物理学及科学史教授霍尔顿（Gerald Holton）的《海森伯与爱因斯坦》。阅后百感交集，慨叹良深。

海森伯是德国著名物理学家，对量子力学的建立作出过重大贡献，31岁就获得了诺贝尔物理学奖。他在青年时代非常崇拜爱因斯坦，曾奉为自己的学术思想导师。玻尔等人提出量子力学的统计解释以后，爱因斯坦竭力反对，海森伯不顾爱因斯坦的反对，毅然加入了以玻尔为首的"哥本哈根学派"，竭力宣扬统计解释，他提出的"测不准原理"进一步揭示了量子力学的统计性质，终于成为物理学界所公认的量子力学正统。这种"吾爱吾师，吾更爱真理"的精神,充分表现了海森伯才识过人,在学术上很有主见。

为什么同一个海森伯后来竟会违背科学家的良心为希特勒制造原子弹效劳呢? 卡希迪对此有深入的分析。

物理学家海森伯
(Werner Karl Heisenberg,1901—1976)

海森伯厌恶纳粹,并不认同希特勒。但他自认为非常爱国,希望德国强大。德国当时持这种心态者不仅是海森伯,还有在他周围的一群非犹太裔知识分子精英,都自以为是民族主义者和爱国主义者而感到自豪。第二次世界大战初期,德军以闪电战横扫欧洲大陆,所向披靡。海森伯他们为前线传来的捷报而欢欣鼓舞,过分乐观地以为最后胜利在望。这些德国的精英们是为了"真正的德国"——德意志文化而希望德国胜利,但这并不意味着他们希望希特勒的纳粹统治胜利。他们天真地设想:德国取得胜利后,就可以将那些"纳粹恶棍"赶下台。后来当德国的侵略军遭到欧洲各国人民的抵抗,战局逆转时,这些德国的精英分子就开始行动,于1944年在幕后筹划了一次未成功的对希特勒的行刺。他们的目的是希望使世界知道在"希特勒的德国"之外还存在"另一个德国"。就是在这种"民族主义"和"爱国主义"情结的驱使下,海森伯早在1936年就志愿加入了德国的山地步兵部队,成为一名后备役下士,并差一点应征去进攻捷克。了解到这些历史背景,后来他为希特勒制造原子弹效劳,就不那么太费解了。

其实,海森伯为希特勒效劳并非完全出于自愿,也有身不由己的苦衷。早在战前,希特勒就开始迫害犹太人,导致大批犹太裔科学家逃亡,其中不乏与海森伯交好的朋友、同事和学生。1937年纳粹的反犹太运动持续升温,矛头竟指向非犹太裔的海森伯,胡说海森伯从事研究和讲授的量子力学和相对论等理论物理学是什么"犹太物理学"!而海森伯本人则被诬为"白色犹太人"和"爱因斯坦精神在新德国的代理人"。纳粹发行的刊物曾暗示海森伯是叛徒,集中营是他应该去的地方。纳粹特务机关"盖世太保"对他进行了长达一年的审查,经过特务头子希姆莱的亲自过问,海森伯虽然被宣告无罪,但对他心灵的伤害已经造成。

从此海森伯为了澄清自己,处处向官方表现"积极"。例如,除了 1941 年 9 月去哥本哈根会见玻尔的那次著名的访问以外,在 1941 年至 1944 年间,海森伯对被德军占领的欧洲各国至少进行过 10 次类似的访问。他积极参加各种官方的活动,并被任命为原子弹计划的负责人。对此海森伯为自己辩解道:"官方的口号是利用物理学为战争服务,我们的口号是利用战争为物理学服务。"他曾对另一位德国物理学家贝特说:"我的真正目的是借此为德国保存一批优秀的青年物理学家,使他们免于被征召上前线,为战后德国物理学复兴作准备。"这是他的真心话还是粉饰之词?现在已是死无对证了。

由于种种原因,海森伯未能为希特勒造出原子弹,这是人类之大幸,否则世界将因此而陷入万劫不复之绝境。

往者已矣,来者可追。我们能从海森伯的悲剧中汲取什么教训呢?首先是科学家要有社会责任感,不能像海森伯那样,学术上绝顶聪明,对社会责任则大事糊涂。海森伯对原子弹的社会后果是清楚的,1941 年他在给一位朋友的信中写道:"……人类有一天会认识到,我们实际上拥有足以摧毁整个地球的能力。因此我们很可能会将自己带向世界末日……"这里他显然指的是原子弹。既然如此,为什么执迷不悟呢?当然,海森伯不是像希特勒那样视千百万人生命如草芥的恶魔,他的悲剧是陷入了所谓"民族主义"与"爱国主义"的情结而不能自拔。真正的民族主义和爱国主义当然是应该颂扬的,谁不爱自己的故土、家园、同胞和文化?海森伯热爱日耳曼民族和德意志国家是完全正当的。毛病出在不能因为你爱你的民族和国家,就为德国征服其他民族和国家的侵略战争而欢呼、而效劳。民族主义和爱国主义都有一条不可逾越的界限,那就是"己所不欲,勿施于人",越过了这条界限,民族主义和爱国主义就蜕变为丑恶的种族主义和霸权主义。如今世界上还有一些以所谓"民族主义"和"爱国主义"为幌子进行的恶行,希特勒殷鉴不远,小心重蹈覆辙!海森伯屈从于纳粹的压力,为希特勒制造原子弹效劳,显示其人格上的缺陷。中国古有明训:"富贵不能淫,贫贱不能移,威武不能屈。"说的是无论处于逆境或顺境,都不能放弃自己独立的人格。这也是从海森伯悲剧中应汲取的教训。

　　这只是一个小插曲,真正的悲剧
是人类造出原子弹试图毁灭自己。

原子弹悲剧登上舞台

提起原子弹悲剧,人们马上想起广岛和长崎。但本文要谈的是在纽约公演的一出悲剧,名为《路易斯·斯洛庭奏鸣曲》。

　　人们一向以为,美国制造原子弹的曼哈顿计划进行得很顺利,在新墨西哥州沙漠中试爆的第一颗原子弹一举成功。鲜为人知的是:制造原子弹过程中曾经出过几次严重事故,差一点引起核爆炸! 这些真相直到最近才公之于众。

　　原子弹的原理其实很简单:铀或钚等放射性元素的原子核在分裂时会放出能量——原子能,同时放出几个中子。在适当条件下,这些中子触发更多的核分裂,像滚雪球那样越滚越大,引发链式反应。在极短时间内释放出极其巨大的能量而引起核爆炸,同时放出大量致命的核辐射。

　　核爆炸的必要条件是放射性元素的质量必须足够大——超过所谓临界质量。否则如果质量不够大,核分裂放出的中子就会从表面逃逸出去而无以为继,使链式反应中断。为了防止中子逃逸,可以利用能反射中子的物质包围放射性元素将中子挡回去。在原子弹里是将铀或钚做成两个质量略小于临界质量的半球,然后利用触发机构使之突然合拢,合拢后的整球超过了临界质量而引起爆炸。

1946 年 5 月 21 日下午 3 点 20 分,在新墨西哥州洛斯阿拉莫斯国家实验室附近峡谷中的一间小屋里,八位原子弹专家在做一项实验。犹太裔的加拿大科学家路易斯·斯洛庭(Louis Slotin)博士正在进行手工操作,他把螺丝起子的刃口插在两块钚半球之间作为间隔,以防止两个半球接触引起爆炸。这当然是一项非常危险的实验,著名物理学家诺贝尔奖获得者费米形容这种实验"好比在巨龙尾巴上搔痒"。

不幸的事终于发生了,巨龙真的回过头来咬了一口!斯洛庭在操作时手抖动了一下,螺丝起子滑出来了。突然整个小屋为蓝色光辉所笼罩,斯洛庭是核专家,他马上意识到发生了什么事情,于是用力将两块钚掰开,避免了一场更大的灾祸,救了在场的七位同事的命。但对他自己来说已经太晚了,斯洛庭本人承受了高达三倍致死剂量的核辐射。9 天后死于医院,年仅 35 岁,仍为独身。

听到这个悲剧的人第一个反应是:如此危险的实验怎么可以手工操作?而且当时洛斯阿拉莫斯实验室已拥有专门的遥控实验设备,为什么不用呢?参加实验的莫利孙博士说:"当时我们很冒失,加上那时战争已经结束,我们都有一种紧迫感。谨慎的人主张停止,但很难说服我们。"实际上斯洛庭在出事前已进行过多次这样的手工操作。

这并不是巨龙第一次张口咬人!1945 年 8 月间,斯洛庭的同事戴林(Harry Daghlian)在做类似实验时,不小心将一块用来作为中子反射器的碳化钨砖块跌落在两个钚半球上,导致瞬时超过临界点,产生强烈的核辐射,戴林博士死于 28 天后。在戴林住院期间,斯洛庭每天都去探望,当时他不知道过不了多久同样的厄运降临到自己身上。

曼哈顿计划是在极端机密的环境中进行的,这些事故当时并未公开。直到斯洛庭死后,主持曼哈顿计划的拉斯利将军才被迫宣布斯洛庭博士舍身救人的事迹,将他的遗体运回家乡举行英雄式的葬礼。

半个世纪以后旧事重提,人们对斯洛庭之死仍有不同看法:他是舍身救人的英雄?还是窃来天火后失去罪恶感的科学家之象征?纽约剧作家穆林(Paul Mullin)根据收集到的史料编写出《路易斯·斯洛庭奏鸣曲》,此剧曾在洛杉矶初演,2001年4月在纽约正式公演,作为庆祝"第一届科学技术工作节"的一项活动。

斯洛庭在剧中被描写成"行尸走肉",不断地走进梦幻之中。穆林将参加过曼哈顿计划的著名科学家对原子弹的一些负面评论作为贯穿全剧的主线。例如曼哈顿计划首席科学家、洛斯阿拉莫斯国家实验室主任奥本海默(J. Robert Oppenheimer)在第一次原子弹试爆成功后说:"我成了毁灭世界的死神!"他的一位同事说:"我们都是大混蛋!"穆林在剧中穿插了许多"黑色幽默",斯洛庭梦幻中出现了一些与原子弹有关的历史人物:奥本海默、爱因斯坦(在掷他那著名的骰子)、上帝(穿着杜鲁门总统的服装)。该剧最引起争议的情节是:在斯洛庭梦幻中,希特勒的纳粹死亡集中营主任孟基尔出现在被原子弹炸毁的广岛,说:"我们在臭名昭著的集中营里多年来所干的坏事,在这里不到一秒钟就全办到了。"

此剧的高潮是斯洛庭的好友和同事莫利孙劝说斯洛庭的父亲同意对他的儿子进行验尸,因为科学家可以从尸体检验中学到许多知识。虽然犹太风俗反对这种损坏尸体的做法,斯洛庭的父亲出于对儿子生前科学生涯的尊重,还是同意进行验尸。接着的场景是:舞台的一边病理学家在宣读验尸报告——穆林认为报告写得颇有诗意;与此同时,舞台的另一边斯洛庭的父亲以犹太教仪式在为他儿子祷告。

此剧上演后引起了激烈争论。反对意见主要来自被称为"原子弹摇篮"的洛斯阿拉莫斯国家实验室,曾经参加过曼哈顿计划的人感到愤愤不平。他们认为此剧是反科学的,使原子弹制造者的光荣蒙羞。他们还认为剧中将斯洛庭的实验描写得太轻率了。

实际上冒险精神本是洛斯阿拉莫斯实验室的传统,就是在这种精神激励下曼哈顿计划才取得成功。他们特别对剧中关于孟基尔的那一段有意见,从该实验室退休的生物学家彼德生说:"将美国科学家与纳粹死亡集中营相提并论,使我感到非常愤怒。"抗议书通过传真机如雪片飞来。

另外,还有人对剧中大量出现的斯洛庭的梦幻情节提出质疑:斯洛庭的医疗档案并没有关于他产生梦幻的记载,为什么把他的死亡描写得如此可怕?

也有不少人支持此剧,斯洛庭生前的一位同事戴维斯说:"事故发生时我在场,我并未感觉到此剧有攻击性。"当时在场的另一位斯洛庭同事许莱伯的遗孀说:"此剧对非常时期的爱国者极表同情。"还有些人对此剧表示欣赏,认为使他们思考所提出的一些重要问题。

以上批评和支持双方大都是与曼哈顿计划有直接关系者。此剧在纽约上演后,一般观众的评论如何? 倒是很值得听听的。

实际上,《路易斯·斯洛庭奏鸣曲》所提出的问题已超越了一次核事故的范围,它触及到更广泛的社会和人文问题:如何评价科学技术的社会效应? 科学家如何对待自己的社会责任? 艺术形象与现实之间是什么关系? 究竟什么是爱国主义? 应该怎样理解人道主义? 如此等等,都是值得思考的。

舞台虽小,事事关情。

人人敬业,社会才能正常运转。

敬　业

初到美国时常为美国人的敬业精神所感动。就以帐单来说吧,在利用电子网络付帐尚未普及到大众以前,绝大部分的帐单:房租、房贷、信用卡、电费、水费、电话费……都靠邮寄,然后寄支票去付款。我常呆想:万一邮件遗失了怎么办? 迟付是要被罚款的,谁来负责呢? 美国的邮政局是国营的,效率很低,邮件迟到的事常有,但遗失邮件的事我还没有碰到过。有几次我找不到帐单,只好打电话去问:"我怎么没有收到帐单?"对方说可以马上补寄。说来惭愧! 每次事后都在一大叠乱放着的邮件中找到原来以为是遗失了的帐单。是自己不小心,人家是很敬业的。

敬业精神并不限于邮政系统。有急事出差要买飞机票,哪怕前一天去预定,旅行社会专门派人及时送到你办公室,决不会误事。实验当天未做完,实验员会留下来做到半夜甚至次日凌晨。不久前我晚上去实验室拿一件东西,发现一位同事在加班,小女儿陪着他在旁边画画。我问:"你常来吗?"他说:"最近几乎每天晚上都来,事情太多做不完。"我知道他是拿固定年薪的,没有加班费。

　　现代社会是一个结构非常复杂的有机整体,牵一发而动全身。需要人人敬业才能顺利地运转,一个人不敬业不仅有碍自己的工作,还会影响别人,造成连锁反应。所以敬业决不是一件小事。

　　在关键时刻,敬业与否可以造成巨大的差别。1956 年李政道、杨振宁在《物理评论》上发表了那篇著名的论文,提出在弱相互作用中宇称守恒定律可能不成立。他们和吴健雄商量是否能以实验来验证。吴健雄是这方面的权威,她建议用钴 – 60 的衰变做实验。但她和夫婿袁家骝已订好了"伊莉莎白皇后号"的船票,将一起去欧洲旅游以纪念来美 20 周年。如果去的话实验就要推迟,怎么办? 吴健雄当机立断:退掉船票,让袁家骝一个人去,她自己留下来做实验。实验场所在华盛顿市的国家标准局,时值严冬酷寒,吴健雄冒着风雪往返于纽约与华盛顿之间。1957 年 1 月 9 日凌晨 2 点实验结果出来了:在弱相互作用中宇称果然不守恒! 李、杨因此而获得 1957 年诺贝尔物理学奖——中国人的第一次。

　　差不多与此同时,芝加哥大学的一位实验物理学家泰利格第(V. Telegdi)看到李、杨论文的预印本后,提出以测量介子衰变来检验宇称是否在弱相互作用中守恒,并且马上动手做。正当实验进行中,泰利格第的父亲去世了,他利用圣诞节假期回意大利去探望母亲。当时他不知道吴健雄正在做实验,而且还有更多的人也加入了这场竞赛,大家都在争先恐后地抢第一。

　　1 月中旬泰利格第回到芝加哥,获悉吴健雄的实验已成功了。他立即将实验结果写成论文急送《物理评论》,希望能与吴的论文同时刊出。可惜已晚了几天,编者不同意同期刊出,他找当时的美国物理学会主席威格纳(E. Wigner)去说情也没有用。结果泰利格第的论文发表在刊登吴健雄论文的后一期,编者加了一个注:"由于技术原因延迟了",但未说明究竟是作者还是编者所造成的。泰利格第气得几乎要发疯,为此他宣布退出美国物理学会以示抗议。

　　吴健雄的敬业精神得到了应有的回报:她被誉为美国物理学

界之女中豪杰,当选为美国物理学会主席——第一位女士获此殊荣。还有些人认为她应该得诺贝尔奖。李政道在一篇悼念吴健雄的文章中将她与居里夫人相提并论。

泰利格第悼父探母乃人子之常情,当然不能因此而责怪他。但竞争是无情的,他为那次探母之行付出了沉重的学术代价。

近年来,在某些方面美国人的敬业精神似乎在衰退。不久前美国太空总署一艘探测火星的飞船与地面站失去联络,查出的原因竟是所用的电脑程序中将长度的公制和英制弄混了。程序师一念之差,几亿美元付诸流水!还有更荒唐的:某医院的外科医生将本来应该锯去右腿病人的左腿锯掉了!

我在想:如果这种不敬业的苗头继续滋长,美国的超级强国地位会不会动摇呢?

童心可爱,永葆童心者可贵。

童心可爱

不久前听到一则笑话,爸爸对吵着要吃狗肉的儿子说:"吃狗变狗,吃蛇变蛇,吃甲鱼变甲鱼。你好好想想,到底要吃什么?"儿子脱口而出:"我要吃人!"捧腹大笑以后,忽有所悟,原来童心与大人心大不相同。

童心是单纯的,没有约束和顾忌,想事就按逻辑。既然前提是"吃什么变什么",所以想要做人,结论就只能是"吃人"。这与"皇帝的新衣"和"小和尚爱老虎"一样,都是毫不掩饰的天性之自然流露。童心之另一可贵处是好奇,对什么都要问:"为什么?"总想弄个明白。

大人则不同,阅历多了,世故深了,心中有了这样那样的禁律,就不那么单纯了。思维不自觉地囿于固定的框框内,不敢越雷池半步。正是这些框框束缚了人的创造力,阻碍了科学的进步。

19世纪末,人们已习惯于牛顿所奠定的经典物理学。从解释天体运动规律起,成功地运用于当时所知的几乎所有的物质运动形式,取得了辉煌的成就,经典物理学登峰造极。难怪当时一位青年物理学家向其导师表白:"我愿献身于物理学研究。"那位导师冷冷地说:"大厦已经建成。年轻人!你所能做的只是在实验数据的小数点后之末位作一点修正。"但曾几何时,石破天惊。相对论与量子力学诞生了,冲破了经典物理学之藩篱。原来在高速微观世界中,经典物理学不仅不适用,而且为了建立新理论必须引入根本不同的新思想和新概念。如果爱因斯坦和玻尔等人当时不敢逾越雷池,就不会有 20 世纪物理学最伟大的成就——相对论与量子力学,就不

童心未泯的爱因斯坦在孩子中

会有原子能、半导体、激光……这些改变人类生活的重大技术成果。

所以要提倡解放思想,恢复童心。

如今又是世纪末了,历史似乎又在重演。最近有人写了一本书——《科学之终结》。不妨看一下书中各章之题目:进步之终结、哲学之终结、物理学之终结、进化生物学之终结、社会科学之终结、神经科学之终结、混沌复杂学之终结……够了吧!我想他一定是患了世纪末忧郁症。处方是:童心一颗。

有些人热衷于返老还童,健身固然重要,更重要的是永葆童心。如果丧失了童心,就算你返回到童身,也只不过是长了一张娃娃脸的老头子,再多活几年又有多大意思?

老师的任务是开启学生的心灵。

"饼干模子"及其他

美国教育界有一种说法："教育不是饼干模子（cookie cutter）。"意思是教育学生不能像做饼干那样从一个模子里倒出来。我国也有类似的说法——因材施教。说的是学生的素质各不相同,要区别对待。人的思想是宇宙万物中差异性最大的——谁见过想法完全相同的两个人？教育的目的不是消灭这种差异性,而是因势利导,将之培育成对社会所需要的各种各样的有用人才。

"饼干模子"使我联想起"样板戏"。就艺术论艺术,样板戏也并非一无可取。但毛病出在"样板"二字,这是工业用语,意为一切产品以此为准,丝毫不容偏离。十年中只允许看八个样板戏,再好也会倒胃口。更严重的是惟我独尊,扼杀了所有非样板文化艺术的生机,于是神州大地成了沙漠。我们应该记取这个惨痛的教训。

我国教育界长期流传一种说法:教师是"人类灵魂的工程师"。这对匡正教育思想确实起到过良好的作用,主要是强调了思想教育,纠正了"只教书不教人"的错误倾向,这一点是应该肯定的。但"工程师"这种说法也是工业用语,难免使人联想到设计和制造产品。如果这样理解:教师是工程师,学生就成了产品,和"饼干模子"就相去不远了。所以"人类灵魂的工程师"的说法也有其负面效应,容易被理解为按统一的规格制造产品。这并非危言耸听,而是意在强调学校不是工厂,学生不是产品,"灵魂"决不能被设计成千篇一律。

在工业化过程中,往往会产生一种泛工业化倾向,什么都用大规模工业化生产的统一规格方式来处理。这种倾向也反映在文化教育界,不妨略举数端:为学生和学校定下单一的定量指标——分数线和升学率,而且死扣硬套,分分计较。我就不明白:高考成绩399分和400分究竟有什么差别?却可能就此决定一位考生的命运。许多有经验的老教师都知道,毕业生出去以后作出重大成就的佼佼者,多半并非在校时的高分学生,这说明唯分数的评判标准存在严重问题。一位亲戚告诉我,他读小学的女儿采用自己的方法做算术题,虽然答案正确却被老师扣分,理由是:没有采用所教的统一方法。我说:"她应该被加分,那位老师应该被扣分!"教授和研究人员的聘用和升迁以发表论文的数量作为衡量的标准,形成以量取胜,造就了许多制造论文的机器。我们招聘研究员时,收到的青年博士应聘者的履历往往附有七八十篇论文目录。我曾开玩笑说:"年纪轻轻就发表了这么多论文,真了不起!使爱因斯坦誉满天下名垂千秋的只是五篇论文。如爱翁生于今日,难免在这样的就业市场中向隅。"

现代大规模工业生产始于美国福特汽车公司的"T - 型车",创办人亨利·福特认为要使大众能拥有汽车就必须降低价格,办法是实行装配线式的大生产,其必要条件是零件必须按严格的统一规格制造以便互换。早期的 T - 型车甚至连颜色都一律黑色,亨利·福特有一句名言:"只要是黑色的,你要什么颜色都行。"以美式幽默形象地点明了装配线式大生产的灵魂——统一规格。

如今世界已进入后工业化的信息时代,工业界也不全是过去那样按照单一模子或样板进行的统一规格的大生产了。电脑的广泛应用使得"量身定做"的产品成为可能。即使汽车生产也灵活多样了,在同一条生产线上不仅可以按照顾客的要求定做,而且可以同时装配不同式样的轿车和箱型车。

生活在强调多样化和个性化的信息时代,如果我们还拘泥于早期工业化大生产千篇一律的思想方式,岂不是太落后于时代了吗?

就教育而言,与其说是"人类灵魂的工程师",不如说是"思想苗圃中的园丁"。工程师手中的产品是死物,园丁手中的幼苗是活物;工程师是按照标准来设计,园丁是根据幼苗的天性来培育;工程师的目的是制造统一规格的产品;园丁的目的是百花争艳万紫千红。这是两种不同的教育思想,你选择哪一种呢?

教育的目的不仅在于继承,更重要的还在于创造。社会在不断进步,人们希望子孙后代能青出于蓝而胜于蓝。"饼干模子"和"样板"式的教育扼杀创造性,根本无法适应这种要求。

新世纪对我国是挑战也是机遇。全球化的知识经济使得世界加速向两极分化——拥有新知识善于创造者将以压倒优势独霸全球市场,而缺乏知识只会摹仿者难免沦为廉价劳动力。我国即将进入世界贸易组织(WTO),严峻的竞争迫在眉睫,我们应有一种紧迫感。创新!创新!再创新!关键在思想,起点在教育。我们必须摈弃不适应新时代要求的教育思想,采用能充分发挥学生创造性的教育思想、方法及措施。这不仅关系到下一代的前途,而且事关我们能否自立于世界民族之林。在这个问题上踟蹰不前,将成为中华民族的千古罪人!

白人至上主义者可以醒醒了！

长春藤上的一朵奇葩

每次回国都有人问关于美国黑人的事："黑人是不是受歧视？""黑人是不是低能？""黑人是不是好吃懒做？""黑人犯罪率是不是特别高？"等等。我想此文可能有助于问答这些问题。

2000年11月11日《纽约时报》发表社论《布郎大学的新校长》。美国最负盛名的报纸专为一位大学校长的任命发表社论是极不寻常的，更不寻常的是这位大学校长。她的名字叫露丝·赛门斯（Ruth J. Simmons），出生在有12个孩子的贫苦家庭，曾祖母是黑奴，父亲原是贫农，后来在一家工厂当清洁工，母亲则为人家帮佣。

位于罗德岛州的布郎大学是美国最著名的"长春藤盟校"之一，具有崇高的学术地位。赛门斯的任命不仅在布郎大学236年的历史上是空前的，她也是整个长春藤盟校的第一位黑人女校长，所以《纽约时报》认为具有历史意义。

当赛门斯和她的姐姐一起步入布郎大学校长官邸的大理石门厅时，不禁回忆起她们小时候在得克萨斯州住过的破败农舍，她慨叹地说:"我们有不胜今昔之感。"

今年55岁的赛门斯走过一条漫长的艰辛道路。她以1000美元的奖学金进入新奥尔良市的第拉德大学,以后在哈佛大学攻读比较文学获得博士学位。毕业后赛门斯先后在哥伦比亚大学等高等院校担任过领导职务。

布郎大学素以贵族化著称,学生中不乏豪门富家子弟。2000年与新婚妻子一起因飞机失事而丧生的小肯尼迪——肯尼迪总统之子,就是布郎大学的毕业生。过去美国有些贵族化大学连黑人学生都不接受,更遑论当校长了。布郎大学的这次任命表明美国社会对黑人的态度有了很大的改变。

但别误会以为美国对黑人的歧视已不存在了。种族歧视的观念根深蒂固,积重难返,不容易根除。赛门斯本身就有不愉快的经验,她虽然是大学校长,衣着也很讲究,但她曾多次在百货公司——包括布洛敏黛尔、萨克斯第五大道等著名公司,被店员所跟踪监视,显然他们和对待别的非洲裔和西班牙裔的美国人一样,先入为主地认为这些人会"顺手牵羊"——偷东西。赛门斯对学生说:"如果有一些勇敢而又聪明的领导人敢于阻止这种行为,我们就能改变这个社会。可以想象有朝一日,你们当中将会有人成为这些公司的主管。"

赛门斯能有今日来之不易,她是12个兄弟姐妹中最小的,小时候曾对母亲说:"我想进大学。"这位衣食都难周全的大家庭的主妇对女儿说:"那你只好去争取奖学金。"赛门斯果然争取到了,而且一路上升,直到取得哈佛大学博士学位。

赛门斯很有才干,历任各大学领导职务,建树颇多。她在斯密斯学院五年中,所筹集到的捐款比以前增加了一倍。她在这所著名的女子学院建立了全美第一个女子的工程学系,还建立了学生工读制度等。

当美国大学的校长是很具挑战性的,既要具有企业家的经营才干,又要具有政治家的沟通能力。校长不仅要应付学生和教授

的各种各样的要求,还要面对社会公众。美国大学校长最主要的
任务是筹款,为此不仅要与创业有成的富有校友联络感情,还要周
旋于权贵豪富的所谓上流社会。

赛门斯对学生要求严格,坚持要求学生在写作时使用正确的
词汇,摈弃不正确的表示方式,她有时也会为此对学生发脾气。赛
门斯说她从童年起就是这样要求自己的。

赛门斯的风格可以从她在哥伦比亚大学处理一件事中看出
来。1988 年她任哥大非洲 - 美国系的代理主任,决定聘用一位作
家毛利苏(Toni Morrison)担任教授。哥大的延聘委员会要求提供
一份个人简历,被毛利苏愤怒地拒绝了,说她的作品就是她的简
历。双方各执己见不让步,似乎成了僵局。赛门斯不要求哪一方
退让,她从毛利斯的秘书处取得材料,自己为毛利斯写了一份简历
交给该委员会,化解了僵局。赛门斯解释说:"委员会的要求并非
不合理,毛利苏的说法也有道理。我只是采用了一种直截了当的
办法解决问题。"毛利苏至今仍在哥大任教,她最近接受访问时对
记者说:"在今天你告诉我以前,我一直不知道赛门斯为我代写简
历的事。在她的位子上,权力很容易被误用。像赛门斯那种出身
的人,知道权力是干什么的,是为了动员人们。"

《纽约时报》社论最后说:"希望哈佛大学、普林斯顿大学在延
聘新校长时,有幸能找到像赛门斯这样的。"得到这样高的评价,
赛门斯堪称长春藤上的一朵奇葩。

美国南北战争后,黑人奴隶得到了解放,但黑人的社会地位仍
然十分低下,在各方面受到严重的歧视。直到马丁·路德·金倡
导的民权运动兴起,公众特别是黑人中的种族平等观念逐渐滋长。
议会通过了《平权法案》,其中规定少数族裔(如黑人等有色人种)
在入学、就业以及承包政府工程等方面享有优惠权。执行以来黑
人的地位有所改善,但也引起了一些争议。有些白人小业主抱怨
道:"我对某项政府工程的投标价格比黑人业主的低,结果是黑人
得标,这也是不平等。"还有些州主张举行公民投票来决定是否废

除《平权法案》。我常对美国朋友说："我主张机会均等,但反对特殊优惠。"朋友说："你自己不也是少数族裔吗?"我说："是的!我们只要求大家都站在同一条起跑线公平竞争,不要求什么特殊优惠。地位和财富要靠自己的努力去挣,而不是靠别人赐予。特殊优惠固然能使一些人暂时获益,但长此以往会造成依赖性,反而害了少数族裔。"赛门斯就是一个好榜样,她的名誉地位是靠自己挣来的。

经济活动是人类行为中最复杂的,将之简化为数学公式到处硬套,不栽跟斗才怪。

人算？天算？

这是一个老命题了,说法很多:"人算不如天算","人定胜天","谋事在人,成事在天"……到底哪一种说法对？也许可以从这个事例中得到一点启发。

股市恐怕是人类活动中除战争以外最难捉摸的。预测股市的走向非常困难,但又极富诱惑力,因为测对了可以发财致富。从80年代中期起,华尔街的一些大型证券公司和银行就以高薪聘用出身名校的物理学(以及少量的数学和电脑)教授与博士,从事投资策略的定量研究。包括建立各种经济过程的数学模型,据此编写复杂的电脑程序,在超级电脑上进行运算。试图预测股市及其他有价证券市场之走向,目的是想获取高于市场平均的超额利润。十几年来,不少公司确实从中赚了大钱。这些被称为"数量经济学家"的教授、博士们成了华尔街的新宠,并为面临就业不景气的物理学家们找到了一条好出路。

数量经济学家中最著名的是斯科尔斯(M. S. Scholes)和默顿(R. C. Merton),他们共同研究出一种相当精确的公式,为"期权交易"者所普遍采用,两位因此而获得1997年诺贝尔经济学奖。根据他们的理论,只要将过去的大量市场数据输入电脑,就可以算出短期内价格的走势。妙的是在一定的波动范围内,无论价格上涨或下跌,以这种预测为指引的投资都可以获利。这种几乎是稳赚不赔的交易当然是非常吸引人的。近几年来有大量资金投入所谓"对冲基金"。斯科尔斯和默顿本人也是名为"长期资本管理基金"的合伙人,该基金由华尔街的一位投资高手默利维叟(John W. Meriwether)主持,采用两人发展出的电脑程序从事公债交易。具体方法是,将一大批公债等有价证券市场价格的历史数据输入电脑,从中找出它们之间的相关性,然后假设这种相关性会保持不变,并利用它来预测走向。以这种方法投资,每次只赚得微小的利润,但积少成多,所以要求投入大量资金。该基金在最盛时运作资金高达1000亿美元,其中只有约5%是自己的,其余全是借来的。

获诺贝尔经济学奖的斯科尔斯(左)和默顿(右)

该基金兼有投资高手和顶尖数量经济学家,业绩果然不同凡响。从1994年3月到1997年底,仅三年多时间内资金增值高达300%,而且风险很小。尽管市场波涛起伏,潮起潮落,这些弄潮儿相信他们能"人定胜天"。

可惜好景不长,"天有不测风云",金融市场的风云变幻比天气更难测。在席卷全球的金融风暴袭击下,该基金在今年(1998年)8月仅一个月内就亏损了44%。债主们群起讨债,该基金无法应付,被损失不赀的债主们所接管。此事震撼了华尔街,人们担心产生连锁反应,造成市场崩溃。政府不得不出面干预,组织了一个银行团,注入35亿美元帮助该基金解困。此事成了报纸的头条新闻,《纽约时报》还专门为此发表社论。

为什么曾经如此成功的投资方法突然就不灵了呢? 问题原来出在一项假设上,他们假定由大量历史数据总结出来的统计相关规律会保持不变。殊不知"千算万算,不如老天爷一算"。这次碰到了前所未有的特殊情况:过去各种公债的价格波动基本上是同步的,涨则齐涨,跌则齐跌。在这次全球性金融风暴中,大家拼命找最安全的避风港,群起抢购美国政府担保的公债,价格一路飞升;而其余的由企业所发行的公债,则因大家害怕风险而群起抛售,价格一路下跌。这与电脑程序所根据的同步涨跌规律刚好相反。他们按"老皇历"下错了注,就难怪全军覆没了。

其实这并不是什么新鲜事,按统计规律根据过去预测未来的数学理论,至少已有50年的历史,曾发展出各种不同的方法,其中有些应用于科技领域卓有成效。但所有这类理论都存在一个共同问题,即其统计规律是否会变化? 我在一篇文章中(《自然科学方法用于社会科学浅议》,见《科学》1998年第3期第8页)曾指出存在三种不同的情况:一是统计规律保持不变,对于这种"稳定过程",上述各种统计方法都完全适用,该基金在过去几年中之所以有如此辉煌的业绩,就是有幸属于这一类情况。二是统计规律有较慢的变化,对于这种"似稳过程",只要能随时对过程进行监控,及时发现其变化而作相应的调整,也可以作出较准确的预测。三是其统计规律有很快的变化,尤其是出其不意的突变,对于这类"非稳过程",目前尚无良法加以预测。这次两位诺贝尔奖得主的失算,就是正好遇到了第三类情况,他们对突发的风险严重估计不足,一旦发生,数学模型和电脑程序都完全不管用了。

　　这次金融风暴中"对冲基金"遭受损失的不止一家,华尔街有些人对数量经济的实用价值开始产生怀疑。痛定思痛,也是人之常情,但不能因噎废食。归根到底,经济现象虽然充满了不确定性,毕竟还是有规律可循的。只要有规律,就可以据此进行某种程度的预测,所以不能因为一次失败就全盘否定。失败为成功之母,重要的是总结经验教训,进一步发展理论。我认为着重点应放在风险估计,以及对突发事件之机制和前兆的研究上。

　　我国对数量经济的研究虽然起步较晚,还是做了不少工作,其中有些曾受到国际上重视。希望能再接再厉,在金融风暴中趋利避害,为发展经济做出应有的贡献。

　　究竟是人算还是天算?不能一概而论,要看情况。有些自然现象没有或少有不确定性,就可以从中找到几乎完全确定的规律。以此作为指引,确实能做到"人定胜天"。但在另一些自然现象和绝大多数社会现象中都具有不确定性,有的甚至占主导地位。其规律只是统计性的,而且当突发事件袭来时,连统计规律也失灵了。就这些对象而言,"人定胜天"肯定不对,错在一个"定"字上。只要突发事件在,谁也无法长胜不败,能做到胜多于败就很不错了。"谋事在人,成事在天",庶几近之,却失之消极。成事并非全由天,否则就成了宿命论。希望哲学家们能就天人关系提出更恰当的说法。

现代人生八要素：衣、食、住、行、文、教、健、乐。

也谈知识经济

近来对知识经济谈论得比较多，基本上有两种意见：一种认为知识经济是当今世界潮流，过去各国之间的竞争是争物资、争能源；现在则是争人才、争信息，知识已成为生产力中最重要的部分，发展知识经济刻不容缓。不妨称持这种意见者为激进派。另一种意见认为知识经济固然重要，但它毕竟属于信息时代、第二次工业革命的范畴。我国目前还处于第一次工业革命的阶段，近期目标是实现小康。当务之急仍然是着重发展农业和传统工业；发展知识经济要分轻重缓急，不能脱离现实一拥而上。不妨称持这种意见者为缓进派。这两派意见究竟谁是谁非，于国计民生关系重大，值得认真讨论。

回答上述问题的关键在于界定什么是知识经济。有两种不同的定义：一种认为与知识、信息密切相关之电脑、网络、通信、自动机等产业，以及基于最新技术如基因工程等的经济部门均属于知识经济，这是狭义的定义。另一种则认为知识经济并非专指某些特定的经济部门，而是泛指整个国民经济中知识含量之重要性；知识经济者，增加所有经济中知识含量之谓也，这是广义的定义。我个人倾向于广义定义,狭义定义中的各个产业部门可以信息产业概括之。但又觉得这两种定义并非截然分开,也有互相重叠的部分。例如按广义定义理解知识经济,知识含量并非在国民经济各个部门平均分配,而是更集中于信息产业及新技术部门。

知识经济之重要性已经越来越明显地显示出来,从 1991 年到 1998 年,美国经济已持续成长了八年多,实现了高成长、高利润、高收入,并且同时达到了低通涨、低利率、低失业率。这在历史上是从未有过的,传统的经济理论认为有了前者就不可能同时兼有后者,美国这几年来竟能两者兼而有之,着实令经济学家吃惊。究其原因,固然涉及到国际经济的外部因素,但美国本身知识经济之蓬勃发展是起了决定作用的。美国信息产业之产值已超过了汽车等传统工业,成为仅次于保健业的主要经济支柱。但更重要的是电脑、网络、自动化等已渗透到国民经济的各个部门,从而提高了劳动生产率,实现了持续成长。美国的知识经济还表现在最新科学技术成果迅速地转化为生产力,例如以基因工程为核心的生命科学已开始在农业和保健业等领域中显示其威力。

形势逼人! 我们该怎么办? 人家成功的经验固然值得我们借鉴,但要对国情作具体分析,不能全盘照搬。如果采用上述知识经济之狭义定义,则缓进派的意见中至少有一部分是可取的:我国当前的主要任务仍然是发展农业与传统工业,提高人民生活水平。这不仅符合我国作为发展中国家的国情,而且还有更深一层的意思:发展经济的终极目的是提高全体人民的生活水平,人的生活除了衣、食、住、行之基本需要以外,还应加上文化、教育、保健、娱乐。这八项中的前面四项都是靠农业和传统工业的产品来保证,而后四项也要靠它们作为物质基础。知识属于信息的范畴,在现代社会中虽然处于越来越重要的地位,但有一点必须弄清楚:知识和信息一样,既不能当衣穿,又不能当饭吃,也不能当房子和车子来住和行。知识对人类的这些基本生活需要并没有直接的作用,它的直接作用仅及于上述八项需要中的后四项。知识对生活基本需要的真正重要性在于其间接的作用,简而言之:善用知识可以使人穿得更好、吃得更好、住得更好、行得更好。明乎此理,我国目前的当务之急还是发展农业及传统工业,信息产业当然也要发展,但应优先发展那些有助于满足基本生活需要的,而不是将之取代农业和传统工业的主导地位,否则我们就只有吃信息、穿信息了!辩者可能会说:"吃穿可以靠进口啊。"亚洲"四小龙"可以靠进口,中国是12亿人口的大国,基本生活需要靠进口能行吗?

这样说并非激进派错了。如果采用知识经济的广义定义,激进派的主张是对的。提倡知识经济不是专指哪一个或一些特定的经济部门,而是泛指整个国民经济都需要增加知识含量,都需要有效地利用信息,要积极推广自动化、电脑化、网络化,要加强科学技术的发展,保护知识产权,鼓励创新,重视选拔并合理使用人才……这些都是刻不容缓的当务之急,做好了确实能提高劳动生产率,发展生产,提高人民生活水平。提倡知识经济应特别着重那些对国计民生有决定性作用的,例如我国农业科学家所独创的"杂交水稻"达到大面积增产,就是一个极好的例子。

提倡知识经济之关键还在于"科教兴国",这才是治本之道。知识是靠人来掌握的,没有自己的人才,没有自己的创造,单靠引进、模仿是不行的。"科教兴国"现在已经谈论得很多,但关键在于落实。对此应有紧迫感;科学技术在发展,世界在进步,竞争越来越剧烈;我国还有不少文盲,国民平均教育水平还不高,科学技术还比较落后。如不急起直追,将何以自立于世界民族之林?

听说有人对发展知识经济不以为然,其理由是:我国与先进国家相比在知识方面落后,在知识经济的竞赛中不站在同一条起跑线上,因而注定会失败。尽管持此论者可能是出于爱国之好心,但不客气地说:这是一种"鸵鸟心态"!正因为我们在这方面落后,才更应该急起直追,否则岂不是更落后了吗?再说,中国人并不比外国人笨,在智力竞赛上我们和他们是站在同一条起跑线上。这里不妨看两个例子:论条件印度并不比我们中国好,印度的科学技

术及经济一般都比较落后,但是近年来印度的电脑软件工业一枝
独秀,加以工资低廉,美国的许多软件都交给印度人去做。最近俄
国人也赶上来了,他们的工资更低,美国的一些公司纷纷将软件的
发展工作交给俄国人去做。电脑软件可以算是知识经济的核心了
吧,印度人和俄国人已经做到的事,难道我们中国人做不到吗?辩
者会说:"替美国人发展软件,岂不是为他人作嫁衣裳?"不错!在
开始时确实可以说是为人作嫁,但在这个过程中可以学到不少新
知识,可以发展自己的东西,逐步建立起本国的知识经济。先为人
作嫁,等有了经验、有了本钱,再来为自己准备嫁妆,有何不可?

　　结论是:如采用知识经济之狭义定义,我举手赞成缓进派;如
采用广义定义,我举双手赞成激进派。

蜜蜂很聪明,会根据日影判别方向;"一窝蜂"者懒于思考,因而迷失方向。

防止"一窝蜂"

我国过去在科学研究以及其他工作中,"一窝蜂"的现象相当严重。看见什么东西热门,大家争先恐后一拥而上。结果往往是过不了多久,除了少数以外,大多数以失败告终。而且这种现象一再重复,造成大量的浪费。

前几年盛行的"气功热"就是一个例子。气功本是我国传统医学中的一项宝贵遗产,能养精聚气,保健强身,对某些疾病确有疗效。如能用现代科学方法进行研究,探讨其机理,实事求是地分析其功能和疗效,进一步发现新的应用领域,本来是一件很有意义的事。不料一经提倡就一哄而起,更严重的是由于有些人急功近利,逐渐偏离了原来的科学研究目标,从气功演变到"特异功能"。再加上少数别有用心者的误导,以致走火入魔,个别的竟变成类似于江湖术士的骗人把戏。结果是使一个很有意义的科学研究,蜕化为争论不休的闹剧。其实最初提倡研究气功者原是一片好心,本意在弘扬祖国文化,发掘人体之潜能,探索生理学及医学之未知境界。这些都是科学的本份,是完全合情合理的。问题出在低估了"一窝蜂"之习惯势力,未能有效地加以防止,以致一发而不可收拾。参加者除那些严肃的科学工作者外，还有大批盲目追随者，泥沙俱下鱼龙混杂，给投机取巧者以可趁之机。我真为那些勤勤恳恳地从事气功研究的科学工作者抱屈，他们以严肃认真的科学态度进行了许多有意义的工作：探讨人的心理与生理之间的关联，研究气功理论及其临床疗效，利用红外线、微波等手段观测分析"外功"的机理……可惜的是他们的这些努力被淹没在那些非科学的喧嚣噪声中。"一窝蜂"的结果不仅没有帮助，反倒是害了气功，这一教训不可谓不深刻。

其他科学研究中的"一窝蜂"现象虽然没有"气功热"那样极端，但也以各种形式多次出现，为害匪浅。

在经济建设工作中也同样存在"一窝蜂"现象，而且其危害更大。改革开放以后，为了满足广大消费者的需要，扩大家用电器生产，从国外适当地引进一些先进的生产线是合理的。但一旦发现有利可图，全国各地就群起仿效。结果是有些人不顾条件，不作可行性研究，不作市场调查，甚至不管设备好坏，"一窝蜂"地盲目引进，造成大量重复，因此而浪费的外汇数以亿计。

"科教兴国"提出以后，科学研究被提到空前的重要地位，经费也大幅度增加，科学家热情高涨，积极寻找研究课题，形势令人振奋。但在这种大好形势下，还必须保持冷静的头脑，防止重犯"一窝蜂"的毛病。根据过去多次的经验，这恐怕不是杞人忧天。

问题是为什么"一窝蜂"的毛病一再重复、屡禁不止？值得寻根究底找出病源，为此不妨揣摩一下"一窝蜂"跟进者的心态。

一种可能是想赶热门，唯恐落在人后。赶热门并没有什么不对，问题是要看条件，要有自知之明。我常对朋友们说："要赶热门至少要具备两个条件中的一个：一是你看得比别人早；二是你本事比别人大。如果以上两个条件你连一个也不具备，还是不要赶热门为好，否则难免败下阵来。"道理很简单：热门的东西大家争着做，竞争必定很激烈，如果你既不占先机又无本事，凭什么取胜呢？

另一种可能是由于长期养成了不动脑筋的习惯,没有主见,老是跟别人跑。这恐怕是造成"一窝蜂"的主要原因。能自己独立思考的人,一般不会盲从,美国人在这一点上值得我们学习。刚到美国时,我专程去哥伦比亚大学拜访著名物理学家吴健雄教授,她知道我来自浙江大学,感到分外亲切,因为她早年曾在浙江大学短期任教。她说:"中国学生有很多优点,刻苦耐劳,勤奋好学。但美国学生也有他们的优点,值得我们学习。"接下去她举了一个例子说:"中国学生放学回家,父母亲问:'你这次得了几个 A(满分)?'美国学生放学回家,父母亲问:'你这次向老师提了几个问题?'"这一席谈使我深受启发,感到这反映了深刻的教育思想问题。

我们中国教育小孩往往强调听话,能听父母的话,服从老师的就是乖孩子、好学生。殊不知这样在有意无意间就抑制了小孩的独立思考,使之养成依赖的习惯。美国对小孩从小就培养其独立自主精神,对父母也不盲从。在课堂上有疑问或不同意见,勇于提问,甚至和老师争辩。这样培养出来的人,比较能独立思考,凡事有自己的主见,"一窝蜂"跟着别人跑当然就少了。

所以看来要从根本上解决"一窝蜂"的问题,还需要从教育入手。归根到底,是要教育出什么样的人的问题,值得我们认真思考。

"硅谷热"好，就怕发高烧。

硅 谷 热

硅谷是美国旧金山市郊高科技产业集中地区之统称，其中大部分与电子业或电脑业有关，两者的产品都包含由硅片制成的集成电路，这就是硅谷名称的由来。电脑工业的飞速发展与网络技术的兴起，使硅谷创造出巨额财富，成为美国经济高速发展的火车头。

硅谷成功的影响超越了国界，全世界许多国家群起仿效。中国也不例外，据说全国至少有六个地方宣布要建立硅谷，想跟进者数以十计，形成了硅谷热。学习硅谷的创业精神，提倡科技创新，开拓知识经济，这是大好事。但福兮祸所伏，万事都有两面性，在硅谷热持续升温中，应保持清醒的头脑。

学习硅谷首先要真正理解硅谷成功的要素，可概括为：人才、创新及风险资本，三者缺一不可。

高科技创业首重人才，硅谷附近有两所著名大学——斯坦福大学及加州大学伯克利分校，这两所大学人才辈出，硅谷就是由此孕育出来的。例如，对硅谷之建立功不可没的惠普公司，就是由斯坦福大学的两位教授所创建，惠普至今仍为美国电脑业之巨擘。

硅谷能在竞争激烈的高科技界脱颖而出,靠的是创新,持续不断的创新。硅谷中不少成功者都是靠一个人有一个创意,在自家车库中苦干起家的。如今电脑业的产品周期是六个月,新兴的网络技术更是日新月异。这与旧经济的老工业靠一个产品"吃"几十年根本不同。创新是高科技的灵魂,是硅谷成功最基本的要素。

有了人才和创新,没有资本创业也是枉然,硅谷公司的创业资金几乎全靠风险资本。高科技企业具有很高的投资回报率,但失败的风险也很大。于是风险资本应运而生,投资策略是"以十博一"——投资十家公司,九家倒闭了不要紧,只要有一家成功,就有上百倍的回报,所以结果是"以一博十"。拥有大量的风险资本是美国的特色,不仅哺育了硅谷,而且是美国在高科技市场竞争中胜过欧洲及日本的一个重要原因。

热衷于建立硅谷者要三思而行,想一想:是否具备人才、创新、风险资本三要素?一个严峻的事实是:尽管世界各地群起效尤,至今尚未出现第二个硅谷!可见具备三要素并非易事。

硅谷的成功有其特色,想学硅谷者也应有自己的特色,不能依样画葫芦。道理很简单:依样画葫芦首先就违反了创新,与硅谷精神背道而驰焉能成功?其实硅谷本身也在嬗变,硅谷早期是靠硬件起家的,后来随着电脑的发展,逐渐转向软件,如今更是网络技术一枝独秀。软件和网络与硅片并不直接搭界,在这个意义上说,硅谷已非硅了。由此可见,对硅谷亦步亦趋者,难免成为东施效颦。

钟灵毓秀因缘际会,硅谷是自然产生的,美国政府几乎没有插手,认识这一点非常重要。对高科技创业而言,政府的职责是提供一个良好的环境,除了在培养人才、保护知识产权、保证公平竞争等方面便商利民之外,一般不要介入操作。创新的高科技企业不是靠政府计划出来的,因为谁也无法计划出创造性!

"你这是在泼冷水!"对硅谷热当然不能泼冷水。但我担心的是硅谷热不断升温,加上传统的"一窝蜂",可能会演变成"硅谷发烧"——大家一哄而起,然后一哄而散。如果是这样,在发烧的额头上泼一点冷水,未尝不是好事。再说,在创业之始提些问题,三思而行,有什么不好?

学习硅谷重要的是学习其创业精神及成功三要素,而不必拘泥于其具体内容。印度学习硅谷就是根据自身条件着重发展电脑软件,他们看准了美国软件人才奇缺,就利用印度人工便宜数学基础好的特点,集中力量建立软件基地,虽然不能与硅谷相比,但也已初具规模。

中国该怎么办? 这是应当深思熟虑的。硅谷是赚钱的机器,1999年平均每个月创造出五千名新的百万富翁。有钱当然很好,但也衍生出不少问题:一是"硅谷居,大不易。"平均房价高达38万美元,中产阶级一房难求,年薪5万美元的"低薪"者连一个统间也租不起,只好睡在拖车中,或住在两小时车程以外,每天花4小时通勤。硅谷昂贵的生活费用,造成了教师、护士和警察等服务人员奇缺,居民生活质量下降。问题之二是商业道德败坏,为击败对手不择手段:在对手公司中派坐探者有之,利用招聘面谈刺探对手机密者有之,雇人在对手垃圾箱中"觅宝"者有之,许以高薪厚利将对手技术骨干一锅端者有之,专业人员在"跳槽"时带走原雇主机密者有之……问题之三是年轻人急功近利。不少硅谷年轻专业人员的个人目标是30岁前当上高级主管,40岁前以千万或亿万富翁退休。高目标本身并无不当,问题是只想幸进安取而损人利己。这些弊病一言以蔽之:皆因缺乏人文素养,使人成了高科技经济动物。学习硅谷应择善而从,尽量避免这些弊病。我国有注重人文的悠久传统,能否将之与高科技相结合走出一条以人为本的创新之路来? 注重内涵的网络之兴起,为此提供了契机。有识之士大显身手,此其时矣。

美国有个硅谷,我国为什么不可以有自己的充满新时代精神的"绿谷"和"桃花源"?

　　"三个小皮匠赛过诸葛亮",因为
他们拥有三倍的常识。

常识缺乏症

1998年9月15日一场可能席卷全球金融市场的风暴正在形成中,风暴的中心是位于纽约市东北郊格林尼治村的一座不起眼的办公楼,这是"长期资本管理基金"的总部。美国中央银行召集华尔街十大银行的代表正在进行紧急会议,讨论如何融资给该基金使之免于破产。当时该基金亏损几十亿美元,由于连环债务,间接涉及的资金竟高达一万亿美元!如任其破产,不仅美国金融市场面临危机,而且将冲击全世界。经过两天紧张磋商,决定由这十家银行组成的银行团注入36亿美元以取得该基金80%的股权,使之得以继续经营,化解了一场即将爆发的金融危机,详见《人算?天算?》。

　　两年过去了,长期资本管理基金事件仍在余波荡漾。该基金继续经营了一年多,终于倒闭了。虽然融资的银行团得以保本并略有利润,但原先的合伙人和投资者损失不赀,个别的甚至因此而倾家荡产。受该事件影响的美国公债市场,至今仍未完全恢复元气。该基金的主持人默利维叟损失了价值几亿美元的个人财产,却保住了那位于纽约北郊占地400多亩的豪华宅邸。他又建立了另一个基金,但规模远比原来的那个小,资金只有三亿多美元。进一步集资有困难,人们会问:"你是否接受了上次的教训?"

"教训!什么教训?"长期资本管理基金的合伙人之一,曾任美国中央银行副总裁的穆林思说:"重要的教训之一是世界在改变,总有某种不可预测的事件发生,你必须修改模型,这是很痛苦的。"他所说的模型是指投资者用来预测金融市场走向的理论模型,"长期资本管理基金"就栽在不顾条件硬套理论模型上。曾在这次融资中起主要作用的大通银行负责人弗路格评论说:"金融模型应符合常识,并具有人性。"

好一个"符合常识!"长期资本管理基金所采用的模型是根据"期权交易理论",是该基金两位合伙人诺贝尔经济学奖获得者斯科尔斯和默顿发展出来的。难道如此著名的经济学家不懂常识? 先听听他们自己怎么说吧。斯科尔斯在斯坦福大学商学院 75 周年纪念会上致辞时被问道:"你从长期资本管理基金事件中学到了什么?"他回答得直截了当:"我个人付出了学费,不想与人分享。"

斯科尔斯不愿分享教训,只好替他来分析。现代学者非常专精,在各自的领域中穷根究底,精益求精。斯科尔斯和默顿都是数量经济学专家,他们发展出一种精确的数学理论,在一定条件下可用来预测期权交易的走向。投资者利用他们的理论建立模型和公式,上电脑进行计算。根据其预测结果决定投资策略,在正常情况下几乎稳赚不赔,这就是为什么长期资本管理基金开始几年能赚大钱的原因。但他们被胜利冲昏了头脑,忘记了理论要不断接受实践检验,模型和公式都有适用条件,以及"天有不测风云"等常识,结果落得个"人有旦夕祸福"。目前斯科尔斯还在为一位亿万富翁管理巨额资金,并到处讲学。默顿则在哈佛大学教经济学,并担任华尔街 J·P·摩根投资银行的风险管理顾问。但愿他们好自为之,不会重犯常识缺乏症。

常识缺乏症不仅限于此例。不妨略举数端:1999 年网络热高潮时,人们一窝蜂地建网,往往一个人操作的网络公司股票上市后就能集资千百万。虽然既无盈利又缺客户,在短时间内股票竟能上涨达百倍以上,居然还有人高价买进。这算不算常识缺乏症?

美国股市近来出现了一批所谓"当天交易者",他们利用电脑联网进行股票交易,看准一种股票在上涨就买进,几分钟后赚了一点就马上脱手。这样一天下来,可以做几百笔交易。运气好时颇有赚头,但风险很大。严重的是这种瞬时交易对股市起了推波助澜作用。过去道琼斯指数当天波动几十点就算新闻,如今上下波动几百点已是家常便饭。股市的激烈波动助长了风险,当天交易除了个人可能赚钱以外,实在看不出对社会有什么好处。但交易所正准备开放夜间营业,实现日夜瞬时交易,任其兴风作浪,实际上是在为股市风暴催生。这算不算常识缺乏症?

摩天高楼始见于纽约,芝加哥等寸土寸金的大都市,为了尽量利用宝贵的土地,一些百层高楼拔地而起。但90年代以来,美国崇尚自然渐成风气,已很少再建摩天高楼。而伦敦、巴黎等欧洲古都均无摩天高楼,保留了各自独特的城市风格,使得大都市不至与自然隔绝过甚。想不到最近发展中国家兴起了一股竞建摩天高楼之风,而且雄心万丈,互相攀比,争世界第一。最典型的是马来西亚,在吉隆坡建起了世界最高的"双子星大厦",落成之时恰逢亚洲经济危机袭来,崭新的两座高楼空置着。《纽约时报》为此刊出漫画:一位破产者从顶楼纵身跃下自杀,标题是"正好派上用场!"

读者细思量,一定会举出更多的常识缺乏症病例来,问题是如何防治。其实既然是常识,就没有什么高深奥秘。无非是遇事——尤其是关系到国计民生的大事,用自己的脑子好好想一想,多听听大家的意见,看看有没有违反常识的地方。如果有,那就不管是哪位专家权威的高见,都应该服从常识。这叫做"认货不认人"。不服气吗?请重温一下那两位诺贝尔奖获得者的惨痛教训。

网络是地球村的神经系统。

网络业来日方长

前 两年网络热高潮时,大家一窝蜂地赶浪头,新成立的公司如雨后春笋。只要与网络搭界,风险投资者就争先恐后地将大把钞票送上门来,唯恐错失了赚大钱的千载良机。网络公司股票上市,即使是既不赚钱又缺顾客,股价照样成十倍地上涨。大学尚未毕业的年轻人休学创业,一两年后就成了百万、千万甚至亿万富翁。流风所及,群起效尤,网络领军的新经济独领风骚,着实风光了一阵子。

可惜好景不长,自从去年(2000年)下半年以来网络热开始退烧,到今年3月几乎全军皆墨。小公司纷纷破产,尚未破产的也朝不保夕。网络公司股票更是惨不忍睹,一年多的变化像个驼峰——原先一两美元的股票,顶峰时涨到一两百美元,如今跌至不到一美元。即使像雅虎和亚马孙这样的网络业巨擘,其股票价值也损失了百分之九十以上。加州硅谷和纽约硅巷中,原先不可一世的网络新贵们垂头丧气,惶惶不可终日。

"眼看他起高楼,眼看他楼塌了。"究竟发生了什么事?

事情其实很简单:网络泡沫破灭了,一夕致富的美梦随之惊醒。正如《常识缺乏症》一文中所说,这本来就属于常识范围,结局在意料之中。

现在的问题是:网络业究竟还有没有前途?

问答这个问题也要靠常识。市场经济靠供需关系来调节,行业的兴衰取决于市场的需求。所以问题归结为:网络究竟有什么用?

依我看,网络有三大功能。

一是人际交往。人是社会动物,社会的进步与人际交往的密切程度成正比。古代农耕社会,鸡犬之声相闻而老死不相往来。现代社会正日益全球化,形成了地球村。网络就是地球村的神经系统,其重要性自不待言。据说中国已有千万人上网,网上交友,天涯若比邻,相逢何必曾相识?电子邮件四通八达,无远弗届。这些都为人际交往带来了极大的方便,正在改变着人们的生活方式。人们需要网络,这种需求将日益增长。所以说:来日方长。

二是信息传播。人类已进入信息社会,信息成为发展经济、繁荣文化、普及教育、欣赏艺术、享受娱乐等的主要因素,而网络是传播信息的重要媒介。回顾历史,网络起源于万维网(www),本来就是科学界用来传递信息、交流学术资料的,后来逐步扩大,才形成今天这样的规模。不久前美国在线(AOL)与时代华纳两家的合并,标志着注重内涵网络时代的来临。人们可以在网上查阅资料,交流经验,学习新知,发表作品,下载音乐及影视节目,如此等等。人们对信息传播的各种需求,方兴未艾,与日俱增。所以说:来日方长。

三是扩大商机。网上销售商品本是商家采用网络的动机。亚马孙就是从网上售书开始,逐步扩大到其他商品。随着上网人数的增加,网上销售的商机相应扩大。当然应该看到,并非所有的商品都适合于网上销售。例如买鞋都想先试穿一下,这在网上就难以办到。但邮购业的成功,说明网上销售仍具有发展空间。更值得注意的是后起的电子商务,即企业与企业之间的网上交易。即使在目前网络业处于空前低潮时,如通用电器公司(GE)和通用汽车公司(GM)这样的跨国公司,仍在继续致力于发展电子商务,而且已初见成效。这说明他们看到了潜在的巨大商机。所以说:来日方长。

总之,市场的需求在,网络业来日方长,前途光明。

"为什么目前网络业还是一片愁云惨雾呢?"来日方长是对整个网络业而言的,对个别网络企业就要具体分析了。以史为鉴可以知兴替,不妨回顾一下历史。汽车业的发展具有代表性,汽车的发明对交通是一大突破,确实是市场广大,商机无限。美国汽车工业初创时,群雄并起,仅底特律市就有两百多家汽车厂!几十年大浪淘沙,选优汰劣,兼并整合,如今美国只剩下两家半汽车公司——通用、福特两家,加上并入意大利菲亚特集团的克莱斯勒算半家。历史就是这样,还需要多说吗?

愿网络业诸君审时度势,好自为之。

道为何物？
道为宇宙之本源。
　　　　　　　　——怀宗

天道崇简

恒河沙数，"一沙一世界"；万绿丛中，"一叶一菩提"。宇宙万物如此复杂，老子却说："道生一，一生二，二生三，三生万物。"道为何物？道是宇宙之本源。两千多年来科学的进展使人们越来越体会到：天道崇简。

不信吗？请看事实。

天文学是最早发轫的科学之一。人们夜观天象，想了解天宇星辰的运行规律。古希腊天文学家托勒玫（Claudius Ptolemaeus，约90—168）的地心说认为众星均由东向西绕地作圆周运动，其轨道称为"均轮"。此说对恒星而言大致与观测结果相符，但对行星就出毛病了，行星在天穹上的视觉轨道有时会出现由西向东的逆行。为了维护地心说，只好在行星的均轮上加"本轮"作修正，而且越加越多，竟用了80个本轮才和那时粗糙的天文观测凑合。地心说这种均轮加本轮的复杂体系好比是一件拼拼凑凑的百衲衣，却为罗马教廷奉为金科玉律。西班牙国王阿尔方索十世不以为然，评论说："如果全能的主在创造万物之前先和我商量，我能提供更简单的方案。"

直到 16 世纪,哥白尼(Nicolaus Copemicus,1473—1543)提出日心说,其简单明了远胜于叠床架屋的地心说。但他慑于教廷之威势不敢公开,直到临终前才在病榻上签字发表。70 年后伽利略(Galileo Galilei,1564—1642)利用望远镜观察到金星的盈亏现象,给地心说致命一击,确立了日心说。开普勒(Johannes Kepler,1571—1630)在此基础上,根据大量观测数据总结出行星运动三定律,据此可以精确地计算出行星的运行轨道,根本不需要什么均轮本轮,较之地心说大为简化。天道崇简初试锋芒!

开普勒的三定律固然漂亮,其不足之处是只知其然而不知其所以然——行星为什么这样运行?开普勒没有回答。牛顿根据伽利略在地面上做的力学实验,深入分析开普勒三定律,总结出牛顿力学的两个方程:一是万有引力方程,据此可以精确计算所有星体(不仅限于行星)之间的吸引力;另一是运动方程,据此可以精确计算物体(不仅限于星体)的运动状态。牛顿力学不仅揭示出开普勒三定律之所以然,而且概括了当时所知的一切物体的机械运动规律,奠定了经典物理学的基础。有人说:"牛顿将天上与人间和谐地统一起来了。"牛顿理论既简单又深刻,适用范围非常广泛。人们对天道崇简有了更深的认识。

物理学家牛顿
(Isaac Newton,1642—1727)

牛顿经典理论主宰了三百多年。20 世纪初冒出一个爱因斯坦,敢向经典理论挑战。在 1915 年发表的广义相对论中,他从物质能量及时空结构等基本原理出发,导出一个非常简洁的方程,不仅可以算出引力,而且还可以算出在引力作用下物体的运动状态。就天体物理学而言,爱因斯坦一个方程相当于牛顿两个方程;更重要的是,它不仅比牛顿经典理论更精确、更深刻,而且还开拓了新疆域。广义相对论解释了以前无法理解的水星轨道"进动",计算出经过太阳附近时星光弯曲的正确数值,还发展出大爆炸宇宙起源说和进化宇宙学,预言了黑洞的存在及其性质,如此等等,均非牛顿经典理论所能望其项背。

从地心说修修补补仍然捉襟见肘的几十个虚拟轮子,到广义相对论包罗万象的一个简洁方程,人们看到了天道崇简在天文学和物理学中的巨大威力。

化学的发展也证明了天道崇简。在分子水平上,化合物何止千百万种,这是复杂。深入到原子水

物理学家爱因斯坦
（Albert Einstein, 1860—1955）

平后,发现所有这些化合物均由九十几种元素所构成,这是简单。门捷列夫周期表揭示出这些元素之间的规律性,更是一目了然。

再来看生物学的发展史。19 世纪前,生物学基本上是描述性的,按植物和动物的形态性状加以分门别类。林耐（Carl von Linne, 1707—1778）的植物分类学包括成千上万种植物,如果再加上动物和微生物,生物大家庭真的是子孙繁衍,种族兴旺,生物学家穷毕生之精力也难窥全豹。这是生物学的复杂性。英国出了个达尔文,他周游世界,对各地的生物物种进行周密的调查研究,回去以后又考察了家养动物,提出“物竞天择,适者生存”,创立了进化论,认为现有物种均由少数几个祖先逐渐进化而来。进化论揭示出千万种不同的生物物种之间亲缘关系,使生物学大为简化。

遗传学的发展提出了基因说,揭示了生物遗传进化的机制。1953 年沃森和克利克（Francis Crick, 1916—）根据弗兰克林（Rosalind Franklin, 1920—1958）的 X - 光衍射实验发现了 DNA（脱氧核糖核酸）的双螺旋结构,将基因落实到分子水平。原来所有生物的遗传密码均由 A、C、G、T 四个核苷酸“字母”拼写而成。

生物学家达尔文
(Charles Darwin, 1809—1882)

想想看,生物界千万种物种无比复杂的形态性状,深入到分子水平却出人意料的简单——竟然只有四个字母! 天工之妙,妙不可言。

"人类基因谱好比一部天书,这能说是简单吗?"认识到天书由四个字母写成就是极大的简化,否则,连字母也不识,怎能读懂这部天书? 再说,人的整个机体可以由一个细胞核中的若干对 DNA 链所携带的遗传信息构建而成,认识到这一点不也就是极大的简化吗?

"你说天道崇简,那么大千世界中无穷无尽的复杂性从何而来?"问得好! 宇宙万物的基本单元和基本规律是非常简单的,多样性和复杂性源出于这些单元之间的各种组合及其变化。比如下围棋,棋局的变化层出不穷,弈棋的谋略高深莫测,这是复杂;棋子只有黑白两种,规则只有一条——被围住的子拿掉,这是简单。复杂源出于简单,围棋是这样,宇宙亦如是。

"人的大脑可能是宇宙万物中最复杂的,可否将之简化?"这个问题极具挑战性,科学家一直在寻求答案。解剖学家研究大脑的结构,脑神经学家研究大脑的机制,心理学家研究大脑的功能,认知学家试图揭开认知、思维和自我意识之奥秘。如今大脑结构的研究已深入到分子水平,大脑机制的研究已能测出各个部位脑电流极其细微的

生物学家沃森
(James Watson, 1928—)

变化,心理学的研究更是分门别类精益求精。总之,展现在这些科学家面前的是一幅越来越复杂的大脑精细图像,遗憾的是对最关键的自我意识问题仍然众说纷纭,莫衷一是。期盼着有朝一日豁然开朗:原来自我意识之奥秘不在大脑之细部而在其整体,自我意识的本质远比原先想象的图像简单。我并非这方面的专家,没有资格评判,只能期盼。

老子:"道生一,一生二,二生三,三生万物。"

(叶雄 绘)

天道崇简在社会人文领域中是否也适用?很值得探讨。

天道崇简,科学家正朝这个方向奔驰。天文学家、物理学家、化学家、生物学家着了先鞭,起步慢的认知学家正在扬鞭。最悠闲的是老子,他老人家骑在青牛背上,还在喃喃吟诵:"道生一,一生二,二生三,三生万物。"

> 聪明人只是在成功前少失败几次,幸运儿才能一举成功。

失败是成功之母吗?

谚云:"失败是成功之母。"我的理解是:失败了如能汲取教训,就能为以后的成功创造条件,但别忘了前提是首先要承认失败。如果讳疾忌医,就不可能汲取教训,何来成功? 20 世纪初,德国统治者的扩张野心导致了第一次世界大战,失败以后不仅没有承认失败,汲取教训,反而变本加厉,继续鼓吹大日耳曼主义,企图称霸世界,导致了第二次世界大战,结果又以失败而告终。这里失败并非成功之母,类似的事例史不绝书。

在承认失败方面值得向美国人学习。美国人的性格开朗进取,他们不仅敢于胜利,更重要的是敢于承认失败。有几件事给我的印象很深刻。

1957 年苏联第一颗人造卫星上天,美国朝野为之震动。航天是科学技术水平之综合表现,不仅事关国家荣誉,而且有许多重要的应用,怎能让苏联着了先鞭? 痛定思痛,美国承认自己在这一关键技术上失败了,并认识到失败的根本原因是教育落后。学校教材不仅陈旧,而且急功近利,重实用、轻原理。于是决定彻底改革,重写教材,出现了一批由名家执笔的出色教科书。其中佼佼者有诺贝尔物理学奖获得者费曼主笔的《物理学讲义》,此书别开生面,以形象化的实例提出问题,阐述原理,内容深入浅出,成了物理学经典著作。果然!"十年生聚,十年教训",1969 年"阿波罗"号载人登月,使美国一举超越苏联,执航天技术之牛耳。

美国是汽车王国,一向是世界汽车工业之霸主。但到 70 年代末石油危机袭来时,情况有了急剧的变化——日本后来居上,在汽车性能、质量、价格等方面均超过了美国,迅速占领了广大市场,美国汽车之都底特律一片哀鸣。其实日本车的成功有其客观原因,石油危机促使汽油价格飞涨,日本生产的小型车比美国的大型车省油,成了市场新宠。但美国人并未以此为借口讳疾忌医,而是承认失败,从主观上找原因,学习日本人在工程设计、经营管理、成本核算、市场调查等方面的长处。到 90 年代,美国汽车工业终于扭转了颓势,在许多方面赶上或超过了日本。

电视是美国人发明的,但日本后来居上,80 年代以来美国市场上几乎看不到本国生产的电视机。美国承认自己在电视机市场竞争中失败了。其实这也有客观原因,美国的工资太高,在国内生产电视机根本无法竞争,但他们并未以此作为借口来文过饰非,而是想方设法,以图反败为胜。日本人也在精益求精,发展所谓"高清晰度"电视,但他们仍然采用传统技术。惯于创新的美国人则采用数字技术,企图越顶而过。数字技术不仅能达到更高的清晰度,而且可以进行各种图像处理,提高电视机的功能。更重要的是未来电视机的应用不仅限于传播新闻及娱乐,还可以作为电脑及联网的终端,在这些方面只有数字技术才能胜任。虽然目前电视机市场争夺战的尘埃仍未落定,但从技术层面看,美国反败为胜的可能性是很大的。

以上事例说明,如能承认失败,汲取教训,失败确实可以是成功之母。

承认失败是实事求是,乃最基本的科学态度。推而广之,不仅失败时要勇于承认失败,成功时也要勇于承认存在的问题,这样才能保持清醒的头脑,再接再厉,争取更大的成功。年前,我的一本英文专著《高温超导微波电路》的中译本出版发行,作序者甘子钊教授是中国科学院院士、北京大学物理系主任。为了表示我的谢意,2000年春回国在京期间去拜访了他。我过去并不认识甘教授,见面后发现他衣着朴素,态度诚恳,言谈坦率,感到一下子就拉近了距离。我对他说:"在清华大学听到关于你的一则小故事,想求证一下好吗?"他表示同意。我说:"听说不久前召开了一次科研项目评审会议,由于事关经费的分配,参加者都十分认真。大家在汇报发言中尽量列举成绩,绝口不谈存在的问题。而你的发言却与众不同,专讲研究工作中存在的问题以及解决问题的打算。结果不仅没有妨碍对你研究工作的评价,而且获得了大家对这种实事求是态度的认同。事实是这样吗?"他笑着说:"是这样的。"我接着说:"我非常赞赏这种实事求是的科学态度,承认问题是解决问题的第一步,科学是在不断发现问题和解决问题中前进的。如果连问题都看不到,还谈什么发展?"接着他向我介绍了北大物理系的现状和存在的问题。

与甘子钊教授的一席谈使我感触良深,联想起当前学术界的一些问题:有人在研究工作中弄虚作假,有人在发表研究成果时夸大成绩隐瞒缺点,有人不劳而获剽窃别人的成果,如此等等,不一而足。与甘子钊教授实事求是的态度相比较,对比何其鲜明。

再回到本题:失败是成功之母——如果承认失败,汲取教训;失败不是成功之母——如果不承认失败,不汲取教训。

天人合一,顺天应人。

如果是错的,上帝说了也不算;
如果是对的,魔鬼说过也无妨。

人定胜天吗?

"人定胜天"曾经是风行一时的豪言壮语。长堤大坝建成了,"人定胜天!"人工降雨成功了,"人定胜天!"荒山湖滩变良田了,"人定胜天!"……似乎人的本领比天还高,老天爷真的俯首称臣了。建堤筑坝防止水患,人工降雨滋润禾苗,新垦良田五谷丰登,这些都是大好事,人确实胜利了。第一例是战胜了天灾,第二和第三例是胜过了自然的限制,在这个意义上说"人可胜天"是对的,但据此就断言"人定胜天"则未免言过其实。毛病出在"定"字上,在某些方面人可以胜天,并不等于在任何情况下人一定会胜天。

"胜天"是靠认识了自然规律正确地加以利用而取得的,自然界有两种规律(见《铁律与橡皮律》一文):一种是必然性的铁律,在给定条件下有唯一确定的结果;另一种是带有偶然性的橡皮律,在给定条件下可能出现不同的结果,事先无法唯一确定。对于由铁律支配的事物,只要具备了条件并正确地利用规律,确实一定会胜利;对于由橡皮律支配的事物,即使具备了全部条件并正确无误地利用了规律,也无法保证一定会胜利。事实是橡皮律大量存在,在它支配的范围内,人不一定能胜天。语云:"千算万算不如老天爷一算""不如意事常八九",说的就是这个道理。

世界是复杂的,各种事物之间存在着错综复杂的关系,往往有许多规律在起作用。有时人们利用一种规律取得了胜利,过不久却被原先未考虑到的另一些规律所击败。例如,将荒山和湖滩开垦成良田是人胜天,但后来发现前者造成土壤流失而淤塞水道,后者破坏江河的天然蓄水系统,到洪水袭来时才明白是失败了。又如,杀虫剂 DDT 对控制蚊、蝇、跳蚤孳生以防止疟疾、霍乱和伤寒等流行病立过大功,发明者因此而获得了诺贝尔奖,当时以为是大获全胜。但后来发现 DDT 很难分解,进入食物链后对人畜有大害,严重的足以致命,美国从 70 年代开始禁止使用,目前联合国卫生组织正在考虑在全世界禁用。这才知道,原先的胜利孕育着最后的失败。所以人是否胜天还应从全面和长远观点来加以判断。

天和人到底是什么关系?对此先哲早有明示:"天地与我并生,而万物与我为一。"(《庄子》)近来由于环境保护意识的高涨,这种"天人合一"思想颇为学术界包括一些西方学者所看重。归根到底,人是大自然的一部分,她孕育了人类、抚养着人类,天与人是和谐共生的母子关系,不存在谁战胜谁的问题。当然,母亲对孩子也会有照顾不周之处,孩子对母亲也可以提出更高的要求。但尽管如此,孩子总不能因此而向母亲宣战。强调"人定胜天"容易使人产生被置于大自然对立面的感觉,不禁要问:与天为敌究竟对人有什么好处?

犹忆幼时在竹床上乘凉,听母亲讲牛郎织女的故事,仰望耿耿星河、茫茫天宇,朦胧地意识到天有一种神秘的美感。稍长,学了一点科学知识,知道太阳系有九大行星,银河系有亿万颗像太阳那样的恒星,而整个宇宙则包含无数像银河系那样的星系,才知道宇宙至大无外包罗万象,对天更增加了一份敬畏感。及长,学到更多知识才知道:宇宙虽大,人的思想无远弗届,天机虽秘,人的智慧却能将之逐步解开,对天又产生了一份贴近感。几经风霜后,尝爱咏清人诗句"如此星辰非昨夜,为谁风露立中宵?"不如意时独自仰望星空,有感于宇宙之浩瀚,个人之渺小,顿觉豁然开朗,浑然忘忧,对天又产生了一份亲切感。自幼及长,从未对天产生过对立感,对"人定胜天"总觉得有点别扭。

"人定胜天表达了一种与天斗争必胜的豪迈气概与浪漫情怀。"不错! 人定胜天确实具有将军的豪迈与诗人的浪漫,但建设不能只靠豪迈与浪漫,更重要的是要为人民着想,要实事求是。事先应认真评估一下:是否与人民的利益相符? 各种条件是否全都具备? 如此等等。在这些问题得到肯定答复以后,再来"豪迈"与"浪漫"也不迟。

"人定胜天强调了人的主观能动性。"主观能动性当然应该肯定,但能动不等于乱动。前面说过,有时人不一定能胜天。一味强调人定胜天,就有可能导致不顾条件盲目乱动。

"照你说人定胜天不确切,用什么来取代呢?"这可不太容易,如何确切地表达天人关系很值得认真研究。"天人合一"已逐渐为多数人所接受,这是一个总原则,具体到人如何适应和改造大自然,我觉得"顺天应人"可能比较恰当。顺天者,顺从自然规律也,无论做什么事都必须顺从自然规律才能成功,逆自然规律而动者必败无疑。应人者,适应人类之需要也,以人为本,我们所做的一切都要以是否符合全人类的长远利益来衡量。我觉得"天人合一"加上"顺天应人"比"人定胜天"好。

"顺天应人是过去皇帝表示自己顺天意应人望的一种自我吹嘘的说法,现在提出来是否有点封建味儿?"不错! 是有皇帝说过,而且多半是虚情假意。但治学应该认货不认人——只管对错,不问是谁说的。如果是错的,上帝说了也不算;如果是对的,魔鬼说过也无妨。当然,顺天应人也不一定是最恰当的说法,希望有人能提出更好的来。

恨不得跳入虚拟历史中去
扭转乾坤。

虚 拟 历 史

1999 年 6 月 6 日《纽约时报周刊》发表了克里斯托夫（Nicholas D. Kristof）一篇很有趣的文章,讨论郑和下西洋之事。本来这类文章很多,此文引人之处在于提出了一个假想的问题:"假设明朝后来未曾罢西洋宝船而厉行海禁,中国将如何?"作者指出郑和的航行不仅比哥伦布早大约 80 年,而且航海技术高超,他率领的最大的宝船长 400 英尺,是当时世界上最先进的,相比之下,哥伦布的 83 英尺的船简直是侏儒。郑和率领的舰队共有 200 多艘船舰和 27 000 多名水兵,事实是当时中国拥有世界最强大的海军。作者在文中发挥高度想象力:如果后来未曾厉行海禁,中国与世界各国继续海上通商,很可能中国挟其强大的优势,将会席卷东南亚、非洲甚至欧洲和美洲。作者在文末以风趣而发人深省的句子结尾:"考虑一种可能性:这本杂志会是用中文写的!"意思是假如郑和开始的中国远洋航海事业继续下去,首先"发现新大陆"的就不会是哥伦布而是中国人,今天美国通行的将不是英文而是中文! 这当然是一个非常大胆的设想,历史的进程未必像他所说那样。中国的传统思想是内向的,不像西方各国那样是外向的,中国即使拥有最强大的海军,也未必会像当时西方列强那样去征服世界、霸占殖民地。

我感兴趣的并不在于作者的具体结论,而是其思维方式,就是以"假设……将如何……?"来探讨历史可能的不同途径。下面是信手拈来的一些例子:

假设李自成攻破北京后陈圆圆躲起来了,吴三桂未曾"冲冠一怒为红颜",以后中国的"历史"将如何?

假设洪秀全连科及第,仕途一帆风顺,未曾建立拜上帝会起而造反,以后中国的"历史"将如何?

假设慈禧早死 20 年,光绪维新未曾夭折,以后中国的"历史"将如何?

假设希特勒在反犹太运动中保护了科学家,未曾导致大批科学家逃亡,德国首先造出原子弹,以后世界的"历史"将如何?

如此等等,还可以想出更多。我认为这种"假设……将如何……"虚拟式的思维方式有助于对历史的研究。当然我预期也会引起剧烈的反对意见:

"你说的都是偶然事件,而历史有其必然的规律,不是偶然事件所能左右的。"历史当然有其规律,但不能就此否定偶然事件对历史进程所起的作用,否则就忽视了个人的作用,陷入机械唯物主义的绝对决定论。历史毕竟是人的历史,记录的是人的行为,人的行为受思想支配,其中包含着偶然性。尤其在由个人执掌大权的极权社会中,统治者的一念之差往往会使历史走不同的道路。历史的必然规律并不是绝对的。例如就总的趋势而言,人类历史是朝着进步的方向发展——正义战胜罪恶、真理战胜邪说、文明战胜野蛮、民主战胜专制应该是一般规律。但是为什么欧洲会出现漫长的黑暗中世纪?为什么 20 世纪还会出现像希特勒那样的混世魔王?可见奔腾向前的历史长河中充满逆流、漩涡和迂回。在某些关节上,历史选择不同的道路是完全可能的,黄河不也曾多次改道吗?

"假设的事并未发生，这不是历史而是文字游戏。"未发生的事件当然不是历史，所以在前文中的"历史"都打了引号，不妨称之为"虚拟历史"。但这并非文字游戏，而是很有意义的一种研究方法，对实践大有裨益。不信吗？请问：为什么作战前要进行沙盘推演？将军们都知道沙盘推演对实战的价值，沙盘推演的虚拟战争并非游戏。虚拟历史亦如是。

"面对浩如烟海的文献资料，历史学家研究真实的历史还来不及，哪有功夫去研究虚拟历史？"研究历史是要处理大量的文献资料，但并非为资料而资料，目的是以史为鉴。对虚拟历史的研究可以扩大视野，开阔思路，探索各种因素对历史进程的影响，对历史有更深刻的认识。至于浩繁资料的处理，利用电脑和联网可以大大提高效率，过去不敢想象的事现在能办到。

"虚拟历史究竟有什么用？"用处多得很！在自然科学中常用模拟方法，在各种各样的条件下进行模拟，目的在于找出规律以指导实践。虚拟历史的研究也是如此，只要有助于找出规律，就有大用处。例如前述克里斯托夫关于郑和下西洋的思辨，至少说明了闭关锁国是错误的，这对当前的改革开放有正面的现实意义。

其实虚拟历史的概念并不自今日始，请看杜牧的《阿房宫赋》："嗟乎！使六国各爱其人，则足以拒秦；秦复爱六国之人，则递三世可至万世而为君，谁得而族灭也？秦人不暇自哀，而后人哀之；后人哀之而不鉴之，亦使后人而复哀后人也！"这里的"使"不就是假设吗？前半段说的是历史可以有不同的道路——六国"足以拒秦"或秦"万世而为君"（这些都是虚拟的！）。而后半段说的是不以史（包括虚拟史）为鉴的后果——"后人而复哀后人也。"

关键在于正确认识历史的必然性与偶然性，忽视了必然性，就否定了历史的规律性；忽视了偶然性，就否定了人的主观能动性。历史的规律性是通过一系列的偶然事件体现出来的，在所有的学科中，历史是最富偶然性的。不错！自然科学中也具有随机过程式的充满偶然性的对象，但比起历史学来还是小巫见大巫。问题在于作为历史研究对象的事件样本太少,许多研究随机过程的行之有效的统计方法很难用上。这种情形过去如此,于今为烈。在古代由于交通和通信手段不发达,世界的各个部分处于相对隔离的状态,历史学家还可以在不同地区找到几个样本作比较研究。现代交通和通信手段高度发达,世界已日益成为一个不可分割的地球村,各个部分之间具有千丝万缕的联系,"牵一发而动全身"。极而言之,摆在现代史学家面前的只有一个样本——整个人类社会。这种情况使得科学方法于惯用的"可重复性"检验规则难有用武之地。不久前,我问纽约市立大学的一位历史学教授:"历史是不是一门科学?"他回答得很干脆:"不!历史是艺术。"说历史是艺术当然是开玩笑,但他的否定回答是值得深思的。

研究历史不承认偶然性是绝对行不通的。不信吗?说不定明天报纸上就有你从未料到而大吃一惊的新闻——不带引号的新出炉的历史。不知道历史学家们想过这个问题没有?

海纳百川。

有容乃大

好 友倪光炯教授正在手不释卷地读物理学家卡普拉（F. Ca-pra）的《物理学之道》，他对我说："书中对老子、庄子等东方哲学思想与现代基本粒子物理学发现之间的相似性有精辟的阐述。作为中国人，我感到既自豪又惭愧——为中华文明之博大精深而自豪，又为著书立说的却是一位西方学者而感到惭愧。"我说："是的！此书出版25年来已累计发行了一百多万册，在科学界有一定的影响。"近年来一部分西方学者开始注意东方文明，这不仅限于物理学领域。例如还有一本研究股票市场的书，名为《"道"琼指数》，此"道"非彼道，主旨是提倡以老子之"道"的整体综合观点来预测股市之走向，与时下流行的数量分析法唱对台戏。

倪教授的感叹引起了我的深思：我中华文明历数千年而不衰，至今仍具有强大的生命力，其原因何在？

质而言之：有容乃大。

中华文明之强大生命力在于能不断吸收融合各民族文明之精华。这样的事例贯穿于整个历史，我国第一个文化高峰发生在春秋战国时期，一时间诸子百家如雨后春笋冲决而出，各种学说如百花齐放争奇斗艳。究其根源,一方面是华夏诸民族融合的结果;另一方面当时周室衰微群雄并起,为多元文化创造了生存发展的客观条件。待到秦一统天下后,这种对多元文化包容的政治条件不复存在,诸子百家也就销声匿迹了。对我国文化影响至巨的佛教发源于印度,传入中国后历经了一个汉化的过程,不仅产生了富有哲理和文趣的禅宗,同时也融入了艺术,表现在许多精美绝伦的雕塑和壁画。至于民俗文化中的佛教影响,更是有目共睹。盛唐之文艺高峰,固然由于当时繁荣的经济、和平的环境、统治者的倡导以及前代的积累,但另一个不容忽视的主要因素是广泛地吸收了从西域传入的异族文化。至于作为我国近代启蒙的"五四"新文化运动,则是大量吸收西方文化的直接结果。中华文明源远流长历久而弥新,靠的是:有容乃大。

中华文明具有强大的凝聚力和包容性。中国历史上元、清两个皇朝分别是蒙古族和满族凭着铁马金戈强弓利镞"入主中原",尽管统治者实行民族歧视政策,企图分化各民族。结果怎样呢?几百年后蒙满两族已很自然地融入了中华民族的大家庭中。耐人寻味的是,这种民族的融合不是靠暴力强制,而是靠中华文明大同兼爱之仁心和博大精深文化之潜移默化。中华民族之强大凝聚力源出于:有容乃大。

还有一个震惊世界的例子:犹太族一向具有非常强烈的民族独立性和坚守传统的精神,数千年来犹太人浪迹天涯,寄居各地,始终保持其独特的宗教、文化和生活方式,从未有被其他民族所同化的先例。唯一的例外发生在中国,早年定居在开封的一支犹太人至今已完全被同化,再也找不到原来犹太族传统的影子。中华文明包容性之强大,于此可见一斑。这也证明了:有容乃大。

与有容乃大相对立的是闭关锁国。前者代表的是强大和自信,导致发展和进步;而后者代表的是懦弱和自卑,导致衰微和倒退。这样的事例史不绝书。明朝开国以后,曾多次派出使臣与各国交往,其中最著名的是成祖派遣郑和七次"下西洋"。他率领当时世界最强大的舰队与亚洲及非洲各国贸易交往,表现了泱泱大国的优容大度和睦邻精神。照当时的势头继续发展下去,中国很可能与西方同时发展出资本主义经济,一起进入现代社会。可惜仁宗下旨"罢西洋宝船",开始闭关锁国。另一说:宣宗即位后郑和曾第八次下西洋,但不管怎样,以后就厉行海禁,明朝的国势日趋衰微。清朝开国后,康熙、雍正、乾隆三朝尚能聘用客卿,学习西方历算诸法。尔后排外思想逐渐占了上风,国势也就江河日下。若非明清两朝后期闭关锁国,中国近代科学技术就不会那样落后,一百多年来中华民族被帝国主义欺凌的血泪斑斑近代史就可能会改写。

　　以史为鉴,可以知兴替。讲民族主义,千万别忘了中华民族数千年屹立于世之根本——有容乃大。否则就是:太阿倒持,授人以柄。

人的思维能力强在具象而弱在抽象。

看苹果落地比发现万有引力定律要容易得多，否则园丁都成了牛顿。但能从苹果落地悟出万有引力的则是大科学家。

具象思维之妙用

具象是与抽象相对立的概念，具象思维就是具体而形象的思维。一般认为科学理论均借助于抽象思维，其实未必尽然，在科学理论之形成过程中除了抽象思维以外，具象思维往往起关键作用。了解这一点极为重要，下面是几个著名的例子。

爱因斯坦提出的相对论是现代物理的两大基石之一，是 20 世纪的重大科学成就。他在 1905 年发表论文系统地阐述了狭义相对论的两个基本原理：相对性原理和光速不变原理。狭义相对论的建立固然也得益于前人的实验以及麦克斯韦电磁理论所揭示的经典物理学之内在矛盾，但爱因斯坦划时代的贡献是不可磨灭的，这已为科学界所公认。有趣的是爱因斯坦关于光速不变原理的最初想法起源于他的一个理想实验——"追光实验"。所谓理想实验就是在脑子里想象的实验，是一种具象思维。早在 1895 年，爱因斯坦还是中学生，他从科普读物中了解到光以每秒近 30 万公里的极高速度飞驰，忽发奇想，"假如一个人能以光速和光一起跑，会看到什么现象呢？"这是一个非常深刻的问题，三言两语不容易说清楚，读者不妨这样想象，可以了解一个大概：你在广场上面向银幕看电影,银幕上的图像借助光线进入你的眼睛,你看到了电影变化着的图像,一切都很正常。现在想象你的座椅装上火箭带着你以光速退行,按照经典物理学奇怪的事发生了！由于你和光跑得一样快,在你眼睛里老是那同一束光线,你看到的永远是同一帧画面,活动电影变成了固定的照片——时间停顿了！一切运动停止了！再进一步设想你以超光速退行,你追上光了！不可思议的怪事发生了:这时你回过头去向后看,看到的是倒放的电影——时间倒流了！因果关系颠倒了！年轻的爱因斯坦直觉地判断:这不可能！人永远不可能追上光。他经过十年的反复思考,终于悟出了光速不变原理:相对于任何运动的观察者光速永远不变。我的文友倪光炯教授称之为狭义相对论的"画龙点睛之笔",它源出于爱因斯坦的具象思维。够说明问题了吧?

爱因斯坦在提出了狭义相对论以后,乘胜追击,继续研究广义相对论。物理学中的一个重要概念是参照系,即描述物体运动状态所参照的时间和空间系统。狭义相对论的相对性原理是:物理定律在所有相互作等速运动的参照系中均相同。将这个原理推广就是:物理定律在所有参照系中均相同。但跨出这一步很不容易,因为所有参照系包括相互作加速运动的在内,这就涉及到作用力,使问题变得更为复杂。爱因斯坦苦思冥索,终于想出了一个理想实验,他想象自己在一个升降机内,吊索突然断了,升降机及其中的人都成了自由落体,以重力加速度下落。爱因斯坦想象这时他会感到自己的脚不再向脚下的地板施加压力——重力突然消失了！他反复思索这个升降机理想实验,终于悟出了"重力与加速度等效原理",成为广义相对论的基石。人在升降机中自由下落是一个很具体的形象和感受,完全是一种具象思维,却对广义相对论的建立起了关键作用。

现代物理学的另一个基石是量子力学。在科学史中恐怕少有像对量子力学的解释那样几十年来争论不休。爱因斯坦为了与哥本哈根学派的代表人物玻尔辩论,提出了许多理想实验,其中最著名的就是他与玻道尔斯基及罗森共同提出的"EPR 佯谬":设想一对处于"量子交缠态"的粒子分道扬镳,各自朝相反方向飞行了一段距离以后,对其中一个粒子进行测量,不仅能确定该粒子的状态,而且由于两个粒子之间的量子相关作用,也同时确定了已在远处的另一个粒子的状态。这个理想实验将量子力学的结论与相对论的光速不变原理对立起来,乍看两者中必定有一个是错的,EPR佯谬似乎是一个判决实验。几十年来不断有人在做,最新的结果再一次证明量子力学的结论是对的,确实存在光子相关作用,但不可能用来传递信息。EPR 佯谬以理想实验始,后来发展成许多真实的实验,在此过程中人们不仅加深了对量子力学和相对论的理解,而且从中阐明了有关量子态的机制,据此提出了一些可能的实验应用:量子通讯、量子密码甚至量子计算机。追根溯源,可见爱因斯坦等人具象思维之巨大威力。

为什么具象思维能起这样大的作用? 主要是形象化的揭露矛盾。抽象地看光速不变原理,不容易理解其真正的含义,追光实验具体而形象地揭示出超光速运动将导致时间倒流及因果颠倒,这样经典物理学的矛盾就揭露无遗了。

具象思维的重要性还有更深一层的意义。科学理论的发展不能只靠抽象的逻辑思维,单靠它无法真正创新! 任何逻辑推理的结论其实都已隐含在其前提中了,逻辑推理只是将原来隐含的东西挖掘出来、挑明而已。要想真正创新,必须突破旧的前提及其逻辑体系,这就要靠创造性思维和实验。在上述例子中我们已经看到,不仅创造性思维往往是从具象思维开始的,而且有些理想实验如 EPR 佯谬实际上是真实的实验之构思阶段,难怪科学大师们都乐于采用具象思维了。

哲学可以算是所有学科中最抽象的了,但具象思维仍然起到很大的作用。南齐的范缜是善用具象思维的高手,他为了形象地说明"形存则神存,形谢则神灭",指出:形之于神犹刃之于利,岂有刃灭而利存者? 当被问及"因果报应"和人的幸与不幸为何有差别时,他以花落于茵席之上或粪溷之中相对。这些虽然是譬喻,但生动具体,切中要害,很难驳倒。其余如"白马非马""飞矢不动""刻舟求剑""守株待兔""以子之矛攻子之盾""不可能两次渡过同一条河流"等,都是众所周知的具象思维的例子。看来人的思维能力强在具象而弱在抽象。不信吗? 试着将"白马非马"转译为抽象思维看看就清楚了:"任何个别的事物都不能代表其整体。"这还只说了一半,另一半是:"从许多个体中抽象出来的概念,虽然包含个体,但并不等同于个体。"这已经够啰嗦了,但还没有包括公孙龙学派名辩命题中"色""形"差异之原意。看到了吧! 这些抽象叙述哪像"白马非马"那样言简意赅,寓义深刻,回味无穷? 而且还颇有诗意,难怪我的一位姓马的诗友取笔名为"非马"了。

　　奉劝诸君:遇到难题苦思冥索而不得其解时,不妨想得具体些、形象些。具象思维会助你一臂之力,我自己有这样的经验体会。

工作成果不是以消耗的精力和花费的时间，而是以创造的财富来衡量的。

提倡巧干和巧思

中国的文字很奇妙，以"巧"字而言，就有两种相反的含义。褒义有：巧夺天工、能工巧匠、心灵手巧……贬义有：巧取豪夺、投机取巧……"运用之妙，在于一心"，这里的巧干和巧思皆取其褒义。

先说巧干。刚到美国时曾参观了不少实验室，包括著名的国家实验室和一些大公司的中心实验室，使我感触最深的是人家的高效率。当时国内做实验都是手工作业，测数据就逐点去测，测几十个实验数据往往要花几小时。美国同行们用的是自动测量仪，由电脑程序控制，输入指令以后，实验操作者可以走开。几分钟后，包括成百上千个数据的实验结果就自动打印出来了。与手工作业相比，效率提高何止百倍！不仅效率高，而且更准确。这是因为自动测量速度快，可以避免由于环境变化所引起的误差，系统误差也可以通过校准自动消去。真是既快又好，使我看了又妒又羡。这是21年前的往事了。我最近几次回国，发现国内许多实验室也已自动化了，这很值得庆幸。

利用电脑巧干可以提高效率，节省时间。美国人习惯说，"时间就是金钱",其实不如说,"时间就是生命"。节省时间就是延长生命,使科学家能在有生之年做出更多的贡献,这决不是一件小事。

所以要提倡巧干。但更重要的是要提倡巧思——动脑筋想办法创新,其效果比巧干更显著。

集成电路的发明就是以巧思创新的极好例子。以前的电子线路都是由晶体管、电阻、电容、电感等单个元件组装而成的,这种单件电路有很多缺点:体积庞大、制造困难、成本高、可靠性差……尤其不适宜做大规模的复杂电路。美国得州仪器公司的一位工程师心想:能否将整个电路做在一块晶片上?他说干就干,做出了第一个样品,集成电路就这样诞生了。集成电路不仅基本上取代了单件电路,而且进一步发展成为大规模集成电路,引发了一场电子技术的革命。现代电脑的心脏——中央处理器的晶片只有手指甲那么大,却包含几千万个晶体管,如果不采用集成电路绝对办不到。现代家用电器所具有的智能性功能,也只有靠集成电路才能实现。可以毫不夸张地说:"集成电路改变了人类的生活,产生了巨大而深远的社会影响。"不仅如此,发明集成电路的巧思还衍生出另外一些巧思。

衍生的巧思之一:既然能做出微型电路,能否用类似的方法做出微型机械?由于发展集成电路的需要,科学家对其基本材料——硅的性能作了彻底的研究,使之成为在地球上所有材料中了解得最透彻的。关于微型机械的巧思恰如水到渠成,科学家和工程师们利用与制造集成电路类似的方法,用硅制出了各种小巧的传感器、执行器、马达等微型机械。这种微型机械具有许多重要的实际应用,例如可以使之进入人体,执行对疾病的检查与治疗。

衍生的巧思之二:既然能做出微型电路,能否用类似的方法做出微型试管?试管是化学实验的容器,用来盛放试样。过去要寻找一种具有特定功能的新材料或具有特定疗效的新药,往往采用所谓"试-错"法,对大量候选试样进行筛选。即试一个,错了;又试一个,又错了;再试一个……就这样一直"试-错"下去,直到对了为止。不难想象,这种方法要耗费多少人力、物力和时间。其实筛选所需的试样甚微,完全可以置入微型试管,利用与制造集成电路类似的方法,可以在一片晶片上做出数以万计的微型试管来,构成一个微型实验室。然后将各种不同成分的试样分别置入微型试管中,再采用各种快速扫描测试方法进行筛选,就能毕其功于一役。与"试-错"法相比,这样做效率提高何止千万倍。难怪化学材料及制药公司竞相采用。据最近报道,类似的方法也可以用于生物遗传基因的研究。有人预言:像集成电路在20世纪引起电子技术的革命一样,微型实验室技术将在21世纪引起化学、材料及生物技术的革命。

巧思对科学研究来说太重要了,其实这不难理解。科学研究的目的就是探索未知,未知的东西没有先例可循,想不动脑筋巧思,能行吗?再说,人和其他动物的差别何在?人奔跑不如马,力气不如牛,眼力不如鹰,嗅觉不如狗……人类优于动物者全在于大脑发达,会思考。巧思正是发挥人之所长。否则如果不动脑筋,岂不连动物都不如,更遑论其余。

总之,科学要突破,技术要创新,就应该提倡巧干和巧思,为此要加强宣传。过去在宣传时,往往过分强调科学家的拼命苦干精神。什么苦战多少天啦,什么夜以继日不眠不休啦,什么带病坚持工作不下岗啦……今后应该多宣传一些巧干巧思。当然,提倡巧干巧思并不排斥苦干,如能做到巧干加苦干当然更好,但要注意劳逸结合。大家不会忘记:我国一些优秀的中青年科学家,由于负担太重,劳累过度,因而英年早逝的难道还少吗?"亡羊而补牢,犹未为晚。"科学家是国宝,应该创造条件让他们享受休假的乐趣。冬天去滑雪,夏天去游泳,春秋到野外寻幽探胜。这样不仅能在大自然的怀抱中恢复精力,而且可以陶情冶性,激发灵感,产生更多的巧思,回到工作岗位上更好地巧干。

归根到底,工作成果不是以消耗的精力及花费的时间而是以创造的财富来衡量的。这个原则是普遍适用的：科学研究如此，其他工作也一样。

　　长篇大论以后不妨轻松一下，请看一个"巧"的贬例。记不得是多少年前了，美国一位生物学家想研究出一种药膏，能使白发变黑，他采用"试－错"法以白鼠做实验。经过好多年几千次失败以后，他的实验员拿着一只背上有一簇黑毛的白鼠来报告说：做出来了！大喜过望的科学家未加详察，就据此发表了论文，但同行们无论如何也无法重复他的结果。可怜的科学家再回过去检查，才恍然大悟：原来那位实验员实在做得不耐烦了，偷偷地用皮鞋油在白鼠背上涂了一个黑斑。这种事虽然不常见，却为害匪浅。最近美国又接连报道了几起科学家为了夸大研究成果，篡改或筛选试验数据，因而受到调查及处分的事件。我们应引以为戒，"机开算尽太聪明，反误了卿卿性命"，本想投机取巧，结果却弄巧成拙。

　　所以"运用之妙，在于一心"，只限于巧干巧思，千万别扩大到投机取巧。

地本浑圆何分东西?

东化? 西化?

以很大的兴趣反复读了周汝昌先生《思量中西文化》(见 1999
年 5 月 30 日《文汇报·笔会》),文中论及一些重要问题。
我也曾从不同的角度探讨过东西方文化中的综合与分析问题(见
《科学》1998 年第 2 期)。正如周文中引用季羡林先生的那句"揽
总"的话:"中西文化大不一样。"这是千真万确的,就方法论而言,
中西文化之不同集中表现在:前者重综合,后者重分析。

西方注重分析是从文艺复兴开始的,在那以前西方采取的也
是整体综合观念——自然科学根本没有分科,由一门无所不包的
自然哲学概括之。文艺复兴以后,各门学科逐渐分化出来,分析法
才开始大行其道。分析法的要点有三:一是分门别类。将统一的
自然科学划分为物理、化学、生物等许多学科,便于集中精力专攻。
二是穷根究底。如对物质的研究从分子到原子,再深入到原子核、
基本粒子及其内部结构。三是隔离。将研究对象的各个部分及各
种影响因素逐个隔离开来,分别加以研究,这是分析法的精髓,在
科学方法中具有极其重要的地位。分析法对近代科学的建立和发
展起了关键作用,伽利略的自由落体实验就是善用分析法的好例

子。自从古希腊亚里士多德以来,人们一直认为重物下落速度比轻物快——石块一松手马上落地,羽毛则在空中慢慢飘落,其实后者是由于空气阻力的影响。伽利略排除空气阻力的影响将地球引力隔离开来研究,在比萨斜塔上以大小两个铅球同时落地,证明了自由落体都具有相同的加速度和速度,而与其重量无关。这是一个划时代的实验,不仅开近代力学之先河,而且显示了分析法透过现象揭示本质的强大威力。现代科学发展中虽然也利用综合法,但主要靠的是分析法,可以毫不夸张地说:没有分析法就没有现代科学。

以中国为代表的东方走的是另一条路,学术研究以综合法为主。这源出于东方的哲学思想,无论是儒家的大一统思想,还是道家的"天地虽大,其化均也;万物虽多,其治一也。"(《庄子·天地篇》)都是将宇宙当作整体,从全局观点进行综合研究。综合论者虽然也认识到整体由部分所组成,但往往只着眼于各部分之间的外部联系及相互作用,很少分析其内涵。重综合轻分析主导了东方的学术研究,中医学就是一个很好的例子。中医的传统理论基于阴阳二气之调和,以及金木水火土五行之相生相克。这些概念都是从整体出发抽象出来的,其实质是将各个器官及各种因素对人体的影响作通盘考虑,以综合法辨证施治。中医的经络说和针灸术——针一穴而通全身,以及中药处方的君臣配伍,均基于整体综合的观念。西医则大不相同:以人体解剖为基础,层层深入分析;从器官到组织,再到细胞、细胞核、染色体、基因……西医治病:头痛医头脚痛医脚,哪里坏了就在哪里开刀。西医重分析轻综合,是不容讳言的。

东、西方在科学方法上分道扬镳,必定会产生深远的影响。我在《科学》发表的文章中提出一个观点:重综合轻分析是导致中国近代科学落后于西方的重要原因。综合法本身并无不妥,问题在于如果只进行综合而不加以分析,这种片面的方法对事物的研究就无法深入下去,所得结果只能是概貌而失去精微。这在古代科学初创时期尚无大碍，当近代科学向纵深发展时就无法胜任了。

分析与综合本是科学方法的两个方面，两者不可偏废。东方重综合轻分析固然不妥，西方重分析轻综合也有问题，这可以从两个方面加以讨论。

首先是为什么偏重分析的方法能使西方在自然科学领域取得辉煌成就？分析法的精髓在于隔离，这对于物理、化学等领域特别适用，原因是其研究对象较简单，影响的因素少，比较容易隔离，使得分析法大有用武之地。注意到现代科学技术的飞速发展大多发生在这些领域中，就不难理解为什么西方注重分析的方法虽有偏颇仍能胜任了。

其次是这种偏重分析的方法到底还能维持多久？如今科学的门类越分越细，学者的研究领域相应地越来越窄。科学研究的对象也越来越小，现代生物学已深入到分子水平。人体总共包含着大约几亿亿亿个分子，单凭分析法层层深入、探小入微，会不会"明察秋毫之末而不见舆薪"？再者，现代科学面对越来越复杂的对象——生命奥秘、大脑功能、思维机制、人工智能以及更为复杂的社会现象。这些"大系统"不仅包含着为数极多的部分和更多的影响因素，而且彼此之间存在着错综复杂的相互作用。这种情形使得分析法所要求的隔离很难实现，就算能隔离，也会由于涉及的部分及因素太多，而难以进行有效的分析，即使进行了分析，如不作综合，也会只见树木不见森林。总之，随着科学的进一步发展，单靠分析法已不再适应，必须同时采用综合法。我在《科学》发表的文章题为《新世纪的曙光在东方》，说的就是综合法将东山再起。其实西方科学界也已开始认识到综合法的重要性，系统学和系统工程的兴起即为明证。有些西方学者也已开始向东方学习：禅宗、老庄哲学和孔子的学说在一部分知识分子中颇为流行，有些西医也在研究中草药和针灸，"天人合一""反璞归真"等思想也逐渐为西方学术界所接受。这些虽然并非主流，毕竟是良好的开端。

　　综合法东山再起并非提倡复古,不能照搬老祖宗的那一套,而是应该承前启后,不断发展。更不能以综合法取代分析法,而是应该综合与分析并用,扬长避短,相互补充。

　　年前我回国讲学时,接触了一些文化界人士,听到一些议论。有人说:"西方科学已陷入危机。"言外之意东方可取而代之。有人担心铺天盖地的西化浪潮会淹没中国的国粹,提出东化与西化相抗衡,如此等等。

　　20世纪科学技术的突飞猛进带来了空前的物质文明,也带来了环境污染、资源浪费、核军备竞赛等严重问题,但不能据此就说西方科学已陷入危机。更重要的是如何解决这些问题,我想还是要靠东、西方各尽其长,共同努力。前面提到中医重综合轻分析,西医重分析轻综合,尽管各有偏颇,但都能治病。大家知道:有些病看中医好些,另一些病看西医好些,中、西医各有专长,病家也有选择。

　　国粹当然应该保存,但首先要辨明什么是真正的国粹,鲁迅对此有精辟的见解。国粹会不会被淹没?不妨以史为鉴:中国是世界四大古文明中至今仍具活力者,这决非偶然。除了中华文化本身的博大精深以外,中华民族对外来文化的兼收并蓄是一个重要原因,盛唐的文艺高峰和五四时期的思想解放均为显例。如今西方已开始认识到在某些方面向东方学习的必要性,为什么我们自己反倒忧心忡忡呢?

　　展望新世纪,总的趋势是文化合流。西化?东化?我看还是"东西同化"为好。

象牙塔中有时也会放出异彩,变成导航的灯塔。

匠气与书香

自从美国发展原子弹之曼哈顿计划以来,现代科学研究越来越工程化。例如研究基本粒子的加速器,就是耗资数十亿美元占地几十平方公里的庞然大物,工作内容涉及物理、化学、数学、机械、电机、电子、电脑、建筑等,参加的科学家与工程师数以千计,俨然是一项巨型工程。解读人类基因的研究也是一个涉及到许多国家由大量科学家参与的巨大工程,其工作主体是利用电脑控制的仪器分辨出数以万计的人类基因片断,然后将之分类储存,这当中包含许多重复性的操作。超级电脑的发展方向是平行计算,其实质是将大量小型电脑的晶片以某种特定的方式并联运行。流行的电脑软件如"视窗"等的源程序动辄上千万行!这不就是一个巨型的脑力工程吗?编过程序的人知道,编程序是1%的创意加上99%的标准式操作,其中包含大量枯燥乏味的脑力劳动。

现代许多大型科学研究项目中,90%以上的参加者实际上是在做工程,是工匠而不是学者。诚然工匠也需要动脑筋,也会有革新和创造,但多半只是局部的枝节改进,并非涉及整体的根本性突破。这种情形,通俗地说就是匠气。

匠气也渗透到人文领域,最近香港的一个刊物举行了一次笔谈,一些文科教授大叹苦经,他们指出文化教育界正在工程化、数量化,使得教授们整天忙于写报告、填表格等琐碎事务,而无法集中精力进行真正的学术研究。他们惊呼:教授成了工匠!

这里提出匠气丝毫没有贬低工匠的意思,像鲁班那样的工匠是中华民族的骄傲。再说,没有工匠,谁来造器? 我们所用的种种器物都是工匠造出来的,工匠们的贡献是伟大的,没有工匠是不行的。但单有工匠还不够,还需要学者。学者的任务是研究基本问题,从大处着眼,往深处探索,超越现有的水平,作出原创性的发现,使人类的认识来一个飞跃。这就需要有深邃的学术素养、独到的眼光以及追求真理锲而不舍的精神,这种学者所特有的气质,无以名之,姑且称之为书香。

威莱斯(Orson Welles)有一段描写匠气与书香的话颇为传神:"在博尔吉亚统治下的30年,意大利充满了战争、恐怖、谋杀和血腥,却出现了米开朗琪罗、达·芬奇和文艺复兴。在瑞士,民众有兄弟般的爱,500年的民主与和平,但他们提供了什么呢? 报时声如杜鹃的钟。"当然,瑞士除了钟表以外,还以美味的奶酪和巧克力著称,但威莱斯的意思是清楚的:这些工匠们的手艺再巧,也无法与领500年风骚的文艺复兴大师们相比。

20世纪物质文明大放异彩,探本溯源,真正的突破来自学者。别的且不说,如果没有量子论和相对论,就不可能有超导体、半导体、集成电路、电脑、激光和原子能……20世纪的物质文明岂不是去掉了大半? 开量子论先河者是普朗克,导致他提出量子概念的研究题目是"黑体辐射频谱的紫外发散",这够书香味了吧? 就以此为契机,发展出量子力学以及相关的科学技术。相对论更是如此,爱因斯坦的狭义相对论从根本上改变了时间和空间的观念,提出了著名的质能相当原理,为原子能的利用奠定了理论基础。广义相对论则是爱因斯坦十载寒窗苦思冥想的结晶,是纯粹书香结出了硕果,却就此奠定了现代宇宙论的基础。所以不要动辄责怪学者走进象牙塔,有时象牙塔中也会放出异彩,变成导航的灯塔。

　　加速器对于物理学家来说当然是非常重要,但这不是目的,而是一种工具,目的是用来探索基本粒子的奥秘。20世纪50年代,位于莫斯科近郊杜布纳的联合高能粒子研究所拥有当时世界上最强力的加速器,但一直做不出成果来,直到轮到王淦昌当所长,才在他的指导下发现了一个粒子——反西格马负超子。王淦昌是具有敏锐目光和极富创意的学者,这次的成功显然是他身上的书香起了关键作用。

　　随着探索微观世界的尺度越来越小,所需要的加速器就越来越大。例如为验证超弦理论所需的加速器,按常规建造的话比整个银河系还大!无论什么样的能工巧匠也造不出来。怎么办?这就要靠学者们的书香了——需要全新的思路另辟蹊径。最近有人提出设想,利用宇宙这个“大实验室”来验证某些理论。这是一个良好的开端。

　　解读人类基因只是一种手段,其目的是揭开生命之奥秘。打个比方:解读基因就好比编出一部字典,字典是做文章的参考工具,如果做不出文章来,要字典何用?所以更需要书香——要了解那些基因起什么作用?有什么用处?为什么人的基因绝大部分和猪的相同而人非猪?如此等等。基因研究只是刚开始,好戏还在后头。

　　电脑的速度比人脑快千百万倍,为什么其综合智力还不如儿童?这显然不是工匠所能解答的问题。但如能解答出来,就是从电脑发明以来最重大的突破。

　　书香与匠气并不一定相排斥,两者可以相互转化。齐白石本为雕花木匠,但他拜师学画,苦读诗书,终于成为充满书香的一代宗师。书香与匠气可以兼有。费米是一位获得过诺贝尔奖的著名物理学家,他在做实验时如果缺少一种仪器,就卷起袖子到车床上去做出来。书香和匠气应该结合起来。其实科学研究就是1%的创意加上99%的辛勤劳动。换言之,书香与匠气之比是1:99。但这个比例只代表两者在研究工作量中所占之份额,并不代表两者之相对重要性——缺乏那 1% 的科学家只是高级工匠,而造就大师则靠那 1% 。

我们需要千千万万能工巧匠满足大众的各种需求,更需要大批杰出学者带领一代风骚。

千万别把"不务正业"当紧箍咒，
否则即使神通广大如孙悟空也只好
讨饶。

科学普及是正业

英国《物理世界》1999 年 7 月号的一则报道使我很受感动：曾经担任过美国规模最大的高能物理实验室——费米国家实验室主任的莱德曼（Leon Lederman）是著名物理学家，他与另外两位物理学家共同发现"妙"中微子而获得 1988 年诺贝尔物理学奖。1989 年退休以后，莱德曼全力从事科学普及工作，主要集中在两方面：一是利用电视等媒体传播科学，他正在策划一个电视剧，以工作中的科学家为主角；二是他竭力提倡改革中学的物理教学。现年 77 岁的莱德曼最近说："我从记事时起就对科普感兴趣。"在他担任费米国家实验室主任时，主动和周围的居民建立联系，每星期六由该所的科学家讲解和演示他们的研究成果。莱德曼建立了"费米实验室之友"，鼓励青年从事科学。他还为有才华的学生建立了"伊利诺数学与科学学院"，并亲自教课，结果有 60% 的学生选择了科学或医学作为职业。这些活动的目的都是为了提高公众对科学的认识和理解。

西方著名科学家中像莱德曼那样热衷于科普的大有人在，其主要形式是写科普读物。这个传统可以追溯到文艺复兴时代，伽利略、开普勒以及后来的达尔文、赫胥黎等人都写过以一般民众为对象的科学书籍。近年来更是名家辈出：爱因斯坦曾与英费尔德合写过《物理学的进化》，他本人还写过《狭义与广义相对论浅说》和《相对论的意义》两本小册子。奥地利著名物理学家薛定谔是量子力学创始人之一，他在1946年出版的《生命是什么？》一书中提出关于生命本质的观点很有创见，至今仍常被人引用，可见超越本行有时会取得意想不到的成功。美国曾获得诺贝尔奖的著名物理学家费曼和盖尔曼都是热心的科普作者，费曼写了《你管别人怎么想》《别闹了，费曼先生》《物理之美》和《这个不科学的年代》等通俗读物；盖尔曼写了《粒子物理学》和《夸克与美洲虎》，后者内容涵盖从量子力学、生物学到系统科学。英国那位坐在轮椅上身残志坚的著名科学家霍金写了《时间简史》《续时间简史》和《黑洞与婴儿宇宙》，其中《时间简史》曾被译成多种语言，发行量逾千万册！这些科普读物不仅普及了科学知识，有的还对社会产生了一定的影响。科学家热心科普是美德，是社会责任心的一种表现。

　　相对而言，我国在这方面还做得不够。虽然出版的科普读物也不少，但由科学家特别是著名科学家执笔的不多。这是什么原因造成的呢？就此我曾向国内一些专家、教授以及科学书刊的资深编辑们请教过，所说不一，但有一点是共同的，他们都认为科学家不愿写科普作品是怕被人说是"不务正业"。

　　这就提出了一个问题：科学家的正业是什么？从事本职研究工作当然是科学家的正业，但不能就此推论科普不是正业。我认为：正业与否应由工作的重要性和对社会的贡献来判定。科普工作的重要性表现在以下几个方面：首先是普及科学知识，造就科学队伍的广大后备军。这对青少年特别重要，他们对科学的兴趣主要是通过科普活动来培养。没有广大的后备军，难道顶尖的科学家会从天而降？其次是扩大科学家的知识面，为探索交叉学科开门指路。"科学家扩大知识面竟要靠科普？你有没有弄错？"丝毫没错！现代科学越分越细，科学家在窄小的专业范围内目不旁骛，越钻越深；他们也想扩大知识面，但"隔行如隔山"，面对浩如烟海的资料不知从何下手，而科普读物正如开门之钥。好的科普读物不仅起到提纲挈领的作用，而且深入浅出地阐明基本原理，是在新领域中进一步深入的指路明灯。以上两点虽然很重要，但科普最重要的作用还在于提升全民的文化素养：科学追求真理，可以净化人心；科学反对迷信，可以提高民智；科学讲求理性，可以安定社会。千万不要低估了科普的这些重要的社会功能。

所以应该理直气壮地说：科学普及是正业，科学家从事科普工作并非不务正业，而是当务之急。这样说是有根据的：科教兴国不能只局限于科学界和教育界，应该是属于全民的事业，科学普及是科教兴国大业的一个重要组成部分。注意到当前我国社会上的某些迹象：为什么一些明显违反基本常识的奇谈怪论能够蛊惑人心？为什么劳民伤财的"一窝蜂"盲目跟进屡禁不止？……这些都与全民的科学素质不高有密切关系，治本之道还在于普及科学。

有人认为科普作品属于下里巴人，很容易写，用不着劳动科学家，这纯系误解。实际上科普作品比科学专著难写，写得好更难。科学专著只需叙事准确、推理无误就行；而科普作品除此以外，还要求明白易懂，风趣宜人，雅俗共赏，可见决非易事。这就是为什么要提倡科学家来写科普作品，他们精通科学，融会贯通，出手自然不凡。

有的科学家说："我的专业领域属于科学前沿，内容深奥，常人难以理解，无法科普。"学科确有难易之分，但"天下无难事，只怕有心人。"物理学最前沿的超弦理论，其深奥难懂是出了名的，我曾问过几位资深的粒子物理学教授，连他们都望而生畏，摇头说："概念太抽象，数学极艰深，不敢碰。"但是不畏艰险的勇者还是有的，美国哥伦比亚大学的格林（Brian Greene）教授是这方面颇有贡献的杰出专家，最近写了一本书名为《优美的宇宙》（The Elegant Universe），以通俗的形式介绍超弦理论。他在书中旁征博引，深入浅出，引导读者悠游于十维时空的超弦世界，乐在其中。令人吃惊的是，涉及如此深奥题材的书却深受读者欢迎，竟登上了畅销书的排名榜。艰深如超弦理论尚能科普，还有什么不能的呢？

我们要大声疾呼，呼吁科学家都来关心科普工作，写出优秀的科普作品来。好的科普作品不仅能传播科学知识，还会给读者以美的享受，是科学与文艺的结晶。我国老一辈科学家中诗文俱佳者大有人在，完全能胜任。最近听说清华大学和复旦大学都开设了文理兼修的特别班，专门培养既有科学知识又有文艺修养的人才;这样科学文艺事业不仅后继有人，将来青出于蓝胜于蓝，当可预期。

青松寒不落,碧海阔逾澄。
                                    ——胡耀邦引杜甫诗

充分重视"小科学"

现代科学发展的一个明显趋势是规模越来越大:高能粒子加速器的直径可长达几十公里,射电望远镜的碟形天线竟占满整个山谷,受控热核聚变实验装置以及太空航天器等耗资动辄以亿元计,一个大型研究项目的参加人员往往成千上万……这些"大科学"可以出大成果,关系到科学技术及经济之发展至巨,是综合国力的重要组成部分,当然应该予以充分的重视。

但重视大科学不等于可以忽视"小科学"——一位科学家带几个研究生,根据自己的兴趣和专长进行的小规模科学研究。这种小科学与大科学相辅相成,是整个科学事业的重要组成部分。若干年前我访问了位于玻尔多市的科罗拉多大学物理系,系主任告诉我:他们正和国家标准技术局(NIST)合作,探索在超低温下原子的集体行为。他还说:"这种研究规模很小,所需的全部设备总共还不到五万美元。"这在美国算是典型的小科学,当时我并未十分在意。1995年石破天惊!美国的各大报刊以显著地位报道:他们在非常接近绝对零度(零下273摄氏度)的超低温下,以实验证实了物质的一种新态——"玻色-爱因斯坦凝聚态"。这项研究的成功不仅有重大的科学意义,而且可以据此做出类似激光的相干原子束,具有重要的实用价值。

小科学出大成果的事例屡见不鲜。高温超导体之发现就是小科学出了特大成果的极好例子。80 年代中,国际商业机器公司(IBM)在瑞士的一个实验室的两位科学家贝诺兹及密勒在本职工作之余进行一项"私房"研究课题。在这以前发现的超导体都是金属或合金,他们竟异想天开,想在陶瓷材料中寻找超导体。这在当时确为异端,但两人孜孜以求,锲而不舍,乐此不疲。皇天不负苦心人,1986 年他们果然找到一种高温超导陶瓷,使多年来停滞不前的超导温度一下子提高了 10 度。更重要的是开辟了新的思路,他们的发现发表以后触发了一场全球性竞赛,结果是新的高温超导体一个接着一个地被发现,使超导温度又提高了 100 度以上!特别值得骄傲的是:这场竞赛中跑在最前面的朱经武、吴茂昆、赵忠贤(以姓氏笔画为序),全都是中国人。再回到贝诺兹及密勒,最早的突破是他们两个人做出来的,因而获得了 1987 年诺贝尔物理学奖,这的确是小科学史上值得大书特书的一页。

在全世界引起轰动的英国克隆羊"多利",以及我国杂交水稻专家袁隆平主持的高产"杂交水稻"等研究项目也可以归属于小科学,或者至少是从小科学开始的,但都做出了令人瞩目的重大成果。这些事实证明小科学具有强大生命力,应予充分重视。

科学家的创新精神和对真理的不懈追求,永远是推动科学前进的原动力。要发展科学,必须善待科学家。

如何正确对待科学家?小科学与大科学也应有所不同。大科学项目具有工程性质,参加的人员众多,因而各个方面的协同配合,以及研究工作的策划、组织、安排、布置、检查、总结等很重要。由于大科学本身的集体性和社会化,科学家的个人作用是通过集体体现出来的。小科学则不同,往往是少数几位科学家自由的结合,有的甚至是单枪匹马、独当一面。对于这种小科学,最好的管理方法是充分信任科学家,放手让他们去闯。这对探索性的研究尤其重要,因为面对的是未知世界,该如何进行只有科学家自己心里最清楚。我经常在同事间鼓吹这个观点,有位负责研究工作的经理听后说:"这样好是好,但是放手以后有人躺倒不干,我该怎么办?"我说:"真正的科学家对自己的要求,比任何领导所能想象的要高得多。如果真有人躺倒不干,那是你用错了人。"作为科学工作的领导者,首要任务是当好识千里马的伯乐。

小科学中有一些是属于探索性的基础研究,其特点是不一定马上有直接的实际应用,而且难度很大,在短时间内不易取得突破。往往 10 年、20 年甚至更长时间不出成果,但一旦突破意义重大。中国是大国,决不能忽视这种长期探索性的基础研究,否则将会犯战略性错误。这类研究比较适合在大学中进行,有青年学生当助手,思想活跃;有许多不同的学科,便于交叉渗透;而且教学研究结合可以相得益彰,即使做不出成果,至少培养了学生。对这种位于科学最前沿的探索性研究很难进行具体规划,科学史中有不少"有意栽花花不开,无心插柳柳成阴"的先例,要鼓励科学家广插"柳枝"——根据自己的想法进行多方面的探索。领导要有耐心,不能急功近利,在这方面,无为而治可能是最好的领导方法。

当然这并不是说科学工作的领导者无事可做,记得 1975 年胡耀邦受命主持中国科学院工作时曾说:我来这里就是为你们服务,创造条件使你们能集中精力做好研究工作(大意)。那时还是"四人帮"当道,胡耀邦不顾自身安危,主持拟订了《科学院工作汇报提纲》。他排除干扰为科学家落实政策,不厌其烦地解决他们的生活困难。这些"春雨润物细无声"的工作,温暖了广大科学工作者的心,使他们至今仍不能忘怀。这些都是历史了,但历史是可以当镜子来照的。

2001 年诺贝尔物理学奖授予埃里克·A·康奈尔、卡尔·E·维曼和沃尔夫冈·克特勒等三人,卡尔·E·维曼就是科罗拉多大学物理系的。可见,小科学又出了特大成果。

十载寒窗苦,八年打基础。

根深才能叶茂、花繁、果硕,无根
只会枯死。

基础宽些再宽些

为了写海森堡,最近涉猎了第二次世界大战有关的历史,无意中发现在研制原子弹过程中,美、德两国科学家为解决一个关键问题表现出不同的学风,造成迥然不同的结果,感到很有启发。

据曾获诺贝尔奖的著名物理学家贝特(Hans Bethe)《德国的铀计划》一文(见美国《今日物理》2000 年 7 月号)报道:为了在反应堆中实现核裂变的链式反应,需要能减慢中子速度的减速剂。当时已知的可能减速剂是石墨和重水,由于重水不易制取,开始时注意力都集中于石墨。德国顶尖的实验核物理学家波特(Walter Bothe)用石墨做实验,发现无效,就据此作了结论,决定采用重水。重水可以从水中提取,但含量只有万分之一,提取重水需要耗费大量电力,德国在被占领的挪威一座水电站附近建立了重水厂。这时美国也在做类似的石墨实验,主持者是获得诺贝尔奖的著名物理学家费米(Enrico Fermi),实验结果也不好。但他没有就此急于下结论,而是进行了缜密的分析和思考。觉得可能是所采用的石墨纯度不够所致。恰好与他一起做实验的另一位物理学家斯席拉德(Leo Szilard)在转入物理以前曾学过化学工程,知道制造石墨所用的电极材料是碳化硼,制出的石墨中含有硼杂质,硼能大量吸收慢中子,这就难怪实验做不出来了。于是他们改用无硼的纯石墨再做实验,果然一举成功。美国采用石墨减速剂,于 1942 年 12 月 2 日就实现了核裂变链式反应,在与德国竞赛的原子弹计划中着了先鞭。德国虽然在挪威建成了重水厂,但英国情报机关将获得的情报知会挪威游击队,对之进行了破坏。直到战争结束时,德国提取的重水只够所需的一半,这无疑是希特勒原子弹计划失败的原因之一。

在此事例中,费米的缜密科学态度固然起了作用,但如果斯席拉德没有广博的知识,也不可能这样快地解决问题。贝特对德国人的失误评论道:德国人非常相信权威,波特是这方面公认的权威,没人会怀疑他的结论;而且德国物理学家不会去求教化学工程师,因为不同学科之间壁垒森严。

在这里我们看到,科学家宽广的基础知识是何等重要,而学科之间的壁垒真是害人不浅。其实科学的对象——客观世界本是一个整体,学科的划分是人为的。现代科学划分越来越细,科学家在窄小的专业范围内深钻不已,如果不能适时跳出来看一下专业以外的广阔天地,难免成为井底之蛙。

近年来边缘科学和交叉科学的蓬勃兴起,证明了不同学科之间的壁垒必须铲除,科学家具有宽广的基础知识是科学发展本身的要求。我国高等教育与此种要求还不相适应,这有其历史原因。自从 50 年代学习苏联以来,大学分科过细——系下面分专业,专业下面又分专门化。学生花费许多时间学习容易过时的狭窄专业知识,缺乏必要的宽广基础知识,更谈不到跨学科了。这种体制对培养特定专业人才,以应新中国成立初期经济建设之急需,是起到一定作用的。但沿用至今已不能适应发展的需要,改革开放以来虽然有所改进,但积重难返,尚需作更多的改革。其实苏联的教育和科学体制源出于德国。德国人素以严谨和守纪律著称,历史上也出过不少杰出的学者;但就学术整体而言,不免偏于刻板保守。前面提到贝特的评论是切中要害的,他原本是德国人,对之有亲身体验。

基础知识要宽些,这也适用于人文、艺术等方面。几次回国听到不少人议论:有些理工科大学毕业生缺乏文科的基本知识,写出的论文甚至文理不通。他们呼吁加强中文教育。现在有些大学已将中文列为理工科学生必修,这当然很好,但还不够。文理结合决不仅仅是为了能写出通顺的论文,而应当是扩大学生的基础知识和文化素养,在科学人文和艺术之间架起桥梁。这样坚持下去,文理交融、蔚然成风,会有意想不到的重大收获。

汤川秀树是日本著名物理学家,由于提出介子假说被实验证实而获得诺贝尔奖。他从小就对中国传统文化有浓厚的兴趣,认为不仅有其不同于西方的艺术特征,而且蕴含着能驾驭科学的智慧。老庄思想曾在他的物理学研究中发挥了重要作用,成为激发创造力的源泉。他回忆50年代从事基本粒子研究时,突然想起庄子所讲的倏和忽为混沌凿七窍的故事,由此联想到宇宙万物最基本的东西并无固定形式,它虽未分化,却具有能分化为一切基本粒子的可能性,这就是混沌之妙用。汤川秀树还受李白《春夜宴桃李园序》中"夫天地者,万物之逆旅;光阴者,百代之过客"的启发,提出了时空量子的空域概念(详见汤川秀树《创造力和直觉——一个物理学家对东西方的考察》)。

庄子和李白竟与基本粒子和微观时空有关!你想到过吗?其实这很自然,科学与艺术原本相通。一般认为:科学是靠理性的逻辑思维,而艺术则是靠感性的直觉和灵感。这种理解有其片面性,科学固然要靠逻辑思维,也要靠直觉和灵感,而且在有创造性的重大突破时后者更重要。理由很简单:逻辑思维只是一种从已有前提出发的推理,推出的结论其实已隐含在前提中了,逻辑只是将原来隐含的东西发掘出来,挑明而已,从根本上说并无新意。要想真正创新,必须冲决旧的前提及其逻辑体系,这就需要直觉和灵感,才会顿悟,才有突破,爱因斯坦和汤川秀树等大师级科学家都有这种体会。由此可见,拓宽基础不仅包括科学,还应将人文和艺术包括在内。

"拓宽基础好是好。但我学一门都顾不过来,要学那么多,能行吗?"学海无涯,人的精力有限,这确有困难。但也要看到有利条件。拓宽基础并非茫无目地样样都学,而是应该根据自己的目标和条件有所选择。现代技术为学习提供了优异的条件,有电脑和网络,便于收集、处理和储存资料,可免掉过去那种死背硬记。语云:"一物不知,儒者之耻。"我们应该学习古人这种好学不倦的精神。

埃及的金字塔高矗入云,历经几千年风霜雨雪,依然巍然屹立,靠的是宽广的基础。学习要像金字塔:基础宽些! 再宽些!

> 五百年后仍为注意中心者
> 才是大师。

蒙娜丽莎微笑揭秘

近五百年来,人们对文艺复兴时代艺术大师达·芬奇(1452—1519)的名画"蒙娜丽莎"怀着极大的兴趣,尤其是她那神秘的微笑,引起种种猜测和议论。

蒙娜丽莎微笑的神秘之处在于:当你注视她的面容时,先是看到微笑,继而似乎隐去,然后微笑重新出现,过一会再次神秘地隐去。难道画中美人真的活了吗?难道蒙娜丽莎会"变脸"吗?达·芬奇是怎样捕捉到如此美丽而又神秘的表情的呢?为什么别的画家没有摹仿呢?

意大利文中有一个字用以描述达·芬奇在创作"蒙娜丽莎"时所采用的"无界多重着色法":sfumato(词根为 fume,指"烟、汽"),意思是朦胧似烟、凭想象。"烟笼寒水月笼沙",正是这种扑朔迷离的朦胧美使人陶醉在美妙的艺术胜境中,浮想联翩,浑然忘我。

我有幸见到过现藏于巴黎罗浮宫的"蒙娜丽莎"真迹,她那带着神秘微笑的美丽倩影吸引着一代又一代无数观赏者。艺术之奇美一至于此,可叹为观止矣。

最近事态有出乎意料的发展。哈佛大学的一位脑神经科学家玛格丽特·列文斯通(Margaret Livingstone)从科学的观点对蒙娜丽莎的微笑给出了一种可能的解释。她认为蒙娜丽莎微笑之所以时隐时现是由于人类视觉系统的本性所致。

列文斯通博士是研究视觉系统的权威学者,她特别对人的眼睛和大脑如何处理视觉形象的各种光照度和对比度感兴趣。最近她在写一本关于艺术和大脑的书,编辑建议她不妨学习一些美术史。她在一本名为《美术故事》的书中读到这样一段:"我知道你已看过这幅画不下一百次,但是再看,就这么看……"她照着做了——近看远看,左看右看,上看下看……她感觉到这幅名画具有一种闪烁的特性,但还是不明白到底是什么。一天她在骑自行车回家的途中,忽有所悟:"微笑的忽隐忽现是由于我眼睛注视的部位不同所造成的。"列文斯通大喜过望:"蒙娜丽莎微笑之谜终于解开了!"

列文斯通解释说:人眼的视网膜具有两个不同的区域,中心的小凹区善于分辨彩色和细节,环绕小凹区的外围区对彩色和细节不敏感,却善于辨别运动和阴影。人们在欣赏蒙娜丽莎时专注于她的美目,因而视网膜的外围区恰好落在她的嘴部和面颊部。由于外围区善于辨别阴影,将蒙娜丽莎嘴角和颧骨部位的曲线突出了,从而显示出笑容。人们发现蒙娜丽莎在微笑,很自然地将视线移到她的嘴部。由于视网膜的中心小凹区对阴影不敏感,列文斯通说:"在看她的嘴时,你发现笑容消失了。"

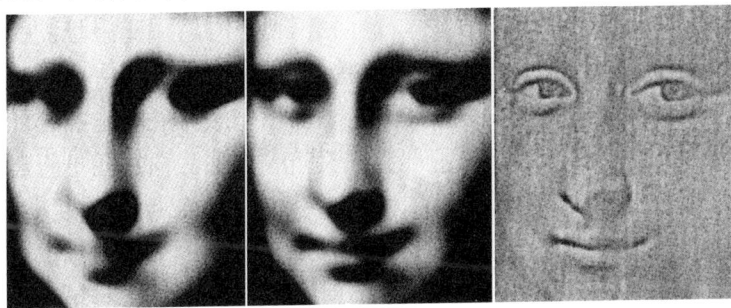

蒙娜丽莎面部的图像处理

为了证实其论断,列文斯通用电脑将蒙娜丽莎的面部进行了图像处理。附图中右图所示是面部阴影完全消除的形象,笑容也随之消失了,中图和左图是面部阴影逐渐加强的形象,笑容就出现了。蒙娜丽莎微笑的时隐时现,原来是人们的视线在画面上游移所致。列文斯通如是说。

别的画家为什么没有摹仿达·芬奇呢?列文斯通说:"要做到这一点,就必须在画嘴时不看嘴!达·芬奇是怎样做到的?仍然是个谜。"

至此,有人会说:"让蒙娜丽莎微笑的朦胧美和神秘美流传百世不是更好吗?为什么非得要去解秘呢?科学家真是无事忙。就算你解对了,将旷世奇美归结成眼球的转动、视线的游移、脑电波的闪烁,还有什么电脑图像处理,等等,以这些世俗之物来亵渎艺术大师之杰作,岂不大煞风景?达·芬奇在天之灵闻之,当跌足长叹曰:'焚琴煮鹤,莫此为甚!'"

另一些人会说:"达·芬奇乃文艺复兴之旷世奇才,既是艺术家,又是科学家。他特别对物理学、生理学和医学感兴趣,研究人体生理学颇有心得,作出过许多贡献。如今蒙娜丽莎微笑之谜揭开了,达·芬奇在天之灵当拊掌赞之曰:后生可畏,深得吾心!"

孰是孰非?唯有去问达·芬奇本人了。无奈"昔人已乘黄鹤去,此地空余……"一班后生在揣摩。

　　不知盼了几世几劫,终于盼来了
人的世纪。

21 世纪将是什么世纪?

科 学界一般认为 19 世纪是化学世纪,20 世纪是物理学世纪。
那么 21 世纪将是什么世纪呢?

　　19 世纪初,道尔顿的原子说为化学作为一门科学奠定了基
础,尔后门捷列夫的元素周期表为化学列出了纲要。化学家在实
验室中人工合成了许多化合物,包括过去认为不可能合成的有机
化合物,促进了化工业的建立。这些都是在 19 世纪完成的,称之
为化学世纪,名正言顺。

　　20 世纪初,相对论和量子力学的建立标志着现代物理学的诞
生,物理学不仅深入探讨物质的本质,而且促进了技术的飞速发
展,电视、激光、电脑、半导体、集成电路、无线电通讯、原子能、航空
及航天技术……无一不是建筑在物理学成果基础之上。20 世纪
是物理学世纪,当之无愧。

　　21 世纪的主导科学是什么? 对此有不同的意见:有人说是生
物学,这种说法有道理。生物学已深入到分子水平,遗传基因物质
载体 DNA(脱氧核糖核酸)的发现,为基因工程奠定了基础,在农
业及医药保健业得到重要的应用。在新世纪中,以基因工程为核

心的生物学对人类社会的影响,将不亚于 20 世纪的物理学。另有人说是信息学,这种说法也有道理。电脑及通讯网络的发展使人类进入信息时代,信息学及其相关技术对人类社会的影响之广泛和深入是史无前例的。还有人说将是生物学与信息学共同主导,这种说法也有道理。信息在现代生物学中的作用越来越重要,DNA 所携带的就是遗传信息,它决定生物的生长、繁殖和进化。现代科学悬而未解的主要秘密之一是大脑中的自我意识,这作为生物学与信息学相结合的例子是再恰当不过了。

上述三种说法都言之成理,但都局限于自然科学。是否可以跳出传统的说法,思路更开阔些? 我认为 21 世纪将是社会科学的世纪,有以下几点理由支持这种说法。

20 世纪物质文明的繁荣归功于自然科学的飞速发展,相对而言,社会科学落后了,这两类科学发展的不平衡,造成了严重的后果,别的且不说,20 世纪中就发生了两次世界大战,这不但是人类历史上仅有的,而且杀人之多、损失之巨也是空前的。为什么会酿成如此巨大的人间悲剧? 这与两类科学发展的不平衡有密切关系:一方面,自然科学和技术的进步造出了许多杀人利器,能更有效地杀人;另一方面,社会科学的落后,使得人类不懂得如何和谐相处,稍有争端即兵戎相见。

科学技术越是发达,这种不平衡所造成的后果就越严重。20 世纪人类掌握了原子能,和平利用可以造福人类,制成炸弹则足以毁灭世界,为善为恶关系到整个人类的生存。

"21 世纪将是生物学世纪。"人类会面临什么样的挑战呢? 克隆技术是生物学的重大突破,不管你赞成还是反对,克隆人的出生只是迟早问题,美国有人甚至提出要做出无头克隆人作为移植器官之用。不妨想象一下,这会为法学、伦理学、心理学、社会学等带来什么样的挑战? 基因工程已经造出了具有毒杀害虫基因的农作物,这种经过基因改造的玉米、番茄和马铃薯等已在许多农场大面积种植。英国公众已为"虫子吃了会死,人吃了会怎么样?"的争论闹翻了天,千万别小看这个问题,它比原子能为善为恶的问题要复杂得多:造原子弹和建原子能发电厂是完全不同的两回事,比较容易分辨和控制。与之相反,在农作物中引进外来的基因,生出来的新品种到底是更好的食物还是慢性杀人的毒物? 不是仅仅在实验室内做几年试验所能确定的。不信吗? 回顾一下杀虫剂 DDT 的历史就清楚了:DDT 刚发明时被认为是化学的重大成就,被广泛使用,但曾几何时,就发现 DDT 难以分解,对生态环境有严重的危害,最终被禁止使用。基因改造食物涉及到企业、农场主和消费者三者之间利害关系,而且与技术问题交缠在一起,就显得更为复杂。

"21 世纪将是信息学世纪"。人类会面临什么样的挑战呢? 电脑及其联网成为社会的神经系统,促进了全球化,世界成了名副其实的地球村。这将带来许多好处,也将带来不少潜在的危险性。如今投机者可以通过网络跨越国界几乎瞬时地调拨几十亿美元,他们还可以通过电脑设计的期权套利交易进行"以一博百"式的金融赌博。偶一失手,就足以触发金融危机。在信息社会中如何趋利避害? 绝非易事。

以上这些问题都不是单靠以物为研究对象的自然科学可以解决的,还要靠以人为研究对象的社会科学才能真正解决问题。

社会科学的落后并非社会科学家无能或不够努力,而是其研究对象太复杂了,要求在方法论上有所突破。自然科学在其发展过程中已积累了大量行之有效的研究方法和工具,可供社会科学参考使用。特别是研究复杂大系统的系统科学之发展和电脑的广泛应用,为社会科学提供了新的研究方法和工具。过去不敢想象的事,现在可以做到。当然社会科学与自然科学的研究对象有很大的不同,研究方法不能生搬硬套。但是应该看到,近年来在经济学等领域已有不少利用自然科学中发展起来的方法获得成功的例子,这至少说明在某些领域,两类科学所用的方法确有相通之处。在社会科学的另一些领域,可能需要发展适合其对象的新方法,但不管怎样,自然科学中一些行之有效的方法至少有其参考价值。

一方面有迫切的需要,另一方面有新的研究方法和工具,社会科学世纪的到来恰如水到渠成,社会科学将在新世纪中取得突破性的进展是可以预期的。其实新世纪迫切需要的不只是社会科学,还有人文、艺术等与人有关的学科。归根到底我们是人,我们所做的都应该为人服务。20世纪的物质文明在某种意义上将人类社会物化了,一位哲学家说:"人变成了人的工具的工具。"这是本末倒置! 应该正过来以人为本。在这个意义上说,21世纪应该是人的世纪。但愿在新世纪中人类可以活得更好些,让我们一起为此而共同努力。

> 人类的历史经验可以归结为：以人为本。这是以无数血泪为代价换来的。

迎来人的世纪

2000 年春回国,在清华大学、山东大学及复旦大学与不同系的学生进行了座谈,并作了两场题为"新世纪展望"的演讲。演讲中与听众互相问答进行讨论,第一个问题是:"如何用最简练的字句概括 20 世纪?"讨论后所得的答案是"机器世纪"。第二个问题是:"如何用最简练的字句概括你所希望的 21 世纪?"答案是:"人的世纪。"

20 世纪科学突飞猛进,促进了物质文明,使人类的平均生活水平空前地提高。先进国家人的平均寿命已从 20 世纪初的四十几岁提高到世纪末的七十几岁。今天城市中产阶级的物质生活水平超过了当年的皇帝! 不信吗? 到故宫去看一下就知道了,皇帝所住的宫殿虽然画梁雕栋、金碧辉煌,但只是方砖铺地,无暖气、冷气、自来水、抽水马桶,也没有电灯、电话、电视、电冰箱。不错! 皇帝确实是养尊处优,但那靠的是成百上千宫女和太监的服侍,以及亿万臣民的供奉,而现代中产阶级则全靠自己。这一切成就均靠科学技术带来的机器之所赐,称 20 世纪为机器世纪,谁曰不宜?

机器所代表的物质文明固然能造福,但也带来了严重的问题:

环境污染、自然资源过度消耗,等等,以及史无前例的两次世界大战。机器当然不是造成两次世界大战的原因,但确实能更有效地杀人,如果没有那些"先进"武器,不可能死几千万人。机器的影响无孔不入,也渗透到人文和艺术方面:现代社会像不像一部巨型机器? 现代派绘画、雕塑及建筑等充满了几何形体,而音乐舞蹈等则带有金属声及机器般的激烈动作。总之,机器使人类与大自然日益隔离,造成人的异化。正如一位哲学家所说:"人变成了人的工具的工具。"这种趋势使人忧心。

人类的一切活动本应为全人类造福,所以我们希望 21 世纪是人的世纪。其实,希望是一回事,能否实现则是另一回事。这次回国还听到一些议论:有人提倡全盘西化,主张无保留地接受西方的物质文明,继续向机器化迈进;另一些人则担心铺天盖地而来的西化浪潮将会使重人文的东方文明没顶,因而提倡东化与西化相抗争。在清华大学的演讲会上,我提议听众用举手来表示自己的意见。在一百多位金融管理系学生中,只有一位举手赞成全盘西化,有十几位赞成东化,其余大多数赞成"东西同化"——人文与科学共生互补。青年学生是我们的未来,他们这种很有见地的意见使我大受鼓舞,对实现人的世纪信心大增。

东方"天人合一"思想可以追溯到春秋战国时代,近年来颇受西方有识之士的重视,认为道出了大自然与人关系之真谛。其实西方人文与科学的分离也只是文艺复兴以后才开始,美国麻省理工学院的德托罗斯教授指出:"21 世纪人类面临的最大挑战是如何将科学与人文相结合,形成一个统一的文化。300 年前人类犯了一个历史性错误,将人文与科学分开发展,两者分割越深,人类应付复杂世界的能力就越弱。可能要花 100 年才能纠正这个错误。"这"100 年"不正是 21 世纪吗?

强调人的世纪并非对机器世纪的否定,而是其合理的延续——不是不要机器,而是要机器为人服务。历史证明将机器与人对立起来的思想是错误的,20 世纪 50 年代电脑刚起步时,美国著名科学家维纳在他的《控制论》一书中忧心忡忡地指出：电脑与自动化的普及，不仅将取代大批蓝领工人的工作，而且部分白领职工的工作也将被取代，他大声疾呼工会与政府应关注这个将会造成严重失业的社会问题。半个世纪过去了，维纳担心的事并未发生，美国的电脑较之50年前何止增加了百万倍，但失业率却下降到4%。原来电脑不仅取代人的工作，也创造新的工作，君不见电脑程序师已成为如今最热门的职业了吗？

人的世纪以人为本，一个重要的标志是人文与科学相结合。这不仅是人们的愿望，也是迎接新世纪挑战的当务之急。科学技术的发展不会停止，为善为恶关键在于人如何利用。以克隆技术为例，继"多利"羊之诞生，已造出了克隆牛、克隆鼠、克隆猪……看来无论你赞成还是反对，克隆人的诞生只是迟早的事。美国已有人在谈论如何造出无头的克隆人供器官移植之用，试问这将为人类社会带来什么样的挑战？如果没有政治、经济、法律、宗教、心理、伦理、道德等人文方面的介入，单凭科学技术是不能解决问题的。科学好比是一艘在雾海中夜航的轮船，需要人文来导航；科学越发达，船就越大，速度就越快，如果缺乏正确的航向，就更容易触礁。

人的世纪所要求的人文与科学相结合不能指望会从天上掉下来，要靠我们去争取。这方面可以做的事很多，首先应该从教育入手，使学生接受人文和科学的全面训练。美国高科技公司的主管，除了拥有企管硕士学位外，不少还拥有科技方面的博士学位。美国的专利律师一般都具有法律和科技双学位。不久前，美国联邦法院承审微软垄断案的法官为了深入了解案情，专门进学习班去学习有关电脑软件和网络方面的知识。最近清华大学和复旦大学都开设了文理兼修的特别班，学生选修文理双学位的也逐渐增多了，这些都是好的苗头，希望有更多的学校也这样做。

文学是人学，应该提倡文学家和科学家向彼此的领域渗透，这也是从机器世纪向人的世纪过渡的一个重要方面。这有先例可循:我国"五四"时期的文人胡适、鲁迅、茅盾、成仿吾、徐志摩、郭沫若等人都很重视科学,不仅在作品中反映科学内容,有的还发表过科学散文和科学诗。当时中国的科学水平还非常落后,能欣赏科学文艺的读者很少。这些先行者的远见卓识和荜路蓝缕的追求确实令人钦佩。美国旧金山州立大学的女物理学家威廉斯(Lynda Williams)不仅写科学诗,而且既吟且歌——将之谱曲制成光盘发行。近年来,我国在提倡科学诗和科学散文方面也已有了良好的开端。

人的世纪要求在科学与艺术间架起桥梁。早在 1979 年美国的侯世达(Douglas R. Hofstadter)就撰写了《哥德尔、艾舍尔、巴赫》一书。哥德尔是数学家,艾舍尔是画家,巴赫是音乐家,该书将三者联系起来,就是想说明科学与艺术是相通的。最近美国接连推出科学题材的戏剧和电影,上演的有《哥本哈根》、《空间》、《求证》、《运动身体》和《接触》等等,内容涉及物理、数学、天文等领域。

怀疑者会说:"这些都很好!但极端分子总是挑起争端,动辄兵戎相见,这难道不是实现人的世纪之最大障碍吗?"确实如此!但这正说明我们更应该努力提倡以人为本。在这里,"仁爱"、"和为贵"、"中庸之道"、"己所不欲,勿施于人"等东方人文思想中的精华就非常有用,应该发扬光大。

新世纪的门楣上大书一个"人"字,我们刚跨过门槛,还要长驱直入,登堂入室,以谋求全人类之长治久安、繁荣昌盛。

我们必须把科学当作艺术，然后
我们才能从科学得到完整的知识。
——［德］歌德

缪斯一身二任，她也是科学女神。

科学是美丽的

在常人心目中，科学是深奥的、严格的、艰难的、枯燥的……提到科学家，眼前就浮现出爱因斯坦的形象——白发怒张、皱纹满面。科学怎么会是美丽的呢？不可思议！

事实是：科学不仅是美丽的，而且是旷世奇美，美不胜收。那么常人为什么没有感受到呢？责任在科学家，他们浸沉于科学美中其乐融融，忘记了与大众分享。但也有例外，李政道近年来频频撰文著书，极力提倡科学美。他还请了著名画家李可染、吴作人、吴冠中等作画描绘物理世界的内禀美。这些作品最近结集成书，名为《科学与艺术》，引起了科学界和艺术界的注目。

乍看图中那位载歌载舞的女郎，可能以为是当红的歌星，其实她是旧金山大学的天文物理学家琳达·威廉斯（Lynda Williams）。她从小爱好歌舞，进入大学攻读天文物理学，为科学大千世界中的奇瑰美景所吸引，决定利用业余时间传播科学美。威廉斯对《纽约时报》记者说："天文物理是最美丽的。还有什么比宇宙的诞生更美丽？还有什么比黑洞、多重宇宙和交响共鸣着的宇宙流更美丽？"威廉斯说得好！让我们继续下去：还有什么比原子中"云深

不知处"的电子云更具朦胧美？还有什么比生命之源叶绿素中的
"绿色秘密"更具神秘美？还有什么比"生命之梯"DNA 回旋曲折
的双螺旋更具活力美？还有什么比"纳米"世界中用原子砌成的
纤巧结构更具精致美？……科学之美,美不胜收!

琳达·威廉斯在舞台上载歌载舞

　　威廉斯为科学美所启迪,开始以科学题材写诗。《纽约时报》
于 2000 年 6 月 4 日发表了她的一组科学诗,我将其中两首译成中
文发表在《诗刊》2000 年 11 月号,下面是其中一首《碳是女孩
之最爱》:

碳是女孩之最爱

黄金确实很宝贵

但不会燃起你心中之火

也不会使火车长啸飞驰

碳是地球上一切生命之源

它来自太空的陨石

构成一切有机物质

在大气层中循环往复

钻石　煤炭　石油

> 总有一天会用完
>
> 能构成一切的将是碳纳米管
>
> 碳是女孩之最爱

"钻石是女孩之最爱"是美国流行的谚语。钻石是碳元素的一种特殊的结晶形态，威廉斯从科学观点将该谚语扩其意而用之，由钻石推广到碳的各种形态，写出了这首诗。较之原谚语，这是艺术的升华，意境大为提升。女孩爱钻石，无非是爱钻石首饰之光华夺目、价值连城，用以炫耀自己雍容华贵的外表美。威廉斯以诗的语言，赞美各种形态碳的实用价值及其对生命循环的重要性，表现的是内涵美。

威廉斯科学诗的题材还包括瑰丽的天文奇景、玄妙的基本粒子以及生命科学，等等。她的诗充满着感情，例如一首小诗《爱之力》（译诗载《诗刊》2000年11月号）：

> 物理学家发现宇宙有四种力
>
> 强力　弱力　引力　电磁力
>
> 但我发现了一种新的力凌驾一切
>
> 我谨向你提议
>
> 爱的统一理论

爱之力凌驾一切！这种跨越科学和艺术的浪漫情怀大概是女科学家的专长。

吟之不尽，继之以歌舞。威廉斯将自己的科学诗配曲后，载歌载舞登台表演。加州理工学院举行的一次天文物理学国际会议上，她在霍金、惠勒、索恩等科学大师面前，演唱了自己作词并按英国著名的甲虫乐队《黑鸟之歌》调子谱曲的《黑洞之歌》：

> 黑洞在死寂的夜空中旋转
>
> 转着转着逸出了视线
>
> 直到发生了碰撞
>
> 我们正等待着你的引力波出现

这次会议是庆祝黑洞理论和引力波探测先驱索恩教授60华

诞,威廉斯对流行歌曲《黑鸟之歌》作一字之改,不是很风趣而又切题吗?

威廉斯还专为中学生作科学歌舞表演,她关切地说:"十几岁的女孩们为了吸引男孩,不顾一切放弃学业,这很危险,尤其在这高科技时代。"为此她编了一支歌,题为《物质化女孩》:

> 男孩们只知吻我拥抱我
>
> 我认为他们跟不上时代
>
> 如果他们不懂得谈论量子力学
>
> 我就从他们身旁走开

她在舞台上手持话筒边唱边跳,背后天幕上灯光映出20世纪的50位著名女科学家的肖像。威廉斯说:"我希望女孩们会从这些杰出女性得到启发。"

威廉斯的科学歌舞生涯也并非一帆风顺。她曾向"物理学中的女性"会议的组织者要求安排一场科学歌舞表演,却被拒绝,理由是"不合适"。她失望地说:"我想呼喊:嗨!女士们!为我们所进行的革命添加一点幽默感。"威廉斯曾在一次有上千人参加的高能物理国际会议上表演,其中有些人不谙英语,不能领会她表演中的幽默,一批人中场离席。幸亏有俄国科学家捧场,上台给威廉斯献花。

她在天文学家集会上的表演则完全是另一番景象,与会者和着威廉斯的歌声一起尽情欢唱,并且跃上坐椅翩翩起舞。威廉斯说:"作为天文学家,你必须具有幻想和好奇心。"其实何止是天文学家,不具有幻想和好奇心的人根本不可能成为有创意的科学家。有创意的科学家和优秀的艺术家具有相同的气质——反传统,求新求异。

不仅物理学是美丽的,数学也是非常美丽的。早在古希腊和罗马时代,艺术家就发现了人体的曲线美。现代派的雕塑家和画家以他们的作品表现了几何形体的视觉美,在毕加索晚期作品中频频出现的"怪异"人像——两个鼻子、三只眼睛等等,据说其灵感

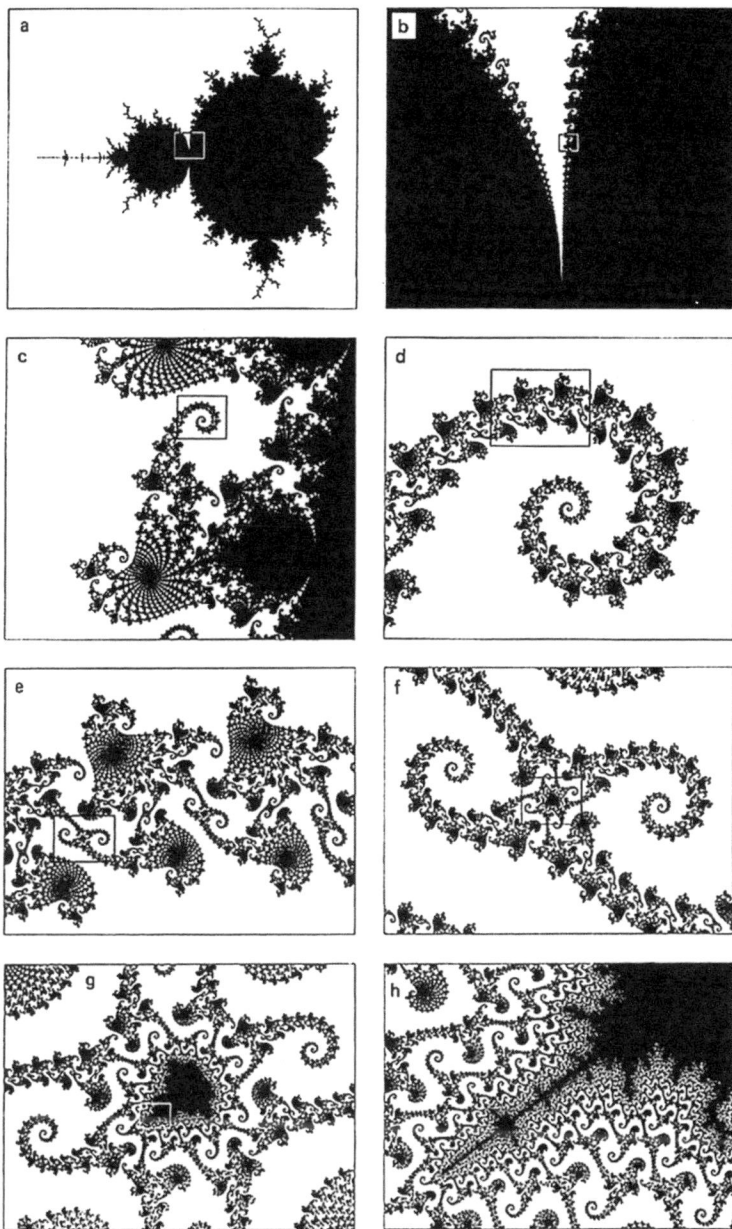

电脑绘出的"分形"图案（其中后图是前图中小方格内图案之放大）

来自数学中超越现实三维空间的抽象高维空间。数学家以叠代方程在复数平面上产生的"分形"图案之千变万化、奇幻迷离,使艺术家也叹为观止。

　　科学追求真理,揭示宇宙万物的真象及其运动变化的规律。真正的科学家都懂得:真理是简单的,而且越是深层次的适用范围越是普遍的真理就越简单。简单、深刻、普遍三位一体,这就是科学美之源泉。

　　科学家在追求真理的过程中,锲而不舍,孜孜以求。常人往往认为是苦,其实他们虽然辛苦却乐在其中。科学家顿悟和突破后的快感乃先睹为快——享受前人从未见过的瑰丽美景。

　　希望经过科学家和艺术家的通力合作,使科学的瑰丽美景能为更多人所共享。

　　科学是美丽的。你同意吗?

我还是很喜欢济慈的《夜莺颂》。

科学美质疑辩

许多人提倡科学美,但也有一些怀疑者对科学美提出质疑。朋友从网络中传来著名生物学家道金斯《解析彩虹》中译本书稿嘱评。其中提到诗人济慈(John Keats,1795—1821)认为牛顿(Isaac Newton,1642—1727)用三棱镜将太阳光分解成红、橙、黄、绿、青、蓝、紫的光谱,使彩虹的诗意丧失殆尽。因此科学不仅不美,还会破坏美感。

这位 19 世纪英国著名诗人的声音在当代也会产生回响。自古以来,明月为诗人所反复吟咏,写出了许多美丽的诗篇。民间也有不少关于月宫的浪漫神话:玉兔舂米,吴刚伐桂,嫦娥奔月,千古流传,脍炙人口。1969 年阿波罗号首次载人登月成功,传回的月球表面照片坑坑洼洼,像一张麻脸。更煞风景的是,什么玉兔、吴刚、嫦娥、桂花树等等全属子虚乌有。"嫦娥应悔偷灵药,碧海青天夜夜心。"原来李商隐是自作多情!

骚人墨客还可以举出更多这类煞风景的事,来证明科学之所作所为简直是焚琴煮鹤!

果真如此吗?我和道金斯一样不敢苟同,试就上述二例剖析之。

雨过天晴，彩虹当空，艳光四射，当然非常美丽。牛顿的分光实验揭开了彩虹之谜——原来是太阳光折射所致，虹桥、天梯、霓裳羽衣等美丽的联想随之褪色，难怪有人感到失望而责怪牛顿，这是一方面。但还要看到另一方面：牛顿的实验开光谱分析之先河，从此以后，科学家利用这个工具，发现了科学大千世界中前所未见之旷世奇美。

天文学家利用光谱分析，在弥漫天宇的星云里找到了有机分子，这一重要发现说明茫茫太空到处潜藏着生命的种子，原来我们并不孤独。套用王勃名句"海内存知己，天涯若比邻"而改作"宇内存知己，天外若比邻"不是也颇有诗意吗？

1969年7月20日，阿姆斯特朗踏上月球："我的一小步，人类的一大步。"

天文学家利用光谱分析还发现，遥远星体发出光线的光谱有所谓"红移"，据此先后提出了宇宙膨胀说及宇宙起源大爆炸说。后者表明：原来芸芸众生大千世界都可以追溯到一百多亿年前太初时一团灼热的火球，这与盘古在混沌中开天辟地的神话不谋而合。宇宙大爆炸的威武雄壮瑰丽奇美难道比不上区区彩虹？

巡天归来再赏月。"天上一轮才捧出"的玉盘忽然变成了大麻脸，固然扫兴。但失之东隅，收之桑榆。太空人阿姆斯特朗从登月舱中跨出第一步踏上月球时，他说："我的一小步，人类的一大步。"每当想起这句名言，我心中就涌起一股不可抑制的激情——人类自古梦想登天，如今美梦成真，这一步好大啊！由登天而激发出的灵感难道还不足以补偿失玉盘之憾吗？苏东坡泉下有知，一定会写出更精彩的诗篇，使他的《水调歌头》不致成为千古绝唱。

至于玉兔、吴刚、嫦娥、桂花树，其实也并未真的失去。下面是刊登于《诗刊》1998年6月号上我的一首小诗：

月　　宴

美国太空总署于1998年3月5日宣布"勘探者"号太空船在月球南北极地表下找到大量冰水，人类移居月球更有希望。

> 等了这么久
> 终于盼到了水
> 嫦娥沏出香茗
> 吴刚烫好桂花酒
> 玉兔将刚舂好的新米
> 煮成香喷喷的熟饭
> 一起来款待
> 来自故乡
> 久违的亲人

我不避嫌在此引用，只是想说明，古典美并不注定要随科学发达而消失。科学时时在开拓新疆域，只要不抱残守缺，固步自封，"天涯何处无芳草"？

科学求真，真中涵美；艺术唯美，美不离真。真和美是统一的。科学使我们更接近真理，怎么反倒不美了呢？这就是为什么我不敢苟同济慈对科学美的质疑，但我还是很喜欢他的《夜莺颂》。

问世间情是何物，直教生死相许。
　　　　　　　　——元好问

科学美再质疑辩

一天几位好友在家相聚，闲谈中一位问我："你在《科学美质疑辩》一文中极力为科学美辩护，提倡科学与文学艺术相结合，是吗？"我点头道："是的。"他又问："是什么使你相信两者可以结合呢？"我回答说："我相信真与美是统一的。"

这时一位科学家朋友插话说："依我看，科学和文学艺术很不一样。科学实验讲究可重复性，无法重复的实验结果就不算数。科学定律贵在普适，适用范围越普遍的价值就越大。文学艺术则刚好相反，作家讲究个人风格，千人一面谁看？艺术品贵在独树一帜，越是稀有的越珍贵，复制品就不值钱。总之，科学追求同一，而文学艺术追求差异，两者如此不同，怎么能结合得起来呢？再说，我毕生从事科学研究工作，并未感到它与美有什么联系。"

我还没有反应过来，一位文艺界朋友抢着说："对此我有同感！文艺抒情，科学论理。情是心灵中流动着的潺潺清泉，理是脑海中矗立的巍巍高峰。对我来说，情和理太不相同了。'问世间情是何物，直教生死相许。'你们科学家懂吗？"挚友之间不讲客套，往往直言无忌。这二位所提的问题既深刻又尖锐，像连珠炮似地轰得我晕头转向，一时竟无言以对。

送别好友后，他们的质疑仍在脑海中萦回，挥之不去，思之难解。一天晚上辗转反侧睡不着，索性起来到庭院中走走。月华似水，万籁俱寂，一人独自漫步，仰望夜空，忽有所悟，思绪如飞瀑流泉，一发而不可遏止。于是，急步回书房，挥笔疾书。

那位科学家朋友说的确实有道理，但只是一方面，还应该看到另一方面。科学贵在创新，创新是独一无二的。著名数学家陈省身说："数学是胜者为王，只有第一，没有第二。"其实一切科学皆如此，西谚云："新大陆"只能被发现一次。科学界公认的发现与发明准则都只承认第一。科学论文发表时都注明：×年×月×日收到。记录在案就是为了避免日后引起谁为先之争。艺术品还允许合法复制，而剽窃抄袭的科学论文则一文不值！发明更是如此，专利审查标准的第一要义：必须是前所未有、独一无二的真正创新。谁说科学不需要独树一帜？

作家和艺术家讲究个人风格，但杰出的科学家也是如此。最近杨振宁在清华大学建校90周年纪念会上的发言中特别讲到这个问题，他指出：英国著名科学家狄拉克的风格是"秋水文章不染尘"，没有任何渣滓，直达深处，直达宇宙的奥秘；而德国著名科学家海森堡的风格则迥然不同，他所有的文章都有一个共同特点，朦胧、不清楚、有渣滓，与狄拉克的形成鲜明对比。尽管如此，两人对量子理论的建立都作出过划时代的贡献，都获得了诺贝尔奖。谁说科学家没有个人风格？

大家都知道文学艺术的创作需要灵感，实际上科学的突破也需要灵感。爱因斯坦狭义相对论的灵感来自"追光理想实验"，他想象自己比光跑得还快，追上光后会发现什么呢？这就触及了狭义相对论的核心问题，沿着这条思路深入下去，终于突破了经典的时空观念。科学的重大突破固然需要靠实验和逻辑思维，但这还不够，还需要"众里寻她千百度，蓦然回首，那人却在灯火阑珊处"式的豁然贯通。这种顿悟因人而异，不可言传，是很个性化的。谁说科学只求同不求异？

　　那位文艺界朋友快人快语，一语中的。情是文艺的灵魂，是与科学根本区别之所在。但问题是：情从何而来？就以她引用的"问世间情是何物，直教生死相许"来说，来源于一个故事：有人看到猎人射杀一只雄雁，相伴的雌雁痛不欲生，盘旋哀鸣，触地而亡。这为恋人们反复吟咏刻骨铭心的诗篇是触景生情和借物抒情，这里的景物就是生死相依的一对大雁。可见，情并非凭空产生，而是从现实世界中萌发出来的。科学在追求真理的过程中，不断深入发掘现实世界的真相，进入前人从未涉足的处女地，遇到各式各样的新鲜景物，为什么不能由此触景生情和借物抒情呢？实际上你如果见到科学大千世界的大真大美，一定会一见钟情。

　　情与理确实很不相同，但两者之间曲径通幽，不畏艰险敢于探幽者，会在情理交融处发现瑰丽奇美。杜牧是我喜爱的一位诗人，他那千古传诵的名句"停车坐爱枫林晚，霜叶红于二月花"，一反前人悲秋的老调，赞颂万山红遍的霜叶犹胜烂漫的春花，抒发出一股青春豪情。科学家则从另处着眼，研究叶子里的叶绿素和花青素，探讨光合作用之奥秘，发现大千世界中芸芸众生所赖以生存的养料和能量均源出于叶子里的绿色秘密。科学家找到了生命之源泉，这既是隐藏在叶子中的至理，也是大自然更深层次的大美。我相信当诗人们触到这样的美景时，一定会钟情于大自然母亲生生不息之美意，写出媲美于杜牧的瑰丽诗篇来。

　　"情发之于内心，如爱情就很个性化，难道也可以从科学世界中抒发吗？"可以！请看一首小诗（原载《诗刊》1997年8月号）：

量子情侣

　　　　量子态的重叠
　　　　你中有我　我中有你
　　　　真正的心心相印

　　　　自旋的配对

　　一个向上　一个向下
　　情侣们成双翩跹

　　量子态的相干
　　有波峰　也有波谷
　　就像爱情的波折起伏

　　量子测不准原理
　　扑朔迷离　似幻亦真
　　热恋的心态谁能说清?

　　走笔至此,真想马上请那几位好友回来,清茶一杯促膝论文,可惜已天各一方。

科学诗是真与美的结合。

科　学　诗

自古以来,诗人通过表现自然与社会来抒发自己的感情,追求美。

　　科学的任务在于了解世界,追求真理。随着对客观世界了解的不断深入,人们进入了一个又一个前所未知的领域。人类的日常生活基本上局限于地球表面及其周围的宏观世界,这也是诗人们的活动舞台。但现代科学分别向微观与宇观两个极端作纵深发展,逐渐揭示出一个多层次的世界。在微观方面,从细胞、分子、原子、核子,直至核子的内部,发现了与宏观世界截然不同的许多奇妙的现象与规律。在宇观方面,从行星、恒星、银河系、河外星团,直至整个大宇宙,也同样发现了许多宏伟壮观的现象与规律。更为奇妙的是,科学的发展证实,至小的微观世界与至大的宇观世界原本相通。这种纵深方向的探索极大地拓宽了人类的视野,对诗人来说,是一块充满宝藏的未经开垦的处女地。科学也同时沿横向发展,由于分析方法的普遍采用,科学的分科日益精细,研究的范围遍及数学、物理、化学、生物及医学等。而且大学科包含着小学科,小学科内还有更小的分科,其结果是人类对世界的认识日益完备而精致。这也同样揭示了与人们日常生活所处的宏观世界不同的多种现象与规律,这些都扩大了诗人的视野,提供了许多前所未知的创作题材。

科学了解世界,诗表现世界;了解越深,表现越精彩。科学求真,也包含美;诗唯美,也包含真。诗与科学均贵在创新:了无新意的不是好诗,故步自封者不具科学价值。诗人与科学家都需要灵感:缺乏灵感写不出好诗,同样也做不出重大的科学突破来。

既然如此,为什么不可以把科学与诗结合起来创造一种科学诗呢? 提倡科学诗至少有以下两方面的好处:就诗人而言,可以丰富诗的题材,拓宽其表现领域;就科学家而言,可以提供一种与专业互补的陶情冶性的娱乐方式。其实科学诗的作用还不止此。众所周知:思想的火花需要异体的撞击,创作的灵感需要外来的激励。通过提倡科学诗,可以从科学的百花园中引来一股清泉,为诗界注入新的活力。不信吗? 有先例为证:生物的异种之间具有杂交优势;不同学科之间兴起的边缘科学具有强大的生命力;外来的文化促成了盛唐的文艺高峰,如此等等。从纯学术的角度看,还有什么能比诗与科学的结合更具边缘性,更具杂交优势呢?

提倡科学诗的具体做法是:(1) 鼓励科学家就科学题材写诗。其实这并不是没有先例的。细菌学家高士其曾发表过许多科学诗;著名科学家苏步青等都能做诗,有了基本的诗的素养,就不难写出具有科学内涵的科学诗来。让更多的科学家用诗来表达他们在漫游科学奇境时的美妙的感受,从而使广大读者能分享这种愉悦。(2) 鼓励诗人广泛涉猎科学,了解科学的进展及成就,进入奇妙的科学殿堂,从而获得灵感,收集创作素材,进而创作出别具情趣的科学诗来。可能有些诗人会产生疑虑:科学的殿堂太过深奥,恐怕不得其门而入。其实,这是一种不必要的顾虑。就写科学诗而言,并不要求诗人们去精通科学,而只是要求能有概括性的了解,只要肯下一定的功夫,入门应该是不成问题的。不妨看一下类似的科学与艺术结合的例子:著名物理学家李政道曾在北京邀集一些知名画家,向他们讲解物理学中的一些课题如对称、守恒、弦理论等,并请每一位画家创作一幅以科学为题材的画。既然画家们经过一次集会听讲就能画出科学画来,相信诗人们经过类似的学习也一定能写出科学诗来。(3)进行有关的理论研究,以阐明科学诗的内涵、形式、规律,及其与其他诗种之间的关系。

宇宙是一个统一体,归根到底,文艺与科学也是统一的。将文艺与科学分开来进行研究只是为了方便,是人为的,两者之间并不存在不可逾越的鸿沟。作为文艺的一个分支,诗与科学具有某些共性,这就是科学诗的理论基础。我坚信经过诗人与科学家之间的合作,以及广大读者的支持,科学诗一定会在文艺的百花园中生根、发芽、开花、结果。

附诗:

圆　周　率

一个简单的比率

竟引起古往今来这么多关注

周3径1　　3.14　　3.1416……

最新的记录已算到几千亿位

最快的电脑也算不到尽头

像一篇读不完的长诗

既不循环　也不枯竭

无穷无尽　永葆常新

数学家称之为无理数

诗人赞之为有情人

道是无理却有情

天长地久有时尽

此率绵绵无绝期

　　空灵！空灵！有空才灵，
　　真空！真空！真空不空。

无声·留白·真空

乍看，无声、留白、真空三者似乎风马牛不相及，但细思量三者均体现出"有"与"无"之间的微妙关系。

　　白居易《琵琶行》中那段描写音乐之美妙的诗篇，千古传颂，历久弥新。其中我最欣赏的一句是："此时无声胜有声"。无声怎么会胜过有声呢？我这样理解：在"大弦嘈嘈如急雨，小弦切切如私语……"那一段繁忙的音乐以后，琵琶声由急转缓，"冰泉冷涩弦凝绝，凝绝不通声渐歇"，乐声悠然而止。使听众得以静下来回味其弦外之音，从而浮想联翩，进入一种更高的艺术境界。而且这里无声的停顿也烘托出随后"银瓶乍破水浆迸，铁骑突出刀枪鸣"那种逼人的宏伟气势。总之，诗人告诉我们：音乐之美妙不仅在有声，也在无声，更在于有声与无声的浑然天成。音乐的这种表现手法在西洋的交响乐中也有采用。

　　鲁迅诗："心事浩茫连广宇，于无声处听惊雷。"这里的无声显然是在酝酿着爆发。对反动派而言，无声比有声更可怕！

　　国画（尤其是写意画）讲究留白。最近翻阅八大山人的画册，这位开写意画先河的落魄王孙是擅长留白的高手。他的画往往只是寥寥数笔,留出大片空白,整个画面就显得很空灵,意境也就分外飘逸。留白使欣赏者的目光专注于那传神的寥寥数笔,这样不仅主题突出,而且使人领会到画家意在画外。留白成为国画构图的重要元素,突显东方艺术的审美观。但是传统的西洋画并非如此,在著名的纽约大都会博物馆展出的上千幅西洋写实派和印象派的画中,竟然没有一幅采用留白。现代抽象派画家的有些作品中虽然也留出大片空间,但往往着有颜色,严格地说不属于留白。画笔的渲染是"有",留白则是"无"。东西方画家对留白的不同态度,是否反映了两种文明在哲学思想上的差异呢?

真空是物理学中的一个重要概念,顾名思义,真空是空空如也。其实不然!用最强力的真空泵将密封容器抽到高真空,每立方厘米仍然残留上千个气体粒子;即使在星际空间的超高真空,每立方米仍有一两个粒子。而且除了粒子以外,整个宇宙空间充满了由微弱的电磁波所构成的背景辐射,这是宇宙诞生时"大爆炸"残留的余晖。1964年美国的彭齐亚斯(A. A. Penzias)与威尔孙(R. W. Wilson)在一个偶然的机会发现了这种"宇宙背景辐射",成为"大爆炸"理论的有力证据之一,两人因此而获得1978年诺贝尔物理学奖。

可见,空间并非空无一物,现实中并不存在绝对真空。

英国物理学家狄拉克(P. A. M. Dirac)首先从理论上指出:即使在绝对真空中也并非空无一物,而是充满了许多正、反虚粒子对。打个比喻:真空就好比是永不平静的海平面,波涛起伏浪花飞溅,随时都有水珠和气泡在产生和湮灭。水珠就好比是虚的正粒子,而气泡好比是虚的反粒子,他们成对产生,随即湮灭。这种方生旋灭的正反虚粒子对造成了所谓"真空起伏",使真空永远不得安宁。更奇妙的是它会产生可以被观测到的"开希米效应"。荷兰物理学家开希米(H. B. G. Casimir)于1948年提出:由于真空起伏,置于真空中的两块非常接近的金属平板会产生一种微弱的吸引力。最近实验做出来了,结果与开希米的理论相符。有人更异想天开,想据此从真空中提取能量,如能成功,那可真是"无中生有"了。

可见,真空不空,而且非常复杂。真空起伏,正反虚粒子对,开希米效应……这对常人而言已经够玄了吧,但还有更玄的。

李政道认为:在真空起伏中可能有正、反磁单极子存在,核子中夸克的禁闭可能是由于真空的特性所致,基本粒子的"对称破缺"可能来自真空起伏,真空可能有不同的态——现实的"真"真空与各种"假"真空,在高能量冲击下可能激发两者之间的"相变",出现始料不及的意外结果。美国布鲁克海文国家实验室耗资 10 亿美元的重离子对撞加速器业已建成,正积极准备对上述关于真空的假说进行实验检验。李政道还认为:真空之激发可能是 21 世纪物理学的重大突破。对真空如此钟情,是否与他的东方文化背景有关呢?

无声、留白、真空是"无"。但我们已经看到:"无"在一定条件下可以起到积极的作用,而且"无"中可以生"有"。所以无论在艺术或科学领域中,都不能小看了"无"。走笔至此,不禁回想起《红楼梦》中太虚幻境入口处的一副对联:

"假作真时真亦假,无为有处有还无。"

曹雪芹毕竟是大彻大悟的过来人,从哲学的高度一语道破了真假有无之间的微妙关系。

> 辛那克斯后继有人,他所走的文化合流道路是正确的。

数学·音乐·建筑

数 学、音乐、建筑这三者之间有关系吗?有!不信请看附图,下图是根据数学公式画出的线条组合,右上图是参照该数学公式谱出的乐谱,左上图则是由同一数学公式形成的几个曲面所构成的一座建筑物。创作者均为法籍希腊人辛那克斯(Iannis Xenakis)。

辛那克斯 1922 年诞生于罗马尼亚的一个希腊裔的富裕家庭。6 岁丧母,12 岁开始学音乐,18 岁到希腊雅典城进入理工学院学习土木工程。"二战"期间辛那克斯参加了希腊的地下抵抗组织,先是反抗入侵的德、意法西斯统治,胜利后又与英国军队作战,1945 年他在战斗中负伤而失去了左眼。辛那克斯于 1947 年迁居巴黎,他说:"希腊的抵抗运动失败了,法国的抵抗运动胜利了,所以我到了法国。"

辛那克斯先在巴黎的一所建筑设计所担任建筑师。他在那里干了 15 年,设计了许多重要的建筑物,其中包括 1958 年在布鲁塞尔举行的世界博览会中飞利浦电子公司的一座展览厅——即附图中的那座雄伟的现代式建筑。辛那克斯对该建筑优美的几何曲面感到

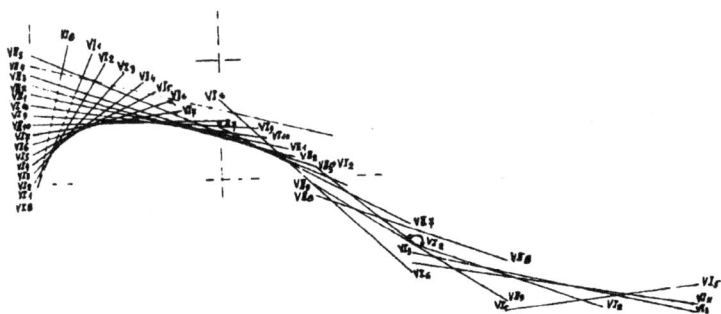

数学、音乐和建筑

（下图为辛那克斯根据数学方程画出的曲线组；
上左为由该曲线组形成之曲面构成之建筑物；
上右为参照同一数学公式谱出的乐谱）

自豪，它们是由一些简单的线条按数学公式所组成的。辛那克斯说那是根据他在 1953 年创作的第一支交响乐《变奏》所采用的数学原理来进行设计的。你看！数学美不是融入音乐和建筑了吗？

辛那克斯曾就教于当时巴黎最负盛名的几位作曲家，但他并未采用传统的经典理论作曲,而是另辟蹊径,建立了自己独特的风格。他的交响乐《变奏》具有像飞机起飞时那种高昂的提升音调,就像他设计的飞利浦展览厅那样具有一飞冲天的气势。辛那克斯在作曲中还大量借鉴数学和物理规律,例如利用像河滩上卵石的大小和数量那样的无序事件在乐曲中引入随机性,同时又利用数学概率论中的"大数定理"这样的统计规律引入确定性。他说:"我试图在机遇中注入决定论。"《变奏》于 1955 年在德国音乐节举行首演引起轰动。许多青年作曲家赞赏辛那克斯乐曲中的"纯音",一些著名的指挥家也支持他。但也有一些音乐家不以为然,批评他缺乏技巧。

　　进入 60 年代后,辛那克斯开始利用电脑作曲,使得工作进度大为加快,几乎每年都有几个主要的作品问世,其中大都为交响乐,也有一些为特定乐器谱写的曲子,还有一些电子音乐。1961年辛那克斯访问日本,并专为一位钢琴家创作了一支钢琴独奏曲,其中采用了"级连式复杂性"的数学概念。1963 年他首次访问美国,并短期任教。1964 年到 1965 年间,辛那克斯受美国"福特基金会"资助在柏林研究音乐。1966 年辛那克斯在巴黎建立了自己的"数学与自动化音乐工作室",除了作曲以外,还继续从事于电子音乐的发展。他平时住在巴黎,夏天则回希腊度假或去世界各地参加演出和讲学。

　　辛那克斯还从古希腊以及欧洲其他经典著作中取材进行创作,其中包括荷马及女抒情诗人萨福,代表性的作品有合奏曲《雅典娜女神》。

　　辛那克斯写过一些文章和书,其题材涵盖了数学、建筑学、城市规划和音乐,这些著作显示出他的音乐具有深厚的数学及逻辑学基础。

　　有人批评辛那克斯的作品缺乏感情,对此他回答说:"是的!如果你指的是传统的悲欢感情,我不认为这种感情是值得赞美的。在我的音乐中充满了来源于自己早期抵抗运动的青春爆发的激情,以及 1944 年弥漫在雅典城寒夜中的神秘的死亡之音。"

　　辛那克斯成为法国公民后,与一位法国女作家福兰科丝结婚,她曾经救过法国反法西斯抵抗战士的命。辛那克斯于 2001 年 2 月 4 日在巴黎去世,享年 74 岁。

　　一位致力于将数学与艺术结合起来的先驱战士逝去了。我相信辛那克斯的事业后继有人,因为他所走的文化合流道路方向是正确的。

没有考虑信息论的美学是不完整的。

东西方艺术与科学座谈会

1982 年 4 月的一个晚上,在纽约市东河之畔的浮艇音乐厅举行了一场不寻常的座谈会,主题是"东西方艺术与科学"。缘起还得从头说起:50 年代中,那时我还是浙江大学的学生。由于专业的关系,接触到由美国著名科学家香农和维纳所创立的信息论,他们指出信息是不同于物质和能量的一个独立的概念,并且发展了一整套严密的理论,来定量地分析有关信息的各种问题。稍后又读到法国物理学家布里渊(Brillouin)的一本书——《信息与科学》,他把信息论与各门自然科学联系起来,讨论了许多有趣的问题。这激发了我的灵感,我想艺术也是一种信息表达的方式,能不能用信息论的观点来研究艺术问题呢? 这对一位青年大学生来说,野心未免过大了一点。但我并没有因此而放弃,而是利用课余时间去阅读、去思考。毕业以后留校任教,我仍利用业余时间继续探索,一直不曾中断过。但是由于繁重的教学与科学研究任务,加上后来的"十年浩劫",始终没有机会加以系统的整理,更不用说与别人交流了。这些想法一直深埋在我的脑海中。

到了美国以后,一次偶然的机会,与我的画家朋友余铮铮在闲谈中提起这桩往事,引起了她浓厚的兴趣。她对我说:"这个想法很新颖,很值得进一步探讨,是否可以组织几位艺术家和科学家来一次座谈?"我同意了她的意见,开始着手筹备。

首先确定座谈会的主题,我们想为了吸引更多的听众,主题不妨广泛一些,决定采用"东西方艺术与科学"。其次是确定发起人,除了我们两人以外,又请了一位从英国来的核物理学家莫尔,以及一位音乐家奥尔佳。并决定由我主讲,着重介绍关于用信息论的观点研究艺术中的美学问题。地点就选在纽约东河畔的浮艇音乐厅。然后分头与纽约美中友好协会及纽约理工大学联系发通告。

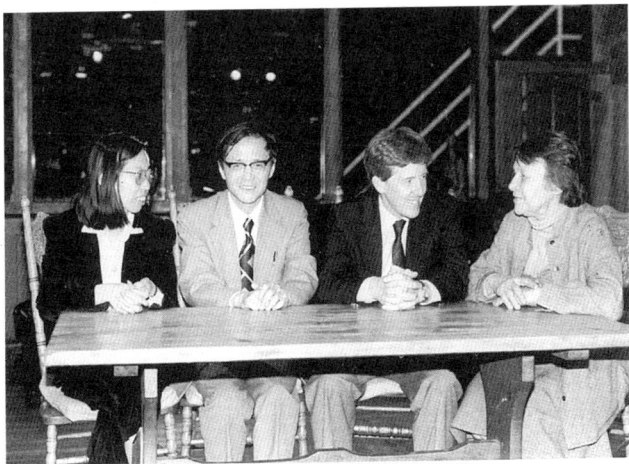

纽约东河之浮艇上的"东西方艺术与科学座谈会"
(左起余铮铮、沈致远、莫尔、奥尔佳)

座谈会于1982年4月的一天如期举行了,除了四位发起人外,出席的共约近百人,其中有大学的教授、学生,以及其他关心艺术和科学的人士。我的发言是以通俗的方式表达的,以收到雅俗共赏的效果。下面就是一个简单的介绍。

艺术是一种信息表达的形式,艺术的创造与欣赏是一种信息处理与传递的过程。音乐、绘画、雕塑、舞蹈、诗歌、文学作品则是特定的信息形式。人是创造、发出、接受、处理及理解这些信息的主体。用信息的观点来分析，可以从中找出一些规律，有助于补充和丰富美学的内容。

音乐是通过人的听觉来感受的一种艺术形式，其信息的物质载体是音响。从信息的含量角度来看，音响有两个极端：一是单音，像在中学物理实验中击打音叉所发出的声音那样，因为只有一个频率，所以单音所包含的信息量最少，听起来很"单调"（这名词确实表达了其特征）而感到无聊。另一个极端是噪音，就像把收音机开到最大音量收听尚未播出节目的电台所发出的"嘶嘶"声那样，它包括了人耳所能听到的所有的频率，包含着最多的信息量。噪音听起来使人脑子发涨，感到烦躁而沉闷。单音和噪音当然都不是音乐，都不美。美妙的音乐是介于这两个极端之间。音乐包含着许多不同的频率，但又有一定的选择和约束。音乐讲究和声和旋律，从信息的角度看，这些都是对所包含信息的特定形式的约束，所以音乐包含的信息量不多不少，恰如其分。而且这些信息要与欣赏的主体相匹配，才能收到最美的效果。小提琴、钢琴及中国的古筝、琵琶等都属于弦乐器，弦是一维空间的发音体，所发出的谐音在频率空间中具有一维的分布，所含的信息量相对较少。锣、鼓及磬等打击乐器具有二维空间的发音体，所发出的谐音在频率空间中具有二维的分布，其所包含的信息量要比弦乐器多得多。以上这些从信息量角度所作的分析，也许会对为什么不同阶层的听众所欣赏的音乐具有不同的品味做出一种可能的解释：受过较好教育的文人雅士们日常工作中接触到大量的信息，从而感到烦闷，他们在休闲娱乐时就比较偏向于爱好信息含量较少的音乐，往往比较喜爱小提琴、钢琴等弦乐器，交响乐中也是弦乐器为主，打击乐器只起辅助作用。另一方面，教育程度较低的民众，在日常工作中接触到的信息量较少，他们在休闲娱乐时往往要求音乐"热闹"一些，于是就比较偏爱大锣大鼓的打击乐器。

绘画是一种视觉艺术，表达的方式是线条、形体及色彩等。就以最基本的线条而言也有两个极端:一是直线,这种最单纯的线条所包含的信息量最少,就和前述的单音那样,恐怕很少有人认为单独一根直线是美的。另一个极端是杂乱无章的折线,就像一团乱草,包含着极多的信息量。但除了有怪癖的人以外,恐怕也很少有人认为一团乱草有什么美感。画家们都知道,最美的线条是光滑而有韵律感的曲线,曲线所包含的信息量介于以上两个极端之间,这是因为光滑及韵律等要求对原本很大的信息量加以约束的结果。中国画可以分为两大类:一类是工笔,工笔画对景物的描写很细致,着色一般比较鲜艳;另一类是写意,写意画往往寥寥数笔,留有大量的空白,色彩也比较淡雅,从信息论的角度看,前者包含的信息量远多于后者。这两类中国画何者更美? 则因人而异。一般地说,文人雅士比较欣赏写意画,因而有文人画之称。而文化水平较低的民众则比较偏爱工笔重彩。这种对美的欣赏品味的差别,也可以用前述信息论的观点来解释。同样的道理也可解释为什么有人穿衣喜欢大红大绿,鲜艳夺目;而另一些人则讲究色彩的调和,喜欢淡雅,有的甚至偏爱单一的黑色或白色。

再来看雕塑,它与绘画相似,也是一种视觉艺术。古希腊及欧洲文艺复兴时期的雕塑作品都比较注重写实,对人体刻画得维妙维肖,充满了各种曲线美。维纳斯女神雕像之所以成为美的象征,就在于其呈现出的完美的曲线美。而现代西方的雕塑作品都比较注重简练,很多是由一些简单的几何形体所构成。这从信息论的观点看,前者所包含的信息量远多于后者。这种差异似乎也可以从工作及生活的环境来加以解释:古人日常生活中接触的信息不多,在艺术欣赏时有闲暇来慢慢地品味那些古典艺术品所提供的大量信息。现代人往往被淹没在排山倒海的信息洪流中,在休闲时就很自然地喜爱信息量较少的现代派雕塑作品。

同样的观点也可以用来分析建筑美。无论是东方还是西方的建筑,如中国的宫殿与罗马的大教堂都讲究重顶飞檐,在装饰上则是精雕细刻,金碧辉煌。虽然古人也采用了左右对称、重复的列柱等约束来减少建筑物所包含的信息量,但由于上述复杂的结构及细部,古建筑仍包含着大量的信息。现代化的建筑则不然,讲求结构简单,线条洗练。纽约的世界贸易中心双子星大厦就是一个很好的例子,这两幢102层的摩天大厦,其轮廓除了近基部略呈曲线外,其余全部由许多平行直线构成,表现出流畅的简洁美。即使是如此之庞然大物,其所包含的信息量并不多。这种建筑艺术审美观的变迁难道与前述古人与今人对待信息的态度没有关系吗?

我又谈到了诗词。中国的诗从《诗经》的古体诗发展到后来的绝句和律诗,到盛唐时形成了中国诗的黄金时代之顶峰。这种诗的形式的变迁,也有规律可循。古体诗的形式比较自由,除了押韵以外,约束很少,对每句字数的限制也不是绝对的,屈原的《离骚》及李白的一些古体诗中就有字数不等的长短句。总之形式比较自由的古体诗所包含的信息量较大。律诗则相反,其格式十分严谨。不仅对句数、字数及尾韵有严格的约束,而且对平仄声及对仗也有近于刻板的限制。此外还讲究用典,用典其实是一种已知信息的重复,也是一种信息约束的方式,其目的在于唤起读诗者脑中已有的信息,以引起“共鸣”。总之这种形式上的多重约束,极大地减少了律诗所包含的信息量,这就可以解释为什么它为当时的文人雅士们所欣赏。至于现代的新诗,其体裁形式非常自由,几乎不存在什么约束,包含的信息量极大。要想写好新诗,只有在内容上下功夫了。

最后我提到,其余的艺术形式也可以用上述类似的观点来分析。甚至科学也有美的问题,爱因斯坦认为:用最简练的公式能反映最普遍的规律的理论是最美的,他的广义相对论就是范例。这里请注意:普适的规律隐含着大量的信息,而简练的公式则包含很少的信息。能用少量的信息来概括大量的信息,证明了自然界本身所固有的信息约束,这就是科学美所反映的自然美之本质。

其余的三位发起人也都从他(她)们的专业角度作了补充发言。随后与听众一起进行了讨论。有一位教授指出:建筑美学的从古到今由繁到简的变迁恐怕与建筑材料的发展有关系。我说："关系可能是有的,但这种审美观的发展不可能完全归结到建材的变化。譬如钢筋混凝土的表现复杂形体的能力不会比石材差。"听众中的一位艺术家问我:"你是否想以信息论的观点为基础来创立一种新的美学体系?"我回答说:"根本没有这样的想法。美学本身极为复杂,各种流派争论不休,很多重要问题都无定论,甚至连'美的本质是什么?'这个最基本的问题都还没有公认的结论。在我看来信息只是美的诸多属性中的一个。从信息的观点来研究美学可以作为传统美学研究的一种补充,可以揭示一些用别的方法未能发现的规律。但是,信息特别是信息的量,并不能完全概括美学的全部属性,所以不可能以此为基础建立新的美学体系。

座谈会历时约两个半小时,在听众的热烈掌声中结束。这次座谈会的内容曾在当时纽约的一份中文报纸——《华侨日报》上专文发表过。

会议结束以后,我和朋友们走出浮艇音乐厅,沿着东河走回家,遥望东河对岸曼哈顿的万家灯火,心中感受到一种在喧哗的大都会中少见的宁静美。我想这是否由于朦胧的夜色掩盖了多余信息的缘故呢?

会后不久,那位核物理学家莫尔请我到他家作客。他毕业于著名的爱丁堡大学,专精核物理,移民来美国以后又从事理疗仪器的研究工作。他和妻子都仰慕中华文化,所以特别要求我能留下一件有意义的纪念品。对此我欣然同意,提笔在他事先准备好的两大幅宣纸上写了下面两句相赠:

地本浑圆何分东西
天道归一统论科艺

说"不"容易，求"是"难。

以"不"求"是"
——《不论》读后感

众人习惯于说："是！是！是！"说"不"就显得有点卓尔不群。英国天文物理学家约翰·巴罗（John Barrow）的新书"*Impossibility*"的中译本《不论》出版了。"不"而成"论"，就更显得与众不同。作者学有专精，兴趣广泛，才华横溢，文采飞扬，思绪如天马行空。此书不仅泛论科学的各个方面，而且旁及文学、艺术、哲学、宗教、政治等领域，堪称为一部通论。书名直译，本为"不可能性"，译者李新洲等匠心独具，意译为《不论》，引人遐思，别有一番韵味。

正如书的副题所述，主旨是讨论"科学的极限与极限的科学"。科学的极限往往成为世纪末的热门话题，19 世纪末经典物理学登峰造极，祝捷庆功之余，极限论冒头了。诺贝尔物理学奖获得者美国物理学家迈克耳孙说："物理学大厦已经建成，它被新发现取代的可能性非常之小。……将来的发现必须在小数点后第六位寻找。"然而相对论与量子力学的建立使这种极限论成了笑柄。不久前，美国科学记者霍根写了一本《科学的终结》，他采访了几十位科学家，得出"纯科学即将终结"的结论。这种极端的极限论在科学界引起激烈的争辩,为大多数科学家所反对。科学的极限这个命题很难处理,弄不好就陷入悲观论而挨批。巴罗有鉴于此,采取了不同的做法。他将科学的未来按自然界的极限与人类认识能力的极限分为四种可能:自然界无极限,人的能力也无极限;自然界无极限,人的能力有极限;自然界有极限,人的能力无极限;自然界有极限,人的能力也有极限。旁征博引地加以综述,而自己则鲜作评论。这不仅给读者以充分的想象空间和选择自由,而且不落窠臼,使批评者抓不到辫子。"引而不发,跃如也。"手法确实高明。

对于极限的科学,可以有不同的理解,作者加以发挥,触及到许多科学的前沿。前沿者,探索未知之最前线也。对未知境界作论述风险是很大的,涉及那么多领域风险就更大。作者知难而进,在书中谈天说地,挥洒自如。宇宙学是其专精,滔滔然笔锋所向,遍及"暴涨宇宙"、"混沌宇宙学"、"多维空间"、"时间隧道"、"黑洞奇点"等假说和概念。超弦理论、分子生物学、认知科学等也是他探讨的领域。这些科学前沿的假说和概念大多没有定论,为天马行空的思绪提供了自由驰骋的广阔天地。探索前沿是为了突破,但不知为什么,巴罗对他最熟悉的领域也叹出了悲观的调子:"我们将了解到,那些关于宇宙的起源、终结和结构等重大的宇宙学问题都是不可回答的。"(《不论》前言)。是不是"不识庐山真面目,只缘身在此山中"?

此书最精彩的部分是关于各种悖论的讨论。悖论英文是Paradox,也译为"佯谬"。佯谬在物理学中往往以理想实验的形式表现出来,对物理学发展起了很大的推动作用。爱因斯坦的"追光

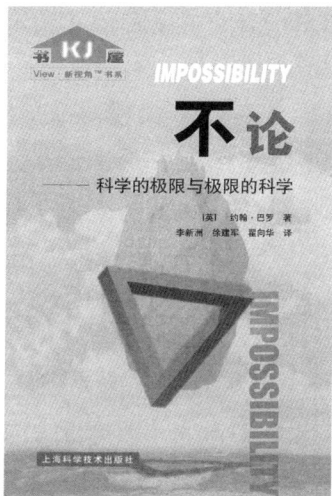

实验"启发了他对狭义相对论的研究;"双生子佯谬"及"祖父佯谬"促进了对相对论含义的深入探讨;最近又提出了"黑洞信息佯谬",正在为广义相对论与量子论的结合催生。"薛定谔猫佯谬"和"爱因斯坦－玻道尔斯基－罗森佯谬"使物理学家争论至今,而围绕后者所做的一系列实验不仅加深了对量子力学解释的理解,并衍生出量子通信、量子编码、量子计算机等潜在新技术。此外,"芝诺悖论——阿基米德与龟赛跑"启发了数学中的极限概念,悖论对逻辑学和哲学的作用更是众所周知的。巴罗在《不论》中列举了十几个悖论,对这些悖论的讨论深化了对该领域关键问题的认识。悖论的实质是形象化的揭露矛盾——将矛盾的对立推到极端就成了悖论。它显示现有理论体系的局限,呼唤突破。

突破首先要对旧体系说"不"——如果不否定"地心说",就无法建立"日心说"。说"不"的最大好处是冲决藩篱,有助于突破。但有利必有弊,"不"最大的弊病是可能因此而自我设限——被吓住了。为了防止这种弊病,在没有弄清旧体系的底细及其局限以前,不要轻易说"不",更不要不加思考轻信别人说的"不"。在科学前沿上,正确地拿捏说"不"的分寸是不容易的。听到别人说"不可能"时,一定要追问:"根据是什么?"例如:"不可能超过光速"的根据是狭义相对论。因此超光速并非绝对不可能,而是必须突破狭义相对论现有的理论框架。如果说"不"者提不出根据,"不"只是他个人的信仰,信仰各有所好,并无约束力。例如,最近有人写书否定球外文明的存在,其实这并无科学根据,更不能因此而阻挡人们去探索球外文明。又如霍根相信"科学终结",我们有权不信。所以,一定要追问说"不"的根据,这非常重要,否则就可能被吓住而不敢突破,阻碍了科学的发展。

归根到底,说"不"是为了求"是",持这样的态度,才不会为"不"所惑,才能从"不"中获取最大的收益。

此书涉及极为广泛的领域,作者力求融会贯通,用质疑的多向思维从不同的角度加以论述。这对惯于单向思维的读者可能会感到不习惯,但不习惯不正是标志着进入了新的境界吗? 由此可以扩大眼界,开阔思路。当前正极力提倡创新,创新要克服保守,敢于突破;创新要破除迷信,解放思想。《不论》在这方面展现了广阔的天地,不仅使读者漫游科学的最前沿,还介绍了各种不同的科学思想方法,特别是多向思维和逆向思维,善加利用将会有助于创新。非科学界的读者也能从《不论》获益,艺术家可以从中了解到科学与艺术原本相通,科学前沿的一些新思想往往会激起艺术家的灵感,创造出不同凡响的作品来。例如数学中的多维空间概念及哥德尔定理就在艺术界引起了回响。如能以开阔的胸怀和勤思善问的头脑来读《不论》,会有意想不到的收获。这可能是我国读者从此书获益最大之处。

《不论》原著文笔典雅,还引用了许多格言隽语和诗句。这为读者增添了阅读的情趣,同时也为译者带来了困难。译书不易,做到信、达、雅更难。从《不论》中译本看,译者是付出了心血的,译文不仅力求传神,还加了一些"译者注",提供背景资料以方便读者。

> 科学家都要向诗人学习,为什么
> 还有人担心人文艺术为科学技术所吞
> 没呢?

美　梦

我写过一篇短文《科学诗——诗与科学相结合的尝试》(刊于
《诗刊》1997 年 8 月号),提倡科学诗。最近《诗刊》开辟了
《科学诗园地》,专刊科学诗,我有幸参与协助编辑。提倡科学诗
原先的想法有两点:一是扩大诗的题材领域,科学奇境充满了诗
意,许多素材值得写出来,让诗人与广大读者来分享原本为科学家
所独享的美;二是想通过科学诗为科学家提供一种与专业互补的
陶情冶性的娱乐方式。

其实还有一点没有说出来,就是希望以诗人对事物独特的敏
感和深邃的洞察力来启发科学家的灵感,以助科学的发展。我有
一个美丽的梦想,盼望有一天,一位科学家在宣布他的重大研究成
果时说:"产生这一突破的最初之灵感来自一首小诗。"这看起来
似乎是异想天开,我却是非常认真地盼望着这一美梦成真的。因
为我深信:真与美、科学与艺术是统一的。

苏东坡在《浣溪沙——游蕲水清泉寺,寺邻兰溪,溪水西流》
词中有句云:"谁道人生无再少,门前流水尚能西。"诗人有感于门
前西向的流水,情不自禁地发问:难道人就不能返老还童吗? 这是

一个美梦,也是一种挑战。近一千年来,人们求神、访仙、炼丹、服药、运气、练功……不知试验了多少种方法,走了多少弯路,碰了多少壁,至今仍未能如愿。但现代生物学与医学在对人衰老机制的理解方面已有所进步,在一些动物实验中已有明显的延年益寿之实例。加以有基因工程及克隆技术等方面最新的突破,看来苏东坡的美梦成真并非完全不可能。

不久前《科学诗园地》收到了著名文学家屠岸寄来的约稿《钻头的目标》:

> 她走了
> 被癌症夺走了
> 想到人类已登上月球
> 设想从那里
> 取得太阳元素
> 以提供新能源
>
> 航天器
> 已飞抵火星
> 让机器人探测
> 生命存在的可能性
> 为什么科学的钻头
> (已旋入太空)
> 却打不进人体——
> 不能叫超微型火箭
> 击中内脏和血液里
> 看不见的恶性瘤?
>
> 愿她的女儿和外孙女
> 有一天发现头上的
> 达摩克利斯剑不见了
> 看到

人和宇宙的秘密

再靠近一步

这是一首真情流露难得的好诗,作者将丧妻之痛和对儿孙辈以及整个人类的关爱,升华为诗意的激情,恳切地向科学家提出问题:你们能让火箭上天、登月、探测火星……难道就不能发明超微型火箭来清除人体内的病魔吗? 而且将之提到人与宇宙关系的高度,表达了东方哲理中"天人合一"的境界。

从这首诗中至少可以得到两点启示:首先,应考虑科学发展的目标,究竟应该怎样为人类造福? 这确实值得科学家深思;其次,妙的是诗人的遐想与科学家的巧思竟不谋而合。最近,微机械学的发展已有可能利用精密光刻技术制造超微型机器,可以进入人体内的循环或消化系统,执行各种指定的任务。你看! 这不是证实了诗人的洞察力吗?

所以获得此诗稿后,我大喜过望,信心倍增,相信我的美梦定会成真。

如果我们还没有认识到文艺与科学结合的重要性，那真是愧对先贤。

喜见"百草园"

《科学》杂志最近开辟了"百草园"，专门刊载科学散文、科学杂文及科学诗。这是继《诗刊》的"科学诗园地"和《文汇报·笔会》的"天趣园"之后，又一个提倡文艺与科学相结合的专栏。而且这一个是从科学方面向文艺靠拢。

《科学》是我国最早的科学刊物，创刊比《新青年》还早几个月。我国早期的一些著名科学家几乎都在《科学》上发表过作品。蔡元培也曾多方予以关爱与支持。《科学》的现任主编是中国科学院前院长周光召。《科学》杂志80多年"传播科学"的风雨历程中，力求科学与文艺之统一。其实这也是"五四"运动的传统，以提倡新文化始，继而提出"德先生与赛先生"，赛先生不就是科学吗？"五四"时期的文人如胡适、鲁迅、茅盾、徐志摩、郭沫若、朱自清、成仿吾等都很重视科学，不仅在许多作品中反映科学内容、提倡科学，有的还发表过科学散文、科学诗以及科普文章。当时中国的科学水平还非常落后，能欣赏科学文艺的读者很少。这些先行者的远见卓识和荜路蓝缕的追求，确实令人钦佩。今天条件比那时成熟得多了，如果我们还没有认识到文艺与科学结合的重要性，那真是愧对先贤。

　　科学求真，文艺唯美。真与美在本质上是统一的，这就是文艺与科学相结合的基础。爱因斯坦的广义相对论方程揭示了时空结构及万有引力的本质，由实验证明为真，其应用之广泛、形式之简洁则表现为美。提出反粒子学说的英国物理学家狄拉克，当有人问他是怎样得到著名的方程时，回答得很干脆："因为它美！"李政道认为："艺术和科学是不可分割的。两者都在寻求真理的普遍性。普遍性一定根植于自然；而对它的探索则是人类创造性的最崇高表现。"诗人徐迟是一位"科学迷"，对科学的向往简直到了疯狂的程度，他不仅写出了许多精彩的科学报告文学，而且对科学的新发现表现出来的喜悦之情，就像一个天真的孩子。诗人与科学家是心灵相通的，徐迟如果早年入行当科学家，相信他会做出能媲美于他所歌颂过的科学家们的卓越成就。

　　"百草园"的名字取得好！她使人联想起鲁迅绍兴故居的"百草园"，童年时的鲁迅曾优游其中，陶醉于花草虫豸的小天地。还可以联想到神农氏尝百草，在千百种野生的草本植物中，经过亲口尝试，分辨出哪些可以果腹、治病，哪些是毒草。他的献身精神和实践使后人得以趋利避害，遗惠无穷。

　　通过科学文艺，可以漫游瑰丽的科学奇境，让读者分享原本为科学家所独享的美。

　　通过科学文艺，科学家可以享受到一种与专业互补的陶情冶性的娱乐，还可以从中获取灵感，激发想象力，有益于研究工作。"灵感？想象力？"是的！科学和文艺一样，也需要灵感，需要天马行空般的想象力。

　　通过科学文艺，科学家和文学家艺术家可以互相熟悉对方的领域，促进科学与文艺进一步的交融。

　　欢迎"百草园"！希望有更多的这类园地出现在祖国的大地上。

世纪末不是世界末日,未知事并非不可知。

世纪末的辩论
——科学真的走到尽头了吗?

我曾在《童心可爱》一文中提到《科学之终结》(*The End of Science*, Addison Wesley, 1996)这本书,批评了作者霍根(John Horgan)关于科学已走到尽头的结论。最近英国的梅道克斯(John Maddox)写了一本书名为《还有什么有待发现?》(*What Remains to be Discover*? Free Press, 1998),针对霍根的观点,提出了他自己对科学之未来的预言。这两位作者在纽约举行了一场辩论会,他们的发言摘要刊登在 1998 年 11 月 10 日的《纽约时报》上,引起了许多读者的兴趣,纷纷来信发表意见。

霍根本人并非科学家,而是《科学的美国人》杂志的科学作家。他访问过不少著名的学者,如数学家彭罗斯(Roger Penros)、物理学家格拉肖(Sheldon Glashow)、温伯格(Steven Weinberg)、玻姆(David Bohm)、盖尔曼(Murray Gell-Mann)、生物学家道金斯(Richard Dawkins)、哥尔德(Stephen Jay Gould)和哲学家坡普(Karl Popper)等人,加上他本人的意见写成这本书。必须指出:霍根是按照自己的理解综合的,并不一定真的代表上述这些人的意见。例如最近《纽约时报》科学记者德莱福斯(Claudia Drefus)专访了彭罗斯,问他对《科学之终结》的看法,彭罗斯直截了当地回答说:"那种认为重要的科学问题'不是已经被发现了就是永远无法理解'的主张是荒谬的。"

霍根认为在几乎所有的所谓"纯科学"中,重大的发现都已经被发现了,再也没有惊人的重大事件了。他的主要的论点可以归结为以下几个方面:一、科学的终结是由于科学的成功,20世纪科学突飞猛进,在一些学科中,所有重大问题都已解决了。例如他认为物理学在相对论和量子力学后已登峰造极,生物学在发现DNA(脱氧核糖核酸,1953年发现的生物遗传密码之载体)以后,就再也没有什么重大发现了,如此等等。二、人类的知识是有极限的,有些科学问题是没有解答的,他举出量子力学的"测不准关系"和"混沌理论"作为根据。三、他认为有些理论无法用实验验证,举出"超弦"理论为例。

梅道克斯两度担任英国著名的科学杂志《自然》之编辑,此人很敢言,曾就广泛的科学问题发表评论而激起论战。他在辩论会的发言中说:100年以前,谁能预见到微观粒子(如电子等)不遵守牛顿力学? 又有谁预见到能通过DNA了解生命的化学基础? 他认为对科学问题的认识是逐步深化的,有些问题已存在了几千年,至今仍未得到满意的回答。新发现在深化我们对世界的理解之同时,也扩展了我们无知的前沿。所以他认为激动人心的时代还在前头。

霍根在辩论会的发言中重申他的观点:科学进步的最大障碍是其过去之成功。科学发现可以比喻为对地球的发现,我们对地球知道得越多,剩下来待发现的就越少。科学不大可能再有重大发现了,剩下的只是一些细微末节。他认为,问题不是科学会不会终结,而是什么时候终结。

读者对这场辩论的反应非常热烈,给《纽约时报》寄来了大批来信,其中绝大多数反对霍根的意见。拜耳(Bayer)基金会的执行主席戴区(Sandra Deitch)在来信中说,他们曾和国家科学基金

（NSF）一起对具有博士学位的科学家进行问卷调查，在收到的1500份的答卷中，其中2/3预测下一世纪科学的进展将会加速，对社会的冲击会更大。

一位读者指出：相对论、量子力学和混沌理论都并未设定关于宇宙理论之极限。他认为：霍根在辩论会中所说的"我们是由自然选择所设计出来的动物，不是为了发现自然界深刻的真理，而只是为了传宗接代"，完全是一派胡言。

另一位读者说：使我感到最可笑的是，人们说再也没有新的思想了。亚里士多德不可能预见今日之无线电望远镜和基因工程，2400年以后，那时的科学家们回过头来看我们，也会是这样。

还有一位读者说：在人文和社会科学等所谓"软科学"中，存在太多的变化因素，对我们是最大的挑战。在这方面我们还处于婴儿时期，它们将会成为最激动人心的科学领域。

一位物理学教授说：霍根不了解科学是怎样发展的，无论什么科学理论，不管它是多么成功，都不能排除在将来被新发现的事实所修正的可能性。霍根不仅缺乏想象力，也不懂得科学是怎样运作的。

看来问题已经很清楚，霍根的科学终结论是站不住脚的。正像我在《童心可爱》一文中所说的，他患了世纪末忧郁症。但是如果只是认为他的论点不值一驳而轻易放过，就失去了一次学习的机会。

梅道克斯与霍根争论之焦点在于：知识领域是有限的还是无限的？霍根认为是有限的，而且边界就在眼前。两千多年前庄子说："吾生也有涯，而知也无涯。"（《庄子·养生主》）显然他主张知识无限。牛顿认为：知识像浩瀚的大海，他只不过是沙滩上玩贝壳的小孩。爱因斯坦在谈到相对论时说："对理论的深化过程是没有极限的。"从信息的角度看，我们目前所获得的知识，较之整个宇宙所包含的信息量，连沧海一粟也不如。所以知识就是有边界，也是远在云天之外。

辩者会说:如果"解释一切的理论"建立以后,整个宇宙的信息就都包含在其中了,这不就终结了吗? 据我所知,绝大多数科学家都不同意这种说法。所谓"解释一切的理论"只是有关基本粒子的统一理论,根本不可能穷尽其他的科学,何况这个理论几时才能建成仍在未定之天。

重大的科学问题真的都已解决了吗? 依我看至少有四个重大问题尚有待解决:物质本质、宇宙演化、生命起源和自我意识。在这四个最根本的自然科学问题未能得到解答以前,奢谈什么科学之终结只能是自欺欺人。更不用说还有比自然科学复杂得多的社会科学问题有待人们去解决。

当然极而言之,宇宙中的一切都是有生有灭,太阳终究会熄灭,地球上人类的科学到那时也会终结。但这是几十亿年以后的事,我们用不着在下一个世纪、下一个千年杞人忧天。

过去科学之成功并非科学进一步发展的障碍,而只是霍根的眼障。一叶障目,才会发出"科学之终结"的悲鸣。一般地说,霍根的这种悲观论调是发展科学的障碍。特殊地说,它对像中国这样的发展中国家危害更大,如果真的像霍根所说那样科学已经走到尽头,发展中国家所能做的充其量只是追随发达国家,就永远无法创新、无法超越。

"山重水复疑无路,柳暗花明又一村。"诗人深邃的目光连大山也遮不住。看来,霍根还需要学一点诗人的洞察力。

1999 年回国在上海听说《科学之终结》已出了中文译本,而且对之议论颇多。这里重提旧事,似乎并非多此一举。

图书在版编目（CIP）数据

科学是美丽的 / 沈致远著. — 上海:上海教育出版社,
2017.10（2022.12重印）
ISBN 978-7-5444-7763-5

Ⅰ.①科⋯ Ⅱ.①沈⋯ Ⅲ.①散文集－中国－当代
Ⅳ.①I267

中国版本图书馆CIP数据核字(2017)第231082号

选题策划　方鸿辉
责任编辑　方鸿辉
封面设计　金一哲

科学是美丽的
沈致远

出版发行　上海教育出版社有限公司
官　　网　www.seph.com.cn
地　　址　上海市闵行区号景路159弄C座
邮　　编　201101
印　　刷　上海中华商务联合印刷有限公司
开　　本　890×1240　1/32　印张 12.125　插页 5
字　　数　314 千字
版　　次　2017年10月第1版
印　　次　2022年12月第5次印刷
书　　号　ISBN 978-7-5444-7763-5/G·6401
定　　价　48.00 元（精）

如发现质量问题，读者可向本社调换　电话：021-64373213